ETHAN CROSS
Die Stimme des Wahns

AF197182

Weitere Titel des Autors:

Shepherd-Reihe
Ich bin die Nacht
Ich bin die Angst
Ich bin der Schmerz
Ich bin der Zorn
Ich bin der Hass
Ich bin die Rache

Ackerman & Shirazi
Die Stimme des Zorns
Die Stimme der Rache

Titel auch als Hörbuch erhältlich

Über den Autor:

Ethan Cross ist das Pseudonym eines amerikanischen Thriller-Autors, der die Welt fiktiver Serienkiller um ein besonderes Exemplar bereicherte: Francis Ackerman jr. Der gnadenlose Serienkiller erfreut sich seitdem großer Beliebtheit: Jeder Band der sechsbändigen Shepherd-Reihe sowie der Reihe mit Ackermans Partnerin Nadia Shirazi stand wochenlang auf der SPIEGEL-Bestsellerliste.

ETHAN CROSS

DIE STIMME DES WAHNS

THRILLER

Aus dem Amerikanischen von
Dietmar Schmidt

lübbe

Die Bastei Lübbe AG verfolgt eine nachhaltige Buchproduktion. Wir
verwenden Papiere aus nachhaltiger Forstwirtschaft und verzichten darauf,
Bücher einzeln in Folie zu verpacken. Wir stellen unsere Bücher
in Deutschland und Europa (EU) her und arbeiten mit den Druckereien
kontinuierlich an einer positiven Ökobilanz.

Dieser Titel ist auch als Hörbuch und E-Book erschienen

Vollständige Taschenbuchausgabe

Deutsche Erstausgabe

Für die Originalausgabe:
Copyright © 2022 by Aaron Brown
Titel der amerikanischen Originalausgabe: »The Disciple of Fire«
Published in agreement with the author, c/o BAROR INTERNATIONAL, INC.,
Ar-monk, New York, U.S.A.

Für die deutschsprachige Ausgabe:
Copyright © 2022 by Bastei Lübbe AG, Köln
Textredaktion: Ralf Reiter, Köln
Titelillustration: © Hein Nouwens/shutterstock
Umschlaggestaltung: Massimo Peter-Bille
Satz: hanseatenSatz-bremen, Bremen
Gesetzt aus der Adobe Caslon
Druck und Verarbeitung: GGP Media GmbH, Pößneck
Printed in Germany
ISBN 978-3-404-18500-9

4   5   3

Sie finden uns im Internet unter: luebbe.de
Bitte beachten Sie auch: lesejury.de

In liebevollem Gedenken an meinen Vater Leroy, der mir beigebracht hat, wie man eine gute Pointe setzt, und der ein besserer Vater war als alle Väter, die in meinen Büchern vorkommen.

ERSTER
TEIL

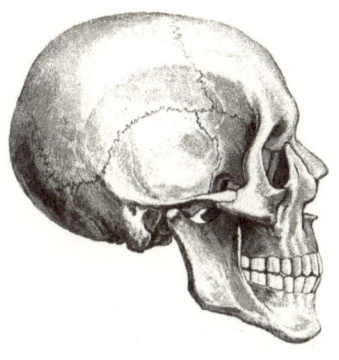

1

Wenn man ihn zu den zahlreichen Gelegenheiten befragte, bei denen er aus der Haft geflohen war, erklärte Francis Ackerman jr. gern, dass der Käfig, der ihn halten könne, erst noch entwickelt werden müsse. Als das Fahrzeug mit FBI Special Agent Nadia Shirazi am Steuer den höchsten Punkt der Steigung überfuhr und ADX Florence – landesweit die einzige Bundesjustizvollzugsanstalt der Stufe SuperMax – in Sicht kam, fragte sich Ackerman, ob er mit dem Hochsicherheitsgefängnis nun einen Käfig vor Augen hatte, der seine Aussage Lügen strafte. Obwohl er für den Tod zahlreicher Menschen verantwortlich war, kam er an diesem Abend nicht etwa als Häftling nach ADX Florence; er war kein Gefangener mehr, zumindest nicht im konventionellen Sinn. Er kam, um einen der berüchtigtsten Insassen des Bundesgefängnisses zu vernehmen.

ADX Florence lag in einem Tal und breitete sich vor dem Hintergrund der Rocky Mountains über fünfzehn Hektar aus. Die Gebäude bestanden aus braunen Ziegeln und sandgelben Steinen mit grünen Metalldächern, Tarnfarben, die dazu führten, dass die Bauten mit der Landschaft verschmolzen.

Als sie das Tor erreichten, zeigte Nadia dem Wachtposten ihren FBI-Dienstausweis. Auf dem großen Schild hinter dem Wachhäuschen stand *Justizvollzugsanstalt des Bundes* über dem Namen der Stadt: *Florence, Colorado.* Die Beschilderung wirkte recht uneindeutig; aus ihr ging nicht deutlich hervor, dass man vor einer der sichersten Strafanstalten der Welt stand, zu deren Insassen einige der gefährlichsten lebenden Menschen zählten. ADX Florence wurde manchmal das »Alcatraz der Rocky Mountains« genannt, aber ein ehemaliger Direktor hatte es als »sauberes Abbild der Hölle« bezeichnet. Ackerman allerdings fand, dass dieser Ex-Warden sich eine Vorstellung von der Hölle machte, die längst nicht so farbenprächtig war wie seine eigene. Von einem früheren Insassen hatte Ackerman eine treffendere Beschreibung gehört: In ADX Florence habe man das Konzept der Isolation perfektioniert.

Außen umgaben die Anlage Zäune aus Klingendraht zwischen Türmen, in denen Schützen postiert waren; dazu kamen Streifen in Panzerwagen und angriffslustige Hunde. Dieser äußere Kordon diente genauso dazu, Unbefugte draußen zu halten wie Insassen drinnen, und wurde durch Drahthindernisse auf den Gebäuden ergänzt, die Hubschrauber an der Landung hindern sollten. Hatte man den Zaun hinter sich gebracht, wurde ADX Florence zu einem Irrgarten aus verriegelten Türen und Kontrollpunkten. Sobald ein Häftling nach Florence verlegt war, verbrachte er dreiundzwanzig Stunden am Tag in seiner Zelle. Ausgang erhielt er nur auf einer begrenzten betonierten Fläche, die nicht größer war als besagte Zelle. Das Gefängnis mochte von landschaftlicher Schönheit umgeben sein, aber der majestätische Anblick der Rocky Mountains mit ihren schneebedeckten Gipfeln blieb den Insassen verwehrt. Benahmen sie sich gut, wurden ihnen ein Schwarz-Weiß-Fernseher mit dreißig Zentimetern Bildschirmdiagonale und einige Bücher zugestanden, aber der Fernseher zeigte nur Sendungen, die geprüft und bewilligt waren, und für die Bücherliste galt das Gleiche. Briefe durften die Insassen nur von genehmigten Absendern erhalten, und lediglich einmal im Monat durften sie ein fünfzehnminütiges Telefongespräch führen. Damit war es für die zahlreichen hier einsitzenden Gangsterbosse unmöglich, mit ihren Stellvertretern zu kommunizieren und ihre Geschäfte aus der Haft hinaus in der Hand zu halten.

ADX Florence war jüngst unter Beschuss geraten wegen ihrer Methoden, die Insassen zu isolieren. Die meisten Diskussionen hatten sich auf die Brutalität der Einzelhaft konzentriert, auf die Art, wie das Gefängnis die Sträflinge seelisch breche. Viele führten an, dass ADX Florence allein auf die Inhaftierung ausgelegt sei und kein bisschen auf Rehabilitation, obwohl einige seiner Insassen durchaus wieder auf freien Fuß gesetzt würden. Nur durch Entlassung oder Tod verließ ein Häftling dieses Gefängnis. Seit 1994, dem Jahr seiner Eröffnung, war noch niemandem die Flucht gelungen.

Ackerman fasste diesen Umstand beinahe als Herausforderung auf, und in ihm lebte eine schwache Hoffnung, dass er eines Tages die Gelegenheit erhielt, den stärksten Käfig, den je ein Mensch erdacht hatte, auf die Probe zu stellen. Im Moment allerdings genoss er seine Freiheit durchaus.

Sollte er hier jemals Insasse werden, wäre er in bester Gesellschaft, so viel stand fest. Aktuelle Häftlinge von ADX Florence umfassten Ramzi Yousef für den Anschlag auf das World Trade Center 1993, den Unabomber Ted Kaczynski, Terry Nichols, verantwortlich für den Bombenanschlag von Oklahoma City 1995, den sowjetischen Spion und FBI-Maulwurf Robert Hansen, den Mafioso Sammy »the Bull« Gravano, den Drogenbaron und Anführer des Sinaloa-Kartells El Chapo, Larry Hoover von den Gangster Disciples, Tyler Bingham von der Aryan Brotherhood … die Liste ging immer weiter. Die Einrichtung hatte Plätze für 490 Häftlinge, und 420 davon waren besetzt.

Von allen Insassen hier interessierten Ackerman vor allem zwei. Der eine war berüchtigt genug, um mit den anderen prominenten Mitgliedern der Schurkengalerie von ADXF in einem Zug genannt zu werden, der Name des anderen war unbekannt. Bei dem berüchtigten Mann handelte es sich um Francis Ackerman senior, seinen Vater – einen Mann, der seinem jungen Sohn so gut wie jede erdenkliche Folter demonstriert hatte, indem er zahllose Opfer zu Tode quälte. Der Unbekannte war ein Mörder, den Ackerman und sein Bruder Marcus festgenommen hatten, als er versuchte, das Hightech-Gefängnis Foxbury in seine Gewalt zu bringen. Diesen Mann kannte die Welt nur als *Demon*, den Dämon.

Ackerman und Nadia betraten die Anlage durch eine Tiefgarage, wo sowohl ihr Fahrzeug als auch ihre Körperöffnungen gründlich untersucht wurden. Nachdem sie die erste Sicherheitsbarriere durchquert hatten, erwartete sie der Stellvertretende Direktor auf der anderen Seite einer Stahltür. Ackerman kannte Deputy Warden Terry Westgate schon von früheren Besuchen bei seinem Vater und bei Demon. Nadia hingegen betrat ADX Florence zum ersten Mal. Die junge FBI-Agentin stellte sich dem Stellvertretenden Direktor forsch vor.

Westgate musste Ende fünfzig sein, aber als ehemaliger Marineinfanterist hatte er sowohl seine Fitness als auch seinen Bürstenhaarschnitt beibehalten. Als die hübsche junge FBI-Agentin iranischer Herkunft ihm ihr perfektes Lächeln zuwarf, schmolz die harte Fassade des ehemaligen Marines wie Butter in der Sonne. Ackerman konnte es Terry kein bisschen verübeln. Auch er war Nadias Augen beim ersten Anblick verfallen, deren Farbe ihn an Sonnenblumen vor einem blassblauen Himmel erinnerte, und dem Geruch nach Jasmin und Babyatem, der sie ständig zu umgeben schien wie ein natürlicher Moschus.

»Freut mich, Sie kennenzulernen.« Nadia reichte ihm die Hand.

»Das Vergnügen ist ganz meinerseits.« Westgate nickte Ackerman zu, den er unter dem Namen Franklin Stine kannte.

Der Deputy Warden führte sie durch Korridore aus weißen gemauerten Wänden. Ackerman erschien die Anlage gespenstisch still; darin unterschied sie sich von den meisten Gefängnissen.

Westgate fiel in den Fremdenführermodus und konzentrierte sich ganz auf Nadia. »Unsere Insassen leben in dreieinhalb mal zwei Meter großen Zellen aus gegossenem Beton, die durch Stahltüren verschlossen sind. Sie haben eine eingebaute Dusche, ein kleines Waschbecken, ein Bett, einen Schreibtisch und eine Toilette. Jeder hier sitzt permanent in Einzelhaft. Die Zellen sind schalldicht, und die Strafgefangenen können sich untereinander nicht verständigen, von seltenen Gelegenheiten abgesehen, bei denen sie einander auf dem Weg zum oder vom Hof passieren. Teufel, diese Kerle dürfen nicht mal einen Arzt besuchen. Solange sie nicht auf dem Sterbebett liegen, werden sie über ein Telekonferenzsystem untersucht.«

Nadia lächelte noch immer, als sie fragte: »Fügt die extreme Isolation vielen dieser Gefangenen denn keinen tiefgreifenden psychologischen Schaden zu? Einige von ihnen sollen immerhin wieder auf freien Fuß gesetzt werden.«

Das Lächeln des großen Marines geriet nicht ins Wanken, aber das Funkeln in seinen Augen ließ nach. »Entschuldigen Sie, Agent Shirazi, ich lege die Regeln nicht fest. Ich führe sie nur aus.« Westgate wandte sich Ackerman zu und zeigte auf eine Stahltür rechts von ihnen. »Ihr Häftling erwartet Sie dort, Mr. Stine. Ich gehe davon aus, dass Ihnen das Prozedere bekannt ist.«

Ackerman nickte zur Antwort, und der Deputy Warden übergab sie in die Obhut eines massigen Hünen ohne Hals, der aussah, als könnte er auf der Hantelbank wenigstens vierhundert Pfund drücken.

Nachdem Westgate gegangen war, wandte Ackerman sich Nadia zu und fragte: »Nun, meine Liebe, sind Sie bereit, dem Dämon gegenüberzutreten?«

»So bereit, wie ich nur sein kann.«

»Sobald wir mit ihm in einem Raum sind, nehmen Sie das Heft in die Hand.«

»Das kann doch nicht Ihr Ernst sein«, begehrte Nadia auf. »Ich weiß ja überhaupt nichts über den Kerl.«

»So geht es jedem. Er ist ein Gespenst. Wir kennen nicht einmal seinen richtigen Namen, jedenfalls nicht mit Sicherheit.«

»Das habe ich nicht gemeint. Ich weiß weder, weshalb wir hier sind, noch, was ich ihn fragen soll. Sie haben mich vollkommen im Dunkeln gelassen.«

»Das hat einen guten Grund: Ich möchte hören, was Sie ganz unvoreingenommen, ohne jede Vorabinformation, für einen Eindruck von dem Mann haben. Wenn ich Ihnen sagen würde, wonach Sie Ausschau halten sollen, würde es den Zweck verfehlen, denn meine Erwartungen hätten Ihre Wahrnehmung beeinflusst.«

»Sie reden über den Kerl, als wäre er der schwarze Mann«, entgegnete Nadia, »erwarten von mir aber, dass ich dort hineingehe und Small Talk mit ihm mache? Benutzen Sie mich als Köder? Soll ich dafür sorgen, dass er ausrastet? Oder bin ich sein Typ oder so was?«

Grinsend zwinkerte Ackerman ihr zu. »Meine Liebe, Sie sind jedermanns Typ. Aber nein, ich habe für Ihre Interaktion kein spezielles Spiel im Sinn. Stellen Sie ihm einfach die üblichen Bullshit-Fragen, die Sie bei der Verhaltensanalyseeinheit des FBI gelernt haben: nach seiner Kindheit, Haustieren, Bettnässerei, Beziehungen zu seinen Eltern, seinen Gefühlen vor und nach seinen Verbrechen, nach Reue. Dieses Zeug eben.«

Nadia schwieg kurz, aber Ackerman registrierte, dass ihre Atemfrequenz sich erhöht hatte. »Ich verstehe Ihr Zögern nicht«, fuhr er fort. »Ihnen dürfte der Umgang mit gefährlichen Serienmördern doch so vertraut sein wie das Binden der Schnürsenkel. Immerhin arbeiten Sie jetzt fast anderthalb Jahre lang Seite an Seite mit dem gefährlichsten Mann auf der ganzen Welt.«

»Ich betrachte Sie nicht als Mörder. Nicht mehr.«

Er lachte leise. »Ich weiß Ihr Vertrauen zu würdigen. Leider kann der Tiger seine Streifen nicht ablegen. Ganz egal, wie viel Gutes ich tue, wie vielen Menschen ich das Leben rette, wie viele Fälle ich aufkläre und wie viele Mörder ich hinter Gitter bringe, meine Vergangenheit vermag ich nicht auszulöschen. Ich kann niemals ändern, was ich getan habe. Uns definieren die Entscheidungen, die wir in der Vergangenheit getroffen haben, und ob es uns passt oder nicht, dazu gehören auch unsere Fehler. Ich werde immer ein Killer bleiben, und nichts, was ich tue, wird daran etwas ändern.«

»Sie sind für mich kein Killer, Frank.«

»Was bin ich denn dann für Sie?«

Sie deutete ein Lächeln an. »Sie sind mein Partner.« Sie schwieg einige Sekunden. »Ob es mir gefällt oder nicht.«

Er lächelte zurück. »Zerbrechen Sie sich nicht den Kopf über dieses Interview. Nehmen Sie die Dinge, wie sie kommen, und alles ist gut. Ich erwarte nicht, dass Sie besonders viel von ihm erfahren. Außerdem haben Sie Ihre Arbeit über mich geschrieben, also kennen Sie jeden schmutzigen Trick, den ein abartiger Verstand einem arglosen Interviewer so spielen kann.«

Nadia runzelte die Stirn. »Während Ihrer vielen Inhaftierungen haben Sie Interviews und Untersuchungen stets verweigert. Wieso? Ihnen ist es gelungen, jede Sitzung in ein Machtspiel zu verwandeln, und Sie haben sich nur zu gern als das Monster gezeigt, das Ihr Gegenüber zu sehen erwartete.«

Ackerman blickte auf die Stahltür, hinter der Demon wartete. »Warum nicht das Monster sein? Mir stand ein Leben hinter Gittern bevor oder der Tod, wäre die Auslieferung an die entsprechenden Staaten genehmigt worden. Ich hatte nichts Besseres zu tun. Ich sagte mir, ich könnte mit meinen Wohltätern doch genauso gut ein bisschen Spaß haben, und Sie wissen ja, meine Liebe, wie sehr ich ein gutes Spielchen genieße.«

2

Sergeant Elliott Cole vom New York Police Department fand sich in einer Finsternis wieder, die so vollkommen war, dass er mehrmals blinzeln musste, bevor er glaubte, dass er die Augen wirklich geöffnet hielt. Der Boden, auf dem er lag, bestand aus einer unebenen Steinfläche unter einer hohen Schlammschicht, die mehrere Zoll hoch war. Elliott wartete darauf, dass seine Augen sich an die Dunkelheit gewöhnten, aber die Schwärze blieb absolut. Wie er hierhergekommen war, konnte er nicht einmal ansatzweise sagen. Jemand hatte ihn auf den Hinterkopf geschlagen, und er erinnerte sich an das Gefühl zu fallen, ganz vage sogar daran, wie er weggezerrt wurde. Die Erinnerungen waren undeutlich und formlos, und seinen Kopf füllte nur eine nebulöse Vorstellung dessen, was ihm zugestoßen war. Nachdem er vergeblich abgewartet hatte, dass die stygische Finsternis sich aufhellte, konzentrierte sich Elliott darauf, seine verschwommenen und unvollständigen Erinnerungen zu ordnen.

Allmählich klärte sich sein Brummschädel, und Elliott fiel ein, dass er vor dem Schlag, der ihn getroffen hatte, tief unterhalb von New York City gewesen war. Er hatte aufgegebene U-Bahn-Tunnel der Metro Transit Authority untersucht, in denen sich oft Obdachlose verkrochen, die ein Leben unter der Erde den Straßen über ihnen vorzogen. Dafür gab es eine ganze Reihe guter Gründe. Die Obdachlosen auf den Straßen konnten sich an Asyle wenden, aber in diesen Notunterkünften lief man Gefahr, im Schlaf bestohlen zu werden. Das *Underfolk*, wie Elliott sie gerne nannte, fand hingegen in den Hunderten von Gängen unterhalb von New York oft unbenutzte versteckte Nischen, die längst in Vergessenheit geraten waren.

Er entsann sich, in einem der aufgegebenen alten U-Bahn-Tunnel der J Line gewesen zu sein, aber ... wieso? Wieso war er hinter seinem hübschen Schreibtisch hervorgekommen, von dem aus er normalerweise die Arbeit der untergeordneten Streifenbeamten koordinierte? Was hatte ihn verleitet, sich selbst die Finger schmutzig zu machen?

Wenige Augenblicke später war sein Geist dem natürlichen Gedankengang gefolgt, und er kannte die simple Antwort. Elliott war oft der einzige Cop seines Reviers, der sich in die Tunnel vorwagte und sich mit dem Underfolk abgab. Wenn Abschnitte gesäubert wurden und die Obdachlosen weichen mussten, halfen die anderen Officers nur widerwillig der MTA. Elliott gehörte hingegen zu den wenigen Polizisten in der Stadt, die sogar gern in das unterirdische Gewirr der Tunnel vorstießen und die weite und meist vergessene Welt erkundeten, die sich unter einer der größten Metropolen der Welt ausbreitete.

Schon als Kind hatte Elliott es geliebt, verlassene Orte zu erkunden. Er war in Brooklyn aufgewachsen und das einzige schwarze Mitglied eines Clubs gewesen, der sich die Brooklyn Pathfinders genannt hatte – nicht, dass den fünf Jungen und zwei Mädchen, die die Liebe zur Stadterkundung vereinte, die Hautfarbe in irgendeiner Weise wichtig gewesen wäre. Der Anführer hatte Elliott sofort das Gefühl gegeben, willkommen zu sein, wie er es seither nur selten empfunden hatte. Obwohl dieser Marcus Williams ein paar Jahre älter gewesen war als Elliott, hatte er den Jüngeren unter seine Fittiche genommen und ihm letzten Endes sogar den Anstoß gegeben, ins NYPD einzutreten. Als Sergeant Cole dachte Elliott heute oft an seinen alten Freund Marcus Williams, und obwohl sie über die Jahre hinweg sporadischen Kontakt gehalten hatten, war Marcus stets sehr vage geblieben, wenn sie auf seine Arbeit zu sprechen kamen. Elliott wünschte oft, dass er einen Ermittler wie Marcus in seiner Abteilung hätte.

Je mehr Einzelheiten in sein Gedächtnis zurückkehrten, desto klarer wurde Elliott, dass er in die Tunnel gegangen war, um einen Zeugen bei einer Mordermittlung zu finden.

Ein Obdachloser, den jeder nur als Jersey kannte, hatte beobachtet, wie vier Menschen vor einem Nachtclub an der Fifty-First Street niedergeschossen wurden. Die Verkehrsüberwachungskameras hatten das Gesicht des Täters nicht aufgefangen, und das Fahrzeug, aus dem die Schüsse gekommen waren, hatte sich als gestohlen erwiesen. Die Überwachungsvideos zeigten jedoch einen Obdachlosen, wie er eine Stelle in den Schatten verließ, von der aus er den Schützen ganz klar gesehen haben musste. Als die ermittelnden Beamten sich bei ihren üblichen Informanten nach

Jersey erkundigten, erfuhren sie zu ihrem Leidwesen, dass der Zeuge in die Tiefen der Undercity entflohen war. Elliott hatte sich widerstrebend bereiterklärt, zwei seiner Officers bei einer Suche unterhalb der Forty-Second Street zu begleiten, eine Zone, von der es hieß, dass Jersey sich dort aufhalte.

Sie hatten Jersey jedoch nicht gefunden, und je länger Elliott darüber nachdachte, desto schlimmer erschienen ihm die Umstände. Umso mehr Fragen gingen ihm durch den Kopf. Was war aus den beiden Kollegen geworden, die ihn begleitet hatten? Von wem waren sie angegriffen worden?

Als er wieder das Bewusstsein erlangte, hatte er sich als Erstes gefragt, ob er vom Underfolk niedergeschlagen worden war, das ihn ausrauben oder einfach nicht entdeckt werden wollte. Je mehr er über seine Situation nachdachte, desto mehr erschien es ihm aber, als wäre hier etwas am Werk, das sehr viel finsterer war.

Elliott tastete sich ab. Vor dem Angriff hatte er seine Uniformjacke getragen. Man hatte ihn jedoch bis auf das Unterhemd ausgezogen. Seine Hose und seine Schuhe waren noch, wo sie hingehörten, aber sein Koppel mit dem Pistolenholster fehlte. Als er seine Taschen abklopfte, stellte er fest, dass sie bis auf etwas Hartes, Viereckiges leer waren. Er griff mit der Hand in die Tasche und ertastete, dass der Gegenstand aus Metall ihm nicht gehörte, aber genau das war, was er im Augenblick benötigte. Er zog ihn heraus, und als er die Kappe wegschnippte, strahlte die Flamme des Zippo-Feuerzeugs auf und erhellte seine Umgebung.

Elliott war in einem Tunnel aus Beton und Stein, teils feucht und schlammig, teils sauber und trocken. Einige Wände bestanden aus alten Ziegeln und strotzten vor Graffiti, andere Abschnitte wirkten neu. Er bemerkte vom Alter rostige Stahlstützen. Der Steinboden war uneben und ließ an einen Felsstrand oder an ein Kopfsteinpflaster denken. Für U-Bahn-Waggons war dieser Gang nicht gedacht, im Gegensatz zu dem Tunnel, in dem er sich vor dem Überfall befunden hatte. Je länger Elliott seine Umgebung betrachtete, desto rätselhafter erschienen ihm die ursprüngliche Funktion des Tunnels und der Zweck, dem er jetzt diente.

Er richtete das Licht direkt vor sich und konnte bis zu einem Punkt sehen, an dem der Tunnel scharf nach rechts abbog. Er versuchte das Gleiche in die andere Richtung, aber der blasse Schein des Feuerzeugs reichte nicht weit genug, und seiner Einschätzung nach konnte der Tunnel jenseits davon endlos weitergehen. Elliott entschied, als Erstes den abknickenden Weg zu versuchen, und richtete sich auf. Seine Beine zitterten, und er musste sich an einem Stück Tunnelwand abstützen, das nicht feucht und schimmelig war. Waren der plötzliche Schwindel und die Übelkeit, die ihn überfielen, eine Folge des Schlags auf den Kopf, oder hatte man ihn auch unter Drogen gesetzt? Der Gedanke warf weitere Fragen auf. Wer würde so etwas tun und weshalb? Leider half ihm das wenige, was er wusste, bei der Beantwortung seiner Fragen kein bisschen.

Er hielt das Feuerzeug vor sich wie einen Talisman, der Böses abwehren sollte, während er voranging und dabei die Finsternis vertrieb. Als er noch anderthalb Meter von dem Knick entfernt war, hörte er dahinter ein seltsames Schlurfen, als bewegte sich jemand im Tunnel vor ihm. »Hallo?«, rief er. »Ist da jemand? Ich bin vom NYPD!«

Aber seine Antwort bestand aus Stille. Niemand sagte etwas, und das Schlurfen war verstummt.

Elliott neigte nicht dazu, sich blind in unbekannte Situationen zu stürzen. Er hatte ausreichend Jahre als Streifencop auf den Straßen verbracht, um zu wissen, wie leicht man dabei ums Leben kommen konnte. In seiner gegenwärtigen

Lage blieb ihm aber kaum eine andere Wahl, als weiterzugehen. Als er um die Ecke trat und beleuchtete, was dahinter war, traf ihn ein jäher Luftzug. Licht umwaberte sein Gesicht, als der Wind die Feuerzeugflamme auf ihn zurückwarf und fast ausblies. Sie erlosch jedoch nicht, und gleich vor sich entdeckte er drei Menschen, darunter einen der größten Männer, die er je zu Gesicht bekommen hatte. Und dieser große Kerl stürmte gerade auf ihn zu, das Gesicht zu einem Ausdruck schierer Mordlust verzerrt.

3

Der Drang, ihren Partner mit einem stumpfen Gegenstand niederzuschlagen, war FBI Special Agent Nadia Shirazi alles andere als unvertraut. Gewöhnlich befiel der Wunsch sie aus einem von zwei Gründen: Entweder hatte Ackerman in aller Öffentlichkeit etwas Unhöfliches oder Arrogantes getan und sie in Verlegenheit gebracht, oder er warf sie in kaltes Wasser, in das sie bis über den Kopf untertauchte, während er ihr einen Betonstein hinterherwarf und erwartete, dass sie damit schwamm. Ackerman war in vielerlei Hinsicht ihr Lehrer und Mentor, aber sie würde niemals zulassen, dass er erfuhr, welche Gedanken sie manchmal in Bezug auf ihn hegte. Bei seinem Ego hätte ihn ihre Offenheit nur weiter angespornt. Zugleich aber war er auch ein Befürworter des Konzepts, durch praktische Erfahrung zu lernen. Jedes Mal, wenn er sie in eine Situation brachte, in der sie beinahe getötet wurde, stellte er es als einzigartige Lektion hin. Hinterher lobte er sie für ihre Leistungen und behauptete, dass er die ganze Zeit größtes Vertrauen in sie gesetzt habe; er habe sie nur deswegen so weit getrieben, damit sie Selbstvertrauen fand. Manchmal bekam Nadia auch irgendeinen anderen mistigen Glückskekssspruch zu hören, der in ihr den deutlichen Verdacht weckte, er diene zu gleichen Teilen der Manipulation wie der Irreführung.

Sie hatte sich bei ihrem Vorgesetzten beschwert, der das Black-Ops-Programm des FBI leitete, aber Deputy Director Samuel Carter hatte sie nur wissend angelächelt und gesagt: *Bei Ackerman können Sie keine Wünsche anmelden. Wenn er jemals lernt oder wächst, dann nur zu seinen Bedingungen. Glauben Sie niemals auch nur einen Augenblick lang, Sie könnten ihm etwas beibringen. Wenn er etwas nicht weiß oder versteht, dann gewöhnlich, weil er es bereits als überflüssig eingestuft hat.*

Vermutlich hätte sie von einem der berüchtigtsten Irren der Geschichte auch nichts anderes erwarten dürfen, auch wenn er, wie sich erwiesen hatte, gar nicht so irre war. Doch wie Ackerman ihr gern ins Gedächtnis rief, hing die Definition von Wörtern wie Irrsinn und Wahn stets von der eigenen Perspektive ab.

Der halslose Gigant in der hautengen Uniform eines Gefängniswärters sah zu einer Überwachungskamera im Gang hoch, blickte einen anderen Officer an, der weit entfernt in einer Kammer saß, und bat darum, dass die Stahltür geöffnet wurde. Sie summte und klickte. Der große Mann drehte den Knauf und winkte sie in eine große Betonkammer von etwa vier mal sechs Metern Grundfläche. Über dem Zentrum des Hofes war eine Dachöffnung, durch die man blauen Himmel sah, aber sonst nichts. Nadia erkannte es als eine Freizeitzone von ADX Florence, in der Häftlinge ihre eine Stunde »Körperertüchtigung« am Tag erhielten.

Im Zentrum der Kammer stand ein großer Metallquader, der Nadia an einen Beichtstuhl aus Stahl denken ließ. Er war mit einer Vielzahl von Vorhängeschlössern versehen, und jede Öffnung in den massiven Wänden war von Stahlgeflecht überzogen, das jeden erdenklichen Kontakt verhinderte. In der Frontseite befand sich nur ein einziger ungesicherter Schlitz, durch welchen dem Häftling kleine Gegenstände oder Papiere zugeschoben werden konnten. Der Mann jedoch, der in der Häftlingstransportbox saß, war mit einer Zwangsjacke fixiert und an den stählernen Sitz gekettet; er konnte von seinen Besuchern nichts entgegennehmen.

Der Mann, der als Demon bekannt war, drehte augenblicklich den Kopf hin und her und öffnete den Mund, um die Kiefermuskeln zu dehnen. Er hatte lange, leicht ergraute schwarze Haare, die ihm ins Gesicht hingen. Narben von Messerschnitten übersäten alles, was von seinem Gesicht zu erkennen war. Unter den Verstümmelungen sprang sein Glasgow-Lächeln ins Auge – eine Wunde, die entstand, indem man dem Opfer die Mundwinkel einschnitt und es dann folterte. Sobald das Opfer schrie oder auch nur die Miene verzog, riss das angeschnittene Fleisch auseinander. Demons Glasgow-Lächeln reichte fast von einem Kiefergelenk zum anderen. Allerdings bildete es keinen geraden Strich, und es war auch nicht aufwärts gekrümmt wie ein Lächeln. Es sah mehr danach aus, als wäre Demons Gesicht schräg von unten mit einer riesigen Axt zerhackt worden.

Demon schaute Ackerman an. »Hallo, alter Freund. Hatten Sie Sehnsucht nach mir?« Er sprach mit schottischem Akzent, und seine Stimme klang wie ein leises Knistern, schwach und zerbrechlich wie das Rascheln toten Laubs.

Ackerman trat auf den stählernen Beichtstuhl zu und erwiderte mit leisem Lächeln: »Eigentlich nicht. Aus den Augen, aus dem Sinn, würde ich sagen. Meine Kollegin, Agent

Shirazi, möchte Ihnen ein paar Fragen stellen. Ich gehe zwar nicht davon aus, dass Sie ihr mehr entgegenkommen als mir oder meinem Bruder, aber ich lasse mich gern überraschen. Allerdings gelingt das nur sehr selten jemandem.«

Mit einem Nicken wies er Nadia an, mit ihrer Befragung zu beginnen. Sie arbeitete nun beinahe ein Jahrzehnt lang für das Federal Bureau of Investigation, aber den Großteil dieser Zeit hatte sie in der Abteilung für Cyberkriminalität vor einer Tastatur verbracht. Schon damals hatte sie angestrebt, was sie jetzt hatte: einen Platz am Tisch der berühmten Behavioral Analysis Unit des FBI, der Verhaltensanalyseeinheit BAU, die sich mit dem Profiling von und der Jagd nach Serientätern befasste.

Mit ihren Aufgaben arbeitete sie allerdings nur im Keller der BAU.

Nadia rief sich ihre Ausbildung ins Gedächtnis. Sie sollte wissen, was sie in einer Situation wie dieser zu tun hatte. Einen Straftäter zu vernehmen entsprach den Aufgaben einer BAU-Agentin weit mehr als die meisten Dinge, die Ackerman von ihr verlangte – welche oft nicht einmal legal waren.

Sie schaute ihren Kandidaten an und versuchte, ihm in die Augen hinter der herunterhängenden grau-schwarzen Haarmähne zu sehen. Erst jetzt fiel ihr auf, dass er keine Augenbrauen hatte. Sie waren von Narbengewebe verdrängt, was ihn beinahe wie ein Wesen aus einer anderen Welt wirken ließ. Nadia versuchte, herzlich und höflich zu sein, aber sie lächelte den Mörder im Stahlkasten nicht an. »Mr. ... Demon, ich bin FBI Special Agent Nadia Shirazi und würde Ihnen gern einige Fragen stellen. Nur um Sie ein wenig besser kennenzulernen. Soweit ich weiß, halten Sie Ihre wahre Identität geheim und weigern sich, den Behörden persönliche Informationen zu geben. Die Fragen, die ich Ihnen stellen möchte, sind mehr empirischer Natur, und

Sie haben jede Freiheit, sie zu beantworten, ohne Einzelheiten preiszugeben, mit denen Sie eventuell verfängliche Informationen offenlegen. Meine Fragen sind darauf abgestimmt, Sie besser zu verstehen, Ihr Leben zu beleuchten und herauszuarbeiten, wie wir zu dem Punkt gelangt sind, an dem wir stehen. Wäre das für Sie akzeptabel?«

Der Mann, der als Demon bekannt war, sah zu Ackerman, zwinkerte und richtete den Blick auf sie. »Ich will dich fressen, während du noch lebst. Na ja, wenigstens zuerst. Danach will ich dich fressen, wenn du tot bist.«

Nadia reagierte nicht auf den Kommentar. Sie nickte nur, öffnete ihr iPad Mini, nahm den Apple Pencil von der Magnethalterung und machte sich in einer App Notizen, indem sie mit dem Stift auf dem Bildschirm schrieb. »Interessant«, sagte sie. »Ich werde heute ein großes saftiges Steak essen, wenn wir hier fertig sind. Wie lang ist es her, dass Sie so etwas bekommen haben?«

Demons Augen wurden mit einem Mal glasig. Mehrere Sekunden lang schien er sich in einem traumartigen Zustand zu befinden, und der Effekt schien weniger von ihrem Statement herzurühren als vielmehr von irgendetwas, das in dem Mann vorging. Übergangslos wisperte er: »Sie wollten mir doch Fragen stellen?«

Nadia machte eine Notiz auf ihrem iPad. »Fangen wir mit etwas Einfachem an. Was ist Ihre früheste Erinnerung aus Ihrer Kindheit?«

Demon spitzte die Lippen und kniff die Augen zusammen, als dächte er darüber nach, dann antwortete er: »*Es war in unseres Lebensweges Mitte, als ich mich fand in einem dunklen Walde; denn abgeirrt war ich vom rechten Wege.*«

Nadia wusste, dass er etwas zitierte, aber sie war sich nicht sicher, ob er wirklich etwas zu sagen versuchte und in metaphorischen Wendungen sprach, die sie nicht zu entschlüsseln vermochte, oder ob er sie nur auf den Arm nahm. Statt weiter auf der ersten Frage herumzureiten, änderte sie die Taktik. »Was ist mit Ihren Eltern?«, fragte sie. »Was können Sie mir über sie sagen?«

Wieder hielt Demon inne, als überlegte er sich sorgsam seine Antwort. »*Wie Blümlein, die der Nachthauch schloss und senkte, sobald die Morgensonne sie erleuchtet, sich auf dem Stiel aufrichten und erschließen, so kräftigte sich mein gesunkner Mut.*«

Diesmal war Nadia sich sicher, dass es nichts zu entschlüsseln gab. Sie sah Ackerman um Unterstützung an, aber er schüttelte nur fast unmerklich den Kopf und forderte sie mit einer Handbewegung auf weiterzumachen.

»Was ist mit Haustieren?«, fragte sie. »Hatte Ihre Familie einen Hund, oder hatten Sie als Kind ein Tier für sich?«

Demon lächelte. »*Das hätte ich gern gehabt ... Wie Phantome, scheuende Tiere, wenn die Schatten sich senken.*«

Nadia erkannte allmählich, was Ackerman gemeint hatte, als er sagte, er rechne nicht damit, dass sie bei Demon große Fortschritte erziele. Wie es schien, würde ihr der Mann ihre Fragen nicht klar beantworten. Dennoch fühlte sie sich genötigt weiterzumachen, vielleicht aus einer sturen Hoffnung heraus, dass sie Demon doch noch zum Straucheln bringen konnte.

»Wie wäre es, wenn wir über etwas mit mehr Substanz sprechen würden? Was können Sie mir über Ihren ersten Mord erzählen? Wenn Sie keine spezifischen Einzelheiten preisgeben möchten, dann nennen Sie mir doch die Gedanken und Gefühle und unwillkürlichen Reaktionen, die mit der Tat in Verbindung stehen; auch das wäre nützlich.«

Demons Gesicht war völlig ausdruckslos. »*Ich weinte nicht, und so ward ich innerlich zu Stein.*«

Nadia versuchte, ihn weiter in die Richtung zu drängen,

andere Themen anzusprechen, aber er gab nur immer weiter kryptische Antworten.

»Was ist Ihre früheste Erinnerung an die Schule?«

»In jedem Feuer ist ein Geist. Ein Jeder ist in das gehüllt, was ihn verzehrt.«

»Haben Sie als Kind andere Kinder oder Tiere misshandelt?«

»Sie sehnen sich nach dem, was sie fürchten.«

»Erzählen Sie mir von Ihrem ersten sexuellen Erlebnis.«

»In die ewige Dunkelheit, in Feuer und in Eis.«

»Wann haben Sie das erste Mal erkannt, dass Sie anders sind?«

»Mein Kurs trägt mich in unbekannte Gewässer.«

»Welche Schritte haben Sie ergriffen, um Ihre Verbrechen zu verbergen?«

»Durch mich gelangst du in eine Stadt der Tränen. Durch mich gelangst du in ewige Pein. Durch mich wandelst du zwischen den Verlorenen.«

»Haben Sie je Reue wegen etwas verspürt, das Sie getan haben?«

»Je perfekter ein Ding ist, desto mehr empfindet es Wonne und Schmerz.«

Auch wenn seine Antwort genauso nebulös blieb wie die anderen, zeigte Demon bei dieser Frage zum ersten Mal eine Regung und schien beinahe den Tränen nah zu sein. Nadia bat ihn: »Beschreiben Sie sich mir.«

»Der Teufel ist nicht so schwarz, wie man ihn zeichnet«, war seine Antwort.

Nadia gelangte an ihre Grenzen, sah Ackerman an und sagte: »Ich glaube, ich habe hier genug gehört. Wenn Sie so weit wären …«

»Ich habe nur zwei Fragen, alter Freund«, sagte Ackerman. »Sie haben meiner Kollegin gegenüber Dante Alighieri zitiert, aber ich bin neugierig. Wann haben Sie den Autor das erste Mal gelesen, und welches seiner Werke mögen Sie am liebsten? Ich glaube, Sie haben Ihr Geschwafel aus dem *Inferno* und anderen Teilen der *Göttlichen Komödie* zitiert und vielleicht auch aus anderen Schriften.«

Das Gesicht, mit dem Demon nun Ackerman bedachte, gehörte nach Nadias Einschätzung zu den aufrichtigsten Mienen, die er während der gesamten Vernehmung gezeigt hatte, und es war ein Ausdruck vollkommener Verwirrung. Wenn sie es nicht besser gewusst hätte, wenn ihr nicht vollkommen klar gewesen wäre, dass Demon nur mit ihnen spielte, so hätte sie vermutet, dass er weder wusste, wer Dante Alighieri war, noch, von welchem Buch Ackerman überhaupt sprach.

Nachdem er die Frage gestellt hatte, ohne eine Antwort zu erhalten, starrte Ackerman noch einen Moment lang Demon an, und obwohl Nadia in Ackermans grauen Augen kalte Wut entdeckte – eine Regung, an die sie sich schon gewöhnt hatte –, spürte sie mehr. Hätte sie es nicht besser gewusst und wäre ihr nicht bekannt gewesen, dass Ackerman wegen der Schädigung seiner Amygdala unfähig war, Furcht zu empfinden, hätte sie schwören können, dass er sich vor der Erkenntnis fürchtete, die er gerade gehabt hatte. Und obwohl sie nicht einmal ansatzweise begriff, was vorging, wusste Nadia nur zu gut, dass alles, was ihrem Partner leises Unbehagen einflößte, das Potenzial besaß, sie zu Tode zu erschrecken.

4

In seinem Leben war Elliott Cole schon in vielen Kämpfen gewesen. Die meisten hatte er gewonnen, wenn man als »Gewinnen« bezeichnete, dass man in besserer Verfassung aus dem Kampf hervorging als der Gegner. Elliott wusste, welchen Zoll diese sogenannten Siege seinem Körper abverlangt hatten, und betrachtete sie nicht als solche. In diesen Fällen hatte er keineswegs solch einem Koloss gegenübergestanden wie dem, der gerade versuchte, ihm den Kehlkopf zu zerquetschen.

Im flackernden Licht der Zippoflamme sah Elliott, dass der Angreifer schinkengroße Fäuste und wurstdicke Finger hatte. Die massigen Pranken hatten sich nun um Elliotts Hals geschlossen, und weil die Hände mit Armen verbunden waren, die um mehrere Fuß länger wirkten als Elliotts Arme – welche im Vergleich winzig erschienen –, hatte der große Mann ihn mühelos gegen die schleimige Mauer gepresst, die die Wand des Tunnels bildete. Die Mammut-Ellbogen waren durchgedrückt, und Elliott sah keine Hoffnung, den Koloss mit seinen Fäusten zu erreichen, während ihm die Luft abgedrückt wurde. Er versuchte zu treten, aber sein Gegner war kampfgeübt und lenkte die Tritte ab, ohne dass sie etwas trafen, das von Bedeutung gewesen wäre. Elliott merkte, wie die Welt dunkler wurde, und beschloss, die Taktik zu ändern. Er hob die Hände an die Finger des Mannes. In dem Moment begriff er, dass er das Instrument seiner Rettung die ganze Zeit in der Hand gehalten hatte. Das Zippo-Feuerzeug war noch in seiner Linken, und es brannte noch immer. Elliott nahm an, dass ein unterbewusster Überlebensinstinkt ihn veranlasst hatte, das Feuerzeug festzuhalten, als er angefallen und zurückgedrängt wurde.

Er hob das Zippo an eine Stelle direkt unter dem rechten Unterarm des Giganten. Der Mann musste in echtem Kampfrausch sein, denn es dauerte mehrere Sekunden, bis er begriff, dass sein eigenes Fleisch die Quelle des Brandgeruchs war, der ihm in die Nase stieg. Als er es erkannte, ließ der Koloss sofort Elliotts Hals los und sprang anderthalb Meter zurück. Dort nahm der Riese eine Boxerhaltung ein und holte mit der rechten Faust aus, um sie Elliott gegen den Schädel zu rammen.

Elliott zog den Kopf ein und rollte sich ab, aber der große Kerl war bereits in der Bewegung und knallte seine ansehnliche Faust gegen die glänzende Schwärze der Mauer. Sie kam mit einem hörbaren Schlag auf, aber der große Mann bellte nur vor Wut und zeigte umso größere Lust, seinen Gegner zu vernichten.

Elliott wich zwei weiteren Hieben aus, rollte sich auf die Seite und trat dem Hünen mit einem kräftigen Tritt gegen die Waden die Beine unter dem Leib weg. Der Gigant landete in einer Pfütze aus Wasser und wer weiß was noch. Als er versuchte, sich aufzurichten, rutschte er aus und fiel wieder in den Schlick.

Während des ganzen Kampfs hatte Elliott versucht, nicht auf die beiden anderen Gegner zu achten. Er hatte mit dem großen Kerl alle Hände voll zu tun und konnte sich nur einem Problem auf einmal widmen. Am Rande seiner Wahrnehmung hatte er aber bemerkt, dass die anderen seit dem Angriff ihren Kameraden angebrüllt hatten. Jetzt, wo er ein wenig Abstand zwischen sich und seinen Hauptgegner gebracht hatte, hörte er, wie eine weibliche Begleiterin des Behemoths rief: »Verdammte Scheiße, Bruce! Aufhören, hab ich gesagt! Bei Dinesh hast du das Gleiche versucht. Vielleicht ist der Kerl ja auch einer von uns.«

Elliott hatte sein Feuerzeug in dem Getümmel verloren, das gefolgt war, nachdem er dem großen Kerl den Arm verbrannt hatte. Er sah sich hastig um, suchte nach dem Zippo, wollte aber die Augen nicht für mehr als einen Sekundenbruchteil von den anderen nehmen, die er im Licht der Taschenlampen, die sie hielten, schwach erkennen konnte.

»Jetzt hält sich alles mal schön zurück, okay?«, rief er. »Ich bin Sergeant Elliott Cole vom NYPD. Ich weiß nicht, was hier los ist, aber ich kann Ihnen versichern, dass ich definitiv nichts damit zu tun habe.«

Die Frau, bei der es sich um die Wortführerin des Trios zu handeln schien, trat Schlamm in Bruce' Richtung. »Siehst du? Was hab ich dir gesagt von wegen erst schießen und später Fragen stellen? Du hättest fast einen verdammten Cop umgebracht!«

Der große Mann verstand eindeutig alles, aber es schien ihn nur noch wütender zu machen. Er kniff die Augen zusammen und maß Elliott mit einem Blick voll Hass und Bösartigkeit.

»Ich entschuldige mich für meinen Freund, Sergeant Cole«, fuhr die Frau fort. »Ich heiße Lauren. Ich bin Krankenschwester im Bayview. Dieser Mann hier«, sie wies auf den männlichen Begleiter, der nicht versucht hatte, Elliott zu töten, »ist Dinesh Ishanpara …«

»Corporal Dinesh Ishanpara, United States Army.« Der Mann trug eine schwarze Tarnhose und ein ehemals weißes, jetzt aber vor Schmutz starrendes T-Shirt über einem kleinen, aber muskulösen Körper. Obwohl sein Teint auf eine indische oder mittelöstliche Herkunft hindeutete, war sein Akzent reinstes Brooklyn.

»Und unser großer Freund hier – den Sie ja schon näher

kennengelernt haben – heißt Bruce. Er ist Türsteher bei einem Club im Village.«

Er nickte der Gruppe zu. »Sie können mich Elliott nennen.«

Dabei schaute er sich wieder rasch nach seinem Feuerzeug um und entdeckte es zwischen zwei der unebenen Steinplatten, aus denen der Boden des Tunnels bestand. Er hob es auf und richtete seinen argwöhnischen Blick wieder auf die Neuankömmlinge, die sich noch klar als Freund oder Feind zu erkennen geben mussten. »Ich bin erst vor fünf Minuten in diesen Albtraum geraten, wenn also jemand von Ihnen ein wenig Licht in die Sache bringen könnte, wäre ich dafür sehr dankbar.«

Laurens Miene verschloss sich, als ihr offenbar der Ernst der Lage erneut bewusst wurde. Alle Erleichterung und Aufregung, die sie gezeigt hatte, weil sie auf ein anderes Opfer dessen gestoßen war, was immer hier vorging, verflog sehr schnell. Ihr Blick zuckte von einer Seite des Tunnels zur anderen und wieder zurück. »Mir gefällt es hier nicht. Wir sind hier exponiert. Wir wollten in diese Richtung gehen. Warum schließen Sie sich uns nicht an, und wir reden weiter, sobald wir eine Stelle finden, an der meine Gänsehaut nachlässt?«

»Na, kommen Sie, Lady«, drängte Elliott, »irgendwas müssen Sie mir schon sagen. Sind wir hier allein? Sind Sie überfallen worden? Wissen Sie, wer das getan hat?«

Sie schüttelte den Kopf. »Ich erkläre bald mehr. Aber nein, allein sind wir hier *nicht*.«

5

Während Ackerman das Büro von Deputy Warden Westgate musterte, fiel ihm sofort ins Auge, dass der Raum genauso aussah wie ein Büro von jemandem, der für eine Verwaltungsbehörde arbeitete und echte Arbeit leistete. Die Wände waren weiß gestrichenes Mauerwerk und verschwanden unter einem Sammelsurium von Sportpostern, diversen Mitgliedschaften und Belobigungen sowie Fotos von klassischen Straßenkreuzern. Ackerman fiel auch auf, dass es keine Familienfotos gab, was er darauf zurückführte, dass die meisten Personen, die er in dieses Büro führte, nicht dem Personenkreis angehörten, dem Westgate auch nur verraten wollte, dass er eine Familie *hatte*. Die Möbel bestanden aus billigen Pressspanplatten mit einem Furnier aus Holzimitat. Der Sessel jedoch sah aus, als wäre er teuer und ergonomisch; vermutlich hatte Westgate ihn von seinem eigenen Geld gekauft. Ackermans Erfahrung nach gab es nur eines, was die Steuerzahler noch weniger interessierte als die Zustände in Haftanstalten: die Zustände in psychiatrischen Krankenhäusern. Westgate wies auf eine Sitzgruppe links von seinem Schreibtisch, die aus zwei Zweiersofas und einer Couch bestand; in der Mitte des Tischchens davor stand eine kleine Schale mit Äpfeln und Bananen.

Mit schnarrender Stimme sagte der große Stellvertretende Direktor: »Hier können Sie warten, bis wir im Konferenzraum alles für Sie vorbereitet haben. Sollte nur ein paar Minuten dauern.«

Ackerman sah auf die Uhr, die er einem Killer abgenommen hatte, dem er in einer Anlage begegnet war, die ADX

Florence sehr stark ähnelte. Die Uhr war einmal Eigentum des Judas-Killers gewesen, und wenn man an der Krone zog, kam ein herausziehbarer Würgedraht zum Vorschein.

Kaum hatte Westgate den Raum verlassen und die Tür hinter sich geschlossen, ging Ackerman an Sofas und Couch vorbei zum Schreibtisch des Deputy Warden.

Nadia zog die Brauen hoch. »Was zum Teufel machen Sie da?«

Ackerman ließ sich in den teuren Sessel fallen, klappte die Rückenlehne zurück und legte die Kampfstiefel auf die Schreibunterlage des Stellvertretenden Direktors. »Ach, ich sage unserem Freund nur Hallo«, antwortete er dann. »Er sieht sich die Videos an, sobald wir weg sind.« Ackerman schaute zu der Überwachungskamera in der Ecke des Raumes und winkte dem Westgate der Zukunft zu.

»Ihnen ist aber schon klar, weshalb die Leute Sie hassen?«

Ackerman lächelte. »Nicht deshalb, meine Liebe. Es gibt viel schlimmere Gründe, weshalb Leute mich hassen. *Das hier* ist nur ein kleiner Ulk.«

Er hob die Arme, verschränkte die Hände im Nacken, sodass er fast die Form einer Kobra annahm, und fläzte sich noch tiefer in den Sessel.

»Ist Ihnen denn klar, dass Sie wie ein absolutes Arschloch wirken, wenn Sie vor anderen Leuten derart rumflegeln?«

Ackerman lachte leise. »Auf dem Gebiet der Kinesik, meine Liebe, zeigt die Darstellung der Kobra, dass sich jemand den anderen im Raum überlegen vorkommt oder in einem Zustand der Entspannung befindet, in dem ihm vollkommen behaglich ist und er die Herrschaft über seine Umgebung innehat.«

Nadia schnalzte mit der Zunge. »Wow, wie schon gesagt, nur Arschlöcher räkeln sich so vor anderen. Wissen Sie, wir sind gar nicht irgendwo am Strand. Und ganz offensichtlich müssen Sie sich mir überlegen fühlen.«

Ackerman schwieg einen Moment, aber er spürte Nadias hitzigen Blick auf sich. Am Ende antwortete er: »Ich bin mir sicher, dass es zahlreiche Gebiete gibt, auf denen Sie weit über meine Möglichkeiten hinaus brillieren.« Er sah sie von der Seite an. »Mir fällt nur gerade keines ein.«

Zwar kniff sie die Augen zusammen, aber ein kleines Lächeln krümmte ihre Lippen. Sie lachte stillvergnügt in sich hinein. »Sie sind wirklich ein Ekelpaket, ist Ihnen das klar?«

»Ich halte nichts von Etiketten, meine Liebe.«

Sie prustete verächtlich. »Was reden Sie da? Sie etikettieren andere Leute doch ständig als Idioten und ›Normale‹. Sie sehen jemanden an und stecken ihn binnen eines Sekundenbruchteils in eine Schublade.«

»Im Kampf vielleicht. Dort sind solche Einstufungen und Entscheidungen lebensrettend. Sie haben jedoch recht. Auf unseren Reisen treffen wir auf viele Menschen, bei denen ich feststellen muss, dass ihnen die grundlegende Intelligenz fehlt, die nötig ist, um ihre Körperfunktionen zu beherrschen, geschweige denn allein im gesellschaftlichen Umfeld zu funktionieren. Was also Etiketten angeht, mag ich es wohl bloß nicht, wenn sie auf mich angewendet werden.«

»Dann geben Sie also zu, ein Heuchler zu sein?«

»Absolut. Sind wir das nicht alle?«

Er ließ die Stille einen Moment lang wirken, wie er es gern tat. Seine kleine Zurschaustellung an Westgates Adresse, das Posieren, das Geplänkel – alles diente einem bestimmten Zweck. Hier wollte er Nadia beruhigen und sie in einen Zustand versetzen, in dem sie bereit war, die anstehende Angelegenheit zu diskutieren. Als er spürte, dass er durch die Anspannung gedrungen war, die sie bis vorhin im

Griff gehalten hatte, sagte er: »Also, was halten Sie von dem Dämon?«

Nadia lächelte ihm zu, und damit vermittelte sie irgendwie den Eindruck, dass sie genau im Bild gewesen war, was er die ganze Zeit versucht hatte. Vielleicht kannte sie ihn bereits zu gut. »Ich wusste, dass Sie darauf hinarbeiten«, sagte sie. »Ganz ehrlich, ich weiß nicht, was ich sagen soll. Es war merkwürdig. Ich meine, er war definitiv so gruselig, wie man erwarten sollte. Er hat bei allen Kästchen ein Kreuz gemacht, die auf irgendeine Art von Massenmörder hinweisen, aber es war irgendwie … hohl.«

Ackerman änderte seine Haltung. Er stellte die Füße flach auf den Boden und beugte sich vor. »Nur weiter, meine Liebe. Hat er ein Spiel getrieben? Hat die Zeit in der Isolationshaft seinen Verstand zerrüttet?«

»Ich weiß nicht, wie ich es beschreiben soll«, antwortete Nadia. »Es war, als wäre er ganz fern oder vielleicht in einem traumartigen Zustand. Er war jedenfalls nicht richtig bei uns. Eindeutig ist in ihm etwas zerbrochen, aber das war eigentlich nicht das, was mir an unserem Gespräch am merkwürdigsten erschien. Es …« Nadia hielt inne und schien nach den passenden Worten zu suchen oder wenigstens nach einer Formulierung, die Ackerman verstehen konnte. Schließlich sagte sie: »Es war beinahe so, als wäre er ein NPC in einem Videospiel.«

Ackerman zog eine Braue hoch. »Ich fürchte, jetzt haben Sie mich abgehängt. Die einzigen Spiele mit Videos, die ich kenne, haben entweder mit Lösegeldforderungen zu tun, oder ein anderer Meister der morbiden Künste möchte mir eine Nachricht zukommen lassen.«

Nadia nahm eine Banane von Westgates Couchtisch und schälte sie, während sie weitersprach. »Eine nichtspielbare Figur. *Non-playable character*. NPC. Im Grunde heißt das, er ist nicht real. Er hat keine eigene Intelligenz, weder künstlich noch sonst wie. Es war, als hätte Demon eine Reihe von vorprogrammierten Antworten, und wenn wir ihn etwas fragten, guckte er in seine Antworten und zitierte eine aus dem Gedächtnis, als ob … Ich weiß es nicht. Ich glaube nicht, dass ich jetzt schon genug gesehen habe, um mehr darüber zu sagen. Er war definitiv seltsam.«

»Sie bestätigen meine eigenen Beobachtungen«, sagte Ackerman. »Zuerst hielt ich es für eine Art Trick, eine Technik zur Aufrechterhaltung von Distanz, wie ein Kriegsgefangener sie anwendet, um während seiner Gefangenschaft seine geistige Gesundheit zu bewahren, oder dass er ein kleines Spiel mit uns trieb. Es war gar nicht unähnlich den Tricks, mit denen ich in meinen dunklen Jahren meinen Interviewern gekommen bin. Je mehr ich aber mit ihm kommunizierte, desto mehr war ich überzeugt, dass hier etwas Größeres im Spiel ist, und ich glaube, heute könnten wir ein weiteres Puzzlestück entdecken.«

»Hat das etwas mit dem zu tun, was immer Westgate für Sie im Konferenzraum vorbereitet?«

Ackerman sah auf die Uhr. »Ja, wir haben eine Videokonferenz mit Schottland.«

Nadia blinzelte. »Mit dem ganzen Land, oder was?«

Die Tür öffnete sich, und Westgate steckte den Kopf herein. »Alles ist für Sie bereit. Leider ist der Konferenzraum auf der anderen Seite der Anlage. Ich begleite Sie.«

Während Ackerman und Nadia aufstanden, sagte Westgate nichts dazu, dass Ackerman auf seinem Sessel war, aber als sie auf dem Korridor standen, flüsterte der Deputy Warden: »Wenn Sie Ihre verfluchten Kampfstiefel noch einmal auf meine Möbel legen, Frank, haben wir ein echtes Problem miteinander.«

6

Sie stießen in einen Bereich vor, der wie die Speiche eines Rades geformt war. Die Decke des Tunnels senkte sich ab, bis sie kaum noch aufrecht stehen konnten. Auch hier bestand das Bauwerk zum Teil aus alten Mauersteinen, die von Schmutz und Schimmel bedeckt waren, und teils aus neuem Beton. Elliott bemerkte weitere Stahlstützen, die vom Alter Rost angesetzt hatten. Seiner Schätzung nach war die Nabe des Rades weit genug, um aus allen Richtungen einen Gegner so frühzeitig kommen zu sehen, dass man reagieren konnte, und er ertrug immer schlechter, im Dunkeln gelassen zu werden – sowohl wörtlich als auch im übertragenen Sinn.

»Diese Stelle ist genauso gut wie jede andere«, sagte er. »Ich benötige ein paar Antworten.«

Der Gigant, der Bruce hieß, versetzte verächtlich: »Du hast hier aber nicht das Sagen, Bulle.« Er wich jedoch zurück, als Lauren ihm die Hand auf die Brust legte.

»Lass mich das machen, Bruce.« Sie bedachte ihn mit einem Blick, der fest war, aber auch beruhigend. Während sie sprach, bemerkte Elliott zum ersten Mal, wie schön Lauren in der Welt draußen aussehen musste. Sie hatte Schmolllippen und hohe Jochbeine in einem kantigen, V-förmigen Gesicht und lange kastanienbraune Haare. Sie war wohl gewöhnt, dass Männer taten, was sie ihnen sagte. Ihre Haare waren nun fettig und schlaff, ihr attraktives Gesicht blass und schmutzverschmiert. Sie wandte sich Elliott zu. »Sie haben recht, Sergeant. Wir müssen zusammenarbeiten, wenn wir hier lebendig herauskommen wollen, aber ich weiß ganz ehrlich nicht, wie viel Licht jemand von uns in diese Sache bringen kann.«

»Fangen wir damit an, wie lange Sie schon hier sind.«

»Es muss wenigstens zwei Tage her sein, seit ich hier aufgewacht bin.« Laurens große grüne Augen glitzerten. »Aber das lässt sich nur schwer sagen. Es könnte auch sein, dass noch keine vierundzwanzig Stunden vergangen sind, und mir kommt es vor wie eine Woche. Wir haben keine Uhren und kein Sonnenlicht. Bruce habe ich ziemlich bald getroffen. Ein paar Stunden lang waren wir beide allein, dann begegneten wir Dinesh. Mehrere Stunden später stießen wir auf Sie. Wie schon gesagt, es ist schwer, hier unten die Zeit zu bestimmen.«

»Also haben Sie sich die ganze Zeit durch die Tunnel bewegt? Das Labyrinth muss ja riesig sein.«

Lauren schüttelte den Kopf. »Das kann ich Ihnen nicht genau sagen. Wir haben entdeckt, dass die Wände anscheinend ihren eigenen Willen haben.«

»Was soll das denn heißen?«

»Sie bewegen sich. Sie bleiben nicht, wo sie sind.«

Elliott zog die Brauen hoch, aber er verkniff sich einen Kommentar. Solche komplizierten Vorrichtungen deuteten darauf hin, dass dieser Albtraum einen größeren Umfang hatte, als er zunächst angenommen hatte. »Okay. Sie sagten, wir sind hier nicht allein. Bis auf uns vier, wen haben Sie noch gesehen?«

Seine Frage veranlasste Lauren, sich erneut umzuschauen. »Es geht nicht um das, was wir gesehen haben, sondern mehr um das, was wir gehört haben.«

»Zum Beispiel?«

»Seltsame Geräusche. Vor allem Bewegung. Aber auch ... Manchmal klingt es, als würden Kinder lachen, manchmal summen Stimmen Kinderreime oder Schlaflieder oder so etwas. Richtig gruselig. Als würde jemand uns beobachten und mit uns spielen. Wir fingen an, Licht zu sparen ...« Elliott hatte bemerkt, dass seinen drei Gefährten Taschenlampen überlassen worden waren, während er nur ein Feuerzeug mit begrenztem Benzinvorrat hatte. Er hatte das Thema nicht anschneiden wollen, weil der Umstand ihn von den anderen unterschied. »Aber einmal, als wir uns im Dunkeln hinsetzten und ein paar Minuten lauschten ... Na ja, als das Licht wieder anging und ich losgehen wollte, entdeckte ich, dass mir die Schnürsenkel zusammengebunden worden waren.« Tränen liefen ihr die Wangen hinunter. »Wer immer das gemacht hat, er war mir so nahe, er hätte mir auch die Kehle durchschneiden können, und ich habe nichts gehört oder gespürt, kein bisschen.«

Bruce legte Lauren seine massigen Hände auf die Schultern, und sie schmiegte die Wange an einen Handrücken. Erneut staunte Elliott über die Absurdität und den Irrsinn ihrer Lage, aber sein Training half ihm, es unkommentiert zu lassen. Stattdessen fragte er: »Von diesen Vorfällen abgesehen: wirklich *gesehen* haben Sie sonst niemanden?«

»Niemanden, der nicht einer von uns ist. Wenigstens noch nicht.«

Elliotts Gedanken wandten sich dem Umstand zu, dass er nicht sagen konnte, wer von diesen Leuten wirklich Opfer war und wer vielleicht in Wahrheit zu den Tätern gehörte. Gewiss war dieser Gedanke schon jedem seiner drei Gefährten durch den Kopf gegangen. »Also, wie sind Sie hier gelandet?«

Lauren antwortete als Erste. »Ich hatte Schichtende im Bayview und war auf dem Weg zu meinem Auto. Jemand muss mich von hinten niedergeschlagen haben. Ich bin hier wieder aufgewacht.«

Als Nächster berichtete Dinesh, der angebliche Army-

Corporal, in seinem abgehackten, nüchternen Brooklyner Akzent. »Ich hab mich in meinem Apartment schlafen gelegt. Aufgewacht bin ich hier.«

Bruce sah ihn nur drohend an. Elliott entschied, im Moment nicht auf seiner Geschichte zu bestehen und später auf die Fragen zurückzukommen, die er an die einzelnen Personen hatte.

»Niemand von Ihnen hat also gesehen, wer uns hergebracht hat«, sagte er. »Ist Ihnen in den Tagen vor der Entführung jemand gefolgt? Ist Ihnen etwas Ungewöhnliches aufgefallen? Irgendwelche Personen, die ein merkwürdiges Interesse an ...«

Mitten im Satz wurde Elliotts Frage unterbrochen. Von den Steinmauern der Gänge hallte eine gellende Alarmsirene wider, deren Ton geeignet war, vor einem bevorstehenden Atomschlag zu warnen. Nachdem er einen Augenblick lang den entsetzlichen Lärm erduldet hatte, begriff er, dass das Geheul von allein nicht aufhören würde, und rief: »Wir müssen rauskriegen, wo das herkommt.«

Der Lärm war nicht laut genug, um von einer Alarmanlage mit mehreren Lautsprechern oder einem Beschallungssystem zu stammen. Vielmehr schien er aus einer einzelnen Quelle irgendwo in einem der Tunnel zu kommen, die in die Nabe mündeten. Die Gruppe ging die Tunneleingänge ab und horchte, ob sie feststellen konnte, aus welchem Gang das Sirenengeheul kam. Nachdem sie an vier der sechs Tunnel gehorcht hatten, wusste Elliott noch immer nicht, was den Lärm verursachte. Vielleicht war sein Gehör nicht mehr so gut wie früher, denn er schien nichts Nützliches aus der Kakophonie von Schall und Widerhall herausfiltern zu können.

Dinesh ging jedoch zu dem zweiten Tunnel zurück, an dem sie schon gewesen waren, und sagte: »Ich bin mir ziemlich sicher, dass es von hier kam.«

Elliott entschied, dem Gehör des jüngeren Mannes zu trauen, und nickte. »Gehen Sie voran, Corporal.«

Sie gelangten aus dem Tunnel in einen Bereich mit neuen gemauerten Wänden und alten Rosten, die neu vergittert waren. Man sah Leitern und andere Zeichen, die bewiesen, dass dieser Tunnel einmal einem anderen Zweck gedient hatte, als New Yorker Bürger zu terrorisieren. Schließlich erreichten sie eine große Kammer, in der vier Tunnel aufeinanderstießen.

Die Quelle des Lärms stand auf einem Tisch mitten in dem Raum. In dieser Umgebung wirkte der Tisch völlig fehl am Platz. Kunstvolle Schnitzereien liefen an seinen Beinen hinauf, und die Oberseite war mit Gold und Samt belegt. Auf diesem gespenstisch unpassend erscheinenden Tisch stand ein iPad, aus dessen Lautsprechern der Lärm tönte. Der Aufbau erinnerte Elliott an den Abendmahlstisch, der in der St. Patrick's Cathedral verwendet wurde, wo er manchmal die Messe besuchte.

Der Bildschirm des iPads zeigte einen großen roten Knopf, auf dem *Drück mich* stand. Elliott trat näher und streckte die Hand nach der Schaltfläche aus, aber Lauren ergriff ihn beim Handgelenk.

»Warten Sie«, sagte sie. »Sie wissen doch gar nicht, was dann passiert.«

»Ich glaube kaum, dass uns groß eine Wahl bleibt«, entgegnete er, und als sie nachgab und seine Hand losließ, tippte er mit dem Finger auf das Tablet. Ein Videoclip startete und zeigte einen in Schwarz gehüllten Mann, der mit verzerrter Stimme sprach. »Ich fürchte, ich muss euch informieren, dass ihr die Welt der Sterblichen verlassen habt und in der Hölle erwacht seid. Aber sorgt euch nicht, junge Gäste. Schon bald werdet ihr die Ketten eures alten Lebens abschütteln und zu *Jüngern des Feuers* werden. Was ihr wart, gibt es nicht mehr. Was ihr sein werdet, erfahrt ihr in den Tunneln, die vor euch liegen.«

Das Video ging abrupt zu Ende, und der Bildschirm des iPads wurde dunkel. Elliott werkelte an dem Gerät herum, um zu sehen, ob er es auf eine Weise zum Arbeiten bringen konnte, die von ihrem Entführer nicht vorgesehen war, aber er hatte kein Glück.

Als Elliott wieder zu seiner Gruppe blickte, rannen Lauren die Tränen herunter. Bruce hatte die Zähne zusammengebissen und versuchte wie ein steinerner Wasserspeier an einer Kirche auszusehen. Dinesh hingegen flüsterte in einem fort Obszönitäten vor sich hin, immer wieder unterbrochen von Gebeten. Elliott legte Lauren eine Hand auf die Schulter. »Wir werden hier schon durchkommen«, sagte er. »Wir müssen nur zusammenhalten.«

Bruce knurrte, und entweder aus Eifersucht oder Frustration stieß er Elliott zurück. »Du hast ja keine Ahnung, Bulle! Du kommst hier gerade erst an und willst schon das Kommando übernehmen? Stimmt doch, Bulle? Du bist vielleicht 'ne große Nummer, wo du herkommst, aber da bist du nicht mehr. Du hast das Video gehört. In der Hölle sind wir, hat er gesagt. Ob es jetzt stimmt oder nicht, es läuft auf das Gleiche hinaus. Wir müssen …«

Der Koloss verstummte mitten im Satz, als ein traurig gesummtes Schlaflied aus der Dunkelheit der Tunnel hallte.

Elliott lauschte kurz auf das Summen, und obwohl er sich nicht sicher war, weil so viele Schlaflieder gleich klangen, glaubte er es als ein besonders gruseliges Beispiel aus Schottland zu erkennen. Obwohl er sich weder an den Namen des Liedes erinnern noch sagen konnte, wo er es gehört hatte, wusste er, dass es etwas mit einer Frau zu tun hatte, die ihr Baby verlor; eventuell wurde es ihr von Feen gestohlen.

Elliott sah Bruce in die Augen, ohne einen Zoll zurückzuweichen. »Wie wär's, wenn wir nachschauen, wer uns da in den Schlaf wiegen will, und danach machen wir uns Gedanken über den ganzen Müll, den Sie so abgesondert haben.«

Bruce kniff die Augen zusammen, aber er nickte zustimmend. Mit seinem rauen Bariton sagte er: »Ist gut, Bulle. Aber vorbei ist es noch nicht.«

Während Elliott sich zu dem Tunnel in Bewegung setzte, aus dem seiner Ansicht nach das Summen kam, sagte er nicht laut, sondern dachte: *Das ist das Klügste, was du bisher gesagt hast, Bruce. Denn wenn ich eines mit Sicherheit weiß, dann das: Was immer hier los ist, vorbei ist es noch lange nicht.*

7

Sie folgten einem Korridor aus weißem Mauerwerk, der so hell erleuchtet war, dass er keimfrei wirkte wie ein Krankenhaus oder ein Reinraum. »Verraten Sie mir, mit wem in Schottland wir reden?«, fragte Nadia.

»Es tut mir leid, dass ich Ihnen Dinge verschwiegen habe, aber ich wollte, dass Sie Demon unvoreingenommen vernehmen, bevor ich Sie in weitere Einzelheiten einweihe. Nachdem mein Bruder und ich Demon festgenommen und den Judas-Killer besiegt hatten, fanden wir in Judas' Dateien einen Eintrag, der darauf hindeutete, dass Demon mit richtigem Namen Damon Walker heißen könnte. Sein Spitzname Demon Welkar wäre dann entstanden, indem er die As und Es vertauschte. Nachdem wir davon erfahren hatten, kontaktierten wir alle internationalen Polizeibehörden und auf Grundlage von Demons Akzent besonders Schottland, aber niemand hatte einen offenen Fall, in den ein Damon Walker oder jemand, der sich der Dämon Welkar nannte, verwickelt war.«

»Aber dabei kam es zu einem Fehler oder so etwas?«

»Nicht unbedingt einem Fehler. Es war nur so, dass nach aktiven Fällen gesucht wurde, und in den Augen der schottischen Behörden hat sich der Gangsterboss, der nur unter dem Namen Welkar bekannt ist, bereits seit einiger Zeit in Gewahrsam befunden.«

Nadias Stirnrunzeln vertiefte sich, während sie weitergingen. »Also hat unser Demon einen fremden Namen gestohlen?«

»Das werden wir bald herausfinden. Wir bekommen eine Videokonferenz mit Welkar.«

»Was haben Sie mir sonst noch verschwiegen? Ich weiß, dass Sie eine Theorie haben. Sie haben immer eine Theorie.«

»Da liegen Sie vollkommen richtig«, sagte Ackerman. »Es gibt noch etwas, das ich Ihnen nicht gesagt habe und das Sie auf meine Gedankengänge führen könnte. Ich habe mit Ihnen besprochen, wie mein Bruder und ich Demon als den Drahtzieher der Vorfälle im Gefängnis Foxbury festnahmen. Nicht erzählt habe ich Ihnen, was geschah, als wir Demon von Arizona in sein neues Zuhause hier in ADX Florence transportierten. Sehen Sie, da war ein Moment, in dem wir ihn irgendwie … verlegt hatten.«

Zwei Jahre zuvor …

Marcus Williams schloss die Augen vor dem Staub und den Schottersplittern, die der Rotor des Helikopters ihm ins Gesicht wirbelte. Winzige Steinchen stachen ihm wie ein verärgerter Hornissenschwarm in die Haut. Ihn überraschte immer wieder, welche Kraft diese rotierenden Blätter selbst auf ein gutes Stück Abstand hin entwickeln konnten.

Sein Bruder – der Killer, den die Welt als Francis Ackerman jr. kannte – und Special Agent Maggie Carlisle – in jeder Hinsicht Marcus' Partnerin – sprangen aus der Kabine des Hubschraubers, duckten sich gegen die Druckwelle der Rotoren und eilten zu ihm.

»Zeigt mir den Transporter«, rief Ackerman.

»Haben wir uns schon angesehen. Er ist weg. Mach dir keine Gedanken, wo er gewesen ist. Ich muss wissen, wo er jetzt im Augenblick ist oder wo er hinwill.«

»Wenn er nicht in dem Transporter ist, dann befindet er sich außerhalb deiner Reichweite.«

»Warum musst du dir dann den Wagen ansehen?« Marcus brüllte, um das Donnern der Rotorblätter zu übertönen.

»Weil er noch drin sein könnte«, sagte Ackerman, als er den Transporter erreichte, und schaute ins Innere. »Ist dort schon jemand hineingegangen?«

»Na klar. Ich habe das ganze Ding absuchen lassen. Er versteckt sich nicht darin, aber wir nehmen die Karre auseinander, damit wir sicher sind.«

»Hast du die Identität der Wächter überprüft, die am Steuer saßen und mitfuhren?«

»Ja, bevor sie mit dem Häftling losfuhren und hinterher noch einmal. Sie sagen, dass es eindeutig ihr Fahrzeug ist. Es ist nicht ausgetauscht worden oder so etwas. Es ist gesichert.«

Einer der Officers eilte herbei und sprach Marcus an. »Sir, wir bringen den Transporter nach drinnen. Sollen wir ihn von den Fahrern hineinfahren lassen?«

»Nein, jemand anders soll ihn steuern. Halten Sie die beiden in Gewahrsam und unter Bewachung, bis wir herausgefunden haben, was hier los ist.«

Maggie fluchte unterdrückt. »Was ist mit der Kamera im Heck? Haben die Wächter ihn während der Fahrt nicht beobachtet?«

»Der Kamera zufolge ist er noch drin«, antwortete Marcus. »Die Videoübertragung ist geknackt worden. Wie, das steht noch nicht fest.«

Den Kopf zur Seite geneigt wie ein neugieriges Hündchen, starrte Ackerman in das leere Fahrzeug. Der Laderaum des Transporters bestand aus grauem Metall und hatte auf den Seiten die beiden unbequemsten Bänke der Welt. Bis auf die Hecktüren gab es keinen Ausgang, nicht einmal ein Fenster. In Anbetracht dessen, dass Marcus und die Officers in seiner Begleitung nicht gesehen hatten, wie die Hecktüren sich öffneten und der Gefangene auf die Leiter eines wartenden Hubschraubers sprang, wie konnte er entkommen sein und nur seine leeren Fesseln zurückgelassen haben?

Marcus wurde die Last der Schuld nicht los, die ihn niederdrückte. Während der Fahrt war er mehrmals eingenickt. Vielleicht hatte er die gesamte Flucht verpasst, obwohl sie sich direkt vor ihm abspielte. Er ballte die Fäuste, bis er spürte, wie seine Nägel die Haut seiner Handflächen durchdrangen.

Unvermittelt begann Ackerman zu lachen. Ein leises Kichern schwoll an zu einem heiteren Lachen aus vollem Hals. Er brauchte einen Moment, um sich zu fassen und aufzuhören. Am Ende sagte Ackerman: »Ein Verbrechen in einem verschlossenen Raum. Das. Ist. Abgefahren.«

Marcus musste an sich halten, um seinem Bruder nicht den Hals umzudrehen, und knallte rasch hintereinander die Hecktür des Panzerfahrzeugs viermal zu. Stahl auf Stahl schepperte lautstark bei jedem einzelnen Schlag.

»Das ist in keiner Weise komisch!«, brüllte er.

»Du scheinst das recht persönlich zu nehmen, Bruder.«

»Wir erfahren vielleicht nie, wie viel unschuldiges Blut an den Händen dieses Bastards klebt. Ihn wegzusperren konnte die eine gute Tat sein, die du und ich tun sollten, der einzige Grund, aus dem wir existieren.«

Ackerman schüttelte den Kopf. »Wohl kaum. Nur eine Episode in einer großen Heldensage.«

»Sag mir einfach, wo er ist. Komm schon, Frank. Du bist hier der Entfesselungskünstler. Wo sollen wir suchen?«

Ackerman schien einen langen Augenblick darüber nachzudenken und antwortete dann: »Ich habe keine Ahnung.«

Marcus beugte sich näher zu ihm und flüsterte mit zusammengebissenen Zähnen: »Du suchst doch ständig nach einer Gelegenheit zum Angeben. Hier hast du eine einmalige Chance.«

»Versuch bitte nicht, mich bei meiner Eitelkeit zu packen, kleiner Bruder. Das ist ganz schlechter Stil. Und es spielt im Moment auch keine Rolle. Wenn er nicht noch innerhalb dieser Anlage ist, was ich sehr bezweifle, dann ist er lange fort.«

»Falls du irgendeine Idee hast, wie er das geschafft hat, dann musst du es mir jetzt sagen. Bitte. Außerdem willst du es genauso sehr wissen wie ich.«

Ackerman rollte mit den Augen. »Touché. Wenn du darauf bestehst, müssen wir mit einer kleinen Spritztour anfangen.«

Ackerman saß mit geschlossenen Augen da. Seine Füße und Hände waren mit einer Kette verbunden und diese an der Stahlstange befestigt, die über die Stahlbank des gepanzerten Transporters lief. Er spürte Marcus' rastlosen Blick auf sich, aber er empfand im Gegensatz zu seinem Bruder, der auf der gegenüberliegenden Bank saß, keinerlei Ungeduld.

Demon war längst fort, das spürte er. Zur Eile bestand kein Grund mehr.

Von Hast hielt er sowieso nichts. Jeder Augenblick sollte genossen werden, ob es nun ein Moment der Qual war, ein Moment der Wonne oder beides. Zu entdecken, wie Demon entkommen konnte, ließ sich nicht beschleunigen; es würde so lange dauern wie nötig.

»Wehe, du verschwendest hier meine Zeit, Frank.«

»Wenn ich in einer ähnlichen Lage wäre wie Demon, würde ich zuhören und alles genau untersuchen. Aber ich war immer ein Solist. Meine Flucht würde davon abhängen, dass ich einen unentdeckten Fehler im System finde, eine Schwachstelle. Demon befindet sich am anderen Ende des Spektrums. Ihm stehen nahezu unbegrenzte Mittel und eine komplette Mordagentur zur Verfügung. Ich hatte angenommen, er würde es großangelegt und blutig versuchen. So viel Feuerkraft bräuchte man gar nicht, um die Kolonne auszuschalten.«

»Sie wussten aber nicht, welche Kolonne den Gefangenen tatsächlich beförderte.«

»Solche Informationen sind nur schwer geheim zu halten. Spielt aber keine Rolle. Er hat die Kolonne nicht überfallen. Er hat sich entschieden, sich vor unserer Nase in Luft aufzulösen. Als wäre er wirklich ein Wesen von immenser Macht, das wir niemals gegen seinen Willen festhalten könnten. Wunderschöne psychologische Kriegsführung.«

»Konzentrier dich bitte. Wenn du Demons Mittel hättest, wie würdest du deine Flucht bewerkstelligen?«

»Ich würde betrügen. Mit gezinkten Karten spielen. Ich würde das Spielfeld dahingehend vorbereiten, dass mein Sieg gesichert ist.«

»Du meinst, der Wagen wurde sabotiert? Die Fahrer werden gerade verhört, aber sie sagen, es sei der gleiche Wagen, mit dem sie jeden Tag unterwegs sind. Sie behaupten, dass sie ihn wie ihre Westentasche kennen.«

»Demons Leute haben das Fahrzeug vermutlich modifiziert, während es abgestellt war.«

»Die Transporter werden nur in einem gesicherten Bereich abgestellt und rund um die Uhr überwacht. Da schleicht sich niemand mit einem Schneidbrenner rein und fährt als blinder Passagier mit in die Stadt.«

»Vielleicht haben sie das Fahrzeug nachgebaut und irgendwann ausgetauscht. Das würde Aufklärung und Vorbereitung mittleren Umfangs erfordern, wäre aber durchführbar. Die Einzelheiten müssten gar nicht so genau stimmen. Man müsste nur die wesentlichen Charakterschwächen des Fahrzeugs nachahmen, und die Affengehirne der beiden Beamten würden sich den Rest einfach dazudenken.«

»Okay, einmal angenommen, sie konnten die Fahrzeuge wirklich austauschen oder verändern. Das wäre ja schon eine Spur.«

Ackerman schüttelte den Kopf. »Diese Ermittlungsrichtung wäre eine Sackgasse. Eine Verschwendung von Zeit und Mitteln.«

Marcus neigte den Kopf zur Seite und ließ die Halswirbel knacken. Das war sein kleiner Tick, der ankündigte, dass er in den Wut-und-Kampf-Modus schaltete, eine Eigenart, die Ackerman schon mehrmals bei seinem Bruder beobachtet hatte. »Angenommen«, sagte Marcus, »der Transporter ist manipuliert worden, damit Demon entkommen kann. Welche Veränderungen wären nötig?«

»Ich glaube, du könntest in diesem Spiel besser sein als ich, lieber Bruder. Schließ einfach deine Augen und hör zu. Was sieht dein wunderbarer Verstand? Zerleg alles in seine Elemente. Finde heraus, was nicht dazugehört. Was ergibt keinen Sinn? Was ist beschädigt?«

Marcus schloss die Augen nicht, aber Ackerman merkte ihm an, wie es in ihm arbeitete. Auf das kleinste Geräusch, das im fahrenden Transporter zu hören war, sprang sein Verstand an. Im nächsten Moment packte Marcus die Stange, an der Ackermans Handschellen befestigt waren, versuchte sie zu drehen und nach oben und unten zu verrücken. Nach einigen Versuchen löste sie sich aus ihren Halterungen. Ackerman konnte die Kette herausnehmen und sich ungehindert in der Kabine bewegen. Er lachte. »Gute Arbeit, kleiner Bruder.«

»Damit kommt er aber nur von der Bank weg. Er müsste noch immer die Schlösser der Handschellen öffnen, die er zurückgelassen hat. Aber du hattest recht, Frank, ich habe ein ungewöhnliches Rasseln und Scharren gehört. Und ein paar Einzelheiten entdeckt, die nicht passten. Wie diese Schraube.«

Marcus bückte sich, packte den Kopf einer unauffälligen Schraube zwischen Daumen und Zeigefinger und zog sie heraus. Er brauchte sie nicht zu drehen, weil es gar keine Schraube war. Er hielt einen Schlüssel in der Hand.

Marcus reichte ihn Ackerman. »Ich würde mal sagen, das bestätigt, dass der Transporter manipuliert worden ist. Aber wie konnte Demon aus dem Laderaum entkommen, ohne dass wir es bemerkt haben?«

Ackerman schloss sich mit dem getarnten Schlüssel die Hand- und Fußschellen auf. »Setz dich mal auf die andere Seite.« Marcus ging zu der gegenüberliegenden Stahlbank und nahm Platz. Ackerman ließ sich auf Knie und Hände nieder und drückte mit den Handflächen immer wieder auf den Stahlboden.

»Das haben wir schon gemacht«, brummte Marcus. »Da sind keine versteckten Fluchtluken.«

»Aber das habt ihr nicht geprüft, während das Fahrzeug

in Bewegung war. Ich habe das Gefühl, dass der Mechanismus darauf ausgelegt ist, einer genauen Inspektion standzuhalten.«

Marcus lehnte sich zurück, kniff die Augen zusammen und nickte. »Und eine genaue Inspektion hätten wir immer nur am stehenden Fahrzeug durchgeführt.«

Ackerman fuhr mit der Hand über den Stahl und tastete nach einem Schalter. Er konnte nicht anders, als liebevoll auf die Tage zurückzublicken, die er in so vielen Kerkern verbracht hatte. Er verabscheute es, wie ein Tier eingesperrt zu sein, aber sosehr er Zellen hasste, bereitete es ihm doch großes Vergnügen, aus ihnen zu entkommen.

Am Ende der Bank, das an die Fahrerkabine grenzte, wurde Ackermans Tasten vom Klicken eines Schlosses belohnt, das sich öffnete. Er drückte von unten gegen die Bank und konnte sie mit Leichtigkeit nach oben klappen; sie war an der Seitenwand gelagert. Die verborgene Luke öffnete sich zum Radkasten und Chassis des Transporters. Ackerman musterte den verborgenen Öffnungsmechanismus eine Weile und klappte die Bank wieder herunter. Die Fahrgeräusche verstummten, und er nahm Platz. »Nun, da hast du es.«

Marcus schüttelte den Kopf. »Okay, jetzt hat er Zugang zum Chassis. Aber er kommt trotzdem nirgendwohin, während die Kolonne unterwegs ist und zwei weitere Fahrzeuge dem Transporter direkt folgen.«

»Wir sind in der Dunkelheit losgefahren und waren alle müde. Er hat im Gebirge eine Serpentine abgewartet. Als der Transporter abbremste, um die scharfe Kurve zu nehmen, rollte er sich hinaus in die Freiheit.«

Marcus schlug gegen die Trennwand zur Fahrerkabine und rief Maggie zu, sie solle umkehren. »Gute Arbeit«, wandte er sich an Ackerman. »Wir suchen alle scharfen Kurven auf unserer Route und forcieren dort die Fahndung.«

Ackerman seufzte. »Ich habe dir gesagt, dass eine Suche nach jemandem wie ihm sinnlos ist. Du scheinst zu übersehen, dass Demon keinen Kontakt zu seinen Leuten hatte, aber dennoch kam es, wie es kam, und er wusste das. Er wusste genau, wie seine Gehilfen seine Flucht bewerkstelligen würden. Vermutlich hat er den Plan selbst entworfen. Glaubst du denn wirklich, ein Mann mit seinen Mitteln hätte nicht für einen Fluchtwagen gesorgt? Oder einen Hubschrauber? Vergiss nicht, dass wir es mit einem Killer zu tun haben, der genauso talentiert ist wie ich und außerdem über nahezu unbegrenzte Ressourcen verfügt. Führ dir einfach mal vor Augen, was ich in meinen dunklen Jahren mit seiner Macht und seinen Finanzmitteln hätte anstellen können. Er ist uns bereits fünf Schritte voraus. Höchstwahrscheinlich ist er uns schon durch die Netze geschlüpft und befindet sich weit außerhalb unseres Zugriffs.«

»So leicht gebe ich nicht auf!«, brüllte Marcus. »Wenn er uns fünf Schritte voraus ist, dann sollten wir anfangen aufzuholen. Wie schnappen wir ihn?«

»Unser verstorbener Freund Judas hinterließ uns seine Tagebücher und einen vorgezeichneten Weg. Wieso hat er das getan?«

»Weil er uns als Werkzeug der Rache gegen seinen Lehrer benutzen wollte. Und richtig, er sagt ganz klar, dass Demons Dateien sich im Besitz eines anderen Killers befinden, den er erwähnt, aber diese Spuren führten zu nichts. Wir wissen nicht, wo wir diesen Gladiator finden, von dem er in den Tagebüchern spricht.«

»Wir übersehen etwas. Judas' große Show ist noch nicht vorbei. Vergiss nicht, dass Dmitry Zolotov in der Welt des Theaters aufgewachsen ist. Wir sind vielleicht nicht mal am Ende des ersten Akts.«

Marcus fuhr sich durch die braunen Haare. »Wir haben

die Tagebücher schon tausendmal gelesen. Und trauen können wir Judas sowieso nicht. Ihm ging es nur um Betrug, den Beweis seiner Überlegenheit und seine Weigerung, jemals einem anderen Menschen zu vertrauen.«

»Aber das ist es ja gerade. Er spielt nicht gegen uns. Er spielt mit uns gegen Demon. Er will, dass wir gewinnen. Den Tod seiner großen Liebe rächen zu wollen ist eine reichlich persönliche Vendetta.« Ackerman meinte damit den Verrat, der alles in Gang gesetzt hatte – Demons Mord an Judas' zukünftiger Frau.

»Das mag sein, aber ich lasse Demon damit nicht einfach davonkommen. Ich gebe noch lange nicht auf. Wir werden ihn einkreisen. Wir finden den, der ihm egal wie geholfen hat. Er besitzt nur ein paar Stunden Vorsprung.«

Ackerman seufzte. »Ich möchte noch einmal festhalten, was ich dir gesagt habe: Das alles ist Zeitverschwendung. Wir müssen uns auf Judas' Spiel einlassen. Unser Weg zu Demons Mordnetz und seine Dateien führt über den Gladiator.«

»Dann finde mir diesen Gladiator. Bis dahin jage ich diesen schottischen Drecksack bis ans Ende der Welt.«

Ackerman lächelte. »Wie immer, Bruder, ist deine störrische, bedenkenlose Entschlossenheit überaus herzerwärmend und zugleich so ärgerlich, wie mit dem Fuß in Hundescheiße zu treten.«

Gegenwart ...

Während Westgate sie zum Konferenzraum führte, hatte Ackerman zugelassen, dass eine Lücke zwischen ihm und dem Deputy Warden entstand. Er sprach mit gedämpfter Stimme, auch wenn er sicher war, dass Westgate alle Einzelheiten bereits kannte, obwohl er an jenem Tag nicht zugegen gewesen war. Zum Glück kam man durch den Bauch der Bestie, die ADX Florence war, nur langsam und mühselig voran, was an den zahlreichen Sicherheitskontrollen und den Stahltüren lag, die von Aufsehern geöffnet werden mussten, welche man nie zu Gesicht bekam; es gab ihm reichlich Zeit, Nadia ins Bild zu setzen.

Nachdem sie alle Einzelheiten der Geschichte gehört hatte, sagte sie: »Das verstehe ich trotzdem nicht. Demon ist offensichtlich in Gewahrsam. Wie haben Sie ihn zurückbekommen?«

Ackermans Gesicht und Augen wurden hart, während seine Gedanken in die Vergangenheit schweiften. »Ich bin niemand, der sich leicht überraschen lässt. Ich bin gut, was Muster und Analyse betrifft. Ich kann vieles über einen Menschen erfahren und für gewöhnlich recht genau vorhersagen, zu welchem Schritt seine psychologische Anlage ihn als Nächstes verleitet. Aber das war nun eine der Gelegenheiten, als ich von den Ereignissen, die um mich herum geschahen, vollkommen überrumpelt war. Demon war entkommen. Das ergab Sinn. Was keinen Sinn ergab, war der Umstand, dass in dem Augenblick, in dem ich ihn als für ewig verloren abschrieb, eine Limousine vor den Toren von ADX Florence hielt und den Mann absetzte, den wir nun in Gewahrsam haben. Er hatte sich gesäubert und trug einen dreiteiligen Anzug. Es war ein hübsches Spektakel, ganz wie von ihm beabsichtigt.«

»Also unternahm er solch eine verrückte waghalsige Flucht, nur um sich dann zu stellen? Wieso?«

»Mir leuchtet es bis heute nicht ein. Ich habe anfänglich postuliert, dass er plante, uns für seine diabolischen Zwecke zu nutzen. Um eines seiner Schäfchen zur Strecke zu bringen, das ihn verraten hatte. Jetzt aber glaube ich, dass wir von Anfang an das Offensichtliche übersehen haben.«

Sie erreichten den Konferenzraum, und Westgate öffnete ihnen die Tür. Aber bevor sie die Schwelle überquerte, neigte sich Ackerman zu Nadia und flüsterte: »Sie haben erwähnt, dass ich immer eine Theorie habe, und ja, diesmal ist es nicht anders. Ich fürchte, dass die Person, die wir in Gewahrsam halten, die Bestie, mit der wir heute Vormittag sprachen, gar nicht der Dämon ist.«

8

Als sie den Tunnels weiter folgten, übernahm Elliott die Spitze. Was immer geschehen würde, ihm sollte es zuerst zustoßen. Er hatte keinerlei Mühe zu entscheiden, aus welcher Richtung der Schall kam, und bog in den entsprechenden Tunnel ein. Dieser Weg unterschied sich jedoch von den anderen. Zuallererst einmal roch er sogar noch schlimmer, was Elliott kaum für möglich gehalten hätte. Er war außerdem nur so breit, dass sie hintereinander gehen mussten, und die Wände waren anders. Sie sahen schmutziger und schlickiger aus als die anderen und wirkten auf Elliott dennoch künstlich, als ob der Dreck und der Schleim – die in verbackenen Schichten auf Wänden, Boden und Decke des Tunnels zu liegen schienen – absichtlich hier platziert worden wären.

Etwas an dem ganzen Gang – und die Tatsache, dass sie hineingelockt worden waren – gefiel Elliott Cole ganz und gar nicht. Er überlegte, den anderen den Befehl zum Umkehren zu erteilen, aber er war sich nicht sicher, wohin sie sich dann wenden sollten – falls sie ihm überhaupt gehorchten. Die einzige Möglichkeit bestand darin, weiterzuge-hen. Elliott spürte Lauren dicht hinter sich. Als er über die Schulter zurückblickte, sah er, dass Dinesh hinter ihr ging und Bruce den Abschluss bildete.

Elliott hielt Dineshs Taschenlampe in der Hand, damit er Licht hatte, und erforschte den Tunnel vor sich, aber er schien sich ewig weit fortzusetzen. Elliott war erst ein paar Fuß weit vorangekommen, als er aus dem Augenwinkel eine Bewegung bemerkte. Er wandte sich der Tunnelwand neben sich zu. Er konnte nicht sicher sein, aber er hätte schwören können, dass die Wand selbst sich bewegt hatte.

Als er nun mit dem Licht direkt auf die Wand leuchtete und genauer hinsah, bemerkte er den vagen Umriss eines Gesichts. Ehe er darauf reagieren konnte, öffnete das Ge-sicht die Augen, und die albtraumhaft mit Schlick belegte Visage schnellte auf ihn zu.

Elliott versuchte sich zu ducken, aber er war überrumpelt und hatte kaum Platz, um zu manövrieren. Er glitt in dem Schlick aus, der den Boden bedeckte.

Er spürte, wie etwas Kaltes über sein Handgelenk zuckte, und durch den Schmerz, der darauf folgte, ließ er unwill-kürlich die Taschenlampe fallen. Sie fiel in den Schlamm, blockierte den Strahl und überließ sie der Dunkelheit. Die schlammbedeckte Gestalt löste sich von ihm und schien wieder mit dem Äther zu verschmelzen, aus dem sie hervor-getreten war.

Von seinen Gefährten hörte er Schreie und Gerangel: Mehrere Angreifer waren aus den Wänden gekommen. El-liott krallte in die Dunkelheit und fand die Lampe. Aber als er sie aufhob, stellte er fest, dass sie kaum Licht abgab, so verdreckt war sie.

In dem schwachen Schimmer, der durch den Schmutz auf der Leuchte drang, sah Elliott drei trollähnliche Gestalten, die sich zwischen den Umrissen seiner Gefährten duckten und zuschlugen.

Er wischte die Lampe an seinem Hemd ab. Die drei Gestalten stürzten sich auf Bruce, schlugen mit scharfen Gegenständen nach dem großen Mann und warfen ihn zu Boden. Genauso schnell, wie sie erschienen waren, packten die Angreifer ihn unter den Armen und schleppten ihn fort wie Dämonen, die eine verlorene Seele davonzerrten. Bruce glitt mühelos über den Schlick, und bevor jemand reagieren konnte, waren die Angreifer mit ihm um eine Biegung des Tunnels verschwunden und außer Reichweite des Taschenlampenstrahls.

Elliott bemühte sich, sich aufzurichten, aber kaum stand er, zögerte er nicht und hetzte Bruce hinterher. Zwar war er nicht der größte Fan des Giganten, aber ihr gegenseitiges Misstrauen war angesichts ihrer Situation nicht unbedingt unangebracht, und er wollte verdammt sein, wenn er ihn von diesen Irren wegtragen ließ wie ein Lamm zur Schlachtbank.

Ohne Rücksicht rannte er in die Richtung, in der die drei Unheimlichen mit ihrem großen Gefährten verschwunden waren, und der Strahl der Taschenlampe zuckte wild und flackerte wie ein Stroboskop. So schnell er konnte, eilte Elliott den dreckigen Tunnel entlang, bis er eine Betonwand erreichte. Er spürte Dinesh dicht hinter sich, bedeutete ihm aber stehen zu bleiben. Außer Atem starrten sie auf die Wand, die ihnen den Weg versperrte. Elliott drückte gegen die offenbar unbewegliche Masse, aber er bewirkte nichts. Vermutlich steckte eine Hydraulik dahinter, von der die ganze Wand rotiert und dann arretiert wurde.

Elliott fühlte sich vollkommen geschlagen, legte eine Hand auf den kalten Beton und knallte die Faust dagegen. Er atmete schwer und kam sich völlig hilflos vor. Er sollte derjenige sein, der Menschen vor Situationen wie dieser beschützte, aber er saß mittendrin fest und konnte nichts tun, um zu helfen.

Er gewann seine Fassung zurück. Als er sich den anderen zuwandte, versuchte er Haltung zu wahren und wenigstens den Anschein von Hoffnung.

Lauren und Dinesh sahen schmutziger und heruntergekommener aus als zuvor, aber als Krankenschwester und Soldat hatten beide gelernt, wie man sich zusammenriss. Sie hielten sich so gut, wie es zu erwarten war – vermutlich besser als er.

Lauren war noch außer Atem, aber sie sagte: »Wir müssen etwas wegen deines Handgelenks unternehmen. Und wie schlimm haben sie dich verletzt, Dinesh?«

Der Corporal zog das Hemd hoch und zeigte ihr einen recht hässlichen offenen Schnitt am Bauch.

Elliott riss sich einen Streifen vom T-Shirt ab, schlang ihn mehrmals um sein Handgelenk und band ihn fest. »Kümmern Sie sich um ihn«, sagte er zu Lauren.

Während die Krankenschwester sich daranmachte, ihnen die Kampfwunden zu verbinden, sah Dinesh zu der Betonwand, die wie aus dem Nichts erschienen war, und sagte: »Vielleicht sind wir wirklich tot, und das ist tatsächlich die Hölle.«

Elliott beugte sich zum Ohr des jüngeren Mannes vor. »Schauen Sie mal über meine Schulter und nach links. Sehen Sie den schwarzen Stummel, der da oben aus der Wand ragt? Also, ich würde ja sagen, in der Hölle haben sie Überwachungskameras nun wirklich nicht nötig.«

9

Der Konferenzraum von ADX Florence bestand aus noch mehr weiß gestrichenem Mauerwerk und billigen Pressspanmöbeln. Der Raum war perfekt für seine Funktion geeignet, aber für nichts weiter, ein langgestrecktes Rechteck, in der einen Wand eine Nische mit Aktenschränken und einer Kaffeemaschine. Ackermans scharfe Nase nahm den Gestank von Zitrusreiniger und einen schwachen Essensgeruch wahr, von einer Pizza oder etwas anderem italienischen. An der anderen Wand hing ein Projektionsschirm, den das Angesicht von FBI Deputy Director Samuel Carter einnahm.

Westgate winkte sie in den Raum. »Ich warte hier draußen, falls Sie noch etwas brauchen.«

Ackerman, der mittlerweile begriffen hatte, dass ihm vermutlich ein weit würdigerer Gegner als Westgate gegenüberstand, nickte nur und bedankte sich. Der Deputy Warden schloss die Tür. Sie gingen ans Ende des Konferenztisches und begrüßten den Deputy Director.

»Warum zum Teufel hat das so lange gedauert?«, fragte Carter. »Ich starre nun seit wenigstens fünf Minuten in einen leeren Raum.«

»In dieser Einrichtung haben sie gefühlt alle fünfzig Fuß einen Kontrollpunkt mit Sicherheitstür«, sagte Ackerman. »Vom einen Ende des Komplexes zum anderen ist man ein Weilchen unterwegs. Was haben Sie für uns über Schottland?«

»Ein anderes Einsatzteam ist mit einem Auftrag in Großbritannien, der nichts mit Demon zu tun hat. Ich habe zwei Teammitglieder das Gefängnis besuchen lassen, wo Welkar einsitzt. Wenn Sie so weit sind, hole ich sie in die Konferenz.«

Nach wenigen Sekunden erfüllte ein weiteres Gesicht – aufgenommen offenbar von einem in der Hand gehaltenen Smartphone – den Projektionsschirm. Carter stellte den Mann vor. »Das ist Special Agent Dominic Juliano, und bei ihm ist Dr. August Burke. Nic, ich dachte, wir bekommen einen Blick auf den Strafgefangenen?«

Der Empfang war nicht gut, und die Stimme des Agenten wurde oftmals gestört, aber Ackerman vermochte trotzdem die Wörter zusammenzustückeln und ein Gefühl für den Mann zu bekommen, der sie sprach. Nic war ein dunkler, gutaussehender Typ mit deutlichen Anzeichen italienischer Herkunft. »Wir sind hier auf einigen Widerstand gestoßen«, sagte Nic. »Der Direktor wollte uns keinen Livestream mit Welkar erlauben, aber ich habe ein Foto für Sie. Ich schicke es Ihnen gerade.«

Carter klickte und tippte, und ein paar Sekunden später erschien das Foto, das Agent Juliano geschossen hatte, auf dem Schirm.

Schweigen senkte sich, wie es schien, für eine Ewigkeit über den Raum, bis endlich Nadia den Bann brach. »Verdammt, Frank«, sagte sie. »Womit haben wir es hier zu tun?«

Das Foto auf dem Projektionsschirm, das Foto des Strafgefangenen Welkar, schien ein Foto von Demon zu sein. Die Narben und Gesichtszüge waren die gleichen, nur schien dieser neue Demon aus einer anderen Ära zu stammen, einem anderen Abschnitt im Leben des Mannes, so als wären sie auf ein altes Fotoalbum gestoßen. Der Mann im Bild sah älter aus als der Demon, den sie in Gewahrsam hielten. Er war auch etwas schwerer und hatte mehr Haare, aber die Ähnlichkeiten waren so unverkennbar, dass kein Zweifel bestehen konnte: Der Demon in ADX Florence und der schottische Gangsterbaron sollten aussehen wie die gleiche Person. Dennoch war Ackerman sich sicher, dass es sich bei keinem von beiden um den Demon handelte, mit dem er während der Vorfälle in Foxbury zu tun gehabt hatte.

»Agent Juliano«, fragte Ackerman, »konnten Sie mit dem Strafgefangenen sprechen?«

»Ja, sogar richtig lange«, antwortete Nic. »Dr. Burke hat darauf bestanden. Am besten wäre es wohl, wenn er Ihnen erzählt, was hier passiert ist.«

Von irgendwo außerhalb des Bildschirms hörten sie eine Stimme: »Was? Ich habe Ihnen gesagt, dass ich nicht reden will. Wir sind seit Stunden hier drin. Ich muss eine rauchen.«

Nic rollte mit den Augen. »Sie können ja beim Rauchen reden.«

Ohne weitere Umschweife richtete er die Kamera auf Burke, der, wie der Ton angedeutet hatte, eine brennende Zigarette zwischen den Lippen hatte. Burkes Äußeres, seine struppigen blonden Haare und das ungepflegte gute Aussehen, erinnerte Ackerman an Kurt Cobain, den berühmten Frontman der Band Nirvana. Wie Cobain Gitarre gespielt hatte, die brennende Kippe in der Hand, mit der er die Akkorde schlug, kam Burke seiner Pflicht nach, ohne die Zigarette aus dem Mundwinkel zu nehmen. Dr. Burke sprach mit undeutlicher Stimme. »Wie Nic schon erwähnt hat, haben wir lange mit dem Probanden geredet, und ich habe ein Spreadsheet seiner Antworten zusammengestellt. Am Ende wiederholte er einige Phrasen, weil er offenbar vergaß, dass er sie bereits benutzt hatte. Insgesamt habe ich dreiundsiebzig unterschiedliche vorgefertigte Antworten festgestellt – allesamt Zitate aus Werken von Dante Alighieri oder John Miltons *Verlorenem Paradies*. Wenn Sie mich fragen, scheint bei ihm Gehirnwäsche angewendet worden zu sein. Außerdem fanden wir mehrere Narben, die unter dem schmutzigen Haarschopf verborgen sind. Es hat den Anschein, dass Welkar einer Art Hirnoperation unterzogen worden sein könnte.«

Als ein invasiver Eingriff ins Gehirn erwähnt wurde, spürte Ackerman sofort die Wut in sich. Er unterdrückte seine Gefühle, denn er wusste, dass es sich nur um ein wenig verirrte Verbitterung über die Experimente handelte, die sein Vater am jungen, zerbrechlichen Gehirn seines Sohnes vorgenommen hatte. Das ganze Ausmaß der Schäden, die er Ackerman zugefügt hatte, war noch immer unbekannt.

Während sie die neuen Informationen verarbeiteten, sprach niemand ein Wort.

Die Zigarette noch immer im Mund, fragte Dr. Burke: »Sind Sie mit mir so weit fertig? Wir haben noch einen anderen Auftrag, der auf uns wartet.« Burke wollte schon den Bildschirm wegschieben, als ihm etwas klar wurde und er fragte: »Ach, übrigens, mit wem rede ich eigentlich?«

Carter stellte zuerst Nadia vor und sagte: »Und das ist unser Sonderberater, Mr. Franklin Stine.«

Burke hob die Hand und nahm die Zigarette aus dem Mund. Sein Gebaren war wie ausgewechselt. »Wow, ich wusste nicht, wem wir da aushelfen. Ich habe viel von Ihnen gehört, Mr. Stine. Ich bin ein großer Fan Ihrer Arbeit.«

Ackerman verspürte einen merkwürdigen warmen Stolz in seiner Brust, wie er ihn schon einige Zeit nicht mehr empfunden hatte. »Wirklich? Ich wusste gar nicht, dass irgendeiner der anderen Agenten über meine traurige und höchst illegale Vorgeschichte im Bilde ist.«

Carter mischte sich rasch ein. »Dr. Burke bezieht sich auf die Arbeit, die Sie mit Agent Shirazi für das Bureau geleistet haben.«

Ackerman fühlte sich mit einem Mal sehr töricht und machte einen Rückzieher. »Ah, natürlich. Nun, ich danke Ihnen für Ihre Bewunderung, Dr. Burke.«

Mit einem Lächeln sagte Burke: »Wir müssen wirklich los, aber wir sollten uns einmal zusammensetzen und ein wenig plaudern. Ich würde gern mehr über die Mikrowellenwaffen erfahren, auf die Sie in Roswell gestoßen sind, und die Schallwaffen aus dem Black-Rose-Fall.«

Ackerman nickte. »Aber sicher. Solange Deputy Director Carter die Spesen zahlt, bin ich gern bereit, ein wenig zu … *plaudern*.« Das Wort fühlte sich in seinem Mund an wie ein Stück Kot.

Selbst der Kommentar, dass Carter die Spesen zahlen sollte, fühlte sich auf seiner Zunge und in seinen Ohren falsch an. Geld hätte Ackerman nicht gleichgültiger sein können, und er wäre nicht imstande gewesen, auch nur ansatzweise abzuschätzen, wie viel er davon schon angespart hatte, denn von dem Salär, das die US-Regierung ihm seit Jahren zahlte, gab er so gut wie nichts aus. Andererseits hatte er sich darin geübt, Small Talk mit den Normalen zu machen, und Geld und Besitz war ihnen fast immer sehr wichtig.

Kaum war Burke nicht mehr in der Leitung, fuhr Carter mit zusammengebissenen Zähnen und zu Schlitzen zusammengekniffenen Augen zu Ackerman herum. »Verdammt, Frank«, sagte er, »Sie haben gerade einen superneugierigen jungen Mann darüber informiert, dass sie eine supergeheime Identität besitzen.«

»Verzeihung. Das war ein Missverständnis.«

»Wir wollen es ganz klar sagen: Niemand außer mir, Nadia und einigen Vorgesetzten wissen, wer Sie wirklich sind, und ich will, dass das so bleibt!«

Ackerman nickte und senkte zustimmend das Haupt.

»Dieses Demon-Debakel haben wir nur Ihretwegen geerbt, Frank«, fuhr Carter fort. »Also erklären Sie mir doch bitte, was hier tatsächlich vor sich geht, und beantworten Sie vor allem eine Frage: Wie bringen wir die Sache wieder in Ordnung?«

Ackerman sah ihn an. »Nach den uns zur Verfügung stehenden Daten würde ich postulieren, dass unser Freund Demon stets einen Fluchtplan in petto hat, sollte er gefasst werden. Erwiesenermaßen hat er diesen Plan wenigstens zweimal angewendet: einmal, um den schottischen Behörden zu entgehen, einmal bei uns. Seine Methodik in Bezug auf den Kandidaten für den Austausch erscheint nahezu makellos. Die starke Vernarbung von Demons Gesicht, der Goatee und die langen Haare verbergen zahlreiche Abweichungen, aber ich nehme an, er sucht sich jemanden von ähnlichem Körperbau und Aussehen, jemanden, der ihm so sehr gleicht wie nur möglich. Diese Person wird entführt oder auf eine unbekannte Weise gezwungen, als Opfer zu fungieren, als Sündenbock, der Demons Platz einnimmt. Der echte Demon hat sich die ganze Zeit in Freiheit befunden, während mein Bruder und ich uns in Sicherheit wähnten, weil wir zu wissen glaubten, dass wir unseren größten Feind besiegt und seinen verderbten Umtrieben ein Ende gemacht hätten.«

Carter kniff sich in den Nasenrücken und schloss kurz die Augen, dann sagte er: »Okay, also haben wir einen Serienmörder, der ganz genauso verrückt ist wie Ackerman während seiner finstersten Zeiten, außerdem über anscheinend unbegrenzte Geldmittel und Ressourcen verfügt und mit einem ganzen Netzwerk von sadistischen Dreckskerlen in Verbindung steht, das unser ganzes Land überzieht und von ihm *die Legion* genannt wird. Sie *dachten*, wir hätten der Sache ein Ende gemacht, nachdem wir vier ihrer wichtigsten Mitglieder ausgeschaltet hatten: den Judas-Killer, Demon, Mr. King und den Gladiator. Aber jetzt sagen Sie mir, dass Demon die ganze Zeit da draußen war und ungestört sein Ding durchziehen konnte.«

»Das klingt ganz danach. Mehr oder minder.«

»Das habe ich schon verstanden, Frank, aber ich habe noch nichts darüber gehört, was zum Teufel Sie deswegen zu unternehmen gedenken.«

»Offensichtlich werden wir ihn wieder einfangen … Sir.«

»Schon eine Idee, wie Sie das angehen wollen?«

»Wir werden noch einmal die Tagebücher des Judas-Killers durchgehen, ob wir etwas finden, das wir bei der ersten Untersuchung übersehen haben, etwas, das im Licht unserer neuen Erkenntnisse ins Auge fällt. Vielleicht stoßen wir sogar auf eine Verbindung zu einem anderen Mitglied der Legion, das wir benutzen können, um Demon wieder auf die Schliche zu kommen.« Ackerman überraschte sich selbst, indem er hinzufügte: »Aber bevor wir diesen felsigen Gestaden zu weit folgen, sollten wir vielleicht überlegen, ob diesem Fall nicht besser gedient ist, wenn wir eine Art Task Force bilden und eine umfassende Untersuchung vornehmen, bei der wir in vollem Umfang auf die Möglichkeiten des Bureaus zurückgreifen.«

Carter zog eine Braue hoch. »Nun, mit Sicherheit hatte ich nicht damit gerechnet, je so etwas von Ihnen zu hören. Ich dachte immer, Sie halten ganz am Einsamer-Wolf-Standard fest.«

»He!«, rief Nadia. »Mich gibt's auch noch!«

Ackerman schüttelte den Kopf. »Niemand vergisst Sie, meine Liebe, aber seien wir ehrlich, Sie sind Tonto, ich bin der Lone Ranger.«

»Darüber habe ich mich schon immer gewundert. Wie kann er der *Lone* Ranger sein, wenn er einen Freund und ein

Pferd namens Trigger hat? Per definitionem ist er ja nicht allein.«

»Das Pferd namens Trigger hatte Roy Rogers«, warf Carter ein. »Das Pferd des Lone Ranger hieß Silver.«

Ackerman sah sich bemüßigt, das Gespräch zum Thema zurückzuführen. »Das mag alles sein, aber ein großes Team eignet sich vielleicht besser, um einen Flüchtigen mit Mitteln, wie sie Demon zur Verfügung stehen, zu fassen.«

»Leider können die Möglichkeiten des Bureaus auch ein Hemmschuh sein, der Sie verlangsamt. Außerdem stand dieser Fall von Anfang an nicht in den Büchern. Wir müssen tunlichst vermeiden, dass er aktenkundig wird. Daher werden Sie und Nadia sich allein um den Demon-Fall kümmern. Sehen Sie sich diese Tagebücher an, und lassen Sie sich ein paar neue Ideen einfallen, denn was Sie bisher vorgebracht haben, ist reichlich dünn. In zwei Tagen möchte ich vollständig über das ins Bild gesetzt werden, was Sie herausgefunden haben und was Sie auf dieser Grundlage planen. Und da wäre noch etwas, Frank ...«

Ackerman wusste sofort, dass ihm nicht gefallen würde, was Carter noch zu sagen hatte.

»Der Fall war eigentlich der Fall Ihres Bruders, und nach allem, was Sie mir gesagt haben, ist er geradezu besessen von Demon und seiner Organisation. Vielleicht wäre zu überlegen, ihn in beratender Eigenschaft hinzuziehen?«

Ackerman merkte wieder, wie seine Nackenhaare sich aufstellten, aber dieses Mal richtete sich seine Wut auf ein anderes Ziel als die Schatten der Vergangenheit. Mit zusammengebissenen Zähnen sagte er: »Mein Bruder und sein Sohn bleiben vollkommen außen vor. Sie führen eine friedliche Existenz, wo sie jetzt sind. Mein Bruder hat einen Weg verlassen, der zu Tod und Vernichtung führte, und folgt jetzt der Straße zu Schönheit und Heiterkeit. Das ist der Grund, weshalb ich heute Abstand zu ihm halte. Ich will ihn nicht verlocken zurückzukehren, und ich will nicht die Reinheit dessen beschmutzen, was er ohne mich aufgebaut hat. Wenn er wüsste, dass Demon noch auf freiem Fuß ist, würde er sich umbringen in dem Versuch, ihn zu finden. So ist er einfach. Wenn Sie mich für einen Verrückten halten, dann sollten Sie einmal meinen kleinen Bruder erleben. Er ist wie eine Tomahawk-Rakete. Sobald er ein Ziel erfasst hat, rast er mit lasergelenkter Präzision darauf zu. Damit will ich sagen, dass Besessenheit von ihm Besitz ergreift. Er lebt dann für die Jagd und die Jagd allein.«

Nach ein paar Sekunden lastenden Schweigens fragte Nadia: »Und das machen Sie nicht?«

Ackerman antwortete unverzüglich. »Ich bin eine Maschine, aber Marcus ist ein Mensch. Ich bin, wie ich bin. Ich kann nichts anderes. Marcus ist diesem Leben aber in ein besseres entkommen. Ich werde nicht zulassen, dass jemand oder etwas verhindert, dass mein Bruder und mein Neffe so leben, wie sie es verdienen. Niemand wird sich da einmischen. Ich nicht und ganz besonders Demon nicht. Niemand sagt meinem Bruder irgendetwas, und sollte er fragen, werden wir lügen.«

Carter schürzte die Lippen und dachte über Ackermans Worte nach. Schließlich sagte er: »Gut, Ihr Bruder bleibt außen vor. Aber Sie sollten mir lieber etwas liefern, bevor meine Bosse von der Sache Wind bekommen.«

Ackerman nickte als Zeichen, dass er verstanden hatte, und Nadia sagte: »Selbstverständlich, Sir. Wir machen uns sofort an die Arbeit.« Dann beendete sie die Videokonferenz.

Ackerman war bereits auf dem Weg zur Tür und zog die schwere Stahlbarriere auf. Westgate stand noch immer draußen. Ackerman sah den Deputy Warden an. »Ist der

Gefangene noch in dem Erholungsbereich, in dem wir ihn vorhin gesprochen haben?«

»Lassen Sie mich nachsehen.« Er nahm ein kleines Handfunkgerät vom Koppel, drückte auf die Sprechtaste und fragte: »Wo ist John Doe jetzt?«

Ackerman zog eine Braue hoch, als er den Namen hörte.

»Wir kennen seinen Namen nicht«, erklärte Westgate, »und wir wollen ihn nicht ›Demon‹ nennen, daher bezeichnet der Staat ihn als John Doe.«

Die Antwort kam aus dem Funkgerät: »Wir sind auf halbem Weg zu seiner Zelle. Er ist noch in der Kiste.«

Westgate sah Ackerman an. »Möchten Sie, dass ich ihn zurückschicken lasse? Müssen Sie noch einmal mit ihm sprechen?«

»Ja, es ist von größter Wichtigkeit.«

Westgate überlegte kurz und sprach ins Mikrofon: »Schaffen Sie John Doe in den gesicherten Besprechungsraum auf Korridor H. Wir kommen zu Ihnen.«

Mit einem Nicken machte sich Ackerman in die Richtung auf, aus der sie gekommen waren, aber Westgate sagte: »Dorthin müssen Sie, harter Bursche. Sie müssen da drin schlechte Neuigkeiten erfahren haben.«

»Neuigkeiten oder Informationen«, entgegnete Ackerman, »sind weder gut noch schlecht. Daten sind neutral. Was die Erkenntnisse allerdings implizieren, kann durchaus lebensverändernde Folgen haben und darauf hindeuten, dass jemandem ein finsterer Weg bevorsteht. Wir haben dort drinnen nicht viele Antworten erhalten, aber die Natur unserer Fragen hat sich mit Sicherheit verändert, und Ihr ›John Doe‹ hat uns eine Menge zu erklären.«

10

Ackermans Verhalten bereitete Nadia noch mehr Sorgen als gewöhnlich.

Ihr Partner war körperlich unfähig, Furcht zu empfinden, aber er hatte ihr gezeigt, dass er auf einer intellektuellen Ebene durchaus um jemanden zu fürchten vermochte. Er schien sich vorrangig mit seinem Bruder und seinem Neffen zu befassen, aber die Sorge erstreckte sich auch auf Menschen wie sie, deren Gesellschaft und fortdauernde Existenz er wertschätzte und respektierte. Meist jedoch entsprach die Jagd nach Serienmördern Ackermans Vorstellung von Vergnügen, und je gefährlicher der Mörder war, je größer die Herausforderung, desto mehr genoss er die Hatz.

Doch jetzt, wo es um Demon ging, verhielt Ackerman sich vollkommen anders. Diesen Mann schien er geradezu zu fürchten, auch wenn Nadia deutlich sehen konnte, dass diese Furcht weniger Demon als Mensch oder Gegner betraf, sondern mehr eine Furcht um das war, was Demon ihm wegnehmen könnte. Diese Furcht wiederum bedingte die Furcht vor dem, was Ackerman tun könnte, wenn er alle Verbindungen zu seinem gegenwärtigen Leben verlor – vor dem, worin er zurückfallen könnte.

Sie beschloss, ihre Beobachtung im nächsten Bericht an Deputy Director Carter zu erwähnen. Als Nadia sich entschieden hatte, einen verstorbenen Serienmörder, den ernstzunehmende Stimmen für den bedeutendsten Killer der US-Geschichte hielten, zum Thema ihrer Masterarbeit zu machen, hätte sie sich nie träumen lassen, dass sie eines Tages Seite an Seite mit ihm arbeiten würde. Geschweige denn, dass sie Zeugin wäre, wie er sich anpasste und auf eine Art entwickelte, die sie niemals für möglich gehalten hätte.

Nachdem sie Ackerman nachgeeilt war, um ihn vor dem nächsten Kontrollpunkt einzuholen, berührte sie ihn am Arm und fragte noch außer Atem: »Was an Demon bereitet Ihnen größere *Furcht* als irgendjemand sonst, mit dem wir es schon zu tun hatten?«

Ackerman lachte leise. »Wie es heißt, bin ich der Furcht unfähig, zumindest in Begriffen, in denen Sie Furcht verstehen. Das bedeutet aber nicht, dass ich, sollte ich mitten im finsteren Dschungel einem Tiger begegnen, keine Sorge um meine Sicherheit oder die Sicherheit meiner Begleiter empfände. Demon ist das größte und stärkste Raubtier weit und breit. Er ist schlimmer als jeder Tiger. Er ist ein Tiger, der andere Tiger befehligt. Dieser Mann ist der König des Dschungels. Die Welt gehört ihm. Wir leben nur darin. Verstehen Sie, was ich meine?«

Nadia schüttelte den Kopf. »So viel Geld und Einfluss kann er unmöglich haben.«

»Das wahre Ausmaß seiner Ressourcen ist zwar unbekannt, aber wir wissen, dass sie umfangreich sind. Demon scheint zu der Sorte Mensch zu gehören, die alles zuwege bringen kann. Meinen eigenen Vater ausgenommen, ist er der verschlagenste und erbarmungsloseste Killer, dem ich je begegnet bin.«

Nadia sah sich genötigt, ein weiteres Thema anzuschneiden, das sie eigentlich nicht aufbringen wollte, aber es erschien ihr unumgänglich. »Vielleicht sollten Sie doch überlegen, Ihren Bruder zu verständigen. Wenn er davon erfährt und Sie ihm nichts gesagt ...«

»Er wird es nicht erfahren. Binnen weniger Tage werden wir Demon fassen und ihn in die Zelle neben seinem Sündenbock sperren.«

»Sie klingen aber nicht besonders sicher.«

»Mein Bruder bleibt außen vor. Ende der Diskussion.«

Nadia musste joggen, um Ackermans Tempo in dem schmucklosen weißen Korridor zu halten. »Wie lange ist es her, dass Sie mit ihm geredet haben?«

»Ein halbes Jahr. Unser letztes Gespräch war unerfreulich.«

»Aber er ist Ihr Bruder.«

»Im Moment bin ich nicht in Stimmung für diese oder irgendeine andere Diskussion. Ich muss mich auf die anstehende Aufgabe konzentrieren.«

Damit beschleunigte Ackerman seinen Schritt noch mehr und beendete die Diskussion.

Als sie Korridor H und den gesicherten Konferenzraum erreichten, nickte Deputy Warden Westgate einer Kamera unter der Decke zu. Mit einem Summen entriegelte sich die Stahltür und schwang langsam auf.

Ackerman schien erfüllt von einer manischen Energie, die Nadia ihm nur selten anmerkte. Sie überlegte einzuschreiten und zu versuchen, aufzuhalten oder wenigstens abzufedern, was sich da anbahnte, aber sie wusste auch, dass Ackerman in dieser Stimmung nicht auf sie hören würde.

Mit gefletschten Zähnen bat Ackerman: »Terry, würden Sie bitte draußen warten?«

Westgate sah besorgt drein, erwiderte aber nichts; mit gerunzelter Stirn und schmalen Augen nickte er und trat zurück auf den Gang.

Nadia und Ackerman durchquerten den Eingang, dann fiel die schwere Stahltür langsam zu, von Motoren bewegt, die ein Aufseher steuerte, den sie nicht zu Gesicht bekamen. Einen Moment lang stand er mit geschlossenen Augen da, atmete tief und gemessen. Selbst Nadia roch den Häftling quer durch den Raum, während Ackermans hochempfindliche Nase den Geruch einzog und viel tiefgehender auswertete. Der Geruch des Mannes war nicht unbedingt unangenehm, es sei denn, man hatte viele Männer verhört, die genauso rochen. Sie nahm an, dass es an der Seife lag, die man an die Häftlinge austeilte; sie überdeckte den Körpergeruch eines Mannes nur, beseitigte ihn aber nicht.

Als die Tür sich wieder verriegelt hatte, sah Ackerman zu dem stählernen Käfig in der Mitte des Raumes und sagte: »Wir haben einige sehr wichtige Fragen an Sie …«

Nadia erwartete, dass Ackerman mit den Fragen fortfuhr, aber ihre Erwartungen führte er regelmäßig ad absurdum. Ohne Warnung wirbelte er auf dem linken Absatz herum und trat mit dem rechten Fuß gegen die Mauerwand des Konferenzraums. Nadia begriff nicht, was er trat, als er die Bewegung wiederholte. Beide Tritte geschahen in solch rascher Abfolge, dass sie kaum wahrnahm, wie er innehielt und sich erneut drehte. Das Ziel von Ackermans Tritten war ein Kabelkanal, der von der Decke zum Lichtschalter führte. Das Metallrohr war mit Schellen an der Wand verschraubt, aber nach einem dritten Tritt war es zum Teil aus seiner Halterung gelöst. Ackerman packte das Rohr und riss es mit Kabeln und allem aus den Halteschellen.

Die Deckenlampen erloschen, aber nur wenige Sekunden herrschte Dunkelheit, dann flutete rotes Notlicht den Raum. In diesem kurzen Moment der Finsternis hatte Ackerman den Abstand zwischen sich und dem Käfig des falschen Dämons überwunden.

Entsetzt sah Nadia mit an, wie Ackerman das Stahlrohr durch die schlitzartige Öffnung der Häftlingstransportbox schob, das Ende gegen die Kehle des gefesselten Mannes presste und so starken Druck ausübte, dass der Häftling zu keuchen begann.

Nadia war auf solch einen Zwischenfall vollkommen unvorbereitet und wusste nicht, was sie tun sollte. Wie gelähmt stand sie daneben und wünschte sich einen Taser, fragte sich aber, ob sie diese Waffe tatsächlich gegen Ackerman gerichtet hätte.

Die Stahltür schwang bereits wieder auf. Sie hörte, wie Westgate vom Korridor her Ackerman zubrüllte, er möge aufhören, aber er kam nicht in den Raum; vermutlich wartete er auf Verstärkung, die Ackerman mit Übermacht überwältigen sollte.

Ackerman jedoch war ganz auf den falschen Demon konzentriert, und in diesem Moment sah Nadia, wie er mehr Irrsinn und Hass heraufbeschwor, als sie bei dieser aktuellen Ausgabe von Francis Ackerman jr. für möglich gehalten hätte.

Mit gefletschten Zähnen drückte Ackerman das Metallrohr immer fester gegen die Kehle des falschen Demon. »Wissen Sie, wie viele Menschen ich schon getötet habe?«, fragte er. »So viele davon hielten sich für sicher und dachten, nichts könnte ihnen etwas anhaben – aber vor mir ist niemand sicher. Auf der ganzen Welt gibt es keinen Käfig, aus dem man nicht entrinnen und in den man nicht eindringen könnte, denn jede Sicherheitsmaßnahme, die ein Mensch bauen kann, kann ein anderer Mensch überwinden. Ich werde jedes Sicherheitssystem auf der ganzen Welt knacken, um Sie zu kriegen, wenn ich das will. Deshalb sollten Sie meine nächste Frage sehr sorgfältig überdenken, und es wäre besser für Sie, wenn Sie mir eine sehr gute Antwort geben würden.«

Der falsche Demon keuchte und würgte und schien aufrichtig geschockt zu sein von dem, was ihm widerfuhr, Gehirnwäsche hin oder her. Ackerman verringerte leicht den Druck, damit der Häftling sprechen konnte, und fragte: »Wer sind Sie? Wer sind Sie wirklich?«

In diesem Augenblick dachte Nadia nicht mehr an die Männer, die sich bereitmachten, den Raum zu stürmen, und war wie Ackerman ganz auf Demons Stellvertreter konzentriert. Eine einzelne Träne rollte dem Mann die Wange hinunter, und zum ersten Mal, seit sie in der Strafanstalt angekommen waren und ihn vernahmen, hatte sie das Gefühl, die menschliche Attrappe antworte vollkommen aufrichtig und unverstellt.

Er sagte: »Ich habe keine Ahnung.«

Der Schmerz und die Qual in den Augen des Gefangenen verrieten Nadia, dass er tatsächlich die Wahrheit sagte, dass der Mann, der an Demons Stelle in ADX Florence einsaß, eine leere Hülle war, die von dem echten geisteskranken Verbrecher gelöscht und neu programmiert worden war. Was das bedeutete, verschlug ihr den Atem. Wenn Demon eine Person neu programmieren konnte, damit sie tat, was er wollte, konnte er jeden Menschen neu programmieren.

11

Als Lauren Dineshs Wunden versorgt und Elliott die eigenen Verbände erneuert hatte, führte er sie zurück in den schlammigen Tunnel, in die Richtung, aus der sie gekommen waren und aus der auch das merkwürdige Summen zu hören war. Der Gang führte jetzt in eine andere große, kreisrunde Kammer. Die Tunnel hinter ihnen hatten sich verschoben wie in einem Jahrmarktlabyrinth. Anders als zuvor war der Raum kein Verteiler, von dem mehrere Tunnel abzweigten.

Zumindest waren im Moment keine zu sehen. Gegenüber der Stelle, an der sie aus der Mündung des schlammigen Tunnels stiegen, waren mehrere kleine Nischen in die Betonwände geschnitten, leer bis auf die beiden mittleren. Die eine enthielt einen azurblauen Teller mit goldenem Rand, auf dem eine Scheibe gebutterter Toast lag. In der Nische gleich daneben stand, wie es schien, ein Glas Wasser. Ein Tischkärtchen neben dem Teller forderte in verschnörkelter Schrift auf: *Iss mich oder trink mich ...*

Elliott sah sich nach einer weiteren Kamera um und entdeckte eine in der Ecke. Er breitete die Arme aus und sprach direkt ins Objektiv: »Wie wär's, wenn ihr mich lieber am Arsch leckt! Was zum Teufel sollen diese Spielchen? Wenn ihr kämpfen wollt, warum kommt ihr dann nicht einfach raus?«

Er schüttelte den Kopf und fand sich töricht, dass er ihre gesichtslosen Entführer überhaupt angesprochen hatte. Er wandte sich den anderen zu. »Tut mir leid. Ich weiß nicht, was wir hier sollen.« Er blickte in den Tunnel, den sie gerade verlassen hatten, und sagte: »In dieser Richtung ist es jetzt eine Sackgasse, und ich nehme an, ein Weg öffnet sich, sobald wir die Anweisungen befolgen. Ich weiß aber auch, dass wir vollkommen am Arsch sind, wenn wir dieses Scheißspiel mitmachen. Also, wenn jemand von euch einen Vorschlag hat, ich bin ganz Ohr.«

Dinesh hielt sich den verletzten Bauch. Sein Gesicht war von Schmerzen verzerrt. Er sah verstört aus, seine Wangen waren eingefallen. Lauren erging es nicht viel besser, aber sie sagte: »Du hast recht. Ich sehe keine andere Möglichkeit, als weiterzugehen und alles zu tun, was wir tun müssen, damit es weitergeht. Aber diesmal bleiben wir dicht zusammen und machen alles gemeinsam. Ich glaube auch, dass wir die Anweisung auf der Karte befolgen müssen. Wir haben also die Wahl, zu essen oder zu trinken, und wir haben die Wahl, wer es tut.«

»Der Toast sieht mir verdammt gut aus«, sagte Dinesh. »Oder das Wasser.«

»Niemand isst oder trinkt hier etwas außer mir«, sagte Elliott. »Ich bin vereidigter Gesetzeshüter. Ich bin für eure Sicherheit verantwortlich. Wenn also jemandem etwas passiert, passiert es mir zuerst.«

Lauren schüttelte den Kopf. »Das ist nicht fair, Elliott. Wir stecken gemeinsam in der Sache. Wir sollten Strohhalme ziehen oder so etwas, oder Schere, Stein, Papier spielen. Irgendetwas Faires, um zu entscheiden, wer das Risiko eingeht.«

»Das steht nicht zur Debatte. Ich mache es, niemand sonst. Also, wofür soll ich mich entscheiden?«

»Ist das nicht aus irgend so einem Buch?«, fragte Dinesh.

Elliott zuckte mit den Schultern. »Ja, *Alice im Wunderland* vielleicht. Wurde sie nicht kleiner, wenn sie aß oder trank, irgendwas in dieser Richtung? Ich weiß nur nicht, wie uns das helfen soll. Was war im Buch die richtige Antwort?«

»Im Buch«, sagte Lauren, »trinkt Alice einen Zaubertrank, von dem sie kleiner wird, und isst einen Kuchen, um wieder zu wachsen. Es hängt von der Situation ab.«

»Also, wollen wir in unserer Situation größer oder kleiner werden?«

Lauren zuckte mit den Schultern. »Kleiner wäre meine Vermutung. Wenn wir tiefer in die Tunnel vordringen, würde es uns nützen, kleiner zu sein. Vielleicht versucht, wer immer dahintersteckt, uns eine kleine Metapher unterzujubeln. So, als müssten wir weniger werden oder so was. Ich weiß es nicht.«

Elliott wusste, dass sie spekulierte, daher machte er sich daran, die Alkoven zu untersuchen, und sagte über die

Schulter: »Sehen wir uns ein wenig um, bevor wir irgendetwas tun. Vielleicht finden wir noch mehr Hinweise.«

Die Gruppe schwärmte aus und nahm die Kammer gründlich unter die Lupe. Mehrere Minuten vergingen, wie es schien, in denen Elliotts Gedanken zu Jaylen schweiften, seiner kleinen Tochter, die bei ihrer Mutter auf der anderen Seite der Brücke in Brooklyn lebte. Er sah sie längst nicht so oft, wie er sollte. Sie war acht, und er hatte viele besondere Momente in ihrem Leben verpasst. Während ihrer fünften Geburtstagsparty hatte er am Schauplatz des Mordes an einem damals angesagten Promi festgesessen. Während ihres Auftritts bei der Schulaufführung war er bei einem Banküberfall mit Geiselnahme gewesen. Er hatte nur an einer Handvoll ihrer diversen Spiele und Aktivitäten teilgenommen. Aber selbst wenn er bei ihr war, war er mit den Gedanken woanders.

Das war auch das, was ihm jede Frau vorwarf, mit der er ausging. Er war mit seiner Arbeit verheiratet und hatte darüber hinaus nur sehr wenig Platz für etwas oder jemand anderen in seinem Leben.

Während er die Alkoven auf Hinweise untersuchte, traf Elliott Cole die Erkenntnis, dass er seinem Job bereits den Rest seines Lebens geopfert hatte. In Ausübung seiner Pflicht zu sterben erschien als passendes Ende, ein idealer Nachruf. Er wünschte nur, er könnte Jaylen noch ein letztes Mal in die Arme schließen und seinem kleinen Mädchen sagen, dass es ihm leidtat. Er sprach ein kurzes Gebet, dass es geschehen möge, aber er schwor nicht, es besser zu machen, falls er überlebte. Im Grunde wusste er, dass er zwar *versuchen* konnte, im Leben der Menschen, die er liebhatte, präsenter zu sein, der Job ihn aber immer wieder herausziehen würde.

Und dann sah er es. In der hintersten Nischenreihe ganz

unten war eine kleine Holztür in den Stein eingelassen. »Seht euch das an«, rief er den anderen zu. Alle musterten sie die kleine Tür und den Rahmen, beides aus dunklem Holz und beides bis hin zu winzigen Angeln und dem Türknauf detailliert, sodass sie real erschienen.

Er kehrte zum Zentrum der Alkovenwand zurück. »Also, jetzt wissen wir es. Kleiner.« Er griff nach dem Glas Wasser.

»Vielleicht sollten wir …«, begann Lauren, aber ehe sie weitere Einwände erheben konnte, hatte er das Glas ausgetrunken und stellte es wieder in die Nische.

Er sah zu der Kamera hoch und breitete die Arme aus. »Also, wir haben eure Anweisungen befolgt. Was jetzt?«

Erwartungsvoll standen sie in der kreisrunden unterirdischen Kammer und harrten darauf, dass ihnen etwas gezeigt wurde, dass sie einen Hinweis erhielten, was sie als Nächstes tun sollten, aber nichts geschah.

Elliott zählte bis dreißig und entschied, etwas zu sagen, aber als er den Mund öffnen wollte, gehorchten ihm seine Kiefermuskeln nicht mehr. Er leckte sich die Lippen, und seine Zunge fühlte sich dick und taub an. Als ihm dämmerte, was geschehen war, riss er die Augen auf. Adrenalin zog ihn kurzzeitig von der Bewusstlosigkeit zurück, von der er spürte, wie sie auf ihn zukroch, wie sie an den Grenzen des Bewusstseins lauerte wie ein Raubtier in der Nacht. Elliott sah Lauren an. »›Iss mich‹ war wohl doch richtig«, sagte er, dann merkte er, wie er nach vorn kippte, ohne mehr tun zu können, als zuzusehen, wie der schmutzige Betonfußboden auf sein Gesicht zuschoss. Danach sah Elliott Cole nichts anderes mehr als die Innenseite seines Geistes.

ZWEITER TEIL

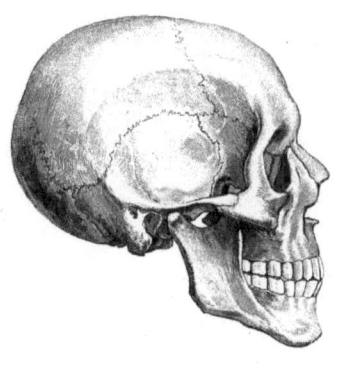

12

Drei Wochen später ...

Der Großraum Medford, Oregon, hatte eine Bevölkerung von etwa 220.000 Personen. Der Rogue-River-Killer war für den Tod von nur sieben davon verantwortlich, aber nachdem das letzte Opfer ans Ufer des Flusses gespült worden war, der sich nördlich der Stadt durch die Wildnis wand und dem Mörder seinen Spitznamen gab, waren in Medford noch monatelang Schockwellen der Angst zu spüren gewesen. Ackerman und Nadia nahmen die Gegend unter die Lupe, und Ackerman hatte eine Unterkunft ausgesucht, die einen Ausblick auf den Rogue River bot. Er fand es sinnvoll, zu einem Aspekt der Obsession des Mörders eine Verbindung einzugehen; wenn er lange genug in die Tiefen des Flusses starrte, gab das Gewässer vielleicht seine Geheimnisse preis.

Ackerman war fast sein ganzes Leben lang allein gewesen, und dennoch hatte er sich in den vergangenen Jahren daran gewöhnt, eine Art zusammengestoppelter Familie zu haben, die aus den Menschen bestand, mit denen er jagte, und zusätzlich seinen leiblichen Bruder und leiblichen Neffen. In letzter Zeit jedoch fühlte er sich sogar von ihnen isoliert. Demon hatte geschworen, Ackerman alles zu nehmen, was ihm am Herzen lag, falls er sich ihm in den Weg stellte – was Ackerman selbstverständlich getan hatte. Offenbar war Demon aber zu dem Schluss gelangt, dass es das Risiko nicht wert war, gleich welche Vergeltung zu üben, solange die List mit seinem Double noch standhielt.

Nun, da der falsche Demon enttarnt war, hatte Ackerman keine Zweifel, dass sein Gegenspieler seine Drohungen früher oder später in die Tat umsetzen würde, und die einzige Möglichkeit, Demon daran zu hindern, bestand darin, ihn vorher zu fassen.

Er sah auf die Uhr. Sie hatten 5.30 Uhr. Noch zwei Stunden, bis Nadia aufwachte, bereit zu frühstücken, bevor sie die Arbeit des Tages anging. Er hatte gewiss genug Möglichkeiten, sich die Wartezeit zu vertreiben. Er konnte körperlich oder mental trainieren, er hatte stapelweise Bücher zu lesen, aber er besaß auch ein großes Messer, das geschärft werden wollte. Daher nahm er einen Wetzstein, setzte sich an einen hölzernen Picknicktisch vor dem Hotel, der einen Blick über den Fluss bot, und zog das Bowiemesser mit dem knöchernen Griff aus der Scheide zwischen seinen Schulterblättern. Er hatte sich daran gewöhnt, das Messer dort ständig zu spüren, und legte es nur ab, wenn er schlief, aber selbst dann behielt er es nahe bei sich. Zu der Waffe hatte er eine merkwürdige symbiotische Beziehung aufgebaut, die so ausgeprägt war, dass er sich nackt vorkam, wenn er sie nicht bei sich trug. Das Messer bot ihm Trost wie ein Anker im Sturm. Eine scharfe Klinge war, soweit er zurückdenken konnte, immer Teil seines Lebens gewesen. Auch wenn alles andere ihn im Stich ließ, ein Messer erfüllte stets seinen Zweck. Klingen und Blut waren vielleicht die einzigen beständigen Elemente seiner Existenz.

Nachdem er das Bowiemesser gereinigt und geschärft hatte, betrachtete Ackerman lange den Rogue River und versuchte, sich auf den Killer zu konzentrieren, sich ein klares Bild von seinem Gegner zu machen. Nur gab es so viele Ablenkungen, so viele andere Gedanken, dass er nicht in die nötige Konzentration fand. Sein Geist folgte dunklen, gewundenen Wegen, und ohne überhaupt ganz zu begreifen, was er tat, hatte Ackerman sich einen langen Schnitt am Unterarm zugefügt. Das Gefühl war so warm und tröstlich, als käme er nach langer Abwesenheit wieder nach Hause. Er hatte nicht zu tief geschnitten, aber ausreichend, damit Blut floss. Er ließ sich Zeit und kappte langsam jede Nervenendung, während er die Haut auftrennte.

Dabei konzentrierte er sich wieder auf den Rogue River Killer, und diesmal gelangten seine Gedanken in den Fokus. Die Stoffe, die durch den Schnitt in sein anomales Gehirn ausgeschüttet wurden, hatten seinen Geist wiederhergestellt. Was immer diese Stoffe sein mochten, sie bildeten Ackermans Droge der Wahl. Fleisch war stets so nahe und zugänglich, aber er hielt sich davon ab, in ihm zu schwelgen. Trotzdem fiel es ihm schwer, nicht ein wenig von dem zu empfinden, was ihm über die Jahre die wichtigste Quelle des Trostes gewesen war.

Wenn alles vorbei war, würde er sich schuldig fühlen. Eigentlich sollte sein Körper ein Tempel sein. Nur hatte er im Lauf der Jahre schon so viele Wunden erlitten, dass er die Folgen mittlerweile spürte. Die linke Hand konnte er kaum noch schließen, weil ihm einmal eine Schwertklinge hindurchgestoßen worden war, ganz zu schweigen von den vielen Knochenbrüchen, Schusswunden und abgetrennten Körpergliedern.

Trotz des Zolls, den es ihm abverlangte, kehrte er stets zu seinem eigenen Schmerz zurück. Er erinnerte sich, dass die Bibel diesen Aspekt der menschlichen Verfassung als einen Hund beschrieb, der sich seinem eigenen Erbrochenen zuwendet, und Ackerman musste zugeben, dass er dabei nicht besser war als jener Köter in der Heiligen Schrift. Menschen hatten einen Hang, unmerklich auf die eigene Vernichtung hinzuarbeiten, und in dieser Hinsicht unterschied sich Ackerman kein bisschen von der Norm.

Während er sich ins eigene Fleisch schnitt, dachte er an die sieben Leichen blonder, blauäugiger Frauen, die an das Ufer, das er vor sich hatte, geschwemmt worden waren. Die Leichen waren gehäutet gewesen, Hände, Füße und Köpfe fehlten. Mehrere Opfer waren anhand von DNA-Abgleichen, Implantaten, Röntgenbildvergleichen identifiziert worden, aber von drei Toten kannte man noch immer den Namen nicht.

Während er auf den Fluss blickte, überlegte sich Ackerman, was man alles mit menschlicher Haut anfangen konnte. Sie war natürlich leichter zu konservieren als die anderen Organe und konnte zu einem lebensechten Abbild montiert werden, wenn man die nötigen Fertigkeiten und die erforderliche Neigung besaß. Das war allerdings nicht die einzige Anwendung. Der Serienmörder Ed Gein – von dem die fiktionalen Figuren Norman Bates aus *Psycho*, Leatherface aus *Texas Chainsaw Massacre* und Buffalo Bill aus *Das Schweigen der Lämmer* inspiriert worden waren – hatte aus der Haut seiner Opfer Möbel und Haushaltsgegenstände angefertigt, alles von Lampenschirmen aus menschlicher Gesichtshaut bis hin zu Schüsseln aus Frauenschädeln und Gürteln aus ihren Brustwarzen.

Was der Rogue-River-Killer mit der Haut seiner Opfer anstellte, konnte sich als entscheidend für die Aufklärung des Falles erweisen, und daher setzte Ackerman seine Überlegungen fort. Falls der Mörder sie irgendwo lagerte oder zur Schau stellte, musste er eine private Zuflucht haben, die andere nicht betreten durften. Das konnte darauf hindeuten, dass er alleinstehend war oder eine Jagdhütte oder dergleichen besaß, auf einem abgelegenen, irgendeinem Hobby dienenden Grundstück vielleicht, wo er sich der Droge seiner Wahl hingeben konnte. Ackermans Gedanken wandten sich den Abständen zwischen den Morden zu. Die sieben

Taten erstreckten sich über einen Zeitraum von fünfzehn Jahren, was bedeuten musste, dass der Mörder sehr geduldig und sorgfältig vorging und in der Lage war, seinen Drang über lange Zeiträume zu unterdrücken. Oder er hatte weitere Taten woanders ausgeführt. Oder er war während der fünfzehn Jahre immer mal wieder eingesperrt worden. Alles nur Möglichkeiten, aber als Ackerman sich jede der identifizierten Frauen vorstellte, erkannte er, dass sie einander nicht nur ähnelten – einen ähnlichen Körpertyp und die gleiche Haar- und Augenfarbe hatten –, sondern alle vom gleichen Typ waren und sogar den Knochenbau gemeinsam hatten. Sie waren alle makellos schön gewesen, mit schmalen, V-förmigen Gesichtern und hohen Jochbeinen. Fast schien es, als wäre der Mörder von dem Gedanken einer menschlichen Barbiepuppe besessen und läge auf der Lauer, bis die geeignete Kandidatin ihm vor die Augen kam.

Ackerman dachte noch über dieses Thema nach, als Nadia neben ihn trat und keuchte. »Was zum Teufel tun Sie sich da an, Frank?« Sie lenkte das Messer von seinem Arm weg. Er schaute hin und entdeckte, dass er doch ein wenig tiefer geschnitten hatte als beabsichtigt.

Nadia wirkte keineswegs entsetzt, sondern nahm ihm das Messer aus der Hand, legte es auf den Picknicktisch und ging kopfschüttelnd zum Auto. »Ich hole den Verbandskasten und verarzte Sie. Dass Sie ein Idiot sind, wissen Sie aber selbst?«

Ackerman lächelte. Es war schön, eine Familie zu haben, und wenn Demon jemals einem Mitglied seiner Familie etwas antat – sei es Nadia, sein Bruder oder sonst jemand –, würde Ackerman zu etwas werden, an das er gar nicht denken wollte, um die Welle der Rachsucht zu befriedigen, die ihn in solch einem Fall unweigerlich überfluten musste. Genau aus diesem Grund musste er sie schützen, indem er Demon ein für alle Mal ausschaltete. Weder seine persönlichen noch irgendwelche äußeren Dämonen dürften denen, die ihm teuer waren, ein Leid zufügen.

Nadia hatte etwas Besseres verdient. Sein Bruder hatte etwas Besseres verdient. Und er würde sicherstellen, dass ihnen nichts geschah, weder jetzt noch jemals. Er war ein Wächter vor dem Tor, der die Wölfe auf Abstand hielt.

13

Als sie mit dem Verbandskasten zurückkehrte, fragte Nadia als Erstes: »Warum machen Sie so was?«

Ackerman rollte mit den Augen. »Ich glaube nicht, dass Ihr neurotypisches Gehirn meine anomalen Gedankengänge nachvollziehen kann.«

»Wer sagt denn, dass ich ›neurotypisch‹ bin? Was heißt das überhaupt?«

»Sie haben ein Standardgehirn, meine Liebe. Sie sind eine von den Normalen.«

»Das sagen Sie andauernd, aber ich weiß nicht, ob Sie jemals ausgesprochen haben, zu was das Sie macht. Wenn ich eine von den Normalen bin, was sind dann Sie?«

Er lächelte. »Ich nehme an, es macht mich zu einem Abnormalen oder Neurodiversen, wie man heute lieber hört. Mein Gehirn unterscheidet sich von dem eines Durchschnittsmenschen, und wegen dieser Unterschiede ist es mir manchmal unmöglich, die Aktionen, Gedanken und Empfindungen neurotypischer Individuen zu verstehen. Umgekehrt ist es genauso. Einige Dinge, die ich tue, werden Sie niemals nachvollziehen können, Handlungsweisen, die für mich völlig naheliegend sind und dennoch für immer außerhalb Ihres Begriffsvermögens bleiben werden.«

Nadia nahm Mullbinden und Desinfektionsmittel aus dem Verbandskasten. Während sie die Wunden säuberte und bandagierte, die er sich selbst beigebracht hatte, lachte sie leise in sich hinein und sagte: »Ich durchschaue Sie. Sie lenken mich von der eigentlichen Frage ab, Sie ducken sich weg. Sie wissen verdammt gut, dass es eine reale physische Konsequenz hat, wenn man sich derart in den Arm schneidet. Ich verstehe ja, dass Sie da ein Ding mit dem Schmerz haben, aber Sie brauchen sich nicht …«

Ackerman hob die rechte Hand, um sie zu unterbrechen. »Sie haben recht, und ich nehme an, dass die Antwort sich auf schlichte Abhängigkeit reduzieren lässt.« Er wies auf seinen verletzten Arm. »Ein kleiner Brosamen sättigt die Bestie und stillt für einige Zeit ihren Hunger, aber in dieser Hinsicht rage ich wohl überhaupt nicht aus der Menge hervor. Ich folge nur meiner menschlichen Natur und meiner menschlichen Programmierung. In der Bibel beschreibt der Apostel Paulus es, indem er sagt: *Das Gute, das ich will, das tue ich nicht; sondern das Böse, das ich nicht will, das tue ich.* Ich weiß, dass es gefährlich ist, mich derart zu schneiden, dass ich eine Infektion erleiden könnte, Nervenschäden und ein Füllhorn anderer übler Folgen, aber der Drang, der Durst nach Schmerzen, treibt mich an und sagt mir, es sei besser, wenn ich mich verletze, als dass ich riskiere, jemand anderen zu schädigen.«

»Ich habe noch nie gesehen, dass Sie jemanden verletzt hätten, der es nicht verdient hatte.«

»Der Mensch zu sein, der über die Strafe für andere entscheidet und sagt, wer was verdient hat, das ist eine Bürde, die zu tragen ich nicht würdig bin. Ich überlasse solche Urteile einer höheren Macht. Selbst wenn ich in den letzten Jahren teilweise rechtschaffen gehandelt habe, ändere ich damit nichts an dem Schmerz, den ich in der Vergangenheit verursacht habe. Das Verhalten in der Vergangenheit ist jedoch stets der beste Indikator für das Verhalten in der Zukunft. Außerdem kennen Sie mich noch nicht lange. Sie haben mich nicht zu meinen schlimmsten Zeiten erlebt und scheinen nicht zu begreifen, was geschehen könnte, wenn ich jemals die Gewalt über mich verliere, und sei es nur für eine Sekunde.«

Sie sah ihm tief in die Augen. »Ich habe keine Angst vor Ihnen.«

»Das sollten Sie aber.«

»Wieso?«

»Ich bin nicht die Sorte Mensch, in die Sie Ihr Vertrauen setzen sollten. Vielmehr sollte man meiner Erfahrung nach in keinen einzigen anderen Menschen volles Vertrauen setzen. Uns ist es bestimmt, uns gegenseitig im Stich zu lassen. Das ist unausweichlich. Ein Bestandteil der menschlichen Natur.«

Nadia lächelte. »Vielleicht ist da etwas, das Sie nicht verstehen, weil Sie kein Standardgehirn haben. Aber ich traue Ihnen nicht, weil ich annehme, dass Sie mich niemals im Stich lassen. Ich traue Ihnen, weil Sie vermutlich der prinzipientreuste und ehrlichste Mann sind, den ich je kennengelernt habe, und ich vertraue darauf, dass das, was Sie tun, dem Richtigen so nahekommt, wie die Umstände es erlauben.«

Ackerman schloss die Augen und knurrte tief in der Kehle. »Ich denke, Sie sehen mich so, wie Sie sich wünschen, dass ich wäre, und nicht, wie ich bin.«

Nadia schwieg, bis sie seinen Arm ganz verbunden hatte,

lehnte sich zurück und breitete die offenen Hände aus. »Okay, hier bin ich. Sagen Sie mir, wer Sie wirklich sind. Sie schneiden sich in den Arm, weil Sie vor etwas auf der Flucht sind. Worum handelt es sich also? Was liegt Ihnen wirklich auf der Seele?«

Ackerman stand auf, krempelte den Ärmel herunter und sagte: »Ich bin froh, dass Sie hier sind, Nadia. In der Zeit zwischen unserer ersten Begegnung und der letzten Zusammenarbeit mit meinem Bruder wurde ich ein bisschen zu anomal. Für mich bestand kein Grund mehr, mich im Zaum zu halten, und ich bin froh, dass Sie hier sind und mich in *Ihrer* Realität verankern.« Er schwieg kurz. »Wir fangen lieber mit der Arbeit an. Es gibt viel zu tun.«

»Wie zum Beispiel? Wir haben die gesamte Gegend zweimal abgesucht.«

Ackerman wandte sich zum Auto und sagte über die Schulter: »Das erzähle ich Ihnen unterwegs. Sie fahren.«

14

Marcus Williams war mehrfach angeschossen, niedergestochen, versengt, über Beton geschleift und fast in die Luft gesprengt worden. Ohne zu blinzeln, hatte er etlichen Massenmördern in die Augen gestarrt. Er war so oft an die Schwelle des Todes gestolpert, dass im Haus des Sensenmanns immer ein Gästezimmer für ihn bereitstand. Nichts machte ihm noch Angst. Er fand es faszinierend, wie angespannte Situationen einen Menschen sogar für unfassbare

Gewalt und unermessliche Schlechtigkeit desensibilisieren konnten. Aber nichts, dem er bisher entgegengetreten war, hatte ihn auf seine aktuelle Aufgabe vorbereiten können: einen Teenager aufzuziehen, der sich mit jedem Tag mehr benahm wie sein Onkel Frank.

Marcus ließ den Blick durch die Küche seines südtexanischen Blockhauses wandern und sagte laut: »So einen Scheiß hab ich nicht verdient.« Er streckte die Hand aus und fühlte die Temperatur der Gallonenflasche Milch, die neben dem Kühlschrank auf der Arbeitsfläche stand. Der Flaschendeckel lag daneben. Daneben wiederum ruhte ein offener Karton mit Frühstücksflocken der Marke Lucky Charms. Der Karton lag auf der Seite, und sein halber Inhalt hatte sich über Arbeitsfläche und Fußboden verteilt. Die Milch war warm, und eine tote Fliege schwamm darin.

Marcus fletschte die Zähne und kämpfte gegen die Wut an, die so viele Jahre lang sein Leben beherrscht hatte. Er hatte sie einmal für rechtschaffenen Zorn gehalten, mittlerweile aber begriffen, dass es so etwas nicht gab. Nur Gott konnte rechtschaffenen Zorn empfinden. Zorn in den Händen eines Menschen war immer zerstörerisch. Marcus versuchte das Unmögliche: Er rief Dylan beim Namen. Eigentlich war es ein banaler Vorgang, aber die Stimme so weit zu heben, dass sein Sohn ihn hörte, ohne dass ein wütender Unterton sich einschlich, das war schwierig.

»Dylan, komm her ... bitte«, sagte er.

Marcus hörte ein Rascheln, und der Junge stand vor ihm. Dylan hatte den muskulösen Körperbau seines Vaters geerbt und hätte zum Footballspieler getaugt, wäre er nur zu bewegen gewesen, lange genug hinter dem Computerbildschirm hervorzukommen, um etwas in der Welt der Wirklichkeit zu tun. Er trug eine Brille, die allerdings schwach war, und hinter den Gläsern glänzten helle, intelligente Augen, die

Marcus stets an seinen Bruder Frank erinnerten. In den Augen des Jungen zeigte sich nicht die Boshaftigkeit oder der Wahnsinn, zu denen Frank imstande war, aber wie sein Bruder schauten sie in die Welt, als wäre er ein Außerirdischer, der sie von draußen betrachtete.

Marcus zeigte auf die offene Milchflasche und die verschütteten Frühstücksflocken. »Was soll das sein?«, fragte er.

»Frühstück«, antwortete Dylan mit unverhohlen sarkastischem Unterton.

Marcus verbiss sich eine schroffe Entgegnung. »Frühstück für dich oder für die Insekten? Die Ameisen lieben die Flocken, und in der Milch übt eine Fliege das Rückenschwimmen.«

Dylan rollte mit den Augen. »Ich kümmere mich drum, *Vater*.«

Der Dreizehnjährige ging an die Arbeitsfläche und begann aufzuräumen. Marcus sagte: »Die Milch zahlst du von deinem Taschengeld, und nenn mich nicht *Vater*. Du gehörst weder dem britischen Königshaus an, noch bist du ein Dunkler Lord der Sith, und deshalb klingt es absolut gruselig, wenn du es so aussprichst.«

Als sein Sohn ihn anblickte, fühlte sich Marcus an die Pose von Mafiosi erinnert, die er im Brooklyn seiner Kindheit gekannt hatte. »Wie soll ich dich denn nennen?«, fragte Dylan. »Liebster Vati? Big Papa?«

»*Dad* würde reichen, du Klugscheißer.«

»Ich bin lieber ein Klugscheißer als eine Dumpfbacke.«

Marcus knirschte mit den Zähnen. »Komm mir bloß nicht mit meinen eigenen Sprüchen. Du musst mithelfen, das Haus sauber zu halten, und du weißt es besser, als Essen zu verschwenden. Es gibt Kinder, die bekommen in einer Woche nicht so viel zu essen, wie du auf den Boden verschüttet hast. Und weil wir gerade dabei sind, warum lässt du deine Videospiele nicht mal sein und führst deinen Hund aus, damit du richtige Bewegung bekommst?«

Wie aufs Stichwort kam der Rottweiler in den Raum und leckte Marcus die Hand. Er kraulte dem riesigen Hund den Kopf. Dylan hatte das Tier auf den Namen Happy getauft, und aus irgendeinem seltsamen Grund schien es zu passen, auch wenn Marcus Mühe hatte, nicht jedes Mal, wenn er Happy sah, daran zu denken, von wo sie den Hund gerettet hatten. Happy war einmal ein Geschöpf gewesen, das der Serienkiller namens Gladiator als »Höllenhund« bezeichnet hatte. Die Tiere hatten zur Sicherung und als Kampfgegner in einer sadistischen Arena gedient, aus der live ins Dark Web gestreamt wurde, und sie waren von dem vielleicht gefährlichsten Killer, den Marcus jemals hinter Gitter gebracht hatte, gründlich ausgebildet worden – von einer mysteriösen Gestalt, die nur als Demon bekannt war.

Nachdem sein Bruder und er mit dem Gladiator und seinem narzisstischen Bruder-Gangsterbaron Mr. King abgerechnet hatten, waren sie mit Tierexperten und Tierheimen in Verbindung getreten, um die Höllenhunde an neue Eigentümer zu vermitteln. Das war ihnen gelungen, nur bei einem Tier nicht, das eingeschläfert werden sollte. Marcus wollte sich nicht vorstellen, dass noch mehr Tod aus dem Wahnsinn der Situation entstand, und hatte daher widerstrebend ein Tier zu sich ins Haus geholt, das schon einmal Menschenfleisch gekostet hatte.

Happy hatte zu den jüngsten Hunden im Rudel gehört, und nach sehr viel Training, um die schlechte Programmierung zu beseitigen, die Demon und der Gladiator ihm ins Gehirn gepflanzt hatten, war aus ihm ein großartiger Gefährte für Dylan geworden. Zwar traute Marcus dem Tier nach wie vor nicht hundertprozentig über den Weg, vermutete aber angesichts der Liebe, die Happy zu Dylan an den Tag legte, dass er sein wahres Gesicht als Killer wohl nur zeigen würde, um den Jungen zu verteidigen. Happy betrachtete Dylan als ein Mitglied seines Rudels, das es zu beschützen galt und nicht zu zerfleischen.

»Alle meine Freunde sind in dem Spiel, *Vater*, und leider ist das der einzige Kontakt, den ich mit ihnen haben kann, seit ich hier mitten im Nirgendwo mit dir festsitze.«

»Du bist nicht mit mir allein. Du hast auch Happy und die Pferde.«

Dylan rollte mit den Augen. Marcus fürchtete manchmal, er rolle sie so oft, dass irgendwann ein bleibender Schaden entstand.

»Oh ja, bloß ich und alle meine Freunde aus dem Wald. Ist hier wie in einem richtigen Disney-Film.«

»Wo wir vom Wald sprechen, kannst du mit Happy zum Bach gehen und den Zaun inspizieren? Ich mache mir Sorgen, dass der Sturm heute Nacht den Silberahorn umgeworfen hat. Ich will die Pferde nicht dorthin lassen, wenn der Zaun kaputt ist, besonders den neuen Hengst nicht. Er wäre halb in San Antonio, bevor wir ihn wieder einfangen.«

Murrend sagte Dylan: »Na gut, aber dann ist das mit der Milch wieder in Ordnung.«

Es war an Marcus, die Augen zu verdrehen, und er antwortete: »Einverstanden. Hauptsache, du gehst raus und bekommst ein bisschen Sonne ab.«

Während er mit dem Rottweiler im Schlepptau davonging, sagte Dylan: »Ja … *Vater*.«

Marcus sagte zum Rücken seines Sohnes: »He, ich hab dich lieb, Kleiner.«

Dylan blickte nicht zurück. »Ja, *Vater*.«

Marcus schüttelte den Kopf. Wenn er mit seinem Vater so gesprochen hätte, wäre ihm ein Klaps gegen den Kopf sicher gewesen. Die Zeiten hatten sich geändert; die Welt hatte sich geändert. Außerdem konnten Klapse ihre Beziehung nicht verbessern. Gespräche brachten sie weiter, aber Marcus war furchtbar schlecht darin, seine Gefühle mitzuteilen und über etwas Substanzielles zu sprechen. Vor einigen Jahren hatte er Menschen in seinem Leben gehabt, denen er sich damit anvertrauen konnte: seinen Freund und Partner in der Shepherd Organization, Andrew Garrison, der unerwartet fortgegangen war, um eigene Karriereziele zu verfolgen; Maggie, noch ein Mitglied seines Teams und seine Verlobte, die nun ihre letzte Ruhestätte unter der alten Eiche hatte, die vom Hügel auf das große Blockhaus blickte; und sein Bruder und bester Freund, der berüchtigte Serienkiller Francis Ackerman jr.

Sein Bruder und er waren nicht zusammen aufgewachsen. Marcus' Mutter hatte seinen geisteskranken Vater verlassen, während sie ihn noch unter dem Herzen trug, aber in den Jahren, die sie zusammengearbeitet hatten, waren Frank und er einander näher gekommen, als er es sich jemals vorgestellt hätte. Obwohl er seinen Bruder noch immer schrecklich vermisste, war er wütend auf ihn, weil er Marcus und Dylan von seinem Leben ausschloss. Marcus war sich im Klaren, dass es sich um einen fehlgeleiteten Versuch handelte, ihn und Dylan zu beschützen, aber Frank sollte mittlerweile eigentlich wissen, dass er nicht beschützt zu werden brauchte. Beschützt werden mussten andere Leute vor ihm. Aber vielleicht war es so das Beste. Vielleicht gehörte er einfach hierher. Vielleicht war Frank emotional besser ausgestattet, mit den Monstern fertigzuwerden, mit denen sie es in dem Job jeden Tag zu tun bekamen. Die Gesichter der Opfer und ihrer Familien, diese Menschen, deren Welt zerschmettert wurde, all das war Marcus zu viel geworden. Manchmal war Frank sein einziger Halt in diesem Sturm gewesen. Ackerman hingegen schien in der Welt der Seri-

enmorde und des Wahnsinns zu wandeln, als täte er irgendetwas Alltägliches wie Reifen verkaufen oder Versicherun-
gen anbieten.

Die Hintertür des Blockhauses knallte zu, als Dylan
hinausging, und lenkte Marcus von seinem Bruder ab. Er
überlegte, sich eine Tasse Kaffee und ein Sandwich zu machen, bevor er sich wieder an die Arbeit begab. Schon seit
mehreren Tagen beschäftigte er sich mit einem Pferd, das er
zähmen wollte. Das Pferd gehörte einer der seltensten und
ältesten Rassen auf Erden an, den Achal-Tekkinern, und
war ein ungewöhnlich sturer Vertreter seiner Art.

Marcus hatte entdeckt, dass er ein Händchen für Pferde
besaß und in gewisser Weise mit ihnen sprechen konnte.
Seiner Ansicht nach tat er nicht mehr, als seinen Geist zu
ersuchen, Gott zu bitten, mit ihrem Geist zu reden. Was immer es war, es schien zu funktionieren, denn bis jetzt war er
imstande gewesen, selbst den störrischsten Hengst ruhig zu
stimmen. Mittlerweile schickten ihm seine Nachbarn ihre
Pferde, damit Marcus ihnen begreiflich machte, was von ihnen verlangt wurde. Nicht dass er die Wildheit aus ihnen
nahm oder sie in irgendeiner Weise »brach«. Er half den
Tieren nur, zu begreifen, dass sie kooperieren konnten. Er
half, den Abgrund des Verständnisses zwischen Pferd und
Eigentümer zu überbrücken. Aber bei diesem Pferd – für
das eine haarsträubende Summe bezahlt worden war – kam
es ihm vor, als rammte er seinen Schädel gegen eine Ziegel-
mauer, die kaum bis gar nicht nachgab.

Während er sich den Kaffee einschenkte und ein großes Sandwich mit kaltem Braten auf einem Riesenbrötchen
machte, dachte er an das unzähmbare Pferd, und dabei fiel
ihm eine andere Geschichte ein, die er über einen berühmten Achal-Tekkiner gehört hatte. Bukephalos, das Streitross
Alexanders des Großen, soll ebenfalls widerspenstig gewe-

sen sein. Die Legende berichtete, dass Bukephalos sich vor dem eigenen Schatten fürchtete, wenn ein Reiter auf seinem Rücken saß. Nachdem Alexander das erkannt hatte, ritt er auf Bukephalos der Sonne entgegen, bis das Pferd so müde war, dass es ausgebildet werden konnte. Während er sein Sandwich vertilgte, überlegte Marcus, dass Alexanders Technik auch bei seinem Achal-Tekkiner einen Versuch wert sein mochte.

Er hatte den Kaffee beinahe ausgetrunken und wollte zu der Weide zurückkehren, auf der sein vierbeiniger Patient wartete, als ein Alarm ertönte und ein rotes Warnlicht unter der Decke aufblitzte.

In Marcus' Tasche vibrierte das Handy. Er hielt es sich vor die Augen und stellte fest, dass seine Überwachungskameras drei SUVs und vier Geländemotorräder auf der Zufahrt erfassten. Die SUVs waren groß und schwarz und neu und gewiss von dem üblichen Typ, den das FBI und andere Regierungsbehörden benutzten, aber die Motorräder waren ein schlechtes Zeichen. Einem FBI-Agenten, der auf einem Geländemotorrad herumfuhr, war er noch nie begegnet. Vielleicht handelte es sich um den Secret Service, aber er bezweifelte sehr, dass der US-Präsident ihn aufsuchen wollte. Wesentlich wahrscheinlicher schien, dass eingetreten war, was er die ganze Zeit befürchtet hatte. Die Vergangenheit holte ihn ein. Seine Ranch wurde überfallen.

15

Nadia versuchte im Allgemeinen, so lange still zu bleiben, bis Ackerman seine Geheimnisse offenbarte, aber während sie den grauen Mietwagen, einen Chevy Impala, die gewundene Straße am Rogue River entlangsteuerte, wurde sie des Wartens müde. »Arbeiten wir eigentlich an dem Fall, oder fahren wir nur zum Frühstück? Mir ist natürlich klar, dass für Sie beides von gleicher Bedeutung ist.«

Er hob die Schultern. »Ich wüsste nicht, weshalb das eine das andere ausschließen sollte.«

»Gut … wohin genau fahren wir?«

»Zu Tilly's. Dem gleichen Restaurant, in dem wir bisher jeden Morgen gefrühstückt haben.«

»Sie haben meine Fragen also nur abgewehrt, damit wir etwas essen gehen können.«

»Im Grunde nicht. Als wir miteinander sprachen, kam mir zu Bewusstsein, dass die eigene Perspektive uns manchmal blendet. Was den Rogue-River-Killer anbelangt, habe ich in dieser Hinsicht einen furchtbaren Denkfehler begangen.«

Nadia umfasste das Lenkrad fester, während sie eine scharfe Kurve nahm, und wartete darauf, dass Ackerman weitersprach. Nach einigen Sekunden fragte sie: »Und? Worin bestand Ihr Denkfehler?«

Er entgegnete: »Sollten Sie das nicht aufzeichnen?«

»Wie meinen Sie das? Warum sollte ich unser Gespräch aufzeichnen?«

»Nun, Sie sind die Chronistin meiner Saga, meiner Abenteuer und Verdienste und so weiter. Wenn ich also Beispiele meiner Brillanz darlege, sollten Sie sich nicht bemühen, sie der Nachwelt zu bewahren?«

»*Wie bitte?* Augenblick mal. Sie denken, dass ich nur hier bin, um Ihre Großartigkeit zu protokollieren? Sie halten mich für Ihre persönliche Hofberichterstatterin?«

Er zuckte mit den Schultern. »In gewisser Weise.«

»Wow. Da dachte ich glatt, dass Sie mich als Partnerin und Freundin schätzen, aber jetzt stellt sich heraus, dass ich nur Ihre Schreiberin sein soll, Ihre … Heroldin oder was immer Sie sich da einbilden.«

»Ich verstehe nicht, wieso Sie sich so empören. Schließlich handelt es sich nur um eine der Funktionen, die Sie erfüllen. Ich habe nie gesagt, dass es Ihre *einzige* Funktion wäre, aber es ist mit Sicherheit eine.«

»Inwiefern bin ich Ihre *Chronistin?* Dass ich den Job wegen meiner Abschlussarbeit erhalten habe, bedeutet noch lange nicht, dass ich verzückt Ihr Heldenepos verfassen will. Falls Sie das glauben, muss man Ihre *Perspektive* mal gewaltig korrigieren.«

Ackerman lachte leise. »Sie sind eine FBI-Agentin, und zu Ihrem Job gehört es, Berichte zu verfassen. Richtig?«

Nadia runzelte die Stirn; ihr dämmerte, worauf es hinauslief. »Ja«, sagte sie.

»Und in diesen Berichten versuchen Sie so viele Details unterzubringen wie möglich, besonders in den persönlichen Berichten, die Sie regelmäßig an Deputy Director Carter senden. Ja, richtig, ich weiß davon. Ist diese Feststellung ebenfalls korrekt?«

Ihr Stirnrunzeln wurde stärker. »Würde ich schon sagen.«

»Dann erklären Sie mir bitte, weshalb Sie nicht alles festhalten, was wir tun. Und da ich niemals protokolliere, sondern stets derjenige bin, der die protokollierenswerten

Dinge tut, müssen Sie mir wirklich einmal darlegen, wieso Sie diese Funktion für mich *nicht* ausüben sollten.«

»Ich möchte Ihnen nur sagen, dass ich Sie zurzeit hasse und gar nichts für Sie aufzeichne. Und wenn Sie mir jetzt nicht genau erklären, was Sie vorhin begriffen haben, halte ich das Auto an und werfe den Zündschlüssel in den Fluss.«

Ackerman beugte sich im Sitz vor, damit er ihr ins Gesicht schauen konnte, während sie nach vorn sah und auf die Straße achtete. Sie schielte zu ihm, um seinem Blick zu begegnen. Er lächelte. »Einverstanden«, sagte er. »Die ganze Zeit habe ich diesen Fall aus der Perspektive eines Mannes betrachtet. Alle Opfer hatten einen bestimmten Look, eine bestimmte perfekte Schönheit. Barbiepuppen, wenn Sie so wollen. Sie waren alle blonde, blauäugige Schönheiten und aus einer sexuellen Perspektive sehr begehrenswert, aber was, wenn die Frauen nicht aus Verlangen nach ihrer Schönheit, sondern aus Hass darauf ermordet wurden?«

»Das ergibt keinen Sinn«, erwiderte Nadia. »Die Leichen waren zwar gehäutet, aber an jeder von ihnen wurden Spuren eines spermiziden Gels nachgewiesen, wie es auf Kondomen verwendet wird, und die Frauen sind entweder vor oder nach ihrem Tod vaginal penetriert worden.«

»Dieser Aspekt des Falls hat für mich nie sehr viel Sinn ergeben. Warum ein Präservativ benutzen, wenn man das Opfer sowieso töten wird oder bereits getötet hat? Was will der Rogue-River-Killer damit erreichen?«

»Ich hatte angenommen, es gehört zum Ritual des Täters, oder vielleicht fürchtet er sich vor Keimen. Möglich wäre auch, dass ihm die ganze Sache dadurch ein bisschen weniger gruselig erscheint, falls das möglich ist.«

»Für mich«, sagte Ackerman, »ergibt alles erheblich mehr Sinn, wenn der Gegenstand, mit dem die Opfer penetriert wurden, gar kein menschlicher Phallus gewesen ist. Der

Rogue-River-Killer hüllte, was immer es war, in ein Kondom, damit keine Spur eines fremden Gegenstands entdeckt werden konnte. Die gehäuteten Leichen in den Rogue River zu werfen hat ohnehin die meisten solcher Spuren zerstört, aber mir verrät es, dass RRK ein gutes Auge für Details besitzt. Das muss in Übereinstimmung gebracht werden mit dem Mangel an einem regelmäßigen Drang, den wir bei so vielen anderen Sexualstraftätern beobachten.«

»Mir erscheint es ziemlich zwanghaft«, entgegnete Nadia. »Der Kerl sieht das Opfer, das er will, seine perfekte Puppe, und verspürt den Drang, sie sich zu nehmen.«

Ackermans Lächeln wurde immer breiter. »Meine Liebe, Sie begehen den gleichen Fehler, den ich begangen habe. Sie bezeichnen unser unbekanntes Fahndungsziel als Mann, während der Rogue-River-Killer in Wahrheit eine Frau ist.«

Sie zog die Brauen zusammen. »Das ist ein ziemlicher Sprung. Ich sehe es nicht so.«

»Solange keine extreme Detailversessenheit zu seiner Psychose gehört, würde ich behaupten, dass die Ruhephasen seltener und kürzer gewesen wären, wenn RRK ein Mann wäre. Während dieser Trockenperioden hätte er weitere, ebenfalls akzeptable Frauen gefunden. Ihn hätte seine Sexsucht angetrieben. Wenn RRK ein Mann wäre, hätte er auch auf weniger perfekte Kandidatinnen zurückgegriffen.«

Mit skeptischer Miene fragte Nadia: »Sie meinen, ein Mann hätte sich mit weniger perfekten Opfern *begnügt*? Sie glauben, es deutet auf eine Frau hin, dass dieser Täter sich nicht begnügt? Mir leuchtet das nicht ein.«

»Vergessen Sie es. Ich erkläre es nicht richtig. Der Punkt ist, wenn ich von meiner voreingenommenen Sicht abrücke und nicht mehr voraussetze, dass dieser Killer ein Mann ist, dann erhebt sich aus dem Grundrauschen eine Verdächtige.«

Nadia umfasste das Lenkrad noch fester. Sie merkte, wie in ihr Erregung und Vorfreude anwuchsen. Würden sie einen weiteren Mörder der Gerechtigkeit überantworten? Würden noch mehr Familien einen Abschluss finden? Wäre die Welt ab morgen sicherer für blonde Frauen mit blauen Augen? Schnell gegangen war es nicht. Sie hatten in der zurückliegenden Woche starke Präsenz gezeigt wie zwei Anfänger, aber trotzdem, wenn ein Fall offensichtlich wurde, erschien es ihr immer so plötzlich. Sie wartete, dass der andere Schuh fiel, aber Ackerman sagte nichts mehr.

Nadia knurrte. »Werden Sie es mir jetzt sagen oder nicht?«

Als sie zu ihm hinüberblickte, lächelte er. »Nein. Sie müssen warten, bis wir dort sind. Die fragliche Person erwartet uns zum Frühstück. Sie weiß es nur noch nicht.«

16

Wegen eines unglücklichen Zwischenfalls, bei dem er ein Panzerfahrzeug durch ein Spielcasino fuhr, und anderer nicht ganz legaler Aktionen, die er ohne Genehmigung gegen eine Gruppe moralisch fragwürdiger Einwohner der Navajo Nation unternahm, hatte Marcus ein Jahr in Hausarrest verbracht, aber letzten Endes war er mit einem Klaps auf die Hand davongekommen. Seine milde Strafe war zu einem Gutteil auf die Intervention seines Bruders und dessen Bereitschaft zurückzuführen, an Marcus' Stelle für die Regierung zu arbeiten, aber auch, weil der Mann, den sie in der Navajo Nation gejagt hatten, der Taker gewesen war, ein Serienkiller, der nicht nur etliche Menschen innerhalb der Navajo Nation und jenseits ihrer Grenzen ermordet hatte, sondern auch viele Besucher des Casinos mit Uran verseucht und bei ihnen ein Krebsleiden verursacht hatte.

Aber selbst davor war Marcus kein wirklich guter Teamplayer gewesen. Auf seiner Ranch hatte er ursprünglich den Leuten aus dem Weg gehen wollen. Er war in Brooklyn aufgewachsen und hatte nie solch einen weiten Himmel gekannt wie den über Texas. Nie zuvor war er frei von dem Gefühl gewesen, andere würden ihn auf Schritt und Tritt beobachten und beurteilen. Hier draußen fühlte er sich ungebunden, und trotzdem hatte er recht schnell einen Lagerkoller entwickelt. Allzu viel Zeit war nicht vergangen, bis er beschloss, ein neues Haus für sich und seinen Sohn zu bauen, ein Haus, von dem aus sie hinauf zum Hügel blicken und das Grab seiner Verlobten und Partnerin sehen konnten, Special Agent Maggie Carlisle. Das alte Farmhaus der Ranch war im Grunde nur eine Hütte mit zwei Zimmern, und während es Marcus allein gereicht hätte, wollte er für den Jungen etwas Besseres. Daher hatte er einen Plan umgesetzt, der nicht von ihm stammte, sondern auf Maggies Entwürfen beruhte. Sie war einmal mit einem Bild aus einem Magazin zu ihm gekommen und hatte gesagt: *Eines Tages bauen wir uns das auf deiner Ranch.* Damals war es ihm als ferner Traum erschienen. Er war tief in die Shepherd Organization eingebunden und jagte Serienmörder aller möglichen Vorlieben und Gefräßigkeiten. Damals konnte er sich nicht vorstellen, damit aufzuhören, aber nachdem ihm der Ruhestand einmal aufgezwungen worden war, hatte er beschlossen, das Beste daraus zu machen. Die Jahre der Isolation hatte er benutzt, um ein Haus zu errichten, das noch großartiger war als in Maggies Phantasie.

Zum Pech für diejenigen, die gerade in seinen Besitz eindrangen, hatte er auch alle erdenklichen Sicherheitssysteme und Abwehreinrichtungen gegen Überfälle wie den, der sich gerade ereignete, installiert. Zu seinem Pech waren die Verteidigungsanlagen wertlos, solange er und sein Sohn nicht im Haus waren, und gerade erst hatte er Dylan zum Bach geschickt.

Sein erster Gedanke war, Dylan auf dem Handy anzurufen, das der Junge wie die meisten Teenager heutzutage nie aus der Hand legte. Als er es versuchte, stellte er fest, dass sein Handy kein Netz hatte. Anfangs hatte er sich gesorgt, dass der Junge in einem Funkloch sein könnte, von denen es auf seinem Besitz viele gab, aber hier verhielt es sich anders. Auch mit dem Festnetztelefon in seinem Büro erhielt er keine Verbindung. Ebenso wenig konnte er aufs Internet zugreifen. Sie mussten die Kabel am Mast durchtrennt haben und einen Mobilfunk-Störsender einsetzen. Zum Glück arbeitete das Gerät, das sie benutzten, nur auf den Mobilfunkfrequenzen. Marcus' WLAN war noch in Funktion, sodass er mit sämtlichen Verteidigungsinstallationen kommunizieren konnte.

Marcus schaltete das Handy auf eine Überwachungskamera-App und wischte durch die verschiedenen Ansichten seines Sicherungssystems. Die Angreifer hatten ihre drei SUVs und vier Geländemotorräder in der Annahme, dass sie dort außer Sicht wären, hinter der alten Scheune abgestellt. Er zählte fünfzehn Männer, alle mit Schutzwesten und Sturmgewehren oder Maschinenpistolen. Während er zusah, entluden zwei Männer lange schwarze Waffenkisten und öffneten die Verschlüsse. Die beiden Kisten enthielten insgesamt vier Drohnen. Die beiden Männer aktivierten sie und ließen sie ferngesteuert aufsteigen. Wie gierige Jäger schwärmten sie über Marcus' Ranch aus.

Er fluchte unterdrückt. Sie würden Dylan finden und ihn erreichen, bevor er es konnte, es sei denn, er handelte unverzüglich.

Unter normalen Umständen hätte er sich nach einem Überfallalarm ins Kontrollzentrum zurückgezogen. Für einen Rückzug war jetzt jedoch nicht der richtige Moment. Er musste sich kopfüber in den Kampf stürzen, seinen Sohn in Sicherheit bringen und dann die zahlreichen Abwehranlagen aktivieren, die er im Laufe der letzten Jahre sorgsam geplant und installiert hatte. Marcus hastete in den Kontrollraum und öffnete einen Schrank, in dem zweimal Ganzkörperschutz hing – ein Anzug für ihn, einer für Dylan. Statt ihn komplett anzulegen, schnappte er sich nur die Schutzweste. An der Vorderseite waren ein Holster für seine SIG Sauer P226 und Taschen für Ersatzmagazine. Er nahm einen Schalldämpfer von einem Regal, den er in den Lauf schrauben konnte, falls er einige Gegner ausschalten musste, ohne dass die anderen etwas merkten.

Unter normalen Umständen war Marcus Williams kein Mann, der gerne tötete. Er tat alles in seiner Macht Stehende, um Leben zu schützen, nicht zu nehmen, aber in diesem Fall setzte eine überwältigend starke Einheit an, ihn und seinen Sohn in ihrem eigenen Haus zu ermorden. Die Männer waren eindeutig Profis und hatten mit größter Wahrscheinlichkeit schon vorher getötet. Ihr Leben zu beenden war so gerechtfertigt, wie es nur sein konnte. Seine einzige Hoffnung auf Überleben bestand darin, als Letzter aufrecht zu stehen. Zögern war keine Option.

Marcus prüfte das Magazin seiner P226 und ließ die Nackenwirbel knacken, indem er den Kopf hin und her riss. Kaum war er in Kampfmodus, drückte er den Alarmknopf, der die Polizei in Asherton und den County Sheriff von dem Überfall verständigte. Er rechnete allerdings nicht damit, dass rechtzeitig Gesetzeshüter eintrafen, und wenn doch, würden sie keine große Hilfe sein. Aber falls er den Überfall mit Todesopfern zurückschlug, wollte er wenigstens sagen können, er habe versucht, sich an die offiziellen Kanäle zu halten.

Als er auf die großen Überwachungsmonitore an den Wänden seines Kontrollzentrums blickte, entdeckte Marcus einen Mann, den er als Oban Nassar erkannte, den Vertrauten eines Serienkillers, den er hinter Gitter gebracht hatte. Jemand, der sich Demon nannte. Der geisteskranke Anführer einer Gruppe von Serienmördern, die sich *die Legion* nannte, war der größte Fang in Marcus' Karriere gewesen, aber der narbengesichtige Schotte hatte geschworen, Marcus und seinem Bruder alles zu nehmen. Wie es schien, war der Teufel gekommen, um seine Schulden einzutreiben.

17

Ackerman brachte Nadia zum Schweigen, als sie ihn weiter mit der Frage löcherte, wem sie begegnen würden, sobald sie das Diner erreichten. Statt zu reden, surfte er mit dem Handy im Internet und suchte nach einem Indiz, das er später brauchen würde. Während sie auf den Parkplatz des Tilly's abbogen, fragte Nadia: »Sollen wir Verstärkung rufen?«

Ackerman lachte. »Seien Sie nicht albern. Ruft der Tiger Verstärkung, bevor er den Wasserbüffel anspringt?«

»Ich meine das ernst, Frank. Wenn Sie wirklich jemanden

verdächtigen, von dem Sie wissen, dass er hier sein wird, dann sollten wir den Sheriff verständigen und ihn einbinden.«

»Ich bin noch nicht bereit, die Polizei hinzuzuziehen. Ich würde es vorziehen, Fragen stellen zu können, ohne dass uns die Obrigkeit im Nacken sitzt.«

»Die ›Obrigkeit‹ sind *wir*. Das wissen Sie aber noch, oder?«

Er zwinkerte ihr zu. »Ich erkenne nur eine einzige Obrigkeit an. Und Gott ist einverstanden.«

Ohne das Gespräch fortzusetzen, stieg er aus dem Fahrzeug und schritt auf den Eingang des Tilly's zu, ganz wie er es jeden Morgen an den zurückliegenden Tagen getan hatte. Das Tilly's war ein Diner, ein schmieriges Speiselokal direkt am Rogue River. Ab Mitternacht servierte es Frühstück und schien der hiesige Treffpunkt zu sein, wenn die Bars geschlossen hatten. Die Wände waren mit Pressspanplatten getäfelt, und Tische und Sitzbänke waren ein Potpourri aus Sperrmüll und dem Angebot des ansässigen Gebrauchtwarenladens. Im Lokal roch es nach Fett und Sägemehl, aber Tilly's bot dennoch die besten Eier Florentine im Bezirk; sie hatten Ackerman während ihres ganzen Aufenthalts immer wieder hergelockt.

Vor einer Woche hatte er die Frau entdeckt, von der er hoffte, sie heute hier zu finden. Die fragliche Person trat samstagabends in den Clubs auf, und er hoffte, dass das Frühstück bei Tilly's zu ihrer Morgenroutine gehörte.

Als Ackerman sich durch die Eingangstür schob, Nadia dicht hinter sich, verkündete ein Glöckchen ihre Ankunft, und er bemerkte die Zielperson. Sie saß an einem Tisch mitten im Restaurant. Gehofft hatte er, sie in einer Nische weiter hinten anzutreffen, wo es ruhig war, aber allein der Umstand, dass sie hier war und er frühstücken konnte, während er die Verdächtige festnahm – dass er zwei Fliegen mit einer Klappe schlug –, bedeutete ein größeres Glück, als er hatte erwarten dürfen.

Die Morgendämmerung war gerade vorüber, und jeder Gast war entweder betrunken oder Frühaufsteher; das hatte zur Folge, dass mehrere Altersgruppen vertreten waren. Aus der Menge stachen Ackerman zwei Männer ins Auge, die an einem Tisch weiter hinten im Gastraum saßen. Beide waren sie groß und umsichtig; ständig musterten sie den Raum. Beide sahen sie ihn forschend an, als er eintrat, versuchten es aber zu überspielen. Er war sich nicht sicher, mit wem er es zu tun hatte – vielleicht nur mit zwei Türstehern, die nach Schichtende frühstückten –, aber er merkte sich das Duo für den Fall, dass die beiden in nächster Zukunft noch Bedeutung erlangen sollten.

Nadia war dicht hinter ihm, aber er wartete nicht auf sie, sondern schritt ins Zentrum des Lokals und rückte sich einen Stuhl vom Tisch der Frau ab, die er sprechen wollte. Er nahm ihr gegenüber Platz, und Nadia setzte sich neben ihn. Die Frau legte ihre Speisekarte hin und sah sie beide mit hochgezogener Augenbraue an. »Kann ich Ihnen helfen? Ich frühstücke lieber allein, wenn es Ihnen nichts ausmacht.«

Ackerman setzte sein bestes Filmstarlächeln auf. »Sie sind Greta VelJohnson, richtig? Eine der besten Bluessängerinnen der Stadt.«

Sie verzog spöttisch den Mund. »Ich bin die einzige Sängerin in dieser Stadt.«

»Und ich bin ein großer Fan«, fuhr er fort. »Wir haben Sie gestern Abend im Redbud Inn erlebt. Wir waren … Tut mir leid, ich habe uns gar nicht vorgestellt. Wir sind Bundesagenten. Wir waren im Club, um Fragen über den Rogue-River-Killer und die Frauen zu stellen, die aus der Gegend verschwunden sind. Die Frauen, die später am Flussufer aufgefunden wurden, minus diverser Gliedmaßen.«

Den Brandnarben um die Fingerknöchel und der gegerbt wirkenden Haut zufolge war Greta VelJohnson eine Kettenraucherin, aber sie war auch auf drahtige und unnatürliche Weise dünn. Er bemerkte Kratzer an ihrem Hals und fragte sich, ob sie Drogen nahm; wenn, dann wohl ein Stimulans, Kokain oder eher in einer Küche zusammengekochtes Methamphetamin. Ihr Aussehen verriet aber auch, dass sie einmal hübsch gewesen war, womöglich sogar schön. Die Jahre und die wie immer gearteten Süchte hatten ihr nicht gutgetan.

»Schrecklich, was mit den Mädchen passiert ist«, sagte Greta. »Ich habe ein-, zweimal mit der Polizei darüber gesprochen.«

»Dreimal sogar. Die Polizei hat Sie dreimal vernommen, nachdem sie feststellen konnte, dass das Opfer zuletzt in einem Club gesehen wurde, in dem Sie zur fraglichen Zeit aufgetreten sind.«

Sie zuckte mit den Schultern. »Ich trete in allen Clubs in dieser Gegend auf, gewöhnlich freitags, samstags und meistens auch sonntags. Manchmal sogar Donnerstag- oder Mittwochabend. Ich bin überrascht, dass ich nicht mit mehr Opfern dieses Irren Kontakt hatte.«

»Tja, da ist eine komische Sache.« Ackerman hielt sein Handy hoch. »Ich habe mir Ihre Website angesehen – auf der praktischerweise alle Ihre bisherigen Auftritte verzeichnet sind –, und meiner Einschätzung nach haben Sie alle identifizierten Opfer an dem Abend gesehen, an dem sie verschwunden sind. Sie hatten einen Auftritt in einem der Clubs, die die Opfer besucht haben, selbst wenn es nicht das letzte Lokal war, in dem sie gesehen wurden.«

»Wollen Sie mir etwas vorwerfen?«, fragte Greta. »Ich glaube, ich sollte meinen Anwalt anrufen, bevor wir weiterreden.«

»Erinnern Sie sich, was Sie den Officers sagten, als Sie das zweite Mal befragt wurden?«

»Nein. Wie soll ich mich an was erinnern, das vor … wie lange ist das her? Das vor drei Jahren passiert ist?«

»Schon richtig. Praktischerweise haben besagte Beamte ihre Vernehmungen aufgezeichnet, daher haben wir Abschriften Ihrer Aussage. Als man Sie fragte, ob Sie die verschwundene Frau bemerkt hätten, antworteten Sie: ›Ja, sie war schwer zu übersehen. Sie war so schön wie eine Puppe.‹ Die Beamten haben sich nichts dabei gedacht. Sie suchten nach keiner Frau. Sie suchten einen Mann – einen Vergewaltiger und Mörder. Nicht jemanden wie Sie.«

»Es klingt schon wieder so, als würden Sie mir was vorwerfen, Agent … Wie war gleich Ihr Name?«

»Ich bin kein Agent, aber meine Partnerin. Special Agent Nadia Shirazi.«

Nadia spielte mit, sie nickte lächelnd.

»Ich bin Sonderberater. Sie können mich Franklin Stine nennen.«

»Soll das ein Witz sein?«

»Nein, das ist mein Name. Finden Sie daran etwas komisch?«, fragte er todernst. Die Kellnerin kam, um ihre Bestellung aufzunehmen. Ackerman erkannte sie von den vorhergehenden zwei Morgen. Auf ihrem Namensschild stand *Valerie,* und sie zeigte eine bestechende Familienähnlichkeit zu der grauhaarigen Frau hinter der Theke. Valerie bemerkte offenbar die Anspannung an ihrem Tisch und fragte: »Ist hier alles in Ordnung? Diese Leute belästigen dich doch nicht, Greta?«

»Doch, das tun sie.«

Ackerman wies sich als Bundesermittler aus. »Sie brauchen nicht die Polizei zu rufen, wir sind ihr sowieso übergeordnet.«

Nadia zeigte ebenfalls ihre Dienstmarke und lächelte die Kellnerin entwaffnend an. »Hier ist alles in Ordnung. Wir stellen Ms. VelJohnson nur ein paar Fragen zu einer aktiven Ermittlung. Jede Einmischung in diese Befragung würde als Justizbehinderung aufgefasst werden.«

Ackerman nickte. »Ich nehme übrigens die Eier Florentine und ein Glas Orangensaft.« Die Kellnerin wirkte ein wenig verdattert, aber sie notierte sich seine Bestellung auf einem Block und sah die beiden Damen an, die beide ablehnend den Kopf schüttelten.

»Ich habe keinen Appetit mehr«, sagte Greta.

Als Valerie gegangen war, fuhr sie fort: »Ich glaube, ich mache jetzt auch den Abflug, und wenn jemand von Ihnen noch Fragen an mich hat, kann er sie im Beisein meines Anwalts stellen.«

Sie wollte aufstehen, doch Ackerman streckte den Arm vor und bedeckte ihre Finger mit der Hand. Er beugte sich vor und zeigte ihr sein schönstes Lächeln, sah ihr tief in die Augen. Er wusste, dass Menschen den kalten Stahl in seinem Blick normalerweise einschüchternd fanden, und hoffte, dass es noch immer der Fall war. »Meine Liebe, ich fürchte, Sie gehen hier von falschen Voraussetzungen aus. Sie glauben, ich wäre hier, um Beweise zu sammeln, Sie dann vor Gericht zu bringen und der Gerechtigkeit ihren Lauf zu lassen, aber unterm Strich ist das gar nicht mein Hauptanliegen. Sehen Sie, Gerechtigkeit ist eine wunderbare Sache, wenn sie fair und objektiv verhängt wird, und es hätte schon den Vorteil, dass die Familien Ihrer Opfer einen Abschluss finden, indem sie Sie hinter Gittern sehen. Aber ich will Sie gar nicht. Ich bin wegen Demon hier. Wenn Sie mir helfen, ihn zu finden, lassen wir uns vielleicht etwas einfallen.«

Greta entzog ihm ihre Hand. »Ich weiß nicht, wovon Sie reden. Ich kenne niemanden, der Demon heißt.«

Ackerman zuckte mit den Schultern. »Wir können es so spielen, wenn Sie wollen, aber Sie sollten wissen, dass ich mir nicht zu schade bin, die nötigen Informationen aus Ihnen herauszufoltern und Sie in den Rogue River zu werfen, wie Sie es mit Ihren Opfern getan haben.«

Greta lachte auf. »Mit dem Foltern anderer Menschen kennen Sie sich aus, was?«

Nadia seufzte. »Geben Sie ihm bloß kein Stichwort.«

Ackerman hielt sein Lächeln aufrecht, aber während er sprach, ließ er es immer manischer wirken. »Aber ja, Greta, über das Zufügen von Schmerz weiß ich das eine oder andere. Ich habe alles schon einmal gemacht. Ein kleines Beispiel für meine Freizeitaktivitäten aus einem früheren Leben: Einmal war ich bei Flagstaff, Arizona, oder vielleicht war es auch Tulsa, Oklahoma. Es spielt auch eigentlich keine Rolle. Wie auch immer, dieser State Trooper winkt mich raus, und mir gefällt sein Benehmen nicht. Am Ende habe ich ihn mittels einer Foltermethode getötet, die bei den Wikingern beliebt war. Man nennt sie den Blutadler. Sind Sie mit dieser Hinrichtungsmethode vertraut?«

Greta kniff die Augen zusammen. Vielleicht versuchte sie zu ergründen, ob der seltsame Mann vor ihr es ernst meinte. Nach einigen Sekunden ohne Antwort fuhr er fort: »Kurz gesagt fesselte ich den arroganten jungen Staatspolizisten, und während er noch lebte, zog ich ihm die Haut auf seinem Rücken ab. Mithilfe einer Axt – die ich selbstverständlich mit Präzision anwendete – zertrennte ich jede einzelne Rippe, bis ich den Brustkorb von hinten öffnen und ihm die Lunge entfernen konnte, die ich herauszog und über seinen Rücken ausbreitete wie ein Schwingenpaar. Die Wikinger nannten das Blutaar oder Blutadler. Die Meisterschaft zeigt sich darin, wie lange man das Opfer lebendig und bei Bewusstsein halten kann. Aber bei Ihnen, meine Liebe, brauchen wir wohl nichts derart Dramatisches. Ich bezweifle, dass Sie die Entfernung von drei Zehen überstehen würden. Normalerweise würde ich Finger abtrennen, aber Sie spielen Gitarre, und ich möchte Ihnen diese kreative Tätigkeit nicht nehmen.«

»So was können Sie mit mir nicht machen«, sagte Greta. »Sie sind Cops. Oder Feds. Was auch immer. Jede Information, die Sie so aus mir rauskriegen, könnte vor Gericht nicht benutzt werden, wenn sie unter Zwang erlangt wurde. Ich kenne meine Rechte.«

Er lachte stillvergnügt in sich hinein. »Wer hat denn vom Gericht gesprochen, Greta? Und als Cop sollten Sie mich wirklich nicht betrachten. Ich bin mehr jemand mit Werkvertrag. Ein Spezialist. Stellen Sie sich vor, ein Farmer hätte ein Problem mit Mäusen in seiner Scheune. Nun, die Regierung hat ein ähnliches Problem mit Perversen wie Ihnen. Um lästiges Ungeziefer loszuwerden, gibt es zahlreiche Methoden – Fallen, Gift und dergleichen. Aber im Fall der Scheune wäre für den Farmer die beste Lösung, eine große Katze zu beauftragen, den Befall zu beseitigen.«

»Und Sie sind die große Kammerjägerkatze?«

»Das ist richtig. Der Farmer erwartet nicht, dass die Katze ihm die Mäuse lebendig bringt. Der Farmer möchte die Störenfriede nur los sein.«

Schweigen hing zwischen ihnen in der Luft, während sie einander anstarrten. Er konnte sehen, wie sich in ihrem Kopf die Rädchen drehten, und wusste, gleich würde sie reden, als die beiden großen Männer, die ihm im hinteren Teil des Restaurants aufgefallen waren, an ihren Tisch traten, jeder von einer Seite. Beide hatten sie einen dunklen Teint und waren vermutlich Hispanos. Einer war kahlköpfig, der andere hatte struppige schwarze Haare. Der Größere von beiden, der Glatzkopf, sprach als Erster. »Gibt es hier ein Problem? Belästigen Sie diese Leute, Greta?«

»Verschwinden Sie!«, sagte Ackerman. Zur Sicherheit ließ er sie noch seinen Dienstausweis sehen.

Der kahlköpfige Mann fasste daraufhin in seine Tasche und ergriff etwas, das wie eine Pistole geformt war. Er richtete es in der Tasche auf Ackerman. »Wir wissen genau, wer Sie sind, Mr. Stine und Agent Shirazi. Wir haben eine Menge zu besprechen.«

18

In der vorhergehenden Nacht hatte Marcus Williams geträumt, dass er auf die Pferdekoppel hinausging, auf der er versuchte, den widerspenstigen Achal-Tekkiner-Hengst zu zähmen. Das Pferd war nirgendwo zu sehen, nur die freie Weide. Auch der Zaun fehlte. Das Land war frei und ungeteilt. Während er ging, reckte sich etwas aus dem Boden, das zuerst wie die gepanzerten Beine von Insekten aussah. Aber als die Beine ganz aus dem Boden brachen und ringsum in die Höhe wuchsen, wurde Marcus klar, dass es sich nicht um Beine, sondern um Gebäude handelte, um eine kleinere Version der Skyline von New York City. Zu spät bemerkte er, dass die Gebäude überall wuchsen, auch aus dem Boden unter seinen Füßen. Ihre Spitzen bohrten sich ihm ins Fleisch, und er sprang von ihnen weg, zog sich zum Haus zurück. Doch bevor er es erreichte, blieb er stehen, und weil er das Gefühl hatte, nicht Herr über sich selbst zu sein, öffnete er sich die eigene Haut mit einem Reißverschluss, dessen Schieber er an seinem Haaransatz fand. Aus der Haut kroch eine riesige Gottesanbeterin, die in den Nachthimmel davonflog.

Marcus war aufgewacht und fand, dass der Traum zugleich seltsam und prophetisch sei. Fast hatte er damit gerechnet, dass heute der Tag wäre, an dem seine Vergangenheit ihn einholte, auch wenn er nicht die leiseste Ahnung besaß, was die Gottesanbeterin zu bedeuten hatte. Außerdem gab er nicht sonderlich viel auf Träume. An den Traum dachte er jetzt nur, weil er seine Gedanken schweifen ließ, während er sich durch den quadratischen Tunnel mit vier Fuß Kantenlänge zog, den er persönlich im Untergrund gegraben hatte. Um das zu bewerkstelligen, hatte er sich die nötigen Maschinen bei einem Freund geliehen, der im Hoch- und Tiefbau tätig war. Die Tunnel waren mit Stützen aus Holz und Stahl versehen worden, und alle sechs Meter hatte er eine Lampe in die Decke eingebaut. Er zog sich jetzt an einem Seil entlang, das unter der Decke befestigt war, und lag auf einer Montageliege – dem gepolsterten Rollbrett, das Kfz-Mechaniker benutzten, um liegend unter ein Fahrzeug zu gleiten. Der Boden des Tunnels war mit Holzplanken ausgelegt, die eine schnelle Fahrt gestatteten und die Rollen der Montageliege nicht blockierten. Unter den Planken hatte er an drei verschiedenen Stellen Sprengladungen aus Ammoniumnitrat platziert, dem C-4 des armen Mannes, falls der Tunnel bei einem Angriff von außen verschlossen werden musste.

Mit diesem Tunnel hatte sich Marcus nicht begnügt. Er gehörte zu einem System, das in einer kleinen Vorkammer begann. Sechs unterirdische Gänge zweigten von ihr ab wie die Speichen eines Rades. Drei davon endeten unter den Nebengebäuden: dem alten Farmhaus, der alten Scheune, der neuen Scheune. Die drei anderen führten zu getarnten Stellen mitten im Nirgendwo – in einem dieser Tunnel befand er sich nun. Er endete gleich auf der anderen Seite des Bachs.

Die Überwachungsgeräte im Kontrollzentrum hatten Marcus gezeigt, dass Dylan ganz wie erwartet den schmalen Wasserlauf bereits erreicht hatte, der am Rand der Ranch entlangströmte. Allerdings war der Nikotindampfer, den Dylan benutzte, eine Überraschung, mit der Marcus nicht gerechnet hatte. Ein erster Gedanke war die Frage, wo zum Teufel Dylan solch ein Ding herhatte. Er war erst dreizehn und hatte wenige Kontakte außer dem Hund und seinem Vater – nicht, dass er keine Freunde gehabt hätte. Von Zeit zu Zeit kamen ein paar Jungs heraus und blieben ein paar Tage, wenn die Schule es erlaubte, aber als jemand, der auf dem Land lebte und keine Fahrerlaubnis, geschweige denn ein Fahrzeug besaß, hielt Dylan hauptsächlich über Videospiele und soziale Medien Kontakt mit anderen. Und als Marcus sich zuletzt damit befasst hatte, war es reichlich schwierig gewesen, eine E-Zigarette mit den Nullen und Einsen des Internets zu schmuggeln, was bedeutete, dass er sie aus der Schule hatte. Wie war es ihm gelungen …?

Marcus wischte den Gedanken beiseite. Die E-Zigarette war nicht wichtig, nicht im Augenblick. Er musste sich auf die anderen Informationen konzentrieren, die er aus dem Video erfahren hatte: auf den Umstand, dass die Drohnen Dylan entdeckt hatten und die Söldner ihre Geländemotorräder anwarfen, um seinen Sohn zu jagen.

Ohne zu zögern, hatte er den Schrank in der Speisekammer geöffnet, in dem die Putzmittel standen, den silbernen Kirby-Staubsauger herausgenommen und die getarnte Luke im Boden geöffnet. Durch sie war er in die Tunnelnabe geglitten und hatte den Kriechgang ausgewählt, der in die Richtung seines Sohnes führte.

Als er die gepanzerten Biker zuletzt sah, trug jeder von

ihnen eine Mini-Uzi an einem Gurt vor der Brust, und Oban Nassar hatte ihnen Befehle erteilt. Marcus hatte keine Zeit verloren und war sicher, dass er vor ihnen bei Dylan sein konnte.

Von den Monitoren wusste er auch, dass zwei SUVs vier Passagiere beförderten, einer aber nur drei. Das war nicht unbedingt überraschend oder von Bedeutung. Der einzelne Passagier konnte Oban Nassar gewesen sein, aber der leere Sitz ging Marcus trotzdem nicht aus dem Sinn.

Obwohl er recht zuversichtlich war, dass er vor den schwarz gekleideten Bikern mit den Mini-Uzi bei Dylan wäre, war er sich nicht völlig sicher, was zu tun war, sobald er den Jungen erreichte. Sie konnten natürlich zurück in den Tunnel fliehen, aber er endete nicht am Bach, sondern in einer Ecke des Grundstücks in der Nähe des Wasserlaufs. Er konnte den Jungen vor den Bikern erreichen, aber auf keinen Fall schafften sie es zurück zum Tunnel, bevor die Biker sie einholten. Mit den Drohnen in der Luft würden ihre Gegner sie mühelos finden.

Mit gnadenloser Geschwindigkeit zog er sich durch den Tunnel, und bald sah er das Ende und die Leitersprossen, die nach oben zu einer getarnten Falltür im Buschwerk führten.

Marcus fragte sich, was sein Bruder in dieser Lage getan hätte. Fast hörte er Franks Stimme in seinem Kopf: *Stehst du einer starken Übermacht gegenüber, musst du dich mit kalter Berechnung und Schnelligkeit in eine überlegene Position bringen.*

Im Gegensatz zu seinem Bruder, der immer einen Plan hatte und zehn Schritte im Voraus dachte, neigte Marcus dazu, Gewaltsituationen sich entwickeln zu lassen wie eine Tanzdarbietung, wie eine Ballettnummer, bei der allerdings nur er die Musik hören konnte. Sein Bruder hatte als Serienkiller zweifelhaften Ruhm erlangt, und obwohl Marcus ein unehrenhaft entlassener Kriminalbeamter gewesen war, der es zu einem noch unehrenhafter entlassenen Bundesagenten gebracht hatte, wirkte er blitzblank, wenn man sein Sündenregister mit dem seines Bruders verglich. Trotzdem wusste Marcus im Grunde, dass ein unvoreingenommener Beobachter, der die natürlichen Tendenzen der beiden Brüder betrachtete – nichts von dem, was sein Vater mit Gewalt in den Kopf seines Bruders gepflanzt hatte, sondern nur ihre Seelen –, unweigerlich feststellen musste, dass es in Marcus tatsächlich finsterer aussah als in Ackerman. Marcus plagte die Überzeugung, dass bei vertauschten Rollen er niemals einen Weg zur Läuterung gefunden hätte, was seinem Bruder jedoch gelungen war. Er fürchtete, dass er die Finsternis in noch größerem Umfang angenommen und noch tiefer in die Verderbtheit gesunken wäre als Ackerman.

Marcus hatte einen Hang zur Gewalt. Etwas in ihm liebte die instinktive, urtümliche Natur eines Kampfes. Er merkte, wie sich die Finsternis in ihm aufbaute, und in gewisser Weise fieberte er dem Moment entgegen, an dem er sie freisetzen konnte. Er empfand so viel unterdrückte Wut über die Art, in der sein Bruder ihn törichterweise aus seinem Leben ausgeschlossen hatte, über den Tod der geliebten Maggie, über einige alte Freunde in den Bundesbehörden, die sich von ihm abgewandt hatten, aber vor allem empfand er den überwältigenden Drang, das Richtige für seinen Sohn zu tun. Dylan war bereits von seinem eigenen Großvater bedroht worden, und Marcus hatte den Jungen mit der Hilfe Ackermans vor einer Bombe gerettet, die von dem Familienpatriarchen gelegt worden war. Seitdem hatte Dylan ein halbwegs normales Leben geführt. Während seiner Jahre bei der Shepherd Organization war Marcus zu oft fort gewesen, hier auf der Ranch aber hatte er viel Zeit mit dem Versuch verbracht, die verlorenen Jahre wiedergutzumachen, und mischte sich beinahe schon zu sehr ins Leben

des Jungen ein. Das steckte hinter der Wut, die ihn erfüllte –
der Beschützerinstinkt eines Vaters, der einen Hang zur Gewalt hatte.

Als er die Leiter erreichte, die ihn aus dem unterirdischen
Transitsystem führen würde, entstand in Marcus' Kopf der
vage Umriss eines Plans. Nun, es war weniger ein Plan, sondern mehr eine Liste von Möglichkeiten, die Menschen zu
verletzen, die gekommen waren, um sein Leben und das seines einzigen Kindes zu zerstören.

19

Der kahle Hispano, von dem Ackerman annahm, dass er das
Sagen hatte, befahl: »Langsam aufstehen, dann gehen wir
spazieren. Niemandem muss was geschehen, schon gar nicht
den ganzen netten Leuten hier im Restaurant.«

Ackerman hatte den rechten Arm auf den Tisch gelegt,
und nun legte Nadia eine Hand auf seinen Unterarm. Mit
den Augen wies sie auf die unschuldigen Menschen, die
über das Diner verteilt waren.

Er war ihrer natürlich gewahr. Kollateralschaden war eine
Variable, die immer in Betracht gezogen werden musste –
definitiv Bestandteil der Gleichung, aber nicht unbedingt
ein Hinderungsgrund. Er überdachte die verschiedenen
Möglichkeiten, auf die Knitterfalten in seinem Plan zu reagieren. Der Tisch war nicht am Boden festgeschraubt. Er
konnte ihn mühelos gegen den jüngeren Hispano kippen,
der rechts von Nadia stand. Er war der Mann, der in sei-

ner Tasche etwas hatte, das eine Schusswaffe zu sein schien. Ackerman konnte den Tisch gegen diesen Angreifer werfen und sich auf den älteren Mann stürzen, aber ganz egal, wie er es anging, es bestand stets die geringe Chance, dass einer von ihnen einen Schuss abgab, dessen Winkel sich nicht vorhersagen ließ.

Da ihm das Risiko eines Kollateralschadens zu hoch erschien, schätzte Ackerman seinen neuen hispanischen Freund, der seiner Ansicht nach einer Bulldogge ähnelte, neu ein. Für sich begann Ackerman den Mann so zu nennen. Er sagte zu Bulldog: »Mein Frühstück ist noch nicht da. Ich werde unleidlich, wenn ich meine Eier nicht bekomme. Liegt vermutlich am Blutzuckerspiegel. Bestimmt haben Sie dafür Verständnis.«

»Das werden Sie wohl aushalten müssen. Gehen wir.«

»Wohin gehen wir denn?«

»Wohin der Mann mit der Pistole sagt. Wenn Sie mitspielen, kommen Sie vielleicht mit dem Leben davon, aber reizen Sie mich nicht. Ich knalle Sie beide hier drin ab und gehe zur Tür hinaus, und wenn ich mein müdes Haupt zur Ruhe bette, bin ich Hunderte Meilen von hier weg und schlafe wie ein Säugling.«

Ackerman lachte leise. »Üben Sie so was vor dem Spiegel?« Er wandte sich an Nadia. »Haben Sie das gehört? Er will uns beide *abknallen.*«

Sie antwortete mit einem Blick, der ihn aufzufordern schien, einfach den Mund zu halten.

»Hier muss niemandem was passieren«, sagte Bulldog.

Ackerman schaute zu dem gedungenen Revolvermann hoch. »Oh, dafür ist es zu spät. Irgendjemandem wird definitiv etwas passieren.«

Er ließ die Drohung in der Luft hängen, doch dann hob er fügsam die Hände, gemächlich, und stand vom Tisch auf.

Die Gruppe – ohne Greta, die sitzen blieb – bewegte sich zur Tür, doch plötzlich drehte Ackerman sich um und rief ihrer Kellnerin zu: »Valerie, Liebes, bitte stellen Sie unser Essen schon auf den Tisch. Ich bin sofort wieder da.«

Bulldog versetzte ihm einen Stoß, und Nadia warf ihm einen drohenden Blick zu, der ihn daran erinnern sollte, auf welch dünnem Eis er sich bewegte. Ackerman bedachte sie mit einem Augenzwinkern, während er die Eingangstür des Diners aufdrückte. Dahinter war ein kleines Foyer mit der Außentür. Als sie es durchquerten, musterte Ackerman die Spiegelbilder der beiden Männer hinter sich in den Glasscheiben. Der jüngere hatte die Pistole aus der Tasche gezogen und zielte damit auf Ackermans Rücken. Bulldog hielt ebenfalls eine Pistole in der Hand, eine Heckler & Koch, die er auf Nadia richtete. Der jüngere Söldner hatte den Finger am Abzug, während Bulldog, der ältere und ruhigere, den Finger professionell auf dem Abzugsbügel ruhen ließ.

Ackerman hatte nun etliche Entscheidungen zu treffen. Zunächst: Sollte er jetzt angreifen oder bis später warten? Konnte er durch Abwarten wertvolle Informationen erlangen, indem er die Männer befragte oder sie vielleicht austrickste, damit sie etwas offenbarten? Menschen offenbarten immer mehr, wenn sie glaubten, die Oberhand zu haben. Den Second-Hand-Klamotten und der Art, wie sie sich hielten, zufolge vermutete Ackerman jedoch, dass die beiden nur zwei Killer waren, die Demon über das Dark Web oder Unterweltkontakte beauftragt hatte. Er bezweifelte, dass sie ihm wirklich Neues sagen konnten.

Das andere Problem beim Abwarten entstand aus der Möglichkeit, dass die beiden die Anweisung haben konnten, Nadia und ihn zu töten. In solchen Fällen verlockten die meisten Killer ihre Zielpersonen gern dazu, selbsttätig an die Stätte ihres Todes zu laufen, ließen sie manchmal obendrein das eigene Grab schaufeln. Und das Opfer gab der sadistischen Forderung gewöhnlich sogar nach. Ackerman war stets erstaunt gewesen, wie lange ein Mensch an der Hoffnung festzuhalten und sich an jede Sekunde Leben zu klammern vermochte, die er nur bekommen konnte, selbst wenn diese letzten Sekunden damit verstrichen, dass man das Loch grub, in dem man verwesen und zum Festmahl für die Würmer würde.

Wenn die beiden Männer Anweisung hatten, Nadia und ihn hinzurichten, konnten sie es bereits tun, sobald sie ihr Auto erreichten – sie konnten beiden in den Hinterkopf schießen und ihre Leichen in den Kofferraum werfen. So einfach wäre das.

Abzuwarten stand daher außer Frage.

Die nächste Entscheidung, die anstand, betraf die Frage, welche Waffe benutzt und wie damit angegriffen werden sollte. Ackerman ging seine Optionen durch. Die Taurus Judge in seinem Schulterholster war mit Gummigeschossen geladen, die er selbst anfertigte, damit sie noch weniger tödlich wirkten als vom Hersteller spezifiziert. Den knöchernen Griff des Bowiemessers in der Scheide zwischen seinen Schulterblättern konnte er leicht erreichen, indem er sich ins Kreuz griff. In seinem Gürtelschloss steckten Faustmesser. Die kleinen, T-förmigen Dolche konnte er in der Faust halten und seinen Schlägen damit ein wenig mehr Pfeffer verleihen. Aber in diesem Fall benötigte er die zusätzliche Reichweite und Geschwindigkeit einer weiteren Waffe in seinem Arsenal: dem Teleskopschlagstock an der Unterseite seines linken Unterarms. Schnipste er sein Handgelenk mit ausreichender Geschwindigkeit nach unten, konnte er den stählernen Schlagstock zu seiner vollen Länge von drei Fuß ausfahren.

Nach wenigen Schritten hatte Ackerman seinen Plan

formuliert, die möglichen Variablen durchdacht, die durch die vermutlichen Reaktionen seiner Gegner entstanden, und die Bewegungen immer wieder geistig geübt. Letzteres tat er auf dem kurzen Weg über den Schotterparkplatz so oft, wie er konnte, und sagte schließlich: »Ich möchte Sie beide daran erinnern, dass im Grunde nicht ich es bin, der Ihnen das angetan hat. Ihr Auftraggeber hat Sie auf dieses aussichtslose Unternehmen entsandt, und zwar im vollen Wissen, was geschehen würde.«

Bulldog setzte an zu fragen: »Wovon reden S...?« Aber bevor er den Satz vollenden konnte, hatte Ackerman den linken Fuß zurückgesetzt, fuhr auf seiner Körperachse herum und hob und verdrehte in der gleichen Bewegung den Arm, um den Teleskopschlagstock auszufahren, der in einem Geheimfach in seinem Ärmel steckte. Eine Millisekunde später knallte das Aluminiumrohr dem jüngeren Killer seitlich gegen den Kopf. Ackerman führte die Drehung fort und packte die Pistolenhand beim Gelenk, aber statt ihn zu entwaffnen, richtete er die Mündung auf die Schulter seines Partners und gestattete dem benommenen Angreifer abzudrücken. Die H&K-Pistole bellte, und ein 9-Millimeter-Geschoss drang Bulldog in die rechte Schulter. Der Kahlkopf ließ seine Pistole zu Boden fallen.

Ackerman entwand dem jüngeren Hispano die abgefeuerte Waffe und ließ den Schlagstock abwärtszucken. Er traf den rechten Spann, und der junge Killer stürzte und knallte mit dem Kopf gegen einen Ford Fusion, dann sank er bewusstlos auf den Schotterboden des Parkplatzes.

Bulldog hingegen war noch nicht aus dem Spiel. Die Wunde in seiner rechten Schulter hatte ihn zwar gezwungen, die Pistole fallen zu lassen, aber jetzt bückte er sich und griff mit der linken Hand danach.

Ackerman schlug mit dem Aluminiumstock nach Bulldogs Handgelenk und trat einen Schritt auf seinen Gegner zu. In der gleichen Bewegung zog er mit der Rechten das Bowiemesser aus der Scheide. Er setzte Bulldog die schwere Klinge an die Kehle und drückte die Spitze so fest ein, dass Blut hervorquoll. Ackerman beugte sich näher. »Flehen Sie mich an, Sie nicht auf der Stelle zu töten«, sagte er. »Flehen Sie um Ihr erbärmliches kleines Leben.«

Über die Schulter hinweg hörte er Nadias Frage: »Frank, was machen Sie denn?«

Aus dem Augenwinkel beobachtete er, dass sie dem jüngeren Hispano Plastikhandschellen anlegte. Ackerman sah Bulldog wieder an. »Ihnen muss doch klar sein, dass Ihr Auftraggeber Sie in der vollen Absicht anwarb, Sie scheitern zu lassen. Sie müssen Assassinen zweiter Klasse sein.«

Bulldog stieß eine Kette von Beschimpfungen auf Spanisch aus und sagte am Ende auf Englisch: »Wir sind die Besten!«

Ackerman lachte. »Das sind Sie offensichtlich nicht. Beide sind Sie zu einhundert Prozent entbehrlich. Ihr Auftraggeber hat Sie mir als kleinen Morgengruß geschickt. Und wissen Sie, warum ich so absolut sicher bin, dass er nicht einmal in Erwägung zog, Sie könnten Ihren Auftrag erfolgreich abschließen?«

Bulldog kniff die Augen zusammen, aber er fragte: »Warum?«

»Weil er nur Sie beide geschickt hat.« Ackerman traf den Mann mit einem gebremsten Schlag an die rechte Schläfe, gerade kräftig genug, um Bulldog ins Reich der Träume zu schicken.

20

Dylan Cassidy hielt sich die E-Zigarette an den Mund und sog den warmen, mit Melone aromatisierten Dampf ein, den sie produzierte. Als er ausatmete, spürte er den ersten Rausch durch das Nikotin, schloss die Augen und ließ die Kühle über sich fallen wie eine warme Meereswoge – etwas, das er definitiv vermisste, seit er in einer texanischen Grenzstadt wohnte, nicht mehr nahe am Meer wie für den größten Teil seines Lebens. Die Unterbringung hier gefiel ihm allerdings besser. Sein Vater hatte ein schönes Haus errichtet, das ihn an eine Jagdhütte erinnerte, und es sagte ihm erheblich mehr zu als das Apartment, das sie sich in Rose Hill, Virginia, geteilt hatten.

Ganz gleich, was er seinem Vater gegenüber behauptete, am meisten mochte Dylan an der Ranch die Einsamkeit. Er zog es vor, Zeit in der Natur zu verbringen und den ständigen forschenden Blicken und Beurteilungen anderer Menschen zu entgehen, die andauernd darauf zu warten schienen, dass er einen Fehler beging, den sie ausnutzen und gegen ihn verwenden konnten. Dylan hatte immer Schwierigkeiten gehabt, die Regeln der Gesellschaft zu verstehen. Bestimmte ungeschriebene Gesetze, die für andere Jugendliche selbstverständlich waren, entzogen sich seiner Auffassung genauso wie die Dampffahnen, die er aus dem Einweg-Vape-Stick saugte und ausatmete.

Trotzdem hatte er sich in ihrer Welt durchgesetzt, und er hatte durch Versuch und Irrtum gelernt, sich sozial anzupassen; dazu hatte er Fehler erduldet, die ihn schwer beschämt und gedemütigt hatten. Mit der Zeit hatte er gelernt, innerhalb der gesellschaftlichen Konstrukte zu überleben, und das bedeutete vor allem, sich bedeckt zu halten und nicht allzu viel Aufmerksamkeit auf sich zu ziehen, sich aber auch nicht so sehr abzusondern, dass man als seltsam galt. In der Schule von Asherton gab es nur eine Klasse mit fünfzig Schülern, aber selbst dort versuchte er, sich im Rudel zu verbergen. Er hatte Freunde und kam mit den meisten Klassenkameraden zurecht, aber einen besten Freund hatte er nicht – es sei denn, er zählte seinen Hund Happy. Obwohl ein Rottweiler, war Happy für ihn die einzige Person auf der Welt, die ihn und seine eilenden Gedanken verstand.

Das Bachbett, das sie umgab, war wenigstens dreißig Yards breit. Vor allem bestand es aus Fels mit getrocknetem Schlick, und der Wasserlauf war auf etwa sechs Fuß Breite in der Mitte des Betts geschrumpft. Hierher kam er am liebsten, um spazieren zu gehen und nachzudenken, und soweit er wusste, war es die einzige Stelle auf dem Grundstück, wo sein irrsinnig paranoider Vater keine Kameras installiert hatte. Was bedeutete, dass er nur hier dampfen konnte.

Außerdem trank Happy gern aus dem Bach und jagte die Kleintiere, die es hier gab.

Dylan wollte den Dampfer gerade wieder an den Mund heben, um einen weiteren Zug zu nehmen, als sein Vater, wie von seinen Gedanken heraufbeschworen, aus den Bäumen preschte und auf ihn zusprintete. Als er ihn erreichte, riss er Dylan den Dampfer aus der Hand, zerbrach ihn und warf ihn weg.

Er wies mit dem Finger auf Dylan. »Schlecht!«

Erschrocken stammelte Dylan: »Was zum …?«

»Wir müssen …«

Sie verstummten beide und drehten sich um, als sie den aufheulenden Motor eines Geländebikes hörten. Ein bewaffneter Biker in Körperpanzerung schoss zwischen den

Bäumen hervor und manövrierte seine Maschine ins Bach-bett.

Dylan kam sich vor wie in einem schlechten Traum, so als wäre er schlafend in die Welt von *Mad Max* versetzt worden. Er wandte sich seinem Vater zu, um sich zu vergewissern, aber sein Vater stand nicht mehr neben ihm.

21

Nachdem sie die beiden gedungenen Mörder ins Heck des gemieteten Impala gesetzt hatten, kehrte Ackerman zum Diner zurück. Nadia rief ihm über das Wagendach hinterher: »Was machen wir mit den beiden? Einer von uns muss bei ihnen bleiben.«

Ackerman war schon in Bewegung. Er zuckte mit den Schultern und antwortete: »Das sind dann wohl Sie.«

»Augenblick mal. Darüber müssen wir reden. Vielleicht sollte ich hineingehen und mich mit Greta von Frau zu Frau unterhalten.«

Ackerman verzog gequält das Gesicht. »Ich bin mir nicht sicher, ob sie eine besonders hohe Meinung von anderen Frauen hat, gerade von hübschen nicht.«

»Vielleicht sollten wir sie zum Verhör mitnehmen. Sie in einen Vernehmungsraum setzen und uns eine Strategie überlegen, wie wir sie kleinkriegen. Sie haben da drin ein paar beängstigende Dinge gesagt.«

Ohne seinen Gang zu dem Schindelbau zu unterbrechen, erwiderte Ackerman: »Beängstigend ist mein Markenzeichen, Verhörraum nicht. Ich halte es für das Beste, wenn ich mit Greta von einem Reptil zum anderen spreche.«

Damit erreichte er den Rand des Schotterparkplatzes und den Eingang ins Tilly's. Er merkte, dass ein wenig Blut in seinem Gesicht klebte, aber er machte sich nicht die Mühe, es wegzuwischen. Es würde zu seiner Wirkung beitragen. Ackerman fand Greta am gleichen Platz wie vorher, aber jetzt schien sie ein wenig aufgelebt zu sein und sah aus wie die Katze, die den Kanarienvogel gefressen hat; offenbar war sie sehr zufrieden mit sich, weil sie den Behörden wieder einmal ein Schnippchen geschlagen hatte. Der Schuss aus der Pistole des jüngeren Killers schien im Geplärr der Jukebox und dem Gemurmel der Gäste untergegangen zu sein, denn niemand im Diner reagierte merkwürdig, als er wieder hereinkam. Greta saß mit dem Rücken zur Tür, genau wie zuvor, und sah nicht, wie Ackerman auf sie zutrat. Als er sich auf den gleichen Stuhl ihr gegenüber sinken ließ, auf dem er schon zuvor gesessen hatte, hielt Greta mitten in der Bewegung inne, mit der sie ein Stück Omelett zum Mund hatte führen wollen.

Ackerman lächelte. »Haben Sie mich vermisst?«

Einen Augenblick lang saß sie wie gelähmt da. Valerie, die Kellnerin, brachte genau im richtigen Moment seine Eier Florentine, stellte sie vor ihn hin und sagte: »Da bitte, Schatz.«

Ackerman sah zu Valerie hoch. »Sie sind eine freundliche und schöne Seele.« Er schenkte ihr sein Filmstarlächeln, und sie erwiderte es, wenigstens zunächst. Dann zog sie eine Braue hoch, und ihr Lächeln verschwand. »Mister, Sie haben Blut auf Ihrem Gesicht.«

Sein Lächeln hielt an. Er bemerkte sogar, dass seine Mundwinkel sich noch mehr krümmten. »Ja, ich fürchte, das ist bei mir Berufsrisiko.«

Die Augenbraue noch immer hochgezogen, fragte sie: »Was sind Sie von Beruf?«

»Ich bin Jäger.«

Sie war noch immer verdutzt. »Echt? Mein Daddy und meine Brüder sind große Jäger. Was jagen Sie denn?«

»Menschen. Ich jage Menschen wie unsere Greta hier.«

»Sie meinen, Sie sind ein Kopfgeldjäger oder so was?«

»Nein, nicht im Entferntesten. Ich bin ein Monsterjäger, Valerie. Ich jage gruselige Krabbeltiere, die in Menschenhaut gehüllt unter uns weilen.«

Valerie sah von Ackerman zu Greta und wieder zurück, sagte »Okay« und ging davon. Ackerman stürzte sich schweigend auf seine Eier. Ihm gegenüber ließ Greta die Gabel mit ihrem Stück Omelett sinken und fragte: »Sie sind ja ein fröhlicher Hurensohn, was? Immer so ein dämliches Grinsen in der Fresse.«

Mit einem Bissen seines Frühstücks im Mund entgegnete Ackerman: »Verwechseln Sie Freude nicht mit Fröhlichkeit, meine Liebe. Es liegt eine gewisse Freude darin, zu wissen, dass man genau dort ist, wo man sein soll, und zwar exakt zur richtigen Zeit. Es bereitet Freude zu wissen, dass Gott mit einem ist, dass man ihm als Kämpfer für die Rechtschaffenheit dient und dass man, nachdem man in der Wildnis umhergeirrt ist, endlich einen geraden Weg gefunden hat.«

»Ich weiß nicht, für wen Sie mich halten, aber ich kann Ihnen nichts über den Rogue-River-Killer oder diesen anderen sagen, von dem Sie gesprochen haben.«

»Demon. Sein Name ist Demon. Ich kann durchaus verstehen, weshalb Sie zögern, solch einen Namen laut auszusprechen, auch wenn es sich in diesem Fall nur um einen Spitznamen handelt. Wer der dunklen Straße folgt, auf der Sie sich wiedergefunden haben, Greta, beschwört einen Namen wie *Demon* niemals leichtfertig.«

Sie schnaubte verächtlich. »Ich glaub nicht an den ganzen Scheiß. Ich habe zu viel Leid gesehen und erlebt, um zu glauben, dass es eine Art kosmischen Presidente gibt, auf jeden Fall keinen, dem wir nicht scheißegal wären oder der über uns wacht.«

Ackerman legte die Gabel weg und krempelte sich die Ärmel hoch, um ihr seine Unterarme zu zeigen. Allein auf seinen Unterarmen fand man jede Art von Narbe, die ein menschliches Wesen sich zuziehen konnte. Er hatte Schussverletzungen, Messerschnitte, Verbrennungen, die Streuwunden eines Schrottreffers, Abschürfungen vom Schlittern über eine Fahrbahn und alles dazwischen. Nachdem er ihr ein paar Sekunden Zeit gelassen hatte, um das Werk zu bewundern, das die Welt an ihm vollbracht hatte, fuhr er fort: »Das Leidensspiel wollen Sie nicht mit mir spielen, Greta. Leid ist für mich keine ferne Erinnerung, die nachts in mein Schlafzimmer kriecht. Leid ist ein vertrauter Freund. Wir kennen einander gut. Wir sprechen oft miteinander. Wenn Sie das Leid kennenlernen wollen, kann ich sein Bote sein.«

»Was ist aus den beiden Männern geworden, die Sie nach draußen mitgenommen haben? Und Ihrer Partnerin?«

»Nun, ich würde behaupten, dass ich sie gehäutet und gegessen habe, aber in Anbetracht dessen, dass Sie so große Erfahrung im Häuten von Menschen haben, würden Sie wissen, dass ich nicht annähernd genug Zeit dafür hatte. Früher habe ich mich auch dem Häuten einer lebendigen Person gewidmet. Bei mir war es der Schmerz, worauf es ankam. Sie hingegen scheinen größeren Wert auf das Produkt zu legen. Daher bin ich sicher, dass ich nicht annähernd so viel Sorgfalt und Kunstfertigkeit in meine Arbeit investiert habe wie Sie in die Ihre.«

»Ich weiß nicht, wovon Sie reden. Ich bin nur eine alte Schnalle, die zu viel raucht, zu viel trinkt, und dank eines missbräuchlichen Vaters, der mich als Kind zwang, in der Kirche Gitarre zu spielen, kann ich mich davon ernähren, dass ich die Musik spiele, die er am meisten gehasst hat.«

»Diese Vorgeschichte ist gewiss eine Gemeinsamkeit zwischen uns. Auch mein Vater ist ein Musikliebhaber. Mein Instrument war allerdings das Klavier, und seine Methode, mich zum Lernen zu bewegen, schloss die chirurgische Entfernung und das anschließende Wiederannähen meiner Finger ein, sollte ich zu viele Fehler begehen. Die Operation wurde selbstverständlich ohne Betäubung durchgeführt, aber auch mit Präzision und Professionalität, sodass ich nach wie vor bei allen Fingern über die volle Funktionalität verfüge. Umso besser kann ich mit ihnen das Leben aus Ihnen herausquetschen, meine Liebe.« Er wackelte vor ihren Augen mit allen zehn Fingern. Er nahm einen Bissen von seinem Frühstück und fragte: »Wer also waren diese Männer? Kannten Sie sie vor heute Morgen?«

»Nein, ich habe sie noch nie im Leben gesehen.«

Mithilfe der Kinesik – der Kunst, die nonverbale Kommunikation durch gewisse Körperbewegungen und Gesten zu analysieren – versuchte Ackerman zu prüfen, ob Gretas Worte mit den Mikroexpressionen übereinstimmten, die sie unwillkürlich zeigte. Leider verbarg sie diese entweder zu gut, oder das Frühstück stellte eine zu starke Ablenkung dar.

»Sprechen wir über den Dämon«, sagte er. »Wie ist er ursprünglich an Sie herangetreten? Oder haben Sie den Kontakt gesucht?«

»Ich weiß nicht, von wem Sie da reden.«

»Oh doch, das wissen Sie, aber darauf kommen wir später zurück. Sprechen wir zunächst über Ihre Arbeit. Ich bin recht neugierig, was Sie mit den Trophäen anstellen, die Sie von jeder Frau genommen haben. Meine Arbeitshypothese lautet, dass Sie große Puppen anfertigen – sämtliche Opfer sahen wie menschliche Barbiepuppen aus. Aber ehrlich gesagt scheint mir das nicht recht zu Ihnen zu passen. Wo stellen Sie sie aus? Haben Sie irgendwo einen Lagerraum gemietet? Wie Sie selbst sagten, führen Sie ein simples Leben. Sie sind eine Frau mit dunklen, simplen Sehnsüchten. Sie haben sie gehasst. Sie wollten sie töten. Sie wollten, dass sie leiden. Sie wollten die Qual und die Angst in ihren Augen sehen. Sie sollten erkennen, dass sie sich in einer Lage befanden, aus der ihnen ihre Schönheit nicht nur nicht heraushelfen würde, sondern in die sie allein wegen ihrer Schönheit gelangt waren.«

»Ich weiß nicht, was Sie von mir wollen, Mister, aber wenn Sie mich nicht verhaften, sind wir hier wohl mehr als fertig.«

»Ich bitte Sie, Greta, plaudern Sie mit mir. Ich bin außerordentlich neugierig, was Sie mit den Häuten angestellt haben, den Händen, den Füßen, den Köpfen. Ihren Trophäen. Wo bewahren Sie sie auf? Ich kann mir nicht vorstellen, dass Sie sie unter Ihrem Trailer verrotten lassen. Freilich habe ich eine wilde Phantasie und kann mir daher zahllose Möglichkeiten ausmalen, einschließlich der, dass Sie sie tragen. Aber ich möchte es sicher wissen. Ich möchte es aus Ihrem eigenen Mund hören. Die Straße zur Läuterung beginnt mit dem Geständnis und dem Bekenntnis unserer Sünden.«

Sie lachte. »Dahin wollen Sie mich lotsen? Auf die Straße zur Läuterung?«

»Sie nähern sich einer Wegscheide, Greta, und ich bin nur das Straßenschild, das Ihnen sagt, welcher Weg in welche Richtung führt. Am Steuer sitzen immer noch Sie selbst.«

Greta griff nach ihrem Handy, das zwischen ihnen auf dem Tisch lag. »Ich rufe die echten Cops. Von dieser Scheiße hab ich die Nase voll.«

Ackermans linke Hand schoss hoch und packte das Handy in Gretas Faust, während er mit der Gabel in der rechten Hand den letzten Bissen Eier Florentine aufspießte und zu seinem Mund führte. »Ich glaube, so weit sind wir noch nicht. Erst müssen Sie meine Fragen beantworten. Aber wie wir es hier machen, funktioniert anscheinend nicht, also gehen wir hinaus und reden draußen weiter.«

»Mit Ihnen gehe ich nirgendwohin.«

»Meine Liebe, es täte mir leid, wenn meine Bemerkung, Sie säßen am Steuer, so rübergekommen ist, als wäre sie wörtlich gemeint. Ich meinte sie vielmehr in einem spirituellen, metaphysischen Sinn, dass sie über den Weg zu Läuterung oder Vernichtung entscheiden. Was Ihr Leben im Augenblick angeht, haben Sie null Prozent Kontrolle. Mich können Sie als den Kerl ansehen, der auf der Straße des Lebens Ihr Auto geraubt hat. Zurzeit sitzen Sie nicht einmal in der Passagierkabine Ihres Lebens. Sie liegen gefesselt im Kofferraum.«

»Ich könnte schreien.«

»Ach, Darling, nicht so ungeduldig. Schreien können Sie schon bald, so viel Sie wollen.«

»Ich könnte um Hilfe rufen. Ich könnte der Kellnerin sagen, sie soll die Polizei holen.«

»Das könnten Sie, aber das würde ja nur von unserer gemeinsamen Zeit abgehen. Wie Sie wissen, Greta, kann die Zeit eine grausame Geliebte sein, aber sie ist auch relativ. Ich brauche nur ein bisschen Zeit, um wahrhaft zu erreichen, was ich begehre, aber das bedeutet auch, dass die Dinge sehr rasch sehr hässlich werden können.«

»Wohin wollen Sie mich bringen?«

»Ich habe Ihren Wagen draußen auf dem Parkplatz bestaunt. Ein 57er Chevy Cabriolet. Wunderschön. Wirklich ein Kunstwerk. Haben Sie das Auto selbst restauriert?«

»Sehe ich aus wie eine Schrauberin? Nein, ich habe dafür

bezahlt. Der Wagen hat meiner Mutter gehört. Sie hatte ihn gut gepflegt, und daher brauchte ich nicht wirklich viel zu zahlen, um ihn wieder in Schuss zu bringen.«

»Ich habe ihn bewundert, als wir ankamen. Warum gehen wir nicht zu Ihrem Wagen, öffnen das Dach und fahren ein bisschen herum und reden? Die Landschaft aus einem Auto zu betrachten erleichtert es manchmal, seine Seele von einer Last zu befreien. Für uns wäre dort das Plaudern viel einfacher, als wenn wir uns Auge in Auge an einem Tisch gegenübersitzen. Meinen Sie nicht auch?« Er wies mit der offenen Hand zum Ausgang, bevor sie antworten konnte. »Wollen wir gehen?«

Widerwillig, während sich in ihrem Kopf noch sichtlich die Rädchen auf der Suche nach einer Lösung drehten, stand Greta auf und ging zur Tür. Dabei tat sie so, als stolperte sie, und stürzte neben einem Tisch, an dem ein Mann Steak mit Eiern aß. Nachdem sie sich für ihren Fauxpas entschuldigt hatte, ging sie weiter, und Ackerman fiel auf, dass das Steakmesser, das rechts neben dem Teller des Mannes gelegen hatte, nun fehlte. Ackerman grinste. Das alte Mädchen hatte noch Feuer in sich. Er freute sich darüber. Dadurch wurde das, was bevorstand, umso vergnüglicher.

22

Marcus kannte die Ziele des Teams nicht, von dem sie beschlichen wurden. Er konnte nicht sicher sagen, wieso die Leute gekommen waren und was sie mit ihm und seinem

Sohn vorhatten. Aber er konnte ein paar fundierte Vermutungen anstellen. Wenn sie ihn einfach hätten töten wollen, wäre der beste Weg gewesen, einen einzelnen Scharfschützen auf das Grundstück schleichen zu lassen. Er hätte im Gebüsch Deckung gefunden und die südtexanische Leere zu seinem Vorteil nutzen können. Marcus hätte nie gewusst, was ihn traf. Ein gezielter Kopfschuss, während er auf der Weide mit den Pferden arbeitete, wäre kein schlechter Plan gewesen. Aber diesen Weg hatten sie nicht genommen. Sie waren mit überwältigender Übermacht angerückt, eine Gruppe von vierzehn bis an die Zähne bewaffneten Männern. Das konnte nur bedeuten, dass sie nicht vorhatten, ihn zu töten, oder wenigstens nicht schnell. Nach allem, was er wusste, wollten sie ihn gefangen nehmen, damit sich Demon mit seiner Hinrichtung schön Zeit lassen konnte. Jedenfalls, diese Männer standen unter Demons Befehl, ihn lebendig zu fassen. *Wieso?* war eine weitaus offenere Frage. Wenn er Marcus und Dylan in seiner Hand hatte, konnte Demon eventuell Ackerman unter Druck setzen. Marcus wusste, dass sein Bruder bereitwillig den Platz mit ihm tauschen würde, sollte Demon es verlangen. Bei vertauschten Rollen hätte Marcus für Frank oder Dylan das Gleiche getan. Sie waren schon ein Pärchen, sein Bruder und er, ein Pärchen allzeit zur Selbstaufopferung bereiter Märtyrer.

Er hatte nicht vor, es so weit kommen zu lassen.

Als Marcus den ersten Biker über den trockenen Teil des Bachbetts fahren sah, war ihm klar, dass die anderen ihn bald umschwärmen und eine gemeinsame Front bilden würden, die ihm keine andere Wahl ließ, als sich zu ergeben. Er durfte nicht zulassen, dass diese Falle sich schloss.

Daher war Marcus direkt auf den Biker in seiner Panzerkleidung zugesprintet. Im Rennen zog er die Pistole und feuerte dreimal – einmal auf die rechte Schulter des Mannes und zweimal auf die Hände. Alle drei Schüsse trafen ins Ziel, und der Biker schlitterte über Steine und Schlick, während sein Motorrad ungefähr einen Meter von Marcus entfernt liegen blieb.

Der Biker war recht anmutig gelandet, und anscheinend hatte keine der Kugeln schwerwiegende Schäden angerichtet, denn er rappelte sich wieder auf und griff nach der Uzi vor seiner Brust.

Marcus stürmte wie vom Urtrieb beherrscht vor, brüllte wie ein Besessener. Er trat dem Biker gegen den schwarzen Helm in der Hoffnung, der Treffer würde seinem Gegner das Bewusstsein rauben. Doch der Biker drang weiter vor. Marcus vermutete, dass der Kerl von Kopf bis Fuß durch Kevlar gepanzert war, oder vielleicht auch mit einem der neueren, kompakteren kugelfesten Materialien, die zurzeit entwickelt wurden. Er hatte mehrere Typen von Körperpanzerung gesehen, die unter Zivilkleidung getragen werden konnte und dennoch in der Lage war, ein Geschoss vom Kaliber .50 aufzuhalten. Aber selbst mit beschusshemmender Kleidung wandelte sich die kinetische Energie des Geschosses noch immer in einen beträchtlichen Aufschlag um.

Der kinetische Schaden schien den Biker nicht sonderlich beeindruckt zu haben. Er schloss die Hand um den Pistolengriff der Uzi.

Marcus zielte auf den Hals des Mannes und drückte zweimal rasch hintereinander ab. Nebeneinander schossen die Kugeln dem Biker aus dem Nacken, und er ließ die Mini-Uzi los. Marcus nahm an, dass vom Standpunkt des Mannes der Befehl, ihre Zielperson lebend zu fassen, keinen großen Unterschied bedeutet hätte. Wenn man den Scheck nicht einlösen konnte, weshalb dann den Auftrag einhalten.

Er hörte ein weiteres Bike, und gleich darauf schoss es zwischen Bäumen über ihm hervor. Dieser Biker hatte bereits die Maschinenpistole in der Hand und schwenkte ihren Lauf in Marcus' Richtung.

Während er zu Dylan rannte, schlugen hinter ihm Neun-Millimeter-Geschosse in den Boden. Steinchen und Schlick stiegen hoch und erzeugten den Eindruck einer D-Day-Landung im Miniaturmaßstab.

Ohne langsamer zu werden, riss Marcus seinen Sohn hoch und schlitterte hinter einen umgestürzten Baum, der das Bachbett zweiteilte. Von dort erwiderte er das Feuer mit der SIG Sauer. Der Biker hatte ebenfalls Schutz gefunden und zwang Marcus mit einem Feuerstoß in Deckung. Allerdings kam es Marcus so vor, als lägen die Schüsse weit daneben im Bachbett. Der Biker hätte ihn vermutlich durchsieben können, als er oberhalb des Bachs aus den Bäumen kam, und jetzt versuchte er sie nur niederzuhalten. Wenn sie in diese Richtung getrieben wurden, konnte es nur bedeuten, dass ...

Marcus blieb keine Zeit, den Gedanken zu beenden, denn ein Schlag auf den Hinterkopf verdunkelte seine Welt.

23

Der 1957er Chevy Bel Air Convertible hatte zwei Kurbeln an der Innenseite der Tür. Unabhängig voneinander hoben und senkten sie die Hauptscheibe und bewegten ein kleines, chromgerahmtes Lüftungsfenster. Ackerman achtete auf diese Details, weil er eine Methode finden musste, um Greta am Wagen zu fixieren, bevor er ihn von einer Klippe fuhr.

Aber zuerst musste er sich um das Messer kümmern, das sie beim Verlassen des Diners eingesteckt hatte, und als sie auf halbem Weg zum Fahrzeug waren, blieb er daher stehen und sagte: »Das ist weit genug. Bevor wir weitergehen, brauche ich das Steakmesser, das Sie im Restaurant an sich genommen haben.«

Sie wandte sich zu ihm um und sagte mit gleichbleibender leerer Miene: »Ich weiß schon wieder nicht, wovon Sie eigentlich reden.«

Ackerman rollte mit den Augen, zückte das Bowiemesser und hielt die dreizehn Zoll lange Klinge hoch. »Entweder geben Sie mir das Messer, oder Sie zeigen mir, wie Sie es benutzen wollten.«

Sie zog die faltigen Lippen mit der dauerhaften Kerbe, wo normalerweise die Zigarette war, zurück und zeigte gebleckte gelbe Zähne. »Gut«, spie sie aus und warf das Steakmesser auf den Schotter. Mit dem eigenen Messer bedeutete Ackerman ihr weiterzugehen und schob die Waffe wieder in die Scheide zwischen seinen Schulterblättern. Als sie das Cabriolet erreichten, schob er Greta an den Beifahrersitz und fesselte sie mit Plastikhandschellen an das Lüftungsfenster. Er wies sie an, sich zu setzen, hob ihre Füße in den Wagen und schloss die Tür.

Ackerman ging hinüber auf die Fahrerseite, aber zwei Parktaschen weiter sah Nadia ihn mit hochgezogenen Augenbrauen an. Sie hatte die Schultern erhoben, die Arme angewinkelt und die geöffneten Hände zu beiden Seiten abgespreizt, eine Art universelle Geste für: *Was zum Teufel machst du da eigentlich?*

Er zwinkerte ihr zu und scheuchte sie zum Impala zurück. Als er sich ans Lenkrad des Chevy setzte, fragte er: »Das ist ein wunderschönes Automobil. Wie heißt die Farbe?«

»Ritterspornblau.«

»Ein friedvoller Farbton«, fuhr Ackerman fort. »Abge-
klärt geradezu. Wie seltsam, dass jemand wie Sie solch ein
Auto fährt.«

»Was soll das heißen?«

»Ich deute nur an, dass ich, wenn ich Ihnen in die Augen
blicke, nicht nur Missgunst und das Potenzial für eine Form
des Bösen erkenne, welche die Normalen als Verruchtheit
bezeichnen, sondern auch ein gewisses Elend. Ich glaube,
weiter als Sie kann man vom Frieden nicht entfernt sein,
Greta. Sie sind eine Jammergestalt, die jede Sekunde ihrer
Existenz verabscheut und der es dennoch an Antrieb, Kons-
titution und Hoffnungslosigkeit mangelt, um der Sache ein
für alle Mal ein Ende zu setzen. Ich glaube, in Ihnen ist auch
eine Sehnsucht, sich von der Bürde zu befreien, und dieser
Weg steht Ihnen noch immer offen.«

Sie schnaubte. »Soll das die Straße der Läuterung sein,
von der Sie gesprochen haben? Da hat man mir schon lange
zum Abschied gewinkt.«

»Zu spät ist es nie, meine Liebe, nicht solange Sie noch
Luft in der Lunge haben und ein Geist Ihr Fleisch beseelt.
Aber bevor wir Ihre Seele und Fragen von ewiger Bedeu-
tung erörtern, muss ich von Ihnen erfahren, was Sie über
Demon wissen.«

Sie knirschte mit den Zähnen. »Ich habe es Ihnen gesagt, und ich werde es Ihnen wieder sagen, tausendmal noch,
wenn es sein muss: Ich weiß nichts über jemanden, der sich
Demon nennt. Und wie ich schon sagte, Sie haben nichts
gegen mich in der Hand, was bedeutet, dass ich unschuldig
bin. Sie schikanieren eine unschuldige Frau.«

Ackerman musterte noch einen Augenblick lang bewun-
dernd das Auto und seine Verarbeitung. Mit den Fingern
fuhr er an den inneren Chromleisten entlang, über die Pols-

terung, über das Armaturenbrett. Demonstrativ befasste er sich mit dem Teppichbelag im Fußraum, bevor er sagte: »Wer immer Ihren Wagen restauriert hat, er leistete ausgezeichnete Arbeit, Greta. Aber er benutzte auch einen sehr typischen Teppich, der nur zu Restaurationszwecken hergestellt wird. Obwohl er dem, der ursprünglich in Fahrzeugen dieser Art verlegt wurde, ähnlich sieht, besteht er aus einer ganz anderen Faser. Ich selbst bin kein Autonarr, aber ich weiß das alles wegen des Fehlers, den Sie mit den Kleidern begangen haben.«

Sie versuchte, nicht zu reagieren, aber daran, wie sich ihr Nacken anspannte und die Augen schmaler wurden, merkte er, dass sein Kommentar irgendwie ihre Entlarvung einleitete. Es war die Sorte Fehler, die man beging, nur um hinterher darauf zu warten, dass er einen einholte.

»Das können Sie alles meinem Anwalt erzählen.«

Ohne auf ihre Entgegnung einzugehen, fuhr Ackerman fort: »Fast immer sind es die winzigsten Missgeschicke oder Zufälle, die zur Festnahme von Verbrechern führen. In Ihrem Fall haben Sie dadurch, dass Sie den Opfern so viel entnahmen, einschließlich der Haut, und die Überreste in den Fluss warfen, jede brauchbare Spurenanalyse verhindert. Dennoch war da noch die Frage ihrer Kleidung und der persönlichen Gegenstände. Sie haben den Fehler begangen, die Kleidungsstücke eines Opfers in einer Mülltonne in einem abgelegenen Stadtviertel zu entsorgen, kurz bevor die Müllabfuhr kommen würde. Vielleicht waren Sie bei früheren Anlässen genauso vorgegangen, ohne dass es zu Schwierigkeiten kam, aber diesmal haben Sie den Preis als größter Pechvogel aller Zeiten gewonnen. Eine neugierige Nachbarin sah einen Wagen, der an den Mülltonnen auf der anderen Straßenseite hielt – einen weit weniger auffälligen Wagen als diesen, den Sie geborgt, gestohlen oder bar gekauft haben müssen –, aber die Nachbarin fand es eigentümlich genug, um nachzusehen. Der Rest ist Geschichte.«

Mit zusammengebissenen Zähnen erwiderte Greta: »Sie quatschen ohne Pause, aber je mehr Sie reden, desto weniger kapiere ich.«

»Ich weiß, dass Sie hinterher aus den Nachrichten davon erfahren haben. Die Polizei musste zeigen, dass in dem Fall Fortschritte erzielt wurden, daher wurden die Medien in die Entdeckung eingeweiht. Ich kann mir kaum vorstellen, wie Sie sich gefühlt haben müssen, als bekanntgegeben wurde, dass die Polizei Fasern gefunden hat, die den Mörder vermutlich mit dem Opfer in Verbindung bringen.«

Sie sagte nichts.

»Verschwiegen wurde in den Nachrichten, dass die Fasern von einer ganz bestimmten Sorte waren, die eine Firma verwendet, welche Fußmatten für Oldtimer-Fahrzeuge herstellt. Die Polizei hat vermutlich jeden Mann im Bezirk vernommen, der ein Auto von vor 1970 besitzt, aber es führte zu nichts. Vielleicht lag es daran, dass sie ihre Suche auf Fahrzeuge begrenzte, die auf einen Mann zugelassen waren. Denn sehen Sie, die Fasern hatten die Farbe Ritterspornblau. Im gleichen Moment, als Sie als Möglichkeit auf meinem Radarschirm auftauchten, überprüfte ich auf Ihrer Website, ob die Daten Ihrer Auftritte mit den Daten des Verschwindens übereinstimmten. Und gleich auf der ersten Seite begrüßte mich ein großes Foto von Ihnen mit Ihrem 1957er Chevrolet Bel Air Convertible in der Farbe Ritterspornblau. Jeder Richter auf der Welt hätte der Polizei einen Beschluss erteilt, die aufgefundenen Fasern mit dem Teppich in Ihrem Kofferraum abzugleichen, und hätte sie erst einmal ihre Zähne in Sie geschlagen, wäre es wohl nur eine Frage der Zeit gewesen, bis man weitere Indizien entdeckt hätte. Es ist vorbei für Sie. Aber ich kann Ihnen helfen.«

Eine einzelne Träne rann ihr die Wange herunter, aber sie schlug sie sofort mit der freien Hand weg. »Ich habe Ihnen nichts zu sagen.«

Ackerman seufzte. »Wie Sie wollen.«

Er hob die Hand und ließ den Wagen an. »Ich bin in Spiellaune, Greta. Wie sieht es bei Ihnen aus? Ich wette, Sie lieben es zu spielen, zumindest wenn Sie das Spiel in der Hand haben.« Er sah zum Rogue River, der nicht weit von ihnen war, und fuhr fort: »Nennen wir dieses Spiel doch *Sink oder schwimm.*«

24

Dunkel wurde die Welt, aber ganz ging das Licht nicht aus. Marcus zögerte nicht. Er fuhr mit der schussbereiten P226 herum, aber augenblicklich hörte er ein kaltes *Dong* an seinen Fingerknöcheln, und seine Hand wurde von einem kleinen schwarzen Baseballschläger aus Aluminium zur Seite gewischt.

Unwillkürlich ließ er die Pistole los, aber noch war Marcus nicht geschlagen. Er trat zu, schlang die Beine um die Beine des Angreifers und zwang den Mann zu Boden.

Marcus warf sich auf die Waffe, aber der Biker reagierte schnell und fing ihn ab. Als sie einander umkreisten, sah Marcus, dass der Kerl seinen Motorradhelm aus Kevlar abgelegt hatte, sein Gesicht aber trotzdem unter einer schwarzen Sturmhaube verborgen blieb. Sein Gegner war klein und drahtig und bewegte sich mit der Anmut eines Navy SEALs.

Als der Biker sich mit dem Baseballschläger auf ihn stürzte, schob Marcus die Hände in die Taschen der eigenen Panzerweste und zog sie in Schlagringen aus Messing wieder hervor, die einmal seinem wahren Vater gehört hatten, NYPD Detective John Williams. Vor ein paar Jahren hatte Marcus erfahren müssen, dass sein Vater nicht das Fanal für Recht und Ordnung gewesen war, für das er ihn so lange gehalten hatte. Aber auch wenn sein Andenken beschmutzt sein mochte, dem Mann, von dem er aufgezogen worden war, gehörte ein Platz in Marcus' Herzen, geprägt von Bewunderung und Verehrung. Jedes Mal, wenn er die Hände in die Schlagringe schob, verspürte er frische Energie, als wäre sein Dad im Geist bei ihm.

Als der Biker erneut mit dem Baseballschläger nach ihm ausholte, fing Marcus den Hieb mit einem eigenen ab. Die Messingschlagringe reagierten längst nicht so heftig, wenn sie mit Metall kollidierten, wie das Aluminium. Marcus sah den Schmerz in den Augen des Bikers, als die Schockwelle den Schläger entlanglief und auf die Handschuhe des Bikers wirkte, die stoßdämpfend zu sein schienen. Es reichte natürlich nicht, um echten Schaden zu verursachen, nur ein geringes Unbehagen, aber es zeigte seinem Gegner, dass der Baseballschläger gar keine so gute Waffe war, wie er geglaubt hatte.

Leider musste Marcus feststellen, dass dieser Mann schneller lernte als die meisten, und statt seinen letzten Angriff zu wiederholen, zielte er mit dem Baseballschläger auf Marcus' Knie. Als er traf, schoss Marcus der Schmerz durch den Körper bis hoch in den Nacken, aber er hatte sich weit genug abgewandt, um den Treffer abzulenken, sodass er ihm keinen Knochen brach und ihn nicht kampfunfähig machte. Trotzdem torkelte er zurück, und der Biker schnellte vor und stürzte sich auf ihn. Mit einem Wirbel aus Hieben trieb er Marcus zu Boden. Marcus landete im schmalen Wasserstreifen des Bachbetts. Der Biker griff ihm ins Gesicht und drückte es unter die kalte Strömung.

Marcus konnte den Atem anhalten, während er unterging, und er trat weiter um sich und kämpfte gegen den Söldner über sich an, aber er fühlte sich schwach und desorientiert, vermutlich noch von dem ersten Schlag gegen den Hinterkopf.

Trotzdem weigerte er sich aufzugeben. Er war schon immer ein störrischer Mensch gewesen, und er sah keinen Grund, das jetzt zu ändern. Er schlug immer wieder wild zu, bis seine linke Faust etwas traf, das sich wie weiches Gewebe anfühlte, und der Griff des Mannes lockerte sich.

Während Marcus darum kämpfte, sich wieder aufzurichten, nahm er mit der linken Hand Steinchen und etwas Schlick vom Bachbett auf. Er warf die feuchte Handvoll auf seinen Gegner, damit der Biker nicht gegen ihn anstürmte, solange er das Gleichgewicht noch nicht wiedererlangt hatte.

Adrenalin durchfuhr ihn, und Marcus ballte die Fäuste mit den Schlagringen, setzte zu einem Sturmlauf gegen den Biker an, der ebenfalls wieder auf den Beinen war und nach der Uzi vor seiner Brust griff.

Vielleicht wollte der Söldner die Maschinenpistole nur zur Abschreckung nutzen oder Marcus eine nicht tödliche Wunde zufügen, doch dazu war eine Uzi keine gute Wahl. Marcus vermutete deshalb, dass der Mann immer mehr seine Chancen anzweifelte, die Oberhand zu behalten. Vielleicht fragte sich der Angreifer, ob es nicht besser wäre, erst zu schießen und seine Fragen später zu stellen, doch er hatte nicht vor, dem Biker Gelegenheit zum einen oder anderen zu geben.

Marcus spannte sich an, um mit vollem Gewicht vorzusprinten, doch ein doppelter Knall aus nächster Nähe ließ ihn innehalten. Er erkannte das Geräusch seiner eigenen Pistole. Er spürte jedoch keinen Einschlag einer Kugel – eine Beobachtung, die von dem Blut und der Hirnmasse bestätigt wurde, die aus dem Kopf des Bikers spritzten, bevor er leblos im Bach zusammenbrach.

Als er sich umdrehte und den Menschen anblickte, der den Biker mit seiner Pistole erschossen hatte, wusste Marcus, was er sehen würde, hoffte aber noch immer, dass er sich irrte – irgendwie. Er hoffte seinen Bruder Frank zu sehen, der die Pistole hielt, aber im Grunde wusste er beim Umdrehen schon, was er entdecken würde: dass sein Sohn zum ersten Mal ein Leben genommen hatte.

Marcus wusste auch, dass er keine Zeit zu verlieren hatte, und daher sah er widerstrebend hin. Dylan stand ein Stück von ihm entfernt, die Waffe in einem zweihändigen Griff vorgestreckt, ganz wie Marcus es ihm beigebracht hatte. Der Junge ließ die Pistole sinken und reichte sie Marcus. Sein Vater interessierte sich jedoch mehr für den Ausdruck in seinem Gesicht. Er sah eine Miene, der jede Regung, jede Reue fehlte. Er sah nur kalte Entschlossenheit. Diesen Ausdruck von jemandem, der gerade einem anderen Menschen das Leben genommen hatte, hätte er bei einem Special-Forces-Soldaten erwartet oder bei einem alten Polizeiveteranen, der gezwungen worden war, das Feuer auf Straftäter zu erwidern – jemandem, der dem Konzept des Tötens gegenüber verhärtet war. Er sah nichts von der Angst und der Unsicherheit, die er bei einem dreizehnjährigen Jungen erwartet hätte, und dieser Umstand bereitete ihm größere Sorge als die verbleibenden zwölf Angreifer.

25

Nur eine hölzerne Eisenbahnschwelle trennte die Reihe aus Autos auf dem Parkplatz vor dem Tilly's von einem Gefälle. Der Hang endete auf einem Felsen, welcher einen schönen Blick auf den Rogue River bot. Ackerman legte den Gang des 57er Chevy-Cabriolets ein und setzte mit einem Ruck über die Schwelle, erst mit den Vorderreifen, dann mit den Hinterreifen. Schließlich ließ er das Fahrzeug ein Stück den grasigen Abhang hinunterrollen.

Als er sich Greta zuwandte, sah er, dass sein Tun die gewünschte Wirkung hervorrief. Sie hatte die Augen aufgerissen, und sie empfand eindeutig Angst vor dem, was er zu tun beabsichtigte.

»Ich will Ihnen das Spiel erklären«, sagte er. »Ich werde Ihnen Fragen stellen. Wenn mir die Antworten auf diese Fragen nicht zusagen, lasse ich dieses Fahrzeug den Hang hinunterrollen, über die Klippe und in den Rogue River. Nun scheint es mir, als wäre der Fluss dort so tief, dass der Wagen ganz untergeht, an den Sie gefesselt sind. Das ist der *Sink*-Teil des Spiels. Der *Schwimm*-Teil kommt, wenn Sie kooperieren. Sollten Sie sich dafür entscheiden, bringen wir Sie zu einem Polizeirevier, wo Sie Ihre Verbrechen gestehen, und im Austausch für Ihre Hilfe bei Demons Ergreifung haben Sie mich und meinen Boss, der ein Deputy Director des FBI ist, auf Ihrer Seite. In Zukunft wäre das ganz gewiss nützlich für Sie. Haben Sie verstanden, und stimmen Sie den Spielregeln zu?«

Sie hatte die Hände gegen das Armaturenbrett gestemmt und sagte nichts, starrte nur nach vorn und wich seinem

Blick aus. Er sah ihr an, wie die Rädchen in ihrem Kopf ratterten, während sie nach einem Ausweg aus ihrer Zwangslage suchte, einer Möglichkeit, zu der Art Leben zurückzukehren, das sie bisher geführt hatte – bei dem sie tat, was sie wollte, ohne Folgen für ihre Sünden zu erdulden.

Als Antwort auf ihr Schweigen brachte Ackerman den Wagen in den Leerlauf, stellte den Motor ab und nahm den Fuß von der Bremse, dem einzigen, was den Wagen davon abhielt, in sein nasses Grab zu rollen. Als der Widerstand der Bremse fehlte, bewegte sich der schwere Oldtimer geschmeidig voran.

Greta keuchte. »Sie wagen es nie, so was zu tun! Sie arbeiten für die Regierung!«

»Es stimmt, dass ich der Krieger einer höheren Macht bin, aber diese höhere Macht ist nicht von der Sorte, die Steuern erhebt und Straßen pflastert.«

»Was ist mit Ihnen? Wollen Sie mit mir abstürzen?«

Er zuckte mit den Schultern. »Ich könnte mich im letzten Moment hinausrollen, aber ehrlich, ich würde mich vermutlich anschnallen und mitmachen. Haben Sie je in einem Wagen gesessen, der von einer hohen Erhebung stürzt?«

Sie sah ihn leer an.

»Es macht richtig Spaß«, fuhr er fort. »Bei der hiesigen Topografie und dem Gewicht des Fahrzeugs würde ich vermuten, dass er sich während der Abfahrt an die Klippe hält und am Ende umdreht. Aber ehrlich, zu ertrinken ist kein schlechter Tod. Am Ende, wenn der Sauerstoffmangel im Gehirn eine Euphorie erzeugt, ist es recht friedvoll, und man hat sein bevorstehendes Ableben akzeptiert. Bis zu diesem Moment ist es natürlich unsäglich furchterregend, aber es wird weit schneller und viel weniger schmerzhaft sein als die Tortur, der Sie Ihre Opfer unterzogen haben. Bei lebendigem Leib gehäutet zu werden ist so ziemlich die übelste

Art, um abzutreten. Zu verbrennen geht schneller, weil die Nervenenden dabei absterben, aber bei Häuten kann eine geübte Fachkraft das Opfer weitaus länger am Leben erhalten. Von einer Künstlerin wie Ihnen die Haut abgezogen zu bekommen, muss so ziemlich das schlimmste Schicksal sein, das man sich vorstellen kann. Ich bin neugierig, waren Ihre Opfer noch am Leben, als Sie sie häuteten, oder ließen Sie ihnen Gnade zuteilwerden?«

Sie wandte sich ihm mit den giftigen Augen eines Reptils zu. »Wenn Sie sind, was Sie zu sein behaupten, weshalb interessiert Sie es dann? Warum sind Sie überhaupt hier und belästigen mich?«

»Weil ich nicht länger ein Mensch wie Sie bin, Greta. Ich bin zu mehr geworden. Ich habe sozusagen meine alte Haut abgelegt. Ich habe die Finsternis meiner Vergangenheit abgestreift und mir eine neue Haut übergezogen, die mir gestattet, im Licht zu wandeln.«

Sie verzog verächtlich die Lippen. »Noch mehr von dieser Läuterungsscheiße.«

»Ob Sie es glauben oder nicht, ich könnte der beste Freund sein, den Sie jemals hatten, der einzige Mensch, der sich wirklich um Sie schert. Ich bin nicht gekommen, um Sie zu vernichten. Ich bin hier, um Ihnen zu helfen, aber das kann ich nur dann tun, wenn Sie es mir gestatten. Dazu müssen Sie Ihre Seele erleichtern und Ihre Sünden bekennen.«

»Egal, was ich hier sage, kann vor Gericht nicht gegen mich verwendet werden. Das Geständnis wäre erzwungen!«

Er sah sich im Wagen um. »Kommt es Ihnen so vor, als würde ich hier etwas aufnehmen? Nichts von allem hier ist je geschehen. Und falls Sie hineinstürzen und ertrinken, drehe ich es so, als hätten Sie es selbst getan, und man wird darüber hinwegsehen. Ich werde behaupten, ich hätte Sie mit den Fasern konfrontiert, und Sie hätten versucht, das

Beweismaterial zu vernichten. Die Mörderin wird ein wenig poetische Gerechtigkeit von eigener Hand erfahren haben, und die Welt ist etwas besser geworden.«

Er ließ sie einen Moment lang schweigend dasitzen, aber um sie an die Dringlichkeit ihrer Situation zu erinnern, gestattete er dem Wagen, wieder ein Stück nach vorn zu rollen.

»Wenn Sie so viel besser sind als ich, wie können Sie mich dann so ermorden?«

Er hob wieder die Schultern. »Vielleicht tue ich es, vielleicht nicht, aber ich habe kein Problem, den Wagen ins Wasser rollen zu lassen, während Sie an ihm hängen. Ich habe noch nicht entschieden, ob ich Sie untergehen lasse und dann rette oder ob ich Sie am Grund in ein trübes Grab sinken lasse. Und falls Sie auch nur eine Sekunde lang glauben, dass ich damit nicht davonkäme, möchte ich Sie daran erinnern, dass immer der Sieger die Geschichtsbücher schreibt. Ich bin ein Vertreter der Regierung mit Verbindungen in die höchsten Ebenen, während Sie in den Augen der Welt kaum die Bezeichnung Mensch verdient haben. Wessen Geschichte wird man denn wohl glauben?«

»Sie sind ein Bastard.«

»Man hat mir schon viel, viel Schlimmeres vorgeworfen.« Wieder ließ er den Wagen vorrollen.

»Gut, ich sage Ihnen, was Sie wissen wollen, aber hinterher werde ich jedes bisschen davon bestreiten.«

»Einverstanden. Waren sie tot, oder lebten sie noch, als Sie sie häuteten?«

»Sie lebten.« Sie starrte in den Rogue River.

»Und was haben Sie hinterher mit den Häuten, Köpfen und Gliedmaßen gemacht?«

»Das waren keine Trophäen«, sagte sie.

»Was waren sie dann?«

»Genau wie Sie dachten: Ich habe Puppen aus ihnen gemacht.« Sie sah ihn mit fast hämischer Bedrohlichkeit an. »Und sie waren nicht die Einzigen.«

»Aber die Puppen waren nicht für Sie, richtig? Sie dienten einem anderen Zweck. Ich habe den Eindruck, dass Sie Geld höher schätzen als den Besitz solcher Trophäen.«

»Ihr Freund Demon half mir, sie im Dark Web als menschliche Sexpuppen zu verkaufen. Ist es das, was Sie hören wollen?«

»Nun, ich hätte gern Demons Namen, seine Anschrift, seinen gegenwärtigen Aufenthaltsort, seine E-Mail-Adresse und seine Handynummer, aber es ist schon einmal ein Anfang.«

»Davon habe ich gar nichts. Es gibt ein Forum, das nur einmal im Monat aktiviert wird. Es ist immer woanders. Wer Zugang erhält, kann sich einloggen und mit einer gleichgesinnten Gemeinschaft chatten, aber nur für begrenzte Zeit. Wir bekommen dort auch Videos von unserem merkwürdigen Wohltäter, dem Mann, den Sie erwähnt haben und der sich Demon nennt. Er postet Predigten über die Reinheit des Mordes und darüber, dass Tod, Zerstörung und Chaos seine Religion sind.«

»Und diese Gruppe nennt sich *die Legion* und entnimmt ihren Namen dem Bibelzitat?«

»Ich weiß nicht, wieso sie so heißt, aber genannt wird sie so.«

»Und Sie sind vollgültiges Mitglied?«

Sie zuckte mit den Achseln. »Nehme ich an. Ich bin niemand Wichtiges in dieser Gruppe, das brauchen Sie nicht zu glauben. Demon bin ich völlig gleichgültig.«

»Und wie greife ich auf das Forum zu?«

»Jeden Monat ist es ein anderer Link. Ein zufälliger Server im Dark Web. Die alten funktionieren alle nicht mehr.«

»Aber wir könnten auf Ihren neuen Link warten?«

Sie wies um sich. »Ich glaube, meine Clubmitgliedschaft ist mir entzogen worden.«

»Was also tut die Legion für Demon?«, fragte Ackerman.

»Mehr kann ich nicht sagen. Was er mir antun würde, wäre viel schlimmer als irgendetwas, das Sie sich einfallen lassen könnten.«

»Oh, das bezweifle ich doch sehr. Ich denke, Sie sollten sich im Moment nur um mich Gedanken machen. Jetzt in diesem Auto zu ertrinken mag nicht das Schlimmste sein, was Ihnen zustoßen könnte, aber tot wären Sie dennoch.«

»Ich sage nichts mehr«, erklärte Greta ihm.

Ackermans Antwort bestand darin, dass er den Fuß von der Bremse hob. Der Wagen begann zu rollen und nahm Fahrt auf. Greta kreischte, er solle anhalten, aber er beachtete ihre Schreie nicht. Er ließ das große Fahrzeug zum Abhang rumpeln und trat erst wieder auf die Bremse, als sie so nahe waren, dass man einen guten Blick in die Tiefe erhielt. Der Abgrund war nicht sonderlich tief – nur fünf, sechs Meter –, aber es wäre ein hübscher Sturz, genug, um den Magen zu heben und in einem jenes Achterbahngefühl zu wecken. Und der Sturz war in diesem Fall nicht der gefährliche Teil. Die reißenden Fluten des Rogue River würden Gretas Schicksal besiegeln. Er fand, dass es etwas Poetisches an sich hatte: dass sie im gleichen Fluss ertrank, in dem sie ihre Opfer entsorgt hatte, als wären sie nichts weiter als Abfall.

Nicht dass er wirklich vorhatte, diese arme Jammergestalt ertrinken zu lassen.

Greta hatte die Finger ins Armaturenbrett gegraben, und sie stand kurz vor dem Hyperventilieren. Sie wirkte starr wie eine Statue, wagte es nicht, sich zu bewegen, als könnte die geringste Regung sie über den Rand werfen.

Ackerman hob die Arme über den Kopf und sah Greta

an. »Ich habe gehört, es macht mehr Spaß, wenn man die Arme hochnimmt und schreit.«

»Das ist kein Spiel!«, rief sie. »Das ist das reale Leben, Sie irrer Idiot!«

Er lachte leise. »Die Realität kann so amorph sein wie der Schatten, den ein Lagerfeuer wirft. Letzte Gelegenheit, meine Liebe. Beim nächsten Mal, wenn mir Ihre Antwort nicht gefällt, machen wir den großen Plumps.«

Tränen liefen ihr die Wangen hinunter. »Ich sage Ihnen alles, was Sie wissen wollen.«

»Was ist der Zweck der Legion?«

»Die Legion ist eine Gemeinschaft von Killern. Er gibt uns Schutz und rechtlichen Beistand. Demon bietet uns über eines seiner Tochterunternehmen sogar einen Versicherungsrabatt an. Aber das ist noch nicht alles. Er macht uns Geschenke und ermutigt uns. Er stellt Werkzeuge und Training, falls nötig, und ihm gehört ein Lokal namens Club Hell, wo Mitglieder jedes dunkle Verlangen ausleben können, das sie haben.«

»Ein Resort für Serienmörder. Schade, dass ich nie eingeladen wurde.«

»Ich weiß nicht, wo es ist. Ich bin nie dort gewesen, also fragen Sie mich nicht danach.«

»Nun, und was tun Sie im Austausch für seine Wohltaten?«

»Was immer er verlangt. Was immer er uns aufträgt. Manchmal wird einer von uns festgenommen, und dann befiehlt er einem anderen aus der Legion, in die Gegend zu fahren und eine Nachahmungstat mit genau der gleichen Vorgehensweise auszuführen, einschließlich Details, die nur der Mörder wissen kann, Dinge, die sie nicht an die Presse gegeben haben.«

»Mit anderen Worten, Sie verschaffen einander Alibis.

Die Person in Gewahrsam kann nicht der Mörder sein, wenn die Morde weitergehen.«

»Genau.«

»Sind Sie ihm je begegnet?«

»Nein.«

»Was ist mit den anderen?«

»Einigen, aber ich kenne ihre Namen nicht. Ich weiß nicht einmal, woher sie kommen. Er benutzt nur Namen, die er uns gegeben hat und die er unsere *wahren Namen* nennt.«

Mit den Konventionen der Namensgebung war Ackerman vertraut; er war schon bei Judas und dem Gladiator darauf gestoßen. »Was noch?«

»Sonst gibt es nicht viel zu sagen. In den vergangenen beiden Jahren hat die Legion nur vor sich hin gedämmert. Wie es scheint, hat unser Wohltäter das Interesse an uns verloren. Er hat etwas Besseres gefunden.«

»Etwas Besseres? Und was?«

»Demon behauptet, er hat den perfekten Killer entdeckt, und dieser Killer soll nicht geboren, sondern geschaffen werden. Die Legion hat er zwar nicht aufgelöst, aber er sagte, dass sie für ihn nicht mehr an oberster Stelle steht. Demon sagte zu uns, dass er den wahren Lebenszweck nun gefunden hat. Der soll nicht im Vereinigen von Killern bestehen, sondern in der Zucht perfekter Mordmaschinen.«

Ackerman sagte nichts und bedrängte sie auch nicht weiter. Er gestattete der Stille, sie zum Weiterreden zu ermutigen.

Nach einem Augenblick sagte sie: »Demon meinte, er ist einem Mann begegnet, dessen Gehirn verändert worden ist, und das will er nachahmen. Er hat sogar vor, das Verfahren noch weiterzuentwickeln, und mit seinen neuen Maschinen will er eine neue Gruppe bilden. Er nannte sie die *Jünger des Feuers*.«

26

Marcus blieb keine Zeit, sich mit dem emotionalen Zustand seines Sohnes zu befassen. Zwischen den Bäumen näherte sich jemand, vermutlich die anderen beiden Biker. Er bückte sich, riss die Mini-Uzi vom Hals des Toten, jagte einen Feuerstoß Neun-Millimeter-Geschosse in die Gewächse, hastete zu Dylan zurück, ergriff ihn an der Schulter und sagte: »Verschwinde! Renn zu dem Tunnel am Rand der großen Weide.« Er unterstrich seinen Satz, indem er den Jungen Richtung Weg schubste. Dylan sah zurück und fragte: »Was ist mit ...?«

»Keine Zeit«, unterbrach ihn Marcus. »Beeil dich!«

Er war dem Jungen auf den Fersen und trieb ihn zu größerer Eile an. Während sie dem Weg folgten, schoss Marcus immer wieder in die Bäume hinter ihnen, ohne etwas zu sehen, aber zwischen den Feuerstößen hörte er die Blätter rascheln. Zum Glück boten die Bäume ihnen Sichtschutz, und ihre Verfolger erhielten keine Gelegenheit, ihnen den Weg abzuschneiden oder sie niederzumähen. Marcus feuerte immer wieder aus der Uzi, um die Verfolger niederzuhalten, bis er die Waffe geleert hatte, und warf sie auf den Weg. Sein Herz raste, und der Schlag auf den Hinterkopf wirkte nach: Immer wieder verschwamm alles um ihn. Als er die verletzte Stelle berührte, war sie feucht, und er hatte Blut an den Fingern. Ihm blieb aber keine Zeit, darüber nachzudenken. Er rief sich einen Lieblingssatz aus einem seiner Lieblingsfilme in Erinnerung und dachte: *Ich hab keine Zeit zum Bluten.*

Er hoffte, dass ihre Verfolger nichts von den Tunneln

ahnten und beabsichtigten, sie einzukreisen, sobald sie einmal auf der offenen Weide waren.

Der Eingang des unterirdischen Gangs befand sich gleich zwischen den Bäumen und der Weide. Als Marcus hörte, dass niemand dicht hinter ihnen war, riss er die getarnte Luke auf und winkte Dylan, als Erster hineinzusteigen.

Das Gesicht seines Sohns war tränenüberströmt. »Nein! Was ich die ganze Zeit fragen will: Was wird aus Happy?«

In dem Durcheinander hatte Marcus den Hund völlig vergessen. Was nutzt einem ein Monster-Rottweiler, der einem nicht hilft, wenn jemand versucht, einen umzunieten?, dachte er, aber er fragte: »Hast du gesehen, was mit ihm ist?«

»Die Schüsse haben ihm Angst gemacht. Er ist weggerannt, als es losging.«

»Dann finden wir ihn sicher zusammengerollt in der Scheune, und er tut so, als würde er die Pferde beschützen, wie immer.« Dafür, dass der Hund als Werkzeug des Todes aufgezogen worden war, hatte er sich als überraschend scheu und zaghaft erwiesen. Jedes Mal, wenn er Dylan zum Zielschießen mitnahm oder das Tier laute Geräusche wie bei einem Gewitter hörte, begann der große Hund zu zittern und zu wimmern und wollte Dylans Zimmer nicht verlassen, wenn sie im Haus waren, oder andernfalls die Scheune.

Der Junge sah widerstrebend in die kleine, dunkle Öffnung im Boden.

»Ihm wird es gutgehen«, sagte Marcus. »Wir müssen jetzt verschwinden.«

Dylan nickte, beugte sich vor und stieg in das Loch. Marcus folgte ihm dichtauf, aber bevor er die Luke schließen konnte, entdeckte er die beiden Biker, die sich durch die Bäume näherten. Die Söldner hatten beobachtet, wie sie in das Loch stiegen, und spurteten los, um ihnen zu folgen.

Marcus sah, dass Dylan den Boden erreicht hatte, packte

die Holme der Leiter und ließ sich bis nach unten hinuntergleiten. Er schloss Dylan in die Arme und warf sich mit dem Rücken auf das Rollbrett. Als Nächstes befahl er seinem Sohn, sich auf seine Brust zu setzen und sie durch den Tunnel zu ziehen. Marcus hatte zwei Gründe dafür: Erstens wollte er die Hände frei haben, um mit dem Smartphone den Tunneleingang zu sprengen; zweitens wollte er für den Fall, dass ihre Verfolger doch in den Tunnel gelangten oder zu schnell aufholten, das Feuer mit der Pistole erwidern können.

Dylan gehorchte, und während sie sich entfernten, rief Marcus die App auf, mit der sich die Sprengladungen im Tunneleingang zünden ließen. In dieser App boten sich ihm zahlreiche Optionen. Er konnte alle Tunnel gleichzeitig sprengen, nur einen von ihnen oder lediglich Abschnitte davon. Die Software war von seinem alten Freund und früheren Teamkollegen Stan Macallan entwickelt worden, einem Computerguru mit Abschlüssen am MIT und anderen prestigeträchtigen Hochschulen. Stan hatte sogar eine Softwarefirma gegründet und für Millionen Dollar verkauft, Jahre bevor er und Marcus sich zum ersten Mal begegnet waren.

Marcus war fast zum passenden Menü gelangt – Stan hatte es mit den vielen verschiedenen Optionen eventuell ein wenig übertrieben –, als ein Kugelhagel ringsum in die Bodenplanken einschlug und einen Wirbelwind aus Staub, Erde und Holzsplittern in die Luft sandte. Marcus war jedoch froh, dass der Tunnel nicht aus Beton bestand und die Geschosse daher nicht abprallen und zu Querschlägern werden konnten. Vielmehr fanden sie das ideale Material, um sich hineinzubohren und ihre kinetische Energie zu verlieren.

Hinter ihnen am Anfang des Tunnels rief einer der Biker: »Bleibt stehen, oder meine nächsten Kugeln gehen in eure Füße!«

Marcus ignorierte den Mann und drückte weiter Schaltflächen auf dem Smartphone. Als alles zur Sprengung klar war, überlegte er, ob er etwas Launiges sagen sollte – einen markigen Einzeiler –, entschied sich aber dagegen. Er drückte nur den Knopf, der die Sprengladung zündete, welche den Tunneleingang verschließen und die Biker daran hindern sollte, sie weiter zu verfolgen, dabei aber Dylan und ihn nicht ebenfalls verschüttete.

Die Verzögerung, nachdem er die Schaltfläche gedrückt hatte, dauerte gerade lange genug, um Marcus zweifeln zu lassen, ob die Explosion wirklich eintreten würde, ob das Funknetzwerk, durch das die Geräte kommunizierten, gestört war oder einfach nur versagt hatte. Im nächsten Moment verwandelte sich die Luft in Feuer, und sie wurden vorwärtskatapultiert. Tonnen von Erde verschlossen den Tunnel hinter ihnen, und Staub und Luft wurden wie in einer Kanone nach vorn gedrückt.

Als der Staub sich legte, wusste Marcus, dass sie es geschafft hatten. Die Sprengsätze hatten funktioniert und gerade so viel vom Tunnel verschüttet, wie nötig war, um die Verfolgung unmöglich zu machen. Bei alldem, selbst unter dem Beschuss durch Steinchen und Splitter des kontrollierten Einsturzes, hatte Dylan sie weiterbewegt. Marcus war von Stolz auf die Entschlossenheit und den Mumm seines Sohnes erfüllt.

Die Tränen liefen dem Jungen herunter, während er unerbittlich am Seil zog und sie durch den dunstgefüllten Tunnel in Richtung Ranchhaus zerrte, von dem Dylan hoffte, dass es mehr Sicherheit bot als der klaustrophobische Albtraum der unterirdischen Gänge. Marcus war allerdings klar, dass sie auch dort längst noch nicht außer Gefahr waren.

27

Nachdem es einmal angefangen hatte zu singen, holte Ackerman so viele Informationen wie möglich aus seinem kleinen Vögelchen heraus, erfuhr aber nur wenig mehr von echter Bedeutung. Er legte den Rückwärtsgang ein und fuhr den Bel Air die begraste Anhöhe wieder hoch, überquerte die Eisenbahnschwelle und hielt ihn genau da wieder an, wo er zuvor gestanden hatte. Nadia erwartete ihn dort, bedachte ihn mit einer weiteren ihrer diversen missbilligenden Mienen, von denen sie viele Spielarten beherrschte. Als sie an die Fahrerseite kam, mahlte sie mit dem Kiefer hin und her, wie sie es manchmal tat, wenn sie ihm besonders böse war. »Wenn Sie das nächste Mal entscheiden, von einer Klippe zu fahren«, sagte sie, »hätte ich gern, dass Sie mich vorwarnen – ob ich jetzt mit drinsitze oder nicht.«

»Wir sind ja gar nicht von der Klippe gefahren, nur bis an den Rand, wegen der Aussicht. Ich habe Greta die Risiken der altmodischen Trommelbremsen gegenüber den modernen Scheibenbremsen demonstriert. Das stimmt doch, oder, Greta?«

Die Rogue-River-Killerin hielt den Blick auf den Boden gerichtet. »Was immer Sie sagen. Kann ich jetzt zu meinem Anwalt?«

»Aber selbstverständlich«, antwortete Ackerman, »und mein Angebot, Ihnen zu helfen, gilt natürlich weiterhin.« Er reichte ihr die Hand. Sie sah sie mit Verachtung an und machte keine Anstalten, sie zu schütteln. Er wandte sich wieder Nadia zu. »Ich fahre sie im Cabrio zur Polizei. Sie nehmen Dumm und Dümmer in unserem Mietwagen mit.«

»Der große Glatzkopf ist aufgewacht und verlangt Sie zu sprechen. Sagt, es sei wichtig.«

Ackerman hievte sich aus dem Fahrzeug und überquerte mit Nadia den Parkplatz zu dem gemieteten Chevy Impala. Hände und Füße beider Angreifer waren mit Plastikhandschellen gefesselt, die Hände hinter dem Rücken. Ackerman öffnete die Tür auf Bulldogs Seite einen Spaltbreit. »Sie wollten reden?«

»Ja, da gibt's was, das Sie wissen sollten, Großmaul. Ihr alter Freund, der uns beauftragt hat, er schickt Ihnen ein Geschenk. Ist in unserem Kofferraum. Ich hoffe, es ist etwas besonders Ekliges.«

»Das ist aber süß von Ihnen beiden, dass Sie an mich denken. Kofferraumschlüssel?«

»Er ist offen. Drücken Sie bloß den Knopf im Griff.«

Ackerman ging zu dem Wagen, mit dem die beiden Hispano-Hitmen eingetroffen waren, und öffnete den Kofferraum. Nadia war neben ihm geblieben und sah ihm über die Schulter, als der Kofferraumdeckel hochklappte. Er konnte in keiner Weise sagen, was er darin finden würde. Bei Demon konnte es alles sein, angefangen mit einem abgetrennten Kopf bis hin zu viel, viel Schlimmerem. Ackerman zügelte seine lebhafte Phantasie, die schon anfing, unzählige Möglichkeiten heraufzubeschwören.

Mitten im Kofferraum lag ein verpacktes Geschenk, ein flaches Rechteck von der Größe einer Hemdenschachtel, aber enthalten konnte es alles Mögliche. Menschliche Körperteile waren noch nicht vom Tisch. Nadia streckte die Hand nach der kleinen Karte aus, die an der Schleife um das Geschenkpaket hing, und las sie laut vor. »Für meinen lieben Freund Francis.« Sie sah Ackerman an. »Wenn Sie wollen, mache ich sie für Sie auf.«

»Nein, es ist ja mein Geschenk«, sagte er unbewegt, obwohl er sich in einer Art merkwürdiger Betäubung befand. »Verdienen Sie sich erst einmal ein eigenes.«

Ohne weitere Umstände zerriss Ackerman das Geschenkpapier und öffnete die Schachtel, die er darunter fand. Was er darin entdeckte, war nicht ganz so schockierend wie ein abgetrennter Kopf. Aber in vielerlei Hinsicht war es für ihn persönlich etwas viel Übleres.

28

Nachdem sie die Staubwolke hinter sich gelassen hatten, die bei der Sprengung des Tunneleingangs aufgewirbelt worden war, übernahm Marcus die Arbeit, sie am Seil weiterzuziehen. Er versuchte, seinem Sohn die Tränen abzuwischen, aber der Junge zog sich zurück und wandte sich ab, als wäre seine Reaktion auf die Geschehnisse als Zeichen der Schwäche aufgefasst worden. Marcus wollte ungeachtet aller Proteste nach ihm greifen und ihn in die Arme schließen, um ihm zu sagen, dass alles in Ordnung sei. Sein erster Gedanke auf diese Überlegung hin war jedoch, dass er diese Aussage nicht wahrheitsgemäß treffen konnte, und zweitens, dass ihnen die Zeit dazu fehlte.

Statt ihn zu umarmen, nahm Marcus seinem Sohn das Seil aus den Händen und zog sie bis ans Ende des Tunnels und in die Kammer unter dem Putzschrank des Blockhauses. Rasch eilten sie die Leiter hoch in den Kontrollraum, und Marcus setzte sich ans Computerterminal, um zu sehen und zu hören, was seine Gegner vorhatten. Dylan stand direkt hinter ihm und schaute ihm über die Schulter, während er auf die Videominiaturansichten klickte und die Kameras durchging, um den besten Blick mit dem besten Ton zu erhalten. Offenbar hatte die Explosion die beiden Biker, die ihnen in den Tunnel gefolgt waren, nicht verschüttet, denn Marcus hörte, wie sie mit aufheulenden Motoren zu Oban Nassar zurückkehrten, dem Mann, der sie ausgesandt hatte, um Marcus und Dylan gefangen zu nehmen.

»Weißt du«, sagte er zu Dylan, »es ist okay, sich schlecht zu fühlen wegen dem, was passiert ist, und Weinen ist genauso okay. Deine Gefühle zu zeigen ist okay. Nur weil ich ein Problem damit habe, es zu tun, ist es noch lange keine gute Sache. Es ist etwas, woran ich arbeiten muss. Das sollst du wissen. Ich möchte, dass du ein besserer Mensch wirst, als ich es bin.«

»Warum sollte ich mich schlecht fühlen?«

»Nun, Sohn, du hast einen Mann getötet. Deswegen fühlt man sich schlecht, ganz egal, was die Umstände waren oder die Rechtfertigung. Du hast einem Menschen das Leben genommen.«

»Das war Selbstverteidigung. Er wollte dich erschießen und hätte danach mich erschossen, wenn ich nichts unternommen hätte. Hast du mir nicht dazu das Schießen beigebracht?«

»Das verstehe ich, und ich sage auch nicht, dass du dich schuldig fühlen solltest. Es war kein Mord, aber einen Menschen getötet hast du trotzdem. Du hast ihm alles genommen, was er war, und alles, was er jemals sein könnte. Er war der Sohn von jemandem, der Bruder, vielleicht sogar der Vater von jemandem.«

»Also willst du mir sagen, dass ich mich schlecht fühlen sollte, weil ich ihn getötet habe?«

»Nein. Ich … ich weiß nicht, was ich sagen will. Ich versuche dir nur zu zeigen, dass einen Menschen zu töten etwas sehr Reales ist und niemals getan werden sollte, wenn es nicht die absolut letzte Möglichkeit darstellt. Das war ein Mensch, keine Figur in einem Videospiel. Du sollst dich deswegen nicht schlecht fühlen, aber jemandem das Leben zu nehmen ist auch nichts, weswegen man sich gut fühlen sollte.«

Dylan schüttelte den Kopf und gab zurück: »Ich hab getan, was ich tun musste, und ich würde es wieder tun.«

Marcus war sich nicht ganz sicher, was er von dem Jungen hören wollte. Als er selbst zum ersten Mal einem Menschen das Leben nahm, hatte es ihn gequält; das Schuldgefühl hätte ihn fast ins Grab getrieben. Er war besessen gewesen von der Familie des Menschen, den er getötet hatte, den Hinterbliebenen, und obwohl er im Laufe der Jahre noch viel mehr Personen das Leben genommen hatte – die meisten davon sehr schlechte Menschen –, schien es ihm nie leichtzufallen. Er hatte das Gefühl, dass jedes Leben von Gott aus einem bestimmten Grund auf die Erde gebracht wurde, und es zu nehmen, bevor dieser Grund vollständig enthüllt wurde, war ein solches Sakrileg, dass es schon beinahe ans Unverzeihliche grenzte. Obwohl er wusste, dass nach seinem erwählten Glauben jedem Vergebung zukam, der darum bat, schien er seine Hände nie völlig vom Blut reinwaschen zu können. Er litt unter Albträumen wegen der Leben, die er genommen hatte, aber besonders lebhaft träumte er von denen, die er nicht hatte retten können.

Er war sich nicht sicher, was er noch sagen sollte, und fügte hinzu: »Ich versuche dir nur klarzumachen, dass du dir, bevor du abdrückst, verdammt sicher sein solltest, dass es wirklich keine andere Möglichkeit gibt, aber wenn du zu diesem Schluss gelangst, dann zögere nicht. Tu einfach, was getan werden muss. Du hast dich da draußen sehr gut geschlagen. Du hast die Bedrohung erkannt und sie beseitigt.

Dir blieb nur ein Sekundenbruchteil, um die Entscheidung zu fällen, und du hast dich richtig entschieden.«

Er warf einen Blick über die Schulter und sah, dass sein Sohn vor Stolz über das Lob strahlte. Marcus fragte sich, wie schlecht er sich als Vater eigentlich geschlagen hatte, dass sein Sohn solch ein geringes Selbstwertgefühl besaß. Durch den Verlust von Maggie und alles, was das mit sich brachte, hatte er sich eine ganze Weile in sich selbst verloren, und obwohl er sich gewiss Mühe gegeben hatte, fand er noch immer, dass er seine Vaterpflichten gegenüber Dylan nicht erfüllt hatte. Und damit meinte er nur die Jahre auf der Ranch, nicht die Jahre in der Kindheit des Jungen, in denen er nichts von ihm gewusst hatte. Das war ein ganz anderes Thema.

Bevor die Lokomotive seines Schuldgefühls richtig Fahrt aufnahm und ihn in die Tiefen des Selbstmitleids schleuderte, damit er sich darin wälzte, zeigten seine versteckten Kameras, dass die beiden überlebenden Biker ihren Boss erreicht hatten und Oban Nassar Bericht erstatteten.

Marcus betrachtete es mithilfe einer kleinen Kamera, die in der Fassade der alten Scheune versteckt war, in deren Schatten seine Gegner jetzt standen. Durch diese Kamera hatte er einen großartigen Blick auf das Geschehen und verstand die Stimmen der Eindringlinge wunderbar.

Oban Nassar, der Anführer der Söldner, hatte die glatte braune Haut eines Menschen, der in Ägypten oder im Nahen Osten geboren worden war, und einen vollkommen kahlen Kopf, buschige Augenbrauen, eine große Nase, die an ein Fleischerbeil erinnerte, und ein Gesicht, in dem der finstere Ausdruck festgewachsen schien. Er hielt sich wie ein Aristokrat, wie jemand, der sich als Mitglied einer Elite betrachtete und daran gewöhnt war, auf eine Schar von Untergebenen hinabzusehen.

Die Biker klappten die Seitenstützen ihrer Motorräder

aus und traten auf Nassar zu, der die Hände hinter dem Rücken hielt. Der erste der Männer war ein großer Rotschopf mit einem teigigen Gesicht, Sommersprossen und einer eisigen Miene. Er hielt den Helm in der rechten Hand und sagte: »Wir hatten sie eingekreist, aber sie sind in einen Tunnel geflohen. Wir haben sie verfolgt, aber sie zündeten eine Bombe und verschlossen vor uns den Gang. Wir konnten nichts mehr tun.«

Zuerst fragte Nassar einen anderen seiner Männer: »Sind die Übrigen an Ort und Stelle?« Der schwarz gekleidete Söldner antwortete mit einem Nicken. Nassar wandte sich den Bikern zu und schürzte die Lippen, während er ihnen tief in die Augen sah. »Ihr sagt also, wir hatten beide Ziele in offenem Gelände, wo man sie leicht und mühelos und ohne unnötige Komplikationen hätte einsammeln können, aber ihr habt die Ziele nicht nur nicht gefasst, ihr habt es außerdem geschafft, zwei Teammitglieder zu verlieren. Ich würde sagen, diese Umstände summieren sich zu einem Fehlschlag, findet ihr nicht auch?«

Das Gesicht des großen Rotschopfs war wie versteinert. Er schien zu wissen, dass er sich nun lieber nicht verteidigen sollte.

»Wisst ihr, wie man mich auch nennt?«, fuhr Nassar fort. »Mein Spitzname, wenn ihr so wollt?«

Dieses Mal antwortete der Rotschopf. »Den *Mann fürs Grobe*, Sir.«

»Das ist richtig. Die meisten von euch wissen nicht, dass ich als junger Mann meinen Spitznamen errang, während ich mir als *Baltagiya* für die ägyptische Polizei und Regierung die ersten Sporen verdiente. Den Begriff übersetzt man als ›Mann fürs Grobe‹. Im Grunde waren wir Schläger, die angeheuert wurden, um Gegner des Regimes zu überfallen, die innere Unruhen anzettelten. Den *Baltagiya* wurde von der Polizei sogar beigebracht, wie man sexuelle Gewalt gegen Demonstranten und Häftlinge ausübte. Ich wuchs rasch darüber hinaus und wurde von Mr. Demon entdeckt, aber selbst nach all den Jahren nennt er mich noch den *Mann fürs Grobe*. Wisst ihr überhaupt, was sie mit mir gemacht hätten, wenn ich … wenn irgendein *Baltagiya* so versagt hätte wie ihr?«

»Nein, Sir. Das weiß ich nicht.«

»Normalerweise würden sie sagen, dass euer Versagen keine große Sache sei, dass sie eure Anstrengungen und eure Arbeit für die Organisation zu schätzen wüssten. Dann würde ein Bekannter mit euch in irgendeinem Lokal in Kairo nicht weit vom Nil etwas trinken gehen. Sobald ihr richtig abgefüllt wärt, würde euer *Freund* euch überreden, einen Spaziergang am Wasser zu machen. Dann würde dieser *Freund* euch in die rasende Strömung des längsten Flusses der Welt stoßen. Während der Wintermonate wäre euch der Tod sicher. Im Sommer hatten sie andere Möglichkeiten, Leute zu beseitigen. Aber wann immer es möglich war, galt der Nilspaziergang als beste Methode: Alkohol im Blut und keine andere Todesursache als Ertrinken. Man ist ausgerutscht und gestürzt. Für die Polizei schreibt sich die Geschichte von selbst. Pillepalle, und das Problem ist gelöst.«

Mit einem drohenden Ausdruck in den Augen schaute der große Rotschopf auf Nassar herunter, der beinahe einen Kopf kleiner war. »Warum erzählen Sie mir das? Ist das Ihr Plan mit uns, Sir? Uns zu eliminieren?«

Nassar lachte, dann hob er die Hand und tätschelte dem Mann die Wange. »Nein, nein. Nichts derart Dramatisches wie euch zu töten, aber ich finde schon, dass euer Versagen hier nicht ungestraft bleiben sollte. Ich meine, was für ein Beispiel liefert das den anderen Männern?« Nassar griff an seine Seite und zückte eine schwarze Kampfaxt, die er in einem Futteral an seinem Oberschenkel mitführte. Am anderen Oberschenkel bemerkte Marcus den Zwilling des Beils. Nassar hielt dem großen Rotschopf die Axt hin. »Dein kleiner Finger. Benutz das Beil. Es ist recht scharf und macht die Arbeit leicht. Geh zu der Scheune und hack dir den kleinen Finger ab. Dann ist alles verziehen. Du kannst den rechten oder linken nehmen, wähle selbst.«

Der große Rotschopf nahm das Beil von Nassar an, aber der Ausdruck glühenden Hasses in seinem Gesicht verriet, dass er mit der Axt Pläne hatte, die das Abtrennen des eigenen Fingers nicht mit einschlossen. Marcus spürte, dass die Szene auf die eine oder andere Weise sehr blutig enden würde, und sagte: »Dylan, setz dich doch dort drüben hin. Ich glaube nicht, dass du das sehen willst.«

Der Junge hörte nicht zu. Wie gebannt stand er da. Marcus wiederholte, was er gesagt hatte, aber Dylan entgegnete: »Nein, ich will sehen, was da passiert.« Er blickte seinem Vater in die Augen. »Ich will wissen, mit wem wir es zu tun haben.«

Marcus war nicht ganz sicher, was er darauf sagen sollte. Dylans plötzliche Verwandlung in einen ergrauten Veteranen der Gewalt traf ihn unvorbereitet. Er sah wieder auf den Schirm und hoffte, dass das, was immer nun kommen würde, schnell vorüberging.

Der große Rotschopf trat auf die Scheune zu. »Also, meinen kleinen Finger wollen Sie?«

Nassar wollte antworten: »Das ist richtig«, aber sein Satz wurde abgeschnitten, als der große Mann – der einen Schritt Richtung Scheune gemacht hatte, als wollte er gehorchen – mit der Axt ausholte und mit ganzer Kraft nach Nassars Kopf schlug.

Aber der Söldnerführer war anscheinend auf einen Angriff vorbereitet. Er duckte sich unter dem Hieb durch, und wie durch Zauberei erschien die andere Axt in seiner Hand.

Mit einem feuchten *Tschak* grub sich Nassars Beil von der Seite in den Hals des Bikers, und der Mann sackte auf die Knie. Nassar entriss ihm die andere Axt, und mit einem schnellen Abwärtshieb beider Beile trennte er den Kopf des Bikers komplett vom Körper. Blut spritzte aus dem Halsstumpf, und der kopflose Mann stürzte um und befleckte die südtexanische Erde mit hellem Rot.

Marcus sah zu, wie Nassar sich den anderen Männern hinter sich zuwandte und sagte: »Ihr habt gesehen, was hier geschehen ist. Ich hätte es ihn nicht einmal zu Ende führen lassen. Ich wollte nur seine Loyalität prüfen, denn er hat nicht zum ersten Mal versagt, und wie ihr sehen konntet, erwies sich seine Loyalität, als sie auf die Probe gestellt wurde, als zu dürftig. Täuscht euch nicht, Gentlemen: Loyalität ist Grundvoraussetzung, Scheitern keine Option. Wer Erfolg hat, den belohnen wir fürstlich, aber alle anderen ziehen wir für die Folgen ihres Versagens zur Verantwortung.«

Marcus hörte Nassars Worte an seine Männer, aber seine Aufmerksamkeit galt nicht mehr dem Bildschirm. Er musterte stattdessen Gesicht und Augen seines Sohnes und fand sich von dem, was er dort sah, unangenehm berührt. Ohne den Blick seines Vaters zu bemerken, hielt Dylan den Kopf geneigt, einen Ausdruck verwunderter Neugier im Gesicht, mit dem er das Blut betrachtete, das aus dem kopflosen Leichnam rann.

29

Demons Geschenk, das Ackerman von den beiden Hispano-Hitmen gebracht worden war, lag geöffnet im Kofferraum. Die Schachtel enthielt weder Körperteile noch eine Bombe, keinen seltsamen Apparat oder Hinweise zu einer Serie bislang unentdeckter Morde. Vielmehr lag ein großformatiger Bildband in ihr, der ladenneu zu sein schien. Den Schutzumschlag schmückten allerlei Waffen und Blut, und der Titel lautete: *Das Vermächtnis eines Monsters: Die Opfer von Francis Ackerman jr.*

Neben ihm flüsterte Nadia: »Das habe ich schon gesehen. Da gibt es eine neue Mode, wo die Leute versuchen, den Serienmörder nicht zur Berühmtheit zu machen, sondern lieber die Opfer in den Mittelpunkt stellen.«

»Wie es ist, seit es Menschen gibt: Gewalt und Sex sind Verkaufsschlager. Unsere Gesellschaft hat aber gewiss einen neuen Höhepunkt erklommen, was die Sensationalisierung und Romantisierung von Gewalt und Tod angeht. Allerdings glaube ich kaum, dass die Schuld dafür bei den fehlgeleiteten Schurken der Welt liegt. Der ständige Wunsch nach neuen Katastrophenmeldungen ist ein weitaus wahrscheinlicherer Übeltäter. Wie man in diesem Metier sagt: Mit genug Blut liegt man immer ganz vorn.«

Ackerman beugte sich vor und schlug das Buch auf einer zufälligen Seite auf. Er blickte in das Gesicht einer Frau. Sie erschien ihm vertraut. Das sollte sie wohl auch sein, denn er hatte ihr das Leben genommen, aber er konnte sich weder daran erinnern, wo sich ihre Wege gekreuzt hatten, noch, auf welche Weise sie ums Leben gekommen war. Wie viele andere außer ihr hatte er in dem Wirbelsturm aus Tod und Vernichtung, aus dem seine prägenden Jahre bestanden hatten, noch vergessen?

Ohne sich eine weitere Seite anzuschauen, schlug er das Vorsatzblatt auf. Dort entdeckte er eine handschriftliche Mitteilung von Demon.

Das ist, was Dich ausmacht, Kind. Was Du immer sein wirst. Du kannst niemals einer von ihnen sein. Das werden sie niemals zulassen. Für sie bist Du ein Kampfhund, den sie an der kurzen Leine halten, aber es wird Zeit, Dich zu befreien. Ich benötige die Schönheit Deines Hasses. Du hast Dein Feuer eingebüßt. Du hast die Ekstase vergessen, die daraus erwächst, wenn Du Dir die Finsternis, die Dir innewohnt, zu eigen machst. Deine Verbindung mit dieser Welt hat Deinen Glanz getrübt und Deine Schönheit verblassen lassen, aber ich werde Dir helfen, Dich zu erinnern, wie man hasst. Ich werde Dein Feuer neu entfachen. Das wird Dich entweder verzehren oder reinigen, doch am Ende wirst Du mir dankbar sein, dass ich das Streichholz angezündet habe.

Unterzeichnet war die Nachricht mit: *Dein wahrer Bruder – Demon.*

Nach der Unterschrift folgte noch ein Nachsatz. *PS: Keine Sorge. Deinem Bruder schicke ich viel mehr als nur zwei Männer.*

Ackerman knallte das Buch zu und entzog sich Demons Worten.

Von der Seite sagte Nadia: »Wir können ein FBI-Team aus San Antonio so schnell wie möglich dort anrücken lassen, und wir lassen sie alle Polizeikräfte vor Ort zur Ranch Ihres Bruders schicken.«

Ackerman kannte Asherton, Texas, recht gut. Sein Bruder lebte mitten im Nirgendwo, und die einzige Polizei im Umland wäre sehr lange unterwegs. Mindestens dreißig Minuten brauchte sie, um sich in Marsch zu setzen und die

Ranch zu erreichen. Bis dahin wäre der Kampf beendet – falls er überhaupt noch im Gang war.

»Wir schicken notfalls die Nationalgarde, und Carter kann uns gewiss sehr schnell zur Ranch bringen«, sagte Ackerman. »Aber wenn wir solch eine Nachricht jetzt erhalten, ist es mit höchster Wahrscheinlichkeit schon zu spät.«

»Sie dürfen nicht so denken. Wir müssen positiv bleiben.«

»Oh, ich meinte damit nicht, dass es für meinen Bruder zu spät sei. Ich wollte nur sagen, dass wir höchstwahrscheinlich zu spät dran sind, um den Ausgang des Kampfs noch zu beeinflussen. Seit ich ihn kenne, war Marcus der paranoideste Mensch, dem ich jemals begegnet bin. Ich kenne niemanden, der ständig so sehr auf dem Sprung ist wie er. Marcus entspannt sich nie. Er ist von der Sorte, die eine Bazooka mitnimmt, wenn sie mit einer Schießerei rechnet. Falls Demon denkt, er könnte einfach die Ranch überfallen und meinen Bruder und seinen Sohn mitnehmen, ohne mit einem Panzer und einer ganzen Armee aufzukreuzen, steht ihm eine böse Überraschung bevor. Das könnte die Zäsur sein, auf die wir gewartet haben. Demon könnte sich endlich verkalkulieren.«

30

Während Dylan Cassidy zusah, wie der arabisch aussehende Mann auf dem Videoschirm seinem Untergebenen den Kopf mit zwei Tomahawks abtrennte, fühlte er sich von der Surrealität der gesamten Situation überrollt. Ihm war, als sähe er um drei Uhr morgens irgendeine durchgeknallte Dauerwerbesendung, in der ein psychotischer Moderator zeigte, wie gut seine Klingen schnitten. Er stellte sich vor, wie der Mann mit den buschigen Augenbrauen in die Kamera schaute und rief: *Einmal hacken und schneiden, bitte sehr.* Aber es war keine Fernsehsendung; es war zu real. Während er zusah, wie die Leiche bebte und mit den Füßen zuckte, obwohl sie schon tot war, versuchte er sich an den Mann zu erinnern, den er erst vor wenigen Minuten getötet hatte. Hatte der Mann noch unter unwillkürlichen Muskelzuckungen gelitten, nachdem der Geist bereits aus dem Körper verschwunden war?

Dylan hatte nicht weiter über den Mann nachgedacht, dem er das Leben genommen hatte, bis sein Vater sagte, dass der Kerl ein Bruder und Ehemann, ein Vater und Sohn gewesen sein konnte. Bis zu diesem Moment hatte Dylan Tränen nur vergossen, weil er um seine eigene Sicherheit fürchtete. Um an den Mann, den er getötet hatte, auch nur einen einzigen Gedanken zu verschwenden, war keine Zeit gewesen, aber jetzt brütete er über dieses Leben, das er beendet hatte. Er fragte sich, wie der Mann als Kind gewesen sein mochte. Hatte er Familie? Eltern? Dylan würde es vermutlich niemals erfahren und sagte sich, dass es so wohl auch am besten sei. Er war sich nicht sicher, ob er es wissen wollte.

Trotzdem, wenn er an diesen Moment dachte, wusste er sofort, dass er nichts anders machen würde, wenn er in der Zeit zurückreisen könnte. Er hatte die Bedrohung erkannt und reagiert. Er hatte gesehen, wie der Mann nach seiner Waffe griff, und gewusst, was geschehen würde, wenn er nichts unternahm. Er hatte das Richtige getan.

Wie er es mit allen schlimmen Gedanken tat, über die er nachgedacht und eine Entscheidung gefällt hatte, stellte er sich vor, wie er das, worüber er gebrütet hatte, auf ein Blatt

Papier niederschrieb. Dann knüllte er dieses nicht existierende Papier zusammen und warf es in einen nicht existenten Mülleimer. Über Dinge nachzusinnen, die man nicht in der Hand hatte, und Entscheidungen infrage zu stellen, die man nicht ändern würde, wenn man sie erneut fällen müsste, hatte keinen Sinn.

Dylan wandte sich seinem Vater zu, der ihn anstarrte, als wäre ihm ein zweiter Kopf gewachsen. »Was ist?«, fragte er. »Warum guckst du mich so an?«

»Weil ich mir Sorgen um dich mache.«

»Mir geht's gut.«

»Das macht mir ja Sorgen. Dir geht es ein bisschen zu gut.«

»Hörst du endlich damit auf! Nur weil ich eine Zeit lang bei meinem Großvater war, deinem Vater – der zufälligerweise ein total durchgeknallter Irrer ist –, werde ich trotzdem nicht wie Onkel Frank. Deshalb wäre ich sehr dankbar, wenn du aufhören würdest, mich in so eine beschissene Schublade zu stecken, obwohl du mich überhaupt nicht kennst!«

Nach diesem Ausbruch wünschte sich Dylan, er könnte seine Worte zurücknehmen, besonders den unanständigen Ausdruck im letzten Satz. Aber unter den gegenwärtigen Umständen bekam er wohl ein paar Kraftausdrücke an seinem Vater und dessen normalerweise strengen Regeln vorbei.

Marcus nickte langsam. »Du hast recht. Ich entschuldige mich.«

Wow, dachte Dylan, *ein Kompliment und eine Entschuldigung – beides am gleichen Tag. Wir sollten uns öfter überfallen lassen.*

Sein Dad wandte sich wieder den Kameras zu und tippte auf der Tastatur herum, stellte die Sichtwinkel so ein, dass er die Männer besser sah, die rings um das Blockhaus in Stellung gegangen waren. Danach schaltete er zurück zu der größeren Gruppe hinter der Scheune. Sie hatten mehrere große Kisten aus den Hecks der Suburbans ausgeladen und am Boden abgestellt. Einige der schwarzen Waffenkisten hatten die Drohnen enthalten, die anderen waren noch ungeöffnet.

»Du brauchst dir keine Sorgen zu machen, Junge«, sagte sein Vater. »Ich werde nicht zulassen, dass dir etwas zustößt. Wir sitzen hier in einer Festung, das weißt du.«

Oh, das wusste Dylan, und deshalb verübelte er seinem Vater die Andeutungen über seine geistige Gesundheit auch so sehr. Er wusste, dass sein Vater nach jedem Maßstab ein außerordentlich paranoider Mensch war. Darum hatte das Blockhaus ja auch mehrere Fluchttunnel, die an unterschiedlichen Stellen auf der Ranch endeten. In Bezug auf die Verteidigungsanlagen und Vorkehrungen war das aber nur die Spitze des Eisbergs. Jeder Zoll auf der Ranch befand sich unter Video- und Audioüberwachung. Dazu kamen die Offensivwaffen für den Fall, dass jemand versuchte, das Haus zu belagern. Dylan war sich nicht vollkommen sicher, was der Zweck der kreisrunden Metallscheiben war, die sie überall im Hof vergraben hatten, aber er hielt sie für Minen der einen oder anderen Art. Sein Dad hatte nicht gewollt, dass er von den vier Gatling-Maschinengewehren wusste, die in den nördlichen und südlichen Dachtraufen installiert waren, aber er hatte sie gesehen und auf einer Vorführung bestanden. Wenn sie angegriffen wurden, klappten Stahlplatten vor den MGs mit den rotierenden Läufen herunter, die auf kräftigen Dreibeinen montiert und aus Kästen mit großkalibriger Munition gefüttert wurden. So etwas hatte Dylan im wirklichen Leben noch nie gesehen. Sie sahen aus wie Waffen aus einem Videospiel, und er war gebannt von der Feuerkraft, die sie zeigten, als sein Vater damit eine ganze Reihe Wassermelonen zerschoss, sie in Fetzen riss, als wären sie nichts. Er wusste auch, dass alle Wände aus Beton bestanden und bestimmte Abschnitte des Blockhauses mit Stahlplatten verkleidet waren. Es gab auch einen Käfig, von dem sein Vater sagte, er sei nach einem Wissenschaftler namens Faraday benannt und würde Signale von außen daran hindern, ihre elektronischen Geräte zu grillen. Dylan konnte sich vorstellen, dass in ganz Nordamerika kein zweites Gebäude so gut gesichert war, vom Weißen Haus einmal abgesehen.

Sein Vater änderte wieder den Kamerawinkel, und als ein schwarz gepanzerter Söldner eine der geheimnisvollen Kisten öffnete, beugten sie sich beide zum Schirm vor. Der Söldner begann, das Gerät darin zusammenzusetzen. Dylan neigte den Kopf und verzog das Gesicht, während er zu ergründen versuchte, was genau er da vor sich hatte. Er wusste, dass er das Ding schon in seinen Spielen gesehen hatte, aber entweder wollte er nicht glauben, was er sah, oder der Schrecken des Augenblicks machte seinen Kopf ganz leer.

»Was zum Teufel soll das sein?«, fragte er seinen Vater.

Marcus Williams schwieg einen Moment lang. So eine furchterregende Stille hatte Dylan in seinem ganzen Leben noch nicht erlebt. Sein Vater versuchte ihm voller Selbstvertrauen zu antworten, ohne Angst in der Stimme, aber Dylan las ihm an den Augen ab, welche Sorgen er sich machte.

»Sohn, das sieht mir ganz nach einem Raketenwerfer aus.«

31

Auf dem Computermonitor in seinem gesicherten Kontrollraum beobachtete Marcus die Söldner und ihre Vorbereitungen. Nassar hatte die meisten davon rings um das Blockhaus postiert, in gebührendem Abstand zu den Abwehrsystemen. Aber die beiden Männer, die etwas zusammenbauten, das wie ein Raketenwerfer aussah, waren bei Nassar an den Fahrzeugen geblieben. Vor dem Monitor hing ein Mikrofon, das wie der Receiver eines alten CB-Funkgeräts aussah, bei dem es sich aber tatsächlich um ein USB-Mikrofon handelte. Das Gerät hatte einmal Dylans Mutter gehört; Claire Cassidy war kurze Zeit als Dispatcherin beschäftigt gewesen.

Marcus' Gedanken zuckten zurück zu dem letzten Mal, als er Claire lebend gesehen hatte. Sein geisteskranker biologischer Vater, der unter dem Namen Thomas White operierte, hatte Claire die Kehle durchgeschnitten und sie wie Abfall weggeworfen. Sie war nur Mittel zum Zweck gewesen, und dieser Zweck hatte darin bestanden, Marcus zusammen mit Dylan lebend in die Hände zu bekommen. Darauf war der finsterste Abschnitt in Marcus' Leben gefolgt, sowohl wörtlich als auch im übertragenen Sinn. Den Großteil dieser Zeit hatte er in einer lichtlosen unterirdischen Zelle verbracht. Sein Vater hatte ihn dabei seelisch und körperlich gebrochen. Was ihm von dem alten Mann angetan worden war, hatte einen Fleck in seinem Geist hinterlassen, den man auch mit dem heiligsten Weihwasser nicht abwaschen konnte.

Wenn Marcus es wünschte, konnte er den Knopf am Mikrofon drücken und mit Nassar sprechen. Allerdings wollte er nicht vorschnell preisgeben, dass er Nassar und seine Leute derart gut beobachten konnte.

Aus diesem Grund schockierte es ihn so sehr, als Nassar, kaum dass die beiden Söldner mit der Montage der Raketenartillerie fertig waren, den Blick auf eine von Marcus' Kameras richtete und das Wort ergriff. »Mr. Williams, hören Sie mir zu?«

Nassars Blick haftete allerdings auf einer Scheinkamera. Sie bestand nur aus einem Metallgehäuse in einer Aufhängung, die sie von einer Seite auf die andere drehte wie in einem James-Bond-Film. Sie diente allein einem Zweck: dass Leute wie Nassar sie entdeckten und herunterschossen. Die wirklichen Kameras in der Nähe waren sehr klein und hoben sich kaum von den Pfosten und Traufen der Scheune ab. Doch wenn Nassar die Kameras aufgefallen waren, wieso hatte er sie nicht außer Gefecht gesetzt? Der offensichtliche Grund war, dass Marcus sehen und hören sollte, was als Nächstes kam.

Der Eindringling fuhr fort: »Können Sie mich hören, Mr. Williams? Sind Sie in der Lage, über Ihr Überwachungssystem zu antworten?«

Marcus war dazu selbstverständlich in der Lage. Er verfügte über eine Reihe von über den Besitz verteilten Lautsprechern, die eine Vielzahl von Funktionen erfüllen konnten, aber noch zögerte er.

»Ich weiß, dass Sie mich hören können«, fuhr Nassar fort, »also hören Sie mir gefälligst zu. Wie Sie bemerkt haben werden, halten meine Männer sich von Ihren Abwehranlagen fern. Wir wissen, dass Sie den Hof vermint haben und am Dach MGs installiert sind. Hinter mir sehen Sie unsere Lösung dieses Problems. Wenn Sie imstande sind zu antworten, Mr. Williams, empfehle ich Ihnen, das jetzt zu tun.«

Woher wusste Nassar so viel über seine Abwehranlagen? Aber wie dem auch sei, anscheinend wusste er nicht alles. Der Söldnerführer sprach in eine Scheinkamera, und die Biker am Bachbett hatten nicht gewusst, wo der Stolleneingang war. Andernfalls hätten sie Dylan und ihn dort abgefangen, statt zu versuchen, sie einzukreisen.

Marcus drückte den Sprechknopf am Mikrofon. »Ja, ich kann Sie hören, Nassar. Ich kann Sie auch sehen und alle Ihre Männer ebenfalls. Und ehrlich gesagt, ich glaube, Sie stinken so heftig, dass es mir sogar hier noch in die Nase steigt.«

Oban Nassar lachte, aber ganz ohne Erheiterung. Er winkte einem seiner Söldner, vorzutreten und den schultergestützten Raketenwerfer zu präsentieren. »Sind Sie mit dem Panzerabwehrsystem Javelin vertraut, Mr. Williams?«

Marcus hatte versucht, sich an den Namen der Rakete zu erinnern, die er vor sich sah. Der Typ war im Laufe der Jahre von US-Truppen gegen zahllose Bunker, Gebäude und Panzer eingesetzt worden. Sein erster Gedanke hatte Stinger gelautet, aber dann erinnerte er sich, dass das eine Flugabwehrwaffe war. Aber auch wenn ihm der Name nicht eingefallen war, er kannte das System ausreichend. Er drückte den Sprechknopf und bejahte.

»Dann wissen Sie, dass diese Rakete Ihre Abwehrmaßnahmen nutzlos macht. Ihre Vorbereitungen waren vergebens. Mit dieser Rakete können wir Ihr Haus in einen Schutthaufen verwandeln. Mit Höllenfeuer können wir Ihre Wände aus Beton und Stahl zum Einsturz bringen.«

Marcus drückte den Knopf. »Ich weiß nicht. Das Haus ist ziemlich stabil. Ich glaube, das hält es aus.«

Er machte sich keine Illusionen, dass seine Befestigung auch nur einen Javelin-Treffer überstehen könnte. Die Rakete würde genau das tun, was Nassar gesagt hatte, und das

Haus über ihnen zusammenbrechen lassen, aber er sagte sich, dass es ihm vielleicht nutzte, Nassar in dem Glauben zu lassen, Marcus hielte seine Abwehranlagen für undurchdringlicher, als sie waren.

Nassar lachte wieder. Er klang wie eine alte Clown-Bozo-Puppe, an der eine Zugschnur eine Aufnahme abspielte, die vom Alter schon leierte. »Die Bedingungen sind ganz einfach, Mr. Williams«, sagte Nassar. »Wir wollen Sie oder den Jungen nicht verletzen. Wir wollen Sie benutzen, um Ihren Bruder zu fangen, und deshalb besteht keine Notwendigkeit für noch mehr Blutvergießen. Wenn Sie jetzt aufgeben, werden Sie gut behandelt. Andernfalls kann ich Ihnen versichern, dass Sie Ihre Entscheidung bitter bereuen werden. Ich erwarte nichts Geringeres als Ihre bedingungslose Kapitulation. Ich erwarte, dass Sie im Laufe der nächsten Minute aus Ihrer Vordertür treten, sonst werde ich meinen Männern befehlen, den Beschuss mit den Raketen zu eröffnen. Sie haben sechzig Sekunden, Mr. Williams. Die Uhr tickt.«

32

Marcus Williams schäumte ohnmächtig vor Zorn, während er Oban Nassar ins Gesicht starrte. Hätte ihn am Vortag jemand gefragt, welchen Kräften seine Abwehranlagen standhalten könnten, hätte er vermutlich geantwortet, dass er alles zurückschlagen würde, solange nicht Nordkorea oder China über Mexiko in die USA einmarschierten. Teufel, er hatte den Hof vermint, und wenn das nicht genügte, besaß er Gatling-MGs, die von einem der modernsten halbautonomen militärischen Leitsysteme gesteuert wurden. Er musste zugeben, dass er auch ein wenig enttäuscht war, nichts davon in Aktion zu erleben. So viel Zeit und Mühe hatte er aufgewendet, um sich auf diesen Moment vorzubereiten, und trotzdem erwies es sich als vergeblich. Er hatte sich Feinde bei den Kartellen geschaffen, und deshalb war er von dem Gedanken besessen gewesen, wie er Überfälle mit Panzerfäusten und Molotowcocktails abwehrte. Darum bestanden die Wände der Blockhütte aus vier Fuß dickem, stahlplattiertem Beton. Er war richtig überrascht gewesen, wie leicht es war, solche Wände mit Styropor-Formen zu errichten, und hatte entdeckt, dass es etliche nicht ungewöhnlich aussehende Häuser im Land gab, die aus Beton bestanden, damit sie gegen Tornados und andere Naturgewalten geschützt waren. Marcus hingegen hatte gelernt, wie man sich gegen eine andere Art Sturm schützte. Aber über dem Beton und dem Stahl verschalte Holz die Innen- und Außenseiten. Wenn ein Feuer ausbrach, saßen sie in einem großen Ofen gefangen. Um das zu verhindern, hatte er Sicherheitsvorrichtungen eingebaut. Die erste Verteidigungslinie bestand aus einer Reihe von fernauslösbaren Löschschaumtanks, die an der Außenwand angebracht waren. Sollte ein Feuer an solch einer Wand ausbrechen, könnte er es per Knopfdruck ersticken. Damit war die Gefahr durch Panzerfäuste oder Molotowcocktails so gut wie ausgeschaltet. Selbst auf dem Dach waren Löschschaumbehälter für den Fall, dass etwas darauf abgeworfen oder das Haus mit Steilfeuerwaffen beschossen wurde.

So ist das im Leben, dachte er. *Du glaubst, du bist auf alles vorbereitet, und dann rückt so ein Arschloch mit einer Javelin-Panzerabwehrrakete an.*

So zart und ängstlich, wie Marcus es noch nie von ihm gehört hatte, fragte Dylan: »Dad, was machen wir denn jetzt?«

Marcus wollte versuchen, dem Jungen möglichst knapp genau zu sagen, was sie zu tun hatten, und ihn dabei auch noch zu beruhigen. »Erinnerst du dich, was ich gesagt habe, wie wir reagieren, wenn wir von einer Meute überrannt werden?«

Dylan nickte.

»Dann los«, sagte Marcus.

Um die erwähnte Meute war es in einem Gespräch über ihre Abwehrmaßnahmen gegangen. Als sie sich eine Fernsehserie namens *The Walking Dead* anschauten, hatte der Junge gefragt: »Was, wenn eine Zombie-Apokalypse passiert und eine ganze Horde von Zombies unser Haus umstellt hat und wir nicht rauskönnen?« In diesem Gespräch hatte Marcus seinen Sohn in ihren finalen Fluchtweg eingeweiht, die letzte Rettung, auf die sie sich verlassen würden, wenn alles so schlimm wurde, dass sie ihre Festung vollständig aufgeben mussten.

Von den anderen Tunneln getrennt, hatte Marcus den längsten und tiefsten Stollen an einem Panikraum unter dem Kontrollraum beginnen lassen – in den er Dylan schicken konnte, sobald ein Schusswechsel begann. Der Stollen führte zum Keller des alten Farmhauses. Die Zweizimmerhütte hatte bessere Tage gesehen, aber Marcus hatte sie so weit gepflegt, dass ihr Schindeldach dichthielt und sich keine Tiere in ihr einnisteten. Das Farmhaus war die letzte Bastion – ein Ort, wohin sie fliehen und einem Angreifer auf das Blockhaus entkommen konnten, falls die Aussichten zu schlecht wurden. Im alten Farmhaus hatte Marcus zwei Yahama Enduros versteckt, deren Motoren auf Geräuscharmut modifiziert waren. Dylan konnte das Geländemotorrad fahren, und wenn sie die Bikes erreichten, konnten sie durch das unwegsame Gelände an der Südwestgrenze des Grundstücks entkommen.

Dicht hinter seinem Sohn stieg Marcus die Leiter zum Panikraum hinunter. Er drückte einen Knopf, und eine stählerne Falltür ging über dem Eingang in der Decke zu und schloss sie ein. Danach lief er zu einem Regal, das alle möglichen haltbaren Lebensmittel enthielt für den Fall, dass sie hier wochenlang in der Falle saßen. Er schob es zur Seite und legte den Eingang zu einem Stollen frei, der breiter und etwas höher war als die anderen; er enthielt zwei Rollbretter statt einem. Marcus winkte Dylan zur vorderen Mechanikerliege. »Beeil dich. Wir haben nicht viel Zeit.«

Mit so großer Geschwindigkeit wie möglich zogen sie sich hindurch, und obwohl Dylan führte, musste Marcus sich anstrengen, um nicht hinter dem Jungen zurückzufallen. Während sie sich durch den schwach erleuchteten Stollen bewegten, lauschte Marcus auf die Explosion, die sein schönes, glückliches Zuhause vernichtete, aber er hörte nichts. Im Kopf hatte er die Sekunden heruntergezählt, und sechzig war gekommen und vorübergegangen. Vielleicht waren Nassars Drohungen leeres Gerede gewesen, aber Marcus ging nicht davon aus. Auch wenn sie lebendig gefangen genommen werden sollten, hinderte es Nassar nicht daran, das halbe Haus in Schutt und Asche zu legen, um zu zeigen, dass er es ernst meinte.

Im Grunde spielte es wohl keine Rolle mehr, was dort oben vor sich ging. Ihre Position war unhaltbar. Hinauszukommen war ihre einzige Chance. Je früher, desto besser.

Am Ende des Stollens ließ Marcus den Jungen die Leiter als Ersten hochsteigen, während er selbst seine Waffe und einen Taschenlampenstrahl in den Stollen hielt, aus dem sie gekommen waren; ihn hatte das merkwürdige Gefühl beschlichen, dass jemand sie verfolgte. Aber natürlich entdeckte er in dem Stollen nichts.

Niemand war hinter ihnen.

Im nächsten Moment begriff Marcus, dass die Gefahr vielleicht nicht unten und in ihrem Rücken lauerte, sondern über und vor ihnen. Was bedeutete, dass er gerade einen gravierenden Fehler begangen hatte.

Er hob den Blick und sah, dass Dylan bereits auf halbem Wege durch die Luke ins alte Farmhaus war, als ihm klar wurde, dass er zuerst hätte gehen sollen.

Was, wenn die Söldner von den Stollen wussten? Nassar hatte die anderen Abwehranlagen der Farm gekannt. Was, wenn der Gegner alles wusste? Was, wenn Nassar sie geradewegs in eine Falle getrieben hatte?

Marcus dachte an den leeren Sitz in einem der SUVs, und ihm fröstelte, denn ihm wurde bewusst, welch hohen Preis er eventuell für seinen Fehler bezahlen musste. Er fragte sich, ob der Sitz leer gewesen war, weil seine Gegner jemanden von ihnen am alten Farmhaus abgesetzt hatten, bevor sie zum Blockhaus weiterfuhren.

Es war beinahe eine halbe Meile entfernt, aber Marcus hatte nicht gesehen, dass sie gestoppt hätten.

Vielleicht litt er nur unter Verfolgungswahn. Vielleicht würden sie ihren Fluchtweg unblockiert vorfinden, aber irgendwie spürte er, dass der gefährlichste ihrer Feinde über ihnen lauerte wie eine Spinne im Netz.

Und Marcus hatte soeben seinen Sohn geradewegs ins Versteck der Spinne geschickt.

Er wusste, dass dem so war, packte wütend die Leiterholme und stieg so eilig auf, wie er konnte, ohne dass er abrutschte und den Schacht hinunterstürzte. Er wusste schon, was geschehen würde, bevor die Stimme von oben zu ihm hallte.

Der Sprecher hatte einen schottischen Akzent. Seine Stimme war tief und schnarrend, aber sie klang selbstsicher wie bei einem König, der die Bauern ansprach. »Hallo, Junge. Ich habe dich erwartet«, sagte die Stimme.

33

Damon Walker war sein Geburtsname, aber solange er zurückdenken konnte, hieß er Demon. Selbst seine Mutter, eine Prostituierte mit einer Wohnung im Glasgower Stadtteil Possilpark, hatte ihn schon *Little Demon* genannt, ihren kleinen Dämon, als er noch Windeln trug und laufen lernte. Der Name war ihm auch nach ihrem vorzeitigen Ableben geblieben, während der Jahre in Pflegefamilien und staatlichen Waisenhäusern. In diesen dunklen Tagen und an diesen dunklen Orten erwies sich der Name als sehr passend. Er war der perfekte Spitzname für ihn und hatte einen Großteil seines Lebens definiert. Allerdings ließ sich sein Wahnsinn wohl kaum auf ein furchterregendes Kognomen zurückführen. Zum größten Teil war sein Geisteszustand wohl einem Gehirndefekt und einer Erkrankung zu verdanken, die von Psychiatern als Schizophrenie bezeichnet wurde und von den Katholiken der Vergangenheit als Besessenheit durch böse Geister diagnostiziert worden war.

Demon glaubte an nichts von alldem.

Er glaubte an das Gesetz von Zahn und Klaue: Wenn man stark genug war, um sich zu nehmen, was man wollte, besaß man auch das Recht dazu. Darüber hinaus glaubte

Demon an Chaos und Anarchie. Ihm wurde schlecht, wenn er betrachtete, was der Mensch geschaffen hatte – die sogenannte zivilisierte Gesellschaft, zusammen mit einer Vielzahl abstruser Mythologien herbeiphantasiert von einer Rasse von Affenabkömmlingen, die unter Größenwahn litten. Er wollte all das niederbrennen, damit sich aus der Asche etwas Besseres erheben konnte. Aber etwas besser zu machen war nicht seine Abteilung. Er war nur die reinigende Flut vor der Wiedergeburt von was auch immer.

Um der Wahrheit die Ehre zu geben, ihm war es recht gleichgültig, was nach ihm kam, solange er nur zusehen konnte, wie die Welt verbrannte.

Im Gegensatz zu vielen seiner Brüder litt er nicht unter Größenwahn. Er hegte keine Hoffnung, derjenige zu sein, der das Ende der Menschheit herbeiführte, sondern er sah die Schrift an der Wand und hatte erkannt, dass die Menschheit ganz fabelhafte Arbeit leistete, um sich auch ohne sein Zutun auszulöschen. Trotzdem wollte er seinen kleinen Beitrag zur Destabilisierung der Gesellschaft leisten, zum bevorstehenden reinigenden Chaos und der kathartischen Anarchie. Sein Beitrag zu dieser Symphonie der Vernichtung käme in Form seines Lebenswerks: den Jüngern des Feuers.

Der nächste Schritt in der Entwicklung der Jünger hing von den beiden Zielpersonen ab, die er sich gleich beschaffen würde.

Als die SUVs und Oban Nassar ihn am ursprünglichen Farmhaus der Ranch absetzten, hatte Demon zwei Koffer voll C-4-Sprengstoff bei sich. Einen davon hatte er am Stollenausgang platziert, den anderen etwas höher im Raum. Danach hatte er im Wohnzimmer des einstöckigen Gebäudes gewartet, dass seine Zielpersonen eintrafen. Die Luke über dem Tunnel war in den Küchenboden geschnitten, kaum sechs Meter von der Stelle entfernt, wo Demon saß. In der rechten Hand hielt er eine H&K-Pistole Kaliber .45, mit der linken umklammerte er einen Totmannschalter, der die Zünder an den Sprengsätzen aktivierte, sobald er ihn losließ. Die Explosion würde das Farmhaus in einen Trümmerhaufen verwandeln.

Als Dylan Cassidy als Erster aus der Luke kletterte, richtete Demon die Pistole auf ihn und sagte: »Hallo, Junge. Ich habe dich erwartet. Nein, beweg dich nicht. Bleib einfach, wo du bist. Warten wir, dass dein Daddy hierher hochkommt, und dann halten wir einen hübschen kleinen Plausch.«

Demon hörte, wie Marcus Williams im Eiltempo die Leiter heraufkletterte. Noch bevor er ihn sah, rief Demon: »Handeln Sie nicht überstürzt, Marcus. Ich habe hier eine Menge Sprengstoff und einen Totmannschalter.«

Trotzdem kam Marcus Williams mit erhobener Waffe und kampfbereit aus der Unterwelt. Die Mündung blieb unbeirrt auf Demon gerichtet, während er herausstieg. Demon merkte, dass Williams die Stelle zwischen seinen Augen anvisierte.

Demon konnte niemals sicher sein, was eine seiner Halluzinationen auslösen würde. Manchmal war es nur ein Wort oder auch ein Gedanke, der ihm durch den Kopf ging, bei anderen Gelegenheiten schienen seine Halluzinationen zufällig zu sein und ein eigenes Leben anzunehmen. Normale Lampen konnten aussehen wie Stroboskope, Gegenstände in seiner Umgebung konnten anwachsen oder zusammenschrumpfen, Licht konnte fremdartige, gespenstische Tönungen annehmen. Manchmal wurde die Welt schwarzweiß, und alles war so düster wie im *Zauberer von Oz,* bevor Dorothy das Munchkinland erreicht, und in anderen Fällen waren die Farben so surreal und lebhaft, dass sie an einen Animationsfilm erinnerten.

Im Lauf der Jahre hatte er gelernt, die meisten seltsamen Erscheinungen zu ignorieren, die ihn heimsuchten, und er wusste gewöhnlich zwischen Realität und Vision zu unterscheiden. Seine optischen Halluzinationen gerieten besonders absonderlich, aber am Verhalten anderer Leute im gleichen Raum merkte er sehr gut, ob das, was er sah, real oder nur Ausgeburt seiner Phantasie war. Natürlich hatte es mehrere Jahre Übung gebraucht, die entsetzlichen Bilder auszufiltern und so zu tun, als wären sie nichts als der Hauch eines ätherischen Nebels, der sich über sein Sichtfeld gesenkt hatte.

Eine Halluzination, die besonders schwierig zu regulieren war, hatte der Gedanke an das Wort *Augen* ausgelöst, und als Demon nun Marcus Williams ansah, schwollen die Augen des Mannes an und pulsierten, bis sie ein blutiges Gewirr von sich ringelnden Hundertfüßern gebaren, die an den Wangen des Mannes und seinem Rücken hinterglitten.

Marcus Williams zeigte keinerlei Unbehagen über die Gliederfüßer, die aus seinen Augen barsten; daran erkannte Demon, dass sie nicht der Realität angehörten, wie andere sie erlebten.

»Legen Sie die Waffe weg, Mr. Williams. Ihre Lage ist aussichtslos. Wenn Sie auf mich schießen, lasse ich los und sprenge uns in die Luft. Wenn Sie sich auf mich stürzen, lasse ich los. Kapitulieren oder sterben, das sind Ihre Optionen. Also, triff deine Wahl, Kind.«

Mit so heftigem Zähneknirschen, dass Demon zu hören glaubte, welcher Belastung Sehnen und Knochen im Kiefer seines Gegenübers ausgesetzt wurden, legte Marcus Williams widerstrebend seine SIG Sauer auf den Boden.

»Auf die Knie, beide. Wenn ihr tut, was ich euch sage, überlebt ihr.«

Als Williams gehorchte, erhob sich auf seinem Rücken etwas, das wie die Mutter der kleineren Hundertfüßer aussah und den Eindruck erweckte, als ritte sie ihn wie ein Marionettenspieler. Der Hundertfüßer war schwarz, aber seine Haut schien sein eigenes Licht zu schaffen wie die phosphoreszierenden Bewohner des tiefsten Meeresgrunds. Seine Augen glühten rot, und seine Mundwerkzeuge umfassten übergroße Reißzähne. Die Kreatur wiegte sich hin und her, als wäre sie eine Kobra, die versuchte, ihn zu hypnotisieren. Da schlug sie zu, grub sich in Marcus Williams' Schulter und wühlte sich durch zu seiner Brust.

Williams jedoch fiel nicht tot um, während ihm von einem dämonischen Hundertfüßer die Brust zerfleischt wurde, also handelte es sich wohl um eine Erscheinung, die ignoriert werden durfte. Demon war nur froh, dass nicht die gesamte Umwelt umschlug, was problematisch war, zumal dann, wenn die Welt seiner Wahrnehmung sich zu drehen begann, während die Wirklichkeit es nicht tat. Das konnte unglaublich desorientierend sein. Besonders, wenn man mit Schusswaffen zielen musste.

Die Hand nach wie vor um den Sprengzünder geschlossen, legte er die Pistole in seinen Schoß und schaltete ein Handfunkgerät auf Sendung. »Ich habe das Ziel. Holen Sie ihn ab.«

Demon nahm die Pistole wieder in die Hand, als Marcus Williams sagte: »Das klang mir sehr nach Singular: *Das Ziel* und *ihn*.«

»Richtig, Mr. Williams, wir nehmen nur den Jungen mit, aber keine Sorge, ich habe trotzdem Verwendung für Sie.«

»Ich sterbe eher, als dass ich zulasse, dass Sie meinen Sohn mitnehmen.«

Demon lachte. »Nun, das überlasse ich Ihnen, aber überlegen Sie es sich sehr gut, mein Freund. Sie haben geglaubt,

Sie könnten sich hier verstecken. Sie haben jede Möglichkeit durchdacht und sich eine Festung erbaut, die so gut wie jeden Angriff zurückschlagen kann, aber ich habe Ihre Abwehranlagen mit Leichtigkeit überwunden. Alle Ihre Vorbereitungen waren umsonst. All Ihr Schweiß und Ihre harte Arbeit, Ihr Geld, ihre Zeit – alles vergeudet. Ich habe Ihre Vorbereitungen gegen Sie benutzt und Sie genau dorthin geführt, wo ich Sie mir nach Lust und Laune abgreifen konnte.«

Zähnefletschend fragte Marcus Williams: »Wie zum Teufel sind Sie aus dem Loch entkommen, in das ich Sie gesteckt habe?«

»Niemand bringt mich dorthin, wo ich nicht sein will. Meine Wahrnehmung der Realität ist manchmal fehlerhaft, Mr. Williams, aber sie hat mich erkennen lassen, dass Ihre Wirklichkeit nur dadurch, dass Sie besser erfassen, was konkret und real ist, keineswegs unveränderlich sein muss. Was Sie für Tatsache und Wahrheit halten, kann oft derart manipuliert sein, dass es sich ganz anders darstellt. Sie glaubten das eine, aber die Wahrheit war vollkommen anders. Ihre Arroganz war Ihr Ruin, und jetzt müssen Sie den Preis bezahlen. Ich nehme den Jungen mit und werde ihn benutzen, um Ihrem Bruder eine Botschaft zu übermitteln. Die Werkzeuge, die ich nun mitgebracht habe, um diese Botschaft in Ihrem Blut aufzuschreiben, sind ein Vorschlaghammer und ein Skalpell. Ich habe noch nicht entschieden, was davon ich zuerst benutzen werde oder was am meisten.«

DRITTER TEIL

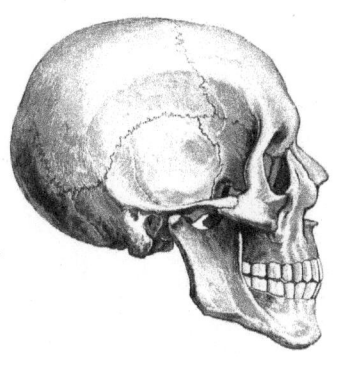

34

Dylan Cassidy war mehrere Jahre jünger gewesen, als sein Großvater seine Mutter ermordete und ihn kidnappte, um ihn als die nächste Generation des Ackerman-Geschlechts perfekter Killer aufzuziehen. Trotz seines jungen Alters und der Jahre, die seither verstrichen waren, erinnerte er sich noch an jedes seiner Erlebnisse. Er kannte noch jeden Blick, mit dem sein Großvater ihn bedacht, jede Lektion, die er ihm erteilt hatte. Obwohl Dylan sogar als Kind erkannt hatte, dass sein Großvater geisteskrank war, hatte er auch begriffen, dass der Patriarch der Familie Ackerman ihn nicht verletzen würde – zumindest nicht physisch –, weil der Alte beabsichtigte, ihn zu seinem Erben zu machen. Trotzdem war die Angst, die Dylan in dieser Zeit empfunden hatte, allumfassend gewesen. Während der Monate seiner Tortur hatte er ihr nicht entkommen können, und noch Monate danach genauso wenig. Es hatte sich angefühlt, als wäre die Angst in seinem Kopf so groß, dass kein Platz für irgendetwas anderes blieb. Als würde die Angst seinem Gehirn das Atmen verwehren. Noch heute litt er häufig unter Panikattacken, von denen sein Vater nichts ahnte.

Trotz der Größe und Tiefe seiner Angst damals hatte Dylan noch niemals eine derart überwältigende Furcht empfunden wie jetzt. Denn wenn er dem Mann in die Augen blickte, der sich Demon nannte, wusste er, dass dieser Mensch kein Ziel verfolgte. Sicher, er wollte bestimmte Dinge erreichen, aber unterm Strich gingen seine Ziele nicht über Zerstörung und das Entzücken hinaus, das entstand, wenn er etwas vernichtete.

Nachdem Demon sie in dem alten Farmhaus gefangen genommen hatte, waren sie von ihm zum Haupthaus geführt worden, wo er mit der Folter begann. Dylan hatte das, was seinem Vater angetan wurde, nicht mit ansehen müssen, seinen Dad aber im anderen Raum schreien gehört. Dylan glaubte, dass er, ganz gleich, wie lange er lebte, diese Schmerzenslaute niemals vergessen würde. Nach einer Zeit, die ihm wie Stunden vorkam, schafften sie ihn aus dem Haus und führten ihn zu den SUVs, und dabei fiel ihm auf, dass sein Vater nicht bei ihnen war.

Beide Arme wurden von je einem schwarz gekleideten Söldner gehalten, während sie gingen, und Demon schritt selbstbewusst vor ihm her wie ein Jäger, der eine neue Trophäe nach Hause brachte. Als Dylan keine Spur von seinem Vater sah, grub er die Fersen in die Erde und stemmte sich gegen die Männer. »Ohne meinen Dad gehe ich nirgendwohin!«, schrie er. »Was haben Sie mit ihm gemacht?«

Die Söldner rechts und links hielten ihn fest, ihr Griff war so unnachgiebig wie ein Stahltor. Einer von ihnen drückte seinen Arm fest und sagte: »Halt den Mund, Kleiner.«

Doch Demon drehte sich um und bedeutete seinen Männern stehen zu bleiben. Er hockte sich vor Dylan hin, sodass er ihm in die Augen schauen konnte. In seinem vernarbten Gesicht lag ein Lächeln, und die Augen des Irren zeigten das gleiche Frohlocken wie sein Grinsen. Er schien sich herrlich zu amüsieren und versuchte in keiner Weise, es zu verstecken.

In herablassendem Ton fragte er: »Sorgst du dich um deinen guten alten Dad, Junge? Mach dir nicht allzu viele Gedanken. Ich habe ihm gerade eine Kleinigkeit geschenkt, die ihn an mich erinnern soll. Er ist zäh. Er sollte durchkommen, denn siehst du, ich will ja, dass er noch lebt, wenn alles vorbei ist. Ich will, dass er sieht, was ich mit dir mache und was ich deinem Onkel Frank antue. Und danach, wenn alles gesagt und getan ist und der Staub sich legt und es mir langweilig geworden ist, alles zu zerstören, was dein Vater liebt, komme ich vielleicht zurück und gewähre ihm als Beweis meiner Gnade das Geschenk des Todes.«

Innerlich liefen Dylan die Tränen herunter. Er hatte bereits die Tiefen der Angst bis an einen Punkt ausgelotet, bei dem er geglaubt hatte, den Boden zu erreichen, und war so entsetzt gewesen, wie man nur sein konnte. In diesem Moment begriff er, dass Angst sich immer steigern ließ. Immer gab es ein Schicksal, das noch furchtbarer war als alles, was man sich ausmalen konnte.

Aber das war sein Innenleben. Nach außen käme Dylan am besten, wenn er sich eine einfache Frage stellte: *Was würde Onkel Frank unternehmen?*

Auf diese Weise – indem er auf die monatelange Übung zurückgriff, die er in der Gewalt seines geisteskranken Großvaters erhalten hatte – bewahrte Dylan nach außen hin die Fassung. Er sah Demon direkt in die Augen und fragte: »Sie haben überhaupt keine Ahnung, was Sie angerichtet haben, oder?« Nacheinander schaute er die Söldner in ihrer Schutzkleidung an. »Sie alle … Sie alle leben jetzt von geborgter Zeit. Sie werden alle sterben. Sie glauben vielleicht, dass Sie die Macht besitzen, den Tod zu bringen, aber mein Onkel Frank ist der Tod in Menschengestalt.«

Der Mann namens Demon neigte den Kopf zur Seite, als ergötzte er sich an einem besonders niedlichen Hundewelpen. Er strich sich den Bart und rief Oban Nassar zu: »Sehen Sie den Jungen? Kalt wie Eis ist er. Wir werden eine schöne Zeit miteinander verbringen, du und ich, Junge. Wir werden eine schöne Zeit haben. Ich sehe, dass deine Erziehung auf einer guten Grundlage ruht, aber zu Ende ist sie noch lange nicht. Ich bin hier, um zu vollenden, was dein Großvater begonnen hat. Ich bin hier, um dir zu helfen, dein wahres Potenzial zu erreichen. Denn siehst du, ich bin immer ziemlich gut darin gewesen, andere zu erschnüffeln, die so sind wie ich. Wir sind nicht wie das ganze Vieh. Wir sind eine eigene Art. Wir sind nicht Homo sapiens, wir sind Homo destructus. Du und ich, dein Dad und dein Onkel Frank – wir sind Wikinger. Wir sind Krieger. Wir sind die Männer, die sich erinnern, wie es sich anfühlt, wenn einem das Blut ins Gesicht spritzt, wenn man die Niederlage eines Feindes genießt und wenn man die Macht über Leben und Tod in den Händen hält. Diese moderne Welt hat es vergessen und will, dass du es vergisst, aber die Welt des Kriegers ist nach wie vor die reale Welt und findet sich gleich unter der Tünche der Zivilisation. Ich werde alles an modernem Denken aus dir ausleiten, Junge. Ich werde dir helfen, dein wahres Potenzial zu erkennen.«

Dylan zuckte mit den Schultern. »Ich bin kein besonders guter Schüler. Mir haben schon alle möglichen Leute was beizubringen versucht, aber ich lerne nur, was ich lernen will.«

Demon winkte Oban Nassar heran und legte ihm eine Hand auf die Schulter. »Mein guter Freund, Sie können dem Jungen hier sagen, was ich höchstwahrscheinlich mit jemandem anstellen würde, dem ich meine glorreichen Lehren schenken möchte, ohne dass er sie annehmen will. Was würde ich mit solch einem Menschen tun?«

Unter den buschigen Augenbrauen sahen Oban Nassars schwarze Augen an der langen gekrümmten Nase vorbei Dylan an, mit gleichen Teilen Abscheu und Verärgerung. »Ich bin mir nicht sicher, was Sie tun würden, Sir, aber wenn ich so kühn sein darf, würde ich gern einen Vorschlag machen.«

Demon lachte stillvergnügt in sich hinein. »Nur zu.«

»Wenn ich mit besonders harten Kerlen wie unserem Mr. Cassidy zu tun habe, halte ich es für das Beste, schon früh eine Grenze zu ziehen. Daher würde ich empfehlen, ihm einen Zeh nach dem anderen abzutrennen und ihn zu zwingen, sie als Strafe für seine Aufsässigkeit zu verspeisen. Meiner Erfahrung nach wird ein harter Kerl wie Mr. Cassidy sich wieder erholen und beinahe normale Funktionalität wiedererlangen, solange man ihm nur den großen und den kleinen Zeh lässt.«

»Aye, das ist sehr wahr«, sagte Demon. »Ich werde Ihre Empfehlung in Betracht ziehen, Oban, aber ich beginne vielleicht ein wenig tiefer auf der Leiter der Verstümmelung – wenigstens zu Anfang. Der springende Punkt ist der, Junge: Glaube nicht eine Sekunde, dass ich mich nicht irgendwann langweile und dir das Leben aus deinem kleinen Körper heraussauge.«

Dylan begriff, dass jetzt nicht der richtige Moment war, um zu tun, was Onkel Frank tun würde, senkte den Blick auf den Boden und sagte: »Ich habe nie behauptet, dass ich ein harter Kerl wäre. Ich sagte, dass mein Onkel Frank es ist. Ich habe eine Irrsinnsangst.«

Die Tränen drohten nun durchzubrechen, aber Dylan wollte nach wie vor nicht zulassen, dass sie sahen, wie er weinte. Das hatten sie noch nicht verdient.

Demon senkte sich wieder auf Dylans Augenhöhe herunter. »Ich weiß, dass du Angst hast, Junge, und ich weiß, dass du nicht behauptet hast, ein harter Kerl zu sein. Die Sache ist die: Je öfter dir jemand sagt, er wäre ein harter Kerl, desto unwahrscheinlicher ist es, dass er wirklich das ist, was er dir verkaufen will. Menschen, die herausragend sind, gehen nicht umher und sagen es allen. Sie sind einfach, was sie sind, und tun, was sie tun. Dass man sich fürchtet, bedeutet keineswegs, dass man nicht hart wäre. Worauf es ankommt, ist, wie du mit der Angst umgehst. Aber du, Junge, brauchst dir über solche Dinge keine Gedanken mehr zu machen. Denn siehst du, ich werde in deinen Kopf greifen, und ich werde die Angst einfach aus dir herausziehen.«

Dylan wusste nicht, was Demon meinte, wenn er sagte, er würde ihm in den Kopf greifen, aber die Erregung, die der geisteskranke Killer zeigte, während er davon sprach, verriet ihm, dass es sich wohl um so eine unvorstellbar schreckliche Sache handelte wie die, über die er nachgedacht hatte. Er versuchte unbeeindruckt auszusehen, aber an dem breiter werdenden Grinsen in dem Narbengesicht merkte er, dass er seine Fassade nicht aufrechterhalten konnte. Er spürte warme Tränen auf den Wangen. Der Wind nahm zu, und die Tränen wurden auf seiner Haut kalt, aber er trocknete sie auch und stählte ihn in seiner Entschlossenheit.

Demon hielt Dylans Blick lange genug fest, um sich zu vergewissern, dass sie beide wussten, wer hier das Kommando führte, aber der Bann wurde gebrochen, als einer der Söldner rief: »Sir, wir haben hier ein Problem!«

Demon wandte sich um, und Dylan folgte seinem Blick zu dem Rottweiler Happy, der zwischen den Killern und ihren Fahrzeugen stand. Happy sah die beiden Männer direkt an, die Dylan so grob festhielten, und fletschte knurrend die Zähne.

Einer der schwarz gekleideten Mörder fragte: »Sollen wir ihn umlegen, Sir?«

»Nein, bitte nicht!«, rief Dylan. »Ich kann ihn bändigen!«

Demon schien den Protest des Jungen nicht zu hören, aber er sagte: »Oh nein. Tun Sie nichts dergleichen.« Mit einem breiten Grinsen in seinem Narbengesicht fuhr er fort: »Das ist einer von meinen, nicht wahr? Einer von den Höllenhunden, die ich für den Gladiator ausgebildet habe. Also, nur damit das klar ist … dein Dad hat dir einen mörderischen psychotischen Killerhund gegeben? Bei so einem Dad ist es kein Wunder, dass du so hart bist.«

»Happy ist nicht mehr so. Er ist kein Höllenhund mehr.«

Demon lachte leise. »Lassen Sie den Jungen los. Wir werden sehen.« Er wandte sich dem Hund zu, zeigte auf Dylan und rief einen Befehl, der deutsch klang.

Der große Rottweiler wirkte verwirrt. Er schaute Demon mit einer Art urtümlichem Erkennen an und dann wieder Dylan. Happy wimmerte tief in der Kehle, und Demon rief erneut seinen Befehl.

Nun schaute Happy mehrmals zwischen Dylan und seinen Entführern hin und her. Schließlich sah er Demon in die Augen. Happy fletschte die Zähne und knurrte so bedrohlich, wie Dylan ihn noch nie erlebt hatte.

»Happy, nein!«, rief er. »Sei brav, es ist okay. Beruhige dich.«

Der Hund wirkte noch immer wachsam und bereit zuzuschlagen, aber das Knurren hörte auf.

»Nun, ich nehme an, du hast recht, Junge«, sagte Demon. »Er ist kein Höllenhund mehr. Er ist nur ein Schatten seiner früheren Glorie. Es wäre ein Dienst an seinen Vorfahren, wenn ich das arme Tier gleich jetzt und hier von seinem Elend erlöse.«

Die Tränen kehrten auf seine Wangen zurück, und Dylan bettelte: »Bitte nicht. Ich … ich tue alles, was Sie verlangen! Aber bitte tun Sie ihm nichts!«

Demon schien einen Moment lang darüber nachzudenken und strich sich den dichten grau-schwarzen Bart. »Okay«, sagte er. »Ich werde dich später noch wissen lassen, wie du mir meine Freundlichkeit vergelten kannst, aber einstweilen sperrst du deinen Hund in die Scheune und lässt ihm Futter und Wasser da.«

Dylan ging augenblicklich zu Happy, nahm ihn beim Halsband, damit er sich nicht auf die Söldner stürzen konnte, denn das wäre sein Tod gewesen.

Kopfschüttelnd folgte Demon dem Jungen auf dem Fuß zur Scheune und lachte dabei. »Du bist ein harter Bursche, Junge. Du hältst einen Höllenhund als Schoßtier, und du hast sogar seine Ausbildung gebrochen. Du bist viel beeindruckender, als dein Großvater behauptet hat.«

»Sie kennen meinen Großvater?«

»Oh ja, wir sind uns ein- oder zweimal über den Weg gelaufen. Er neigt zur Übertreibung, aber ich sehe deutlich, dass er, was dich angeht, nicht allzu weit von der Wahrheit entfernt war, als er dein Potenzial beschrieb. Er hat dich eventuell sogar unter Preis verkauft. Wir werden eine schöne Zeit miteinander verbringen, du und ich, Junge. Wir werden eine schöne Zeit haben.«

35

Ackerman teilte mit den meisten höheren Säugetieren eine Abneigung: Er hasste Krankenhäuser. Das lag keineswegs daran, dass dort üble Dinge geschahen. Vielmehr hatte er häufiger erlebt, dass Menschen, die ihm wichtig waren, durch einen Abstecher ins Krankenhaus geheilt wurden, als dass sie darin verstarben. Seine Abneigung rührte mehr von der Atmosphäre her. Er fand, dass sie ein Paradies für Verzweiflung und sträfliche Hoffnungslosigkeit waren. Der Geruch von menschlicher Angst und Qual überwältigte ihn beinahe, vor allem, weil in seinem früheren Leben dieser Geruch wie süße Ambrosia auf ihn gewirkt hatte.

Statt Marcus in ein normales Krankenhaus zu bringen, hatte das FBI – unter Leitung von Deputy Director Samuel Carter, Ackermans Boss – das Kindred Hospital kontaktiert, eine Übergangsklinik mit vierundvierzig Betten, in der chronisch und kritisch kranke Patienten behandelt wurden, die spezialisierte Pflege benötigten. Normalerweise wäre jemand wie Marcus dort nicht aufgenommen worden, aber Carter hatte einige Strippen gezogen, weil er es für vernünftig hielt, Marcus' Aufenthalt vorerst geheim zu halten. Ackerman hingegen wusste genau: Wenn Demon die Absicht gehabt hätte, Marcus zu töten, würden sie seinen Bruder in die Erde legen und nicht auf ein Krankenhausbett.

Das Wartezimmer – gegenwärtig leer bis auf die Aromen von Zitrusreiniger und Vanille-Duftbeuteln – hatte ein großes Fenster. Ackerman verbrachte den Großteil seiner Zeit damit hindurchzustarren. Das Alamo, der Riverwalk von San Antonio und sämtliche angeschlossenen Touristenfallen lagen nur wenige Häuserblocks südlich des Kindred Hospital, aber das Fenster war nicht hoch genug, um irgendetwas davon zu sehen. Stattdessen konzentrierte Ackerman seine Aufmerksamkeit auf das Kiesdach eines Nachbargebäudes und einige Bäume. Er versuchte seinen Geist zu zentrieren, indem er sich auf die einfache Welt vor dem Fenster fokussierte statt auf sein Versagen vor einigen Tagen.

Dylan war entführt worden, sein Bruder fast getötet, und es war möglich, dass es sich dabei um eine direkte Folge seiner Aktivitäten handelte. Er konnte sich nicht überwinden, auch nur zu erwägen, dass Dylan etwas zustoßen könnte – niemand auf der Welt kam für Ackerman einem eigenen Kind näher als Marcus' Sohn. Sowohl das Vermächtnis seines Bruders als auch sein eigenes vereinigten sich in dem

Jungen, und Demon wusste das. Er würde Dylan gegen sie einsetzen. Er konnte sie verletzen, indem er Marcus' Sohn verletzte, und abermals vermochte sich Ackerman nicht der Erkenntnis zu entziehen, dass er die Schuld daran trug, wenn Dylan erneut von einem geistesgestörten Mörder einer Tortur unterzogen würde. Er hatte gehofft, den Jungen vor der Hässlichkeit der Welt behüten zu können, und stattdessen hatte er sie direkt vor die Haustür seines Neffen geführt.

Nur in seinem Kopf ließ sich eine halluzinierte Version seines Vaters, des berüchtigten Serienmörders, der als Thomas White bekannt war, in den Sitz neben ihm fallen und warf ihm vor, das Familienvermächtnis zu gefährden, indem er zuließ, dass Dylan entführt wurde. Ackerman ließ die Beleidigungen einige Minuten lang über sich ergehen, denn er fuhr am besten damit, wenn er ignorierte, was er als Ausgeburt seiner Phantasie erkannte. *Ignoriere die Halluzination, bis sie vergeht.* Dann aber beging er den Fehler, vor sich hin zu murmeln: »Warum behelligst du mich immer so sehr, wenn ich nur mit meinen Gedanken allein sein möchte?«

Mit seinem typischen selbstgefälligen, überlegenen Grinsen antwortete Thomas White: »Die Symptome der Schizophrenie verschlimmern sich im Allgemeinen, sobald der Patient sich selbst überlassen ist.«

»Ich leide nicht an Schizophrenie«, flüsterte Ackerman und verfluchte sich dafür, dass er reagierte.

»Was bist du dann? Falls es dir nicht klar sein sollte, normale Menschen erleben keine optischen und akustischen Halluzinationen.«

»Ich habe nie behauptet, normal zu sein, aber ich fürchte, meine Beschwerden rühren daher, dass dein Vorbild aus dem wirklichen Leben an meinem Gehirn herumgepfuscht hat. Ich antworte dir nicht mehr. Du bringst mich nur dazu, Nadia aufzuwecken.«

Sein Vater plagte ihn weiter, aber nachdem Ackerman ihn eine Weile ignoriert hatte, verstummte der alte Mann wieder.

Nadia schlief auf dem Sitz neben ihm. Sie hatte sich ihre Jacke zu einem Kissen zusammengefaltet, ihr Kopf ruhte auf der hölzernen Armlehne des Wartezimmerstuhls. Einige verirrte Haarsträhnen baumelten ihr vor dem Gesicht. Ackerman widerstand dem Drang, sie beiseitezustreichen, damit er sie besser sehen konnte. Selbst von hier aus konnte er den Duft von Jasmin und Babyatem riechen, der sie stets umgab. Ackerman war sich im Klaren darüber, dass er schon lange in sie verliebt war, aber er verbot sich nach wie vor, seinen Gefühlen nachzugeben. Zum einen wäre es in Anbetracht ihres Arbeitsverhältnisses unangebracht gewesen, aber vor allem wusste er, dass er wie ein Speer oder ein Pfeil sein sollte. Solche Kriegswaffen funktionierten nicht richtig und trafen ihre Ziele nicht, wenn Blätter und Zweige an ihnen sprossen und ihren Flug verlangsamten. Die Kräfte der Finsternis verstanden sich eigenartig gut darauf, die Witterung jedes Menschen aufzunehmen, den zu lieben er sich gestattete, und er scheute davor zurück, Nadia diesen Fluch aufzuerlegen. Er hoffte, wenn er niemals die Worte aussprach, wenn er nie danach strebte, wonach er sich im Leben wahrhaft sehnte, würde die Finsternis ihm Nadia vielleicht nicht ganz wegnehmen.

Sie war an seiner Seite, seit FBI-Hubschrauber sie in Medford, Oregon, abgeholt und stante pede nach San Antonio gebracht hatten, wo Marcus' Verletzungen bereits behandelt wurden.

Von dem Versuch, nicht an Marcus zu denken, schmerzte Ackerman das Gehirn, und er konnte sich nicht mehr daran erinnern, wann er zuletzt geschlafen hatte, aber er begriff erst, wie sehr er aus dem Lot war, als Deputy Director Samuel Carter neben ihm Platz nahm, ohne dass Ackerman –

der seiner Umgebung stets genau bewusst war – bemerkt hätte, dass sich jemand näherte.

Ohne den Blick auf den Deputy Director zu richten, fragte er: »Was sagen sie?«

Carter beugte sich vor, die Ellbogen auf den Knien seines Designeranzugs. »Sie erwarten, dass Marcus noch wenigstens zwei Stunden lang operiert wird. Die Knochenbrüche sind gerichtet, aber die Hautverpflanzungen ziehen sich hin.«

Ackerman fuhr sich durchs Haar und dachte daran, was Demon seinem Bruder angetan hatte. Alles in allem betrachtet konnte Marcus sich glücklich schätzen. Demon hatte ihm durch wohlgezielte Hiebe mit einem Vorschlaghammer die Beine mehrmals gebrochen, doch die Ärzte waren zuversichtlich, dass er am Ende wieder die volle Funktionalität zurückerlangen würde und wieder gehen könnte. Schlimmer war, dass Demon chirurgisch mehrere große Hautpartien zwischen Marcus' Knie und seinem Fuß entfernt hatte. Marcus wäre beinahe verblutet, bevor Hilfe eintraf. Die Verletzungen würden zudem große Vorsicht erfordern, damit er sich keine lebensbedrohliche Infektion zuzog.

Ackerman versuchte sich auf die ruhige und uninteressante Welt vor dem Fenster zu konzentrieren – ein Anblick, der in keiner Weise schön oder außergewöhnlich war, aber real und solide. Über diese Welt nachzudenken war leichter als über jene, in der er lebte und die nun oft mehr wie ein böser Traum erschien denn als konkrete Wirklichkeit.

»Sie sollten sich nicht die Schuld an dem geben, was passiert ist«, sagte Carter.

Ackerman zog eine Braue hoch und wandte sich dem FBI Deputy Director zu. »Und wie genau kommen Sie darauf? Als ich mit Ihnen und Nadia sprach, habe ich darauf bestanden, dass wir meinen Bruder nicht hineinziehen.«

Carter wandte den Blick ab, und ein unbehaglicher Ausdruck zog durch das Gesicht des gutaussehenden Mannes. Ackerman war über Carters wahres Alter erstaunt gewesen und fand, dass er Denzel Washington nicht nur ähnlich sah, sondern genau wie der Schauspieler den Jahren beharrlich trotzte. Nun, als Carter die gequälte Miene zog, traten sämtliche Fältchen rings um seine Augen deutlicher hervor. »Was verraten Sie mir nicht?«, fragte Ackerman.

Carter seufzte und antwortete widerstrebend. »Wegen … Die Telefonkonferenz, die wir abhielten, ist wohl abgefangen worden, denn als Demon Ihren Bruder in seinem Blut zurückließ, spielte er ein Video in Endlosschleife auf Marcus' Telefon ab. Während Ihr Bruder auf Hilfe wartete, musste er sich Ihre Worte über ihn und die Forderung, ihn nicht einzubeziehen, immer wieder anhören. Ich dachte, das sollten Sie wissen, falls es zur Sprache kommt, nachdem er aufgewacht ist und Sie endlich mit ihm reden können.«

Ackerman wäre nicht überraschter gewesen, wenn über ihren Köpfen die Decke eingestürzt wäre, aber er sollte sich wohl überhaupt nicht wundern. Natürlich gehörte es zu Demons Plan, einen Keil zwischen sie zu treiben. Teile und herrsche war stets eine gute Strategie.

»Weiß er schon etwas von Dylan?«, flüsterte Ackerman. »Weiß er, dass sein Sohn entführt worden ist?«

Carter zuckte mit den Schultern. »Ich glaube nicht, dass er wach genug gewesen ist, um irgendeine Information aufzunehmen, seit die Rettungssanitäter ihn gefunden haben.«

Ackerman nahm sein Aus-dem-Fenster-Starren wieder auf und versuchte, nicht weiter darüber nachzudenken, was das bedeutete. Er hatte an sich eine Tendenz bemerkt, Dinge mühelos zu akzeptieren, die jenseits seiner Kontrolle waren, aber wenn den Menschen um ihn herum als Resultat seines Tuns oder Nichttuns schlimme Dinge zustießen, konnte er nicht anders als analysieren und hinterfragen. Manchmal fragte er sich, ob er in seinem neuen Leben überhaupt etwas bewirken konnte. Oder verursachte er als Bundesagent genauso viel Leid wie während seiner dunklen Jahre, auch wenn die Verheerungen, die er nun anrichtete, weder ostentativ noch absichtlich geschahen? Er betrachtete sich gern als weiterentwickelt als andere Menschen, was er seiner Reinigung in den Feuern des Schmerzes verdankte. Er sollte fähig sein, weiter zu denken und mehr zu leisten als seine Gegner, und doch stieß Menschen, die er liebte, seinetwegen immer wieder etwas zu. Die Finsternis, die er in sich trug, war Gift für alle, die er liebte. Die einzige Lösung bestand darin, sich aus der Gleichung ihres Lebens herauszukürzen.

36

Mit dem Gefühl, er sei gerade einem schlimmen Traum entkommen, wachte der Mann auf. Dass sich die Anspannung löste, erleichterte ihn. Er spürte seidene Laken und ein weiches Bett, und einige Sekunden lang empfand er heitere Gelassenheit. Dann überfuhr ihn eine Welle der Furcht, weil ihm klar wurde, dass er nicht wusste, wo er war, ja, dass er nicht einmal sagen konnte, woher er Seidenlaken und ein Bett kannte. Er vermochte sich an nichts zu erinnern, was gewesen war, bevor er aufwachte, fast als wäre ein Dieb in seinen Kopf eingestiegen und hätte ihn seiner Erinnerungen mit der gleichen Mühelosigkeit beraubt, mit der er ihm seine bewegliche Habe stehlen konnte.

Er setzte sich auf. Er fand sich in einem Raum, den nur

Monitore und die Kontrollfelder von Maschinen erleuchteten. Kurz fragte er sich, ob er an Bord eines außerirdischen Raumschiffs sein mochte, und er konnte sich nicht erinnern, woher er von außerirdischen Raumschiffen wusste. Es war, als wären seine Erinnerungen noch irgendwo und informierten bestimmte Teile seines Gehirns, sodass er Objekte ringsum erkennen konnte, aber weder vermochte er eine Verbindung zu diesen Objekten zu bilden, noch erinnerte er sich daran, wo er sie in der Vergangenheit schon gesehen hatte.

Er krampfte die Fäuste um die Bettdecke. Schweiß überzog seinen Körper. Er senkte den Blick und sah, dass er ein Krankenhaushemd trug, unter dem lauter kleine Elektroden auf seiner Brust klebten. Aber aus irgendeinem Grund kam ihm der Raum nicht wie ein Krankenhauszimmer vor. Es roch nicht nach Krankenhaus. Der Geruch war muffiger und zu wenig antiseptisch.

Eine Frau mit kastanienbraunen Haaren, blasser Haut und zierlicher, aber wohlgeformter Figur schlief links von seinem Bett auf einem Stuhl. Sie war schön genug, um ein Model zu sein, und eindeutig kein Mädchen mehr, aber durch die Art, wie sie sich wie ein Fötus zusammengeringelt hatte und genauso friedlich schlief, erinnerte sie ihn an ein Kind.

Selbst im Schlaf schien die Schönheit seinen Blick zu spüren. Sie wachte auf, machte große Augen und packte mit den Händen das Bettgestell. »Oh, dem Dunklen Mann sei gedankt! Ich wusste nicht, ob du jemals wieder aufwachen würdest. Beweg dich nicht, warte einfach kurz. Ich hole die Ärztin. Sie wartet draußen.«

Er empfand eine seltsame Vertrautheit mit dieser Frau, und sie hatte ihn geduzt. Er musste sie kennen. Vage spürte er, dass er ihr vertraute und sie respektierte, aber er konnte sich nicht erinnern, woher sie sich kannten oder in welcher Beziehung zueinander sie standen.

Kurz darauf kehrte die Frau mit einer größeren Frau zurück, einer Asiatin mit grauen Haaren und einem von Sorgenfalten zerfurchten Gesicht. Die Ärztin wies ihn an, sich wieder zurückzulehnen, und untersuchte ihn: Mit einer Stablampe leuchtete sie ihm in die Augen, blätterte durch Seiten auf einem Klemmbrett und las prüfend die unterschiedlichen Monitore ab.

Er konnte sich nicht erklären, wieso er den Drang verspürte, den beiden Frauen seinen Gedächtnisverlust zu verschweigen, also kämpfte er dagegen an. »Kann jemand mir sagen, wie ich heiße?«, fragte er. »Ich habe Schwierigkeiten, mich an irgendetwas vor meinem Aufwachen zu erinnern.«

Die Ärztin tauschte einen raschen Blick mit der jüngeren, braunhaarigen Frau, und er entdeckte Ablehnung in ihrem Gesicht. Im nächsten Moment senkte sie den Blick, aus Scham, wie er meinte. Allerdings wusste er nicht, wieso er sich darauf verstehen sollte, bei anderen Menschen solche Mikroexpressionen zu erkennen.

Die Ärztin seufzte. »Ihr Name ist Alpha, und Sie sind der Anführer der Jünger des Feuers.«

37

Dylan Cassidy fühlte sich seiner gegenwärtigen Lage schlecht gewachsen. Er besaß keine Superkräfte wie sein Onkel oder sogar sein Vater – die Superkraft seines Onkels war komplette Furchtlosigkeit, die seines Vaters Starrsinn und Paranoia. Dylan jedoch mangelte es an dergleichen. Er konnte sie nur imitieren. Sowohl sein Vater als auch sein Onkel waren im Kampfsport ausgebildet. Sein Vater hatte erst als Kriminalbeamter und dann als Bundesagent gedient, sein Onkel Frank war von Dylans Großvater gezwungen worden, der perfekte Killer zu werden. Der Großvater nannte sich heute Thomas White, sein berühmtester nicht geheimer Deckname.

Die Härte seines Onkels konnte Dylan nur imitieren. Er wusste nur zu gut, dass ihm selbst kein bisschen Härte innewohnte. Außer bei Videospielen kämpfte er in der Regel nicht. Sein Vater hatte ihm im Lauf der Jahre viel über Selbstverteidigung beigebracht, und Onkel Frank auch, aber Dylan hatte nicht viele Gelegenheiten gefunden, es in der wirklichen Welt in die Tat umzusetzen. Auf dem Schulhof war er nur ein paarmal in einen Kampf geraten, und normalerweise hatte die Sache nach einem einzigen Schlag oder einem Manöver ein Ende gefunden. Er fühlte sich nicht vorbereitet, um gegen irgendwen zu kämpfen, und er hatte zu viel Verstand, um sich auf einen Kampf einzulassen, den er nicht gewinnen konnte.

Der Kampf gegen seinen aktuellen Gegner war ihm jedoch aufgezwungen worden.

Er war vollkommen überfordert, und das wurde umso deutlicher, als sie an einem kleinen Campingplatz hielten, um zu tanken. Demon – der wie üblich eine dunkle Jeans und ein schwarzes Button-down-Hemd trug, sie nun aber durch eine Motorradjacke aus Leder ergänzt hatte – kam zu ihm und fragte: »Weißt du, wo wir heute Nacht schlafen, Junge?«

Dylan zuckte mit den Schultern. »In einem tollen Hotel, hoffe ich.«

»Oh nein, Junge. Wir bleiben heute Nacht hier. Du und ich, wir werden campen.«

Dylan hatte keine Ahnung, was sich der Irre unter Campen vorstellte, aber er wollte damit nichts zu tun haben.

Natürlich hatte er dabei nicht mitzureden, also hielt er den Mund.

Demons Gehilfen untersuchten die Gegend, dann ging Demon zu einem der Fahrzeuge und entnahm ihm eine zweischneidige Axt. Mit der Axt in der Hand kehrte er zu Dylan zurück. »Komm mit, Junge. Wir werden Holz fällen.«

Dylan sank das Herz in die Hose, und er fragte sich, ob sie wirklich Holzfällen gingen oder ob Demon ihm irgendeine Lektion erteilen wollte, indem er ihm seine nicht lebenswichtigen Gliedmaßen abhackte. »Wozu fällen wir Holz?«, fragte er.

Demon wölbte eine Augenbraue. »Wir sind in Süd-Pennsylvania, und wir haben Mitte Januar. Wir übernachten heute im Freien. Wenn wir kein Holz haben, erfrieren wir.«

In der Hoffnung, hart zu erscheinen, sagte Dylan: »Ich meinte … Wenn Sie wirklich hier draußen schlafen und sich die ganze Nacht den Arsch abfrieren wollen, ist mir das recht. Das kann ich aushalten. Ich habe mich nur gefragt, warum *Sie* persönlich Holz hacken gehen und nicht einen von Ihren Lakaien schicken.«

Demon breitete die Arme aus. »Ich verstehe durchaus, was du meinst, Junge, und ich kann auch ahnen, wieso jemand aus deiner Generation sich wundert, wenn jemand wie ich – ein König von eigenem Recht – sich dafür hergibt zu … Wie nennt ihr das in euren Videospielen? Zu *grinden?* In richtiger Sprache: sich abzurackern. Aber siehst du, wenn du eine bestimmte Position erreicht hast und alles tun kannst, was du willst, hörst du auf, bestimmte Pflichten als etwas zu betrachten, das dir aufgezwungen wird. Stattdessen siehst du sie als Dinge, die du entschieden hast zu tun, weil du sie genießt. Ich möchte mit dir Holz fällen, weil es etwas ist, das ich genieße. Ich finde es kathartisch, und ich möchte, dass du es mit mir erlebst. Daran ist nichts Seltsames oder

Abartiges. Ich habe auch nicht vor, dich im Wald auf einem Altar als Opfer darzubringen. Wir werden bloß am Lagerfeuer sitzen und uns nett unterhalten. Blut und Gedärme werden nicht spritzen … wenigstens nicht heute Abend.«

Dylan richtete den Blick auf den Boden und zuckte mit den Schultern. »Okay. Wohin wollen Sie gehen?«

»Das ist der richtige Geist, Junge.« Demon führte ihn in ein nahes Waldstück und blieb schließlich stehen. »Der Baum hier wäre gutes Feuerholz«, sagte er. »Bleib zurück, Junge.« Er holte mit der Axt aus und trieb sie mit langsamen, kontrollierten Hieben in den Stamm.

Während er immer wieder zuschlug, fragte Demon: »Als Junge in deinem Alter spielst du doch sicher Videospiele, richtig?«

»Manchmal«, log Dylan.

»Dann freust du dich sicher schon auf die virtuelle Realität, wenn sie dir das Spiel direkt ins Gehirn pflanzen und wir denken, dass das, was wir sehen, vollkommen real ist, ohne dass ein Bildschirm nötig wäre.«

Dylan hob die Schultern. »Ja, das wär ziemlich cool.«

Der Baum fiel um, als Demon ihn mit einem harten Ellbogenstoß in die Richtung kippte, in der er ihn haben wollte. Dylan fand es unmöglich zu sagen, wie alt Demon wirklich war. Sein Haar war grau, und sein Gesicht war gewiss verwittert, aber er hatte auch zweifellos ein hartes Leben geführt – ein Leben, das einen Menschen vorzeitig altern lassen konnte.

Bevor er begann, den gefällten Baum zu zerlegen, fuhr Demon fort: »Weißt du, was dabei das Entscheidende ist, Junge? Ein Spiel kann niemals die Wirklichkeit imitieren, solange die Spielmechanismen nicht unsichtbar sind. Solange man die Simulation *spielen* kann, ist sie nicht mehr als das – ein Spiel. Solange es keine echten Konsequenzen für dich gibt, ist es nicht überzeugend real, denn du kannst ja neu laden und es wieder versuchen. Das Einzige, was du investierst, ist deine Zeit, die du in einem bequemen Sessel in einem behaglichen Haus verbringst – solange das so ist, wird es nie real sein. Ich habe mich entschieden, mein *Grinding* nicht in Videospielen, sondern auf der Straße auszuüben. Natürlich gab es noch keine Videospiele, als ich noch ein Kind war, daher muss ich dich hier ein bisschen vom Haken lassen. Worauf ich hinauswill: Ich habe mein Grinding in der wirklichen Welt betrieben. In deinen Spielen hast du Blut und Gedärme gesehen, aber ich glaube, es wird Zeit für das Echte. Wirklich lernen kannst du nur aus authentischer Erfahrung. Und solch eine Lektion habe ich für dich geplant.«

Demon begann den Stamm zu zerlegen, aber zwischen den Schlägen sprach er weiter. »Morgen früh wirst du etwas erleben, das für mich etwas Besonderes ist, etwas, von dem ich meine, dass jeder *Homo destructus* wie du und ich es erlebt haben sollte. Ich nenne es die *Bluttaufe*.«

38

Im Lauf der Jahre hatte FBI Deputy Director Samuel Carter das Privileg genossen, mit zahlreichen außerordentlich begabten Personen zu arbeiten, von denen jede ihre eigenen Einschränkungen mitbrachte, die ihre großen Stärken begleiteten. Einer der brillantesten von ihnen – und einer, dessen psychologischen Aufbau er unendlich faszinierend fand – war Francis Ackerman jr. Der einstige Serienmörder hörte nie auf, ihn zu überraschen – oft mit seiner Arroganz, aber manchmal auch mit seiner Demut. Ackerman versuchte die Welt zu sehen, wie sie war, und sie zu akzeptieren. Er versuchte nicht, einem Menschen oder einem Ding seine eigenen Vorstellungen überzustülpen. Ackerman hatte einen persönlichen Kodex, einen strengen Regelsatz, an den er sich hielt, aber wenn die Karten auf dem Tisch lagen und Gewalt die einzige Option blieb, hatte Carter noch nie jemanden erlebt, der so auszuteilen vermochte wie Ackerman. Der Mann konnte übergangslos von heiter und gelassen zu einem wandelnden Ballett von Blut und Wut mutieren. Carter sah Ackerman nicht gern so leiden wie im Moment und bedauerte, dass die Arbeit sich derart auf seine Familie und sein Privatleben auswirkte. Dass FBI-Agenten durch ihre Ermittlungen zu Zielen wurden, kam nicht oft vor, aber Carter hatte es während seiner Laufbahn einige Male erlebt. In jedem Fall hatte er sich dafür verantwortlich gefühlt.

Der Deputy Director wartete ab, dass Ackerman zuerst etwas sagte. Er hatte oft schon festgestellt, dass man jemandem am besten durch eine Zeit großer Not half, indem man nichts sagte und nur zuhörte. Nach einem Moment atmete Ackerman tief durch, drückte die Schultern durch und fiel wieder in die typische Haltung eines einzelgängerischen Löwenmännchens – ein Mann, der überzeugt war, dass er jede Situation meistern konnte, in die er geriet.

Dann sah er Carter direkt in die Augen. »Sie wissen, was ich tun muss, Samuel. Ich muss den Jungen um jeden Preis zurückholen.«

Carter atmete tief ein, bevor er antwortete, und dachte sorgsam über seine Worte nach. »Den Preis müssen wir immer berücksichtigen. Den Preis, den es Sie selbst kostet und die Leute in Ihrer Umgebung, auf deren Leben sich Ihr Tun nun einmal auswirken kann.«

Ackerman biss die Zähne zusammen und sah wieder zum Fenster. »Sagen Sie mir, dass Sie etwas für mich haben.«

Carter hatte noch nicht auf den Fall zu sprechen kommen wollen, aber Ackerman wollte sich geistig auf die erschreckende und kaum zu bewältigende Aufgabe einstimmen, die ihnen bevorstand. Es weiter hinauszuzögern war sinnlos. Da Carter wusste, dass Ackerman Papierdokumente digitalen Akten vorzog, hatte er die relevanten Papiere in einem kleinen Rucksack mitgebracht, der neben seinem Sitz stand. Er bückte sich danach, reichte Ackerman die drei Ordner und wies seinen Agenten in jeden davon ein. Als Agent betrachtete Carter ihn sehr wohl, auch wenn Ackerman solche Bezeichnungen rundheraus ablehnte.

Der oberste Ordner war mit *Cipriani* beschriftet.

»Die beiden Gorillas, von denen Sie im Diner ergriffen wurden, sind zwei Schwergewichte, die ausschließlich für die Cipriani-Familie arbeiten.«

Er wusste, dass er Ackerman nicht zu erklären brauchte, von wem die Rede war. Carlo Ciprianis Name war sämtlichen Strafverfolgern ein Begriff. Der berüchtigte Gangsterboss war wegen Steuerhinterziehung festgenommen worden, die zu einer langjährigen Haftstrafe geführt hätte. Cipriani erklärte sich daraufhin bereit, als Kronzeuge auszusagen, und behauptete, er würde alles Mögliche über alle möglichen unangenehmen Leute aufdecken. Nicht nur über Personen, die direkt mit ihm verbunden waren, sondern auch über die vielen Partner in illegalen Geschäften, die er über die Jahre kultiviert hatte. Cipriani war in Schutzhaft genommen worden und sollte vor einem Senatsausschuss zu einem Korruptionsskandal aussagen, in den auch ein Senator aus New Hampshire verwickelt war. Aber auf dem Weg zum Gericht gelang Ciprianis Männern ein Befreiungsversuch. Der Gangsterboss war untergetaucht, seine Spur erkaltet. Allgemein wurde angenommen, dass Cipriani irgendwo am Strand lag, aber in einigen Strafverfolgerkreisen kursierte das Gerücht, er sei noch immer in den Vereinigten Staaten und herrsche von einem Versteck aus über sein Imperium. Die Nachrichtensendung *Dateline NBC* hatte neulich eine Dokumentation über Cipriani gebracht.

Während Ackerman die Akte las, schüttelte er den Kopf. »Wozu sollte Cipriani uns Leute in Demons Namen auf den Hals hetzen?«

Carter fand die Frage ein wenig untypisch für Ackerman. Normalerweise dachte der Mann zehn Züge weiter als jeder andere im Raum, aber heute schien er besonders unkonzentriert zu sein. Carter verstand sehr gut, dass die synaptische Kapazität seines Schützlings reduziert war.

»Das habe ich mich auch schon gefragt. Ich nahm an, dass es eine Verbindung zwischen Cipriani und Demon geben musste, deshalb wühlte ich ein wenig in den Versprechungen, die Cipriani der Staatsanwaltschaft gemacht hat. Ich entdeckte, dass er einmal angekündigt hatte, er würde ihr einen ›richtig dicken Fisch wie Demon‹ ausliefern.«

Ackermans Augen leuchteten auf. »Sie glauben, dass Cipriani persönlich mit Demon bekannt ist und dass sie Geschäftspartner waren. Aber wenn Cipriani auch nur an die Möglichkeit gedacht hätte, gegen ihn auszusagen, hätte Demon ihn augenblicklich beseitigt.«

Carter zuckte mit den Schultern. »Vielleicht ist Cipriani in Wirklichkeit aus diesem Grund untergetaucht.«

»Aber warum sollte er uns dann Leute auf den Hals hetzen? Sie sind eindeutig in Demons Auftrag gekommen. Sie haben mir ein Geschenk von ihm übergeben.«

Carter hatte keine gute Antwort darauf. »Ich bin mir nicht sicher. Vielleicht versucht Cipriani, Wiedergutmachung an Demon zu leisten. Vielleicht weiß Ihr alter Freund gar nicht, wo Cipriani ist. Da er keine Rache üben kann, gestattet er Cipriani stattdessen, seine Schuld langsam abzuarbeiten.«

Ackerman blätterte weiter durch die Akten, aber Carter konnte sehen, dass sich die Rädchen in seinem Kopf rasend schnell drehten. Langsam kehrte das übliche Glimmen grimmiger Intelligenz in seine Augen zurück. Ackerman fragte: »Und niemand hat irgendeine Idee, wo Cipriani steckt? Ihre Freunde haben nicht irgend so einen Hinterzimmer-Deal geschlossen? Nicht dass er in Wirklichkeit doch in Schutzhaft ist, während nach außen hin nur so getan wird, als wäre er auf freiem Fuß.«

Carter schüttelte den Kopf. »Nein. Ich besitze genügend Einfluss im Justizministerium, dass man mich darüber informiert hätte. Wo Carlo Cipriani sich aufhält, weiß meines Wissens niemand bis auf ein paar seiner engsten Vertrauten – von denen mehrere mit ihm verschwunden sind; einige haben sogar Frauen und Kinder zurückgelassen. Die Ehefrauen erscheinen recht verständnisvoll und sagen kein Wort.«

Grummelnd durchforstete Ackerman die Akte, erreichte ihr Ende und wandte sich der nächsten zu.

Sie befasste sich mit einem anderen Aspekt, auf den Ackerman in Oregon gestoßen war. »Die nächsten beiden Akten stehen in Verbindung«, merkte Carter an. »In der ersten geht es um Mayor Randolph Hayley, den Bürgermeister von New York City, und eine versteckte Obdachlosengemeinde, die sich selbst Hayleyville nennt. Die zweite Akte befasst sich mit der Gruppe, die Demon, wie Sie entdeckt haben, als seine neue Leidenschaft bezeichnet: die Jünger des Feuers.«

Während Ackerman die Seiten überflog und weiterblätterte, referierte Carter die wichtigsten Informationen. »Mayor Hayley und seine Regierung sind durch aggressive Umnutzung und Gentrifizierungsmaßnahmen dafür verantwortlich, dass zahlreiche Mieter ihr Dach über dem Kopf verloren haben. Hayley hat versprochen, in etlichen Vierteln aufzuräumen, aber wie sich herausstellte, meinte er damit, die armen Leute in diesen Vierteln aus ihren Häusern und Wohnungen zu vertreiben, damit höherklassige Bürger einziehen konnten. Sehr viele Menschen sind jetzt sehr unzufrieden mit ihm, und ich vermute stark, dass er die nächste Wahl verlieren wird, aber anscheinend gibt es Gruppen, die nicht so lange abwarten wollen. Sie wollen, dass Hayley auf der Stelle zurücktritt und dass als sein Nachfolger ausdrücklich jemand ausgesucht wird, der den Schlamassel beseitigen kann, den Hayley angerichtet hat.«

»Nichts davon klingt mir nach etwas, mit dem Demon sich befassen würde.«

»Ich sage Ihnen nur, was ich weiß. Zwei Bürgergruppen gibt es, die in ihrer Kritik an Mayor Hayley am lautstärksten sind. Die Wortführerin der ersten ist eine Frau, die eine Obdachlosengemeinde namens Hayleyville leitet. Ihr Name steht in der Akte, ich habe vergessen, wie genau sie heißt. Hayleyville ist eine große Gemeinde, die diese Frau gegründet hat, und wo sie sich befindet, hält sie streng geheim. Die U-Bahn-Tunnel unter New York City sind ein einziges Labyrinth aus Stollen und verlassenen Hohlräumen, in denen sie ein Versteck gefunden haben dürfte, wo ein paar Hundert Menschen leben, ohne dass das MTA und das NYPD sie bisher finden konnten. Und wenn doch, so verraten sie es zumindest nicht Mayor Hayley. Die Anführerin dieser Gruppe ist sehr rührig und hat Reporter und Kamerateams eingeladen. Mit verbundenen Augen werden sie durch ein Gewirr von Tunneln an die Stelle geführt, wo Hayleyville errichtet wurde. Dort gibt es Elektrizität – sie zapfen sie von Stromleitungen in der Nähe ab. Mit der Elektrizität betreiben sie Ackerbau und sorgen für angenehme Temperaturen. Wie es scheint, gibt es dort Lehrer und Ärzte und etliche Annehmlichkeiten. Im Leben von Obdachlosen spielen unter normalen Umständen extreme Bedingungen und mentale Probleme eine große Rolle. In Hayleyville handelt es sich jedoch vor allem um normale Leute, die aus ihren Häusern gedrängt worden sind. Sie hatten nie vor, der Gesellschaft zu entfliehen. Sie versuchen nur, einen Schlafplatz zu finden, bevor sie ihre Wohnungen zurückbekommen.«

Ackerman klappte die zweite Akte zu und wandte sich der dritten zu. »Und was ist mit der zweiten Gruppe? Den Jüngern des Feuers?«

»Die Gruppe geht äußerst militant vor. Die Jünger des Feuers begehen in der ganzen Stadt gewalttätige Anschläge auf willkürlich ausgesuchte Bürger in reichen Vierteln und sagen, die Gewalt wird immer weiter eskalieren, bis Mayor Hayley beweist, dass er sich um die Menschen schert, die ihn gewählt haben, und freiwillig zurücktritt.«

Ackerman ging von einer Seite der Akte zur anderen. »Das klingt überhaupt nicht nach etwas, wofür Demon sich interessiert. Immer vorausgesetzt, bei den New Yorker Jüngern des Feuers handelt es sich nicht um eine Gruppe, die nichts mit seiner neuen Bruderschaft perfekter Killer zu tun hat: Warum sollten sie sich in einen Disput zwischen verdrängten Mietern und einem korrupten Politiker einmischen? Genau wie ich steht Demon über solchen Dingen. Die Autorität Ihrer Regierung erkennt er nicht an. Sich in die Politik einzumischen, würde er als Zeitverschwendung betrachten, es sei denn, er manipuliert die Situation aus einem Streben nach finanziellem Gewinn oder persönlicher Befriedigung. Beide Möglichkeiten halte ich für denkbar.«

Carter zuckte mit den Schultern. »Ich weiß es nicht, Frank. Ich würde sagen, Sie sollten das alles herausfinden.«

Ackerman nickte. »Es ist immerhin ein Anfang. Ich nehme an, Sie hatten keinen Erfolg mit den Vermisstenmeldungen in den Medien und den Fahndungsaufrufen wegen Dylan?«

Carter schüttelte den Kopf. »Noch nichts. Für Demon arbeiten so viele Leute, dass er sich nicht in der Öffentlichkeit zu sehen lassen braucht, ganz wie sein anscheinender Geschäftspartner Carlo Cipriani.«

Ackerman seufzte. »Wenn es sonst nichts gibt, Samuel, wäre ich gern eine Weile allein mit meinen Gedanken.«

Carter nickte und wollte aufstehen, aber vorher fühlte er sich gedrängt zu sagen: »Sie dürfen sich nicht die Schuld geben für das, was passiert ist, Frank. Vielleicht trifft Sie ein klein wenig Verantwortung, aber jetzt ist es erledigt. Versinken Sie nicht darin. Leben Sie im Jetzt, in der Aufgabe, die Sie erledigen müssen. Sie werden Ihren Neffen nicht zurückbekommen, wenn Sie sich von Schuldgefühlen ablenken lassen.«

Ackerman sah Carter mit seinem typischen schiefen Grinsen an. »Glauben Sie mir, Samuel, Sie brauchen mir nicht beizubringen, wie man mit Schmerz umgeht.«

Carter nickte. »Sie sind ein harter Mann, Frank, da besteht kein Zweifel. Aber dieser Schmerz ist von einer anderen Sorte, nicht wahr? Sie haben viel durchgemacht, aber es gibt immer mehr. Tiefer geht immer, und ein Familienmitglied zu verlieren ist mit Sicherheit eine Möglichkeit, tiefer in den Schmerz zu sinken. Ich weiß, was Sie bei Maggie Carlisles Tod empfunden haben. Diese Sorte Schmerz kenne auch ich ganz gut. Ich habe meine Frau verloren, wie Sie wissen, aber auch viele andere, die mir sehr nahestanden. Meine jüngere Schwester war immer unberechenbar. Sie lebte schnell und unangepasst und verfiel dem Heroin. Ihr ging es sehr schlecht. Ich holte sie aus einem Crackhaus in Detroit, brachte sie in Entzug und Reha, und nachdem das alles erfolgreich zu sein schien, holte ich sie zu meiner Frau und mir ins Haus. Wir kümmerten uns um sie und schenkten ihr alle Liebe, zu der wir fähig waren, damit sie wieder auf die Beine kam. Aber an einem Wochenende stahl sie meine Dienstwaffe und verkaufte sie, damit sie ihren Fix bekam. Sie erhielt schlechten Stoff und starb in meinem Keller, während meine Frau und ich uns oben einen Film anschauten.«

»Ich bedaure Ihren Verlust und will nicht unsensibel sein, aber ich verstehe nicht, wie diese Information mir helfen soll, meinen Neffen wiederzubekommen.«

»Die Sache ist die, Frank, dass Sie alles in Ihrer Macht Stehende tun können, um sie zu behüten, aber am Ende können Sie sie weder vor sich selbst noch vor der Welt beschützen. In der einen oder anderen Gestalt finden Schlechtigkeit und Finsternis immer einen Weg zu uns. Beide gehören zu unserer vorübergehenden Existenz. Sie dürfen sich nicht allzu sehr von der Vergangenheit ablenken lassen. Sie müssen einfach Ihr Bestes tun – das Äußerste, was Sie mit Ihren Mitteln ausrichten können – und dann darauf vertrauen, dass alles zum Besten derer, die Gott lieben und in seinem Sinn handeln, zusammenwirkt. Und wenn ich eines sicher weiß, dann dass Sie von einer höheren Macht berufen sind, den Menschen zu helfen. Seit wir zusammenarbeiten, haben Sie Tausenden das Leben gerettet. Lassen Sie diesen Zweck nicht von den Fehlern überschatten, die Sie zweifellos begehen werden.«

Ackerman biss die Zähne zusammen und ließ sein Genick knacken. »Ich bin gern allein. Und glauben Sie bitte niemals, Sie müssten mir den Kopf zurechtrücken, was meinen Zweck auf Erden betrifft. Ich weiß genau, wer ich bin und weshalb ich hier bin. Und ich habe die Absicht, meinen alten Freund Demon über die Natur meines besonderen Daseinszwecks zu erleuchten.«

Carter stand auf und legte Ackerman die Hand auf die Schulter. »Versuchen Sie ein bisschen auszuruhen, Frank.

Falls Demon Dylan verletzen wollte, hätte er es vermutlich wie bei Marcus auf der Ranch getan. Vermutlich hält er ihn irgendwo in einem Motel versteckt und benutzt ihn, um Sie zu verunsichern. Bearbeiten Sie den Fall. Finden Sie Demon, dann finden Sie auch Ihren Neffen.«

Damit wandte Carter sich ab und kehrte zum Schwesternzimmer zurück, wo er eine Kanne Kaffee entdeckt hatte. Er vermutete, dass ihm eine lange Nacht bevorstand, beherrscht von Koffein und düsteren, stillen Gedanken.

39

Sein Name war Alpha – oder wenigstens hatte die Ärztin behauptet, dass es sein Name sei. Allerdings rief der Name in ihm kein Echo hervor.

»Sie hatten einen Unfall und haben eine traumatische Hirnverletzung erlitten«, fuhr die Ärztin fort. »Wir glauben, dass Ihr Gedächtnisverlust nur vorübergehender Natur ist, und Ihre übrigen Werte sehen gut aus.«

Mit einem leisen Kopfschütteln senkte die Ärztin den Blick, murmelte etwas vor sich hin und sah die andere Frau an. »*Sie* kann Ihnen den Rest erklären.« Die Ärztin notierte sich die Zeit auf ihrem Klemmbrett und verließ den Raum.

Die Frau mit den kastanienbraunen Haaren beugte sich vor und schenkte ihm ein Lächeln, das wohl dazu angetan war, das Herz jedes Mannes zum Schmelzen zu bringen. »Nun, erinnerst du dich an meinen Namen?«

Alpha zermarterte sich das Hirn nach einer, irgenddeiner, Erinnerung an diese Frau und ihren Namen, aber als er nach einem Augenblick auf gar nichts kam, sagte er: »Es tut mir leid. Mein Kopf ist so gut wie leer. Gerade fällt mir auf, wie seltsam es ist, dass ich noch weiß, wie man spricht, mich aber nicht an die Schule erinnern kann. Ich weiß nicht einmal, woher ich weiß, was eine Schule ist.«

Er senkte den Blick zu Boden, aber sie streckte die Hand vor und hob sein Kinn auf eine Weise, die eine innige Vertrautheit nahelegte. Mit einem Blick tief in seine Augen sagte sie: »Beim letzten Mal, als du aufgewacht bist, ging es dir viel schlimmer. Du erholst dich. Alles wird wieder gut. Die Ärztin sagt, dass das erste Anzeichen für eine Genesung in der Stabilisierung deines Kurzzeitgedächtnisses besteht, und genau das scheint jetzt zu geschehen. Du bist also auf dem Weg der Besserung. Und übrigens, mein Name ist Omega.«

Ihm fiel ein, dass Alpha der Anfang und Omega das Ende war, beides Buchstaben aus dem griechischen Alphabet, und dieses Wissen kam ihm so unvermittelt in den Sinn, als hätte er kein menschliches Gehirn, sondern eine Computerdatenbank, auf die er zugreifen konnte, um sachdienliche Informationen zu erhalten. Während sein Gehirn immer wieder den gleichen Kreisen folgte, wurde jeder Gedanke zu etwas Mühsamem. Mit jedem Moment begriff er deutlicher, dass er Dinge zwar wusste, aber nicht sagen konnte, woher. Er fühlte sich, als wäre er schlafen gegangen und als eine Art Cyborg wieder aufgewacht. Ein Cyborg war ein Mensch mit einem Chip im Kopf oder irgendwelcher Maschinenerweiterung, das wusste er, aber er konnte nicht sagen, aus welchem Kontext heraus er diese Bezeichnung kannte. Sein Bewusstsein war ein wirbelnder Strudel, und die Strömung zog ihn unter Wasser.

»Dein Herzschlag beschleunigt sich, Liebling«, sagte Omega, wie sie sich genannt hatte – ein Name, der ihm aus irgendeinem Grund erfunden vorkam. »Warum legst du dich nicht zurück und hörst einen Moment lang zu? Alles wird gut.«

Er tat, was sie verlangte, legte sich wieder hin, schloss die Augen und versuchte, seinen Herzschlag zu mindern und seinen Atem zu beruhigen.

»Ich weiß, was du durchmachst, und es ist völlig normal. Du kannst dich an nichts erinnern, und irgendwie erinnerst du dich doch. Dir steht dein ganzes Wissen zur Verfügung, und doch scheint es, als käme es aus einer äußeren Quelle und nicht aus der Summe deiner Erfahrung. Aber das stimmt nicht. All dieses Wissen stammt aus deinem Gehirn und deinen eigenen Erfahrungen. Du bist in Sicherheit. Du bist genau da, wo du sein sollst. Du bist bei Menschen, die dich mögen und respektieren. Du bist der Anführer unserer Gruppe, der Jünger des Feuers. Ein ganzer Raum voller Menschen wartet auf Nachricht, wie es dir geht, also fürchte dich nicht und sorge dich nicht darum, woran du dich erinnern kannst und woran nicht. Sei einfach hier in diesem Augenblick bei mir.«

Er ließ sich noch weiter zurücksinken und vom Klang ihrer Stimme – die in einem melodischen Singsang sprach – seinen inneren Aufruhr besänftigen.

Sein Herzschlag beruhigte sich, und er fühlte sich in ihrer Gegenwart immer besser. Er versuchte, ihren Ratschlag zu beherzigen und sich auf den Moment zu konzentrieren. »Was ist das für eine Gruppe, deren Anführer ich sein soll? Diese Jünger des Feuers?«

»Die Einzelheiten sind im Moment gar nicht wichtig, aber ich werde dir sagen, dass wir hier wichtige Arbeit leisten. Du – und die Bewegung, die zu schaffen du geholfen hast –, ihr seid nicht nur von entscheidender Bedeutung für mich, sondern für uns alle. Wir werden Geschichte schreiben, indem wir uns für viele Leute starkmachen, die nicht selbst für sich eintreten können. Ich weiß, dass es dir seltsam vorkommen muss, Alpha, aber wir brauchen dich.«

Er drückte den Kopf tiefer ins Kissen, denn der Schmerz in seinem Schädel wurde unerträglich. Er fühlte sich bei Omega nicht mehr wohl; im Gegenteil, etwas in ihm schrie, dass hier alles *falsch* war. Zugleich kannte er nichts anderes. Er hielt die Augen geschlossen, um die Tränen zurückzuhalten, und sagte: »Wenn es dir recht ist, wäre ich gern eine Weile allein. Ich brauche ein bisschen Ruhe. Muss vielleicht meinen Motor neu anlassen.«

Sie nahm seine Hand und fuhr ihm in einer liebevollen, aber auch verzweifelten Art den Unterarm entlang, hinauf und hinunter. »Das klingt wie eine wunderbare Idee. Du erholst dich, und wenn wir uns das nächste Mal sprechen, siehst du die Welt bestimmt schon viel klarer.«

40

Demon legte eines der größten Scheite auf den Hackklotz und zeigte dem Jungen, wie man richtig Feuerholz schlug. Nicht von roher Kraft hänge der Erfolg ab, erklärte er, sondern von der richtigen Haltung, die dem Axtschwung die passende Geschwindigkeit verlieh. Dann hielt er Dylan das Beil hin. »Jetzt du.«

Der Junge schüttelte den Kopf. »Muss nicht sein.«

»Entweder du hackst, oder du frierst heute Nacht. Du hast die Wahl.«

Dylan knurrte, trat aber vor und nahm die Axt. Demon fürchtete sich nicht davor, dass der Junge nach ihm schlug. Es wäre töricht gewesen, denn seine Männer waren nicht weit, aber Menschen handelten nicht immer vernunftbestimmt. Vor allem aber war er zuversichtlich, dass er sich bei dem Jungen Respekt und Unterordnung verschafft hatte. Er nahm sogar an, dass der Jugendliche gar nicht erst auf den Gedanken kam, die Axt gegen ihn zu richten.

Demon hatte sich diese Aktivität vor allem ausgesucht, um dem Jungen erläutern zu können, wie die Welt funktionierte, vielleicht auch, um ihn ein wenig auf das vorzubereiten, was am nächsten Morgen geschehen würde. Er plante, Dylan hier in Pennsylvania zu einigen Konkurrenten mitzunehmen, die er aufsuchen würde, um an ihnen ein Exempel zu statuieren. Daraus konnte auch der Junge einiges lernen. Sein einziger Vorbehalt dagegen, Dylan mit in den Wald zu nehmen, bestand darin, dass der Dunkle Mann es als eine Gelegenheit sehen könnte, ihn zu übernehmen und den Jungen zu töten. Demon wusste aus Erfahrung: Wenn der Dunkle Mann etwas von ihm verlangte, war es am besten, nicht dagegen anzukämpfen, sondern einfach seine Anweisungen zu befolgen. Schon als kleiner Junge hatten ihn düstere Visionen und Halluzinationen aller Art geplagt. Er nannte die kleinen Bestien, die in seinen Träumen umherkrochen, *die Legion*, ein Name, den er schon lange benutzt hatte, bevor er entschied, ein Netz aus Serienmördern und professionellen Auftragskillern zu schaffen, das er ebenfalls als *die Legion* bezeichnete. Die ursprüngliche Legion lebte nur in seinem Kopf – eine Million finsterer Wesenheiten, die ihn von Zeit zu Zeit besuchten. Eine davon war etwas Besonderes, besaß ein eigenes Bewusstsein und einen Willen, den er nicht ignorieren konnte. Wenn sie die Stimme erhob, verstummten alle anderen schemenhaften Geschöpfe, die in seinem Kopf lebten. Sie war ein

Schatten, der sie alle beherrschte und mit einer raschen, entschiedenen Aktion sofort die Kontrolle übernehmen konnte.

Der Schatten hatte keinen Namen. Er brauchte keinen Namen. Demon kannte ihn nur als den Dunklen Mann. Er war ein Schemen, ein ewiger Schatten von der Farbe des Nachthimmels. Er war immer bei ihm. Manchmal konnte er ihn nur aus dem Augenwinkel sehen, manchmal wartete der Dunkle Mann im Hintergrund, ohne je zu sprechen, ohne je einen Laut zu machen, schwebte nur hungrig neben ihm bis zum nächsten Moment, in dem er die Herrschaft über ihn ergriff, damit er in Blut baden konnte.

Der Dunkle Mann begleitete ihn, seit er ein Junge gewesen war, und über die Jahre hatte er viele der Leute, die Demon töten sollte, persönlich ausgesucht. Meist schlief er, aber wenn er sich regte und seine tintige Gestalt sich über das Antlitz der Wirklichkeit schob, wusste Demon, dass ein Schlüsselmoment gekommen war, der das persönliche Eingreifen des Dunklen Mannes erforderte.

Demon hatte Pläne mit dem Jungen und befürchtete daher, der Dunkle Mann könnte entscheiden, dass das Feuer, das sie entfachten, zum Opferaltar werden müsste. Bislang allerdings hatte der Dunkle Mann geschwiegen. Bislang streifte er nur zwischen den Bäumen umher, beobachtete ihn und den Jungen und ihr Zusammenwirken.

Der Wald war erfüllt mit dem süßen Moschus von Moder und Verfall, über dem der Geruch der Kiefern hing. Demon atmete ihn tief ein und sah zu, wie der Junge die Axt hob und niederfahren ließ. »Weißt du«, sagte Demon, »ich bin gern im Wald. Als ich ein bisschen jünger war als du, habe ich tatsächlich eine Weile im Busch gelebt, habe für mich selbst gesorgt, mich von dem ernährt, was ich fand und erlegte. Wenn ich ehrlich sein soll, war es vermutlich die beste Zeit meines Lebens.«

Dylan schlug mit der Axt zu. »Tja, noch ist es nicht zu spät, um sich für ein Leben als Eremit zu entscheiden.«

Demon lachte. »Kind, dazu habe ich zu viel zu tun. Möchtest du wissen, wie es dazu kam, dass ich als Junge im Wald gelebt habe?«

»Eigentlich nicht.«

»Ach komm schon! Bist du kein bisschen neugierig? Hast du etwas Besseres zu tun?«

Dylan atmete schwer von der Anstrengung, die Axt zu schwingen. »Ihre Eltern werden wohl begriffen haben, was Sie waren, und ließen Sie im Stich.«

Demon grinste, auch wenn er den Jungen am liebsten geohrfeigt hätte. An unverschämte Antworten war er nicht gewöhnt. Das Geplänkel hatte beinahe etwas Amüsantes an sich, aber seine Geduld ging zu Ende. »Wie ich sehe, hast du das gleiche freche Mundwerk wie dein Vater und dein Onkel, aber genau darum bist du ja auch hier, nicht wahr? Weil du mehr als nur ein freches Mundwerk geerbt hast. Du hast auch einen Gutteil ihres Verstands, ihrer Fähigkeiten und ihres Mumms geerbt, aber das ist noch nicht alles, Dylan: Sie haben dir auch ihre Sündhaftigkeit vermacht.«

Dylan unterbrach das Holzhacken und sah ihn an.

Demon fuhr fort: »Du hast ihren Fluch geerbt. Die Finsternis wird dir immer folgen. Und ich, mein Junge, bin ein Sendbote der Finsternis, einer ihrer Diener. Hier also die Frage: Möchtest du, dass wir heute Abend einen freundlichen kleinen Plausch halten, zum gegenseitigen Kennenlernen, bevor wir deine Erziehung beginnen? Oder möchtest du dich lieber gleich hineinstürzen und einen Blick auf das Vermächtnis erhalten, das deine Vorväter für dich gesichert haben, ein Vermächtnis von Blut und Finsternis?«

Dylan schluckte mühsam. »Ein freundlicher Plausch klingt gut.«

»Es tut mir leid, ich konnte dich nicht verstehen. Gab es da etwas, das du mich fragen wolltest?«

Dylan rollte mit den Augen. »Wie kam es, dass Sie als Kind im Wald lebten?«

»Ich dachte schon, du würdest nie danach fragen … Meine Mutter war eine Prostituierte im Glasgower Stadtteil Possilpark. Wir hatten kein Geld für eine Wohnung mit mehr als einem Zimmer, deshalb war ich oft im Raum, wenn sie mit Klienten arbeitete, wie sie es nannte. Zuerst versteckte sie sich hinter einem Vorhang, aber später, als ich älter wurde, bockte sie das Bett auf und baute mir darunter einen Verschlag aus Holz, wo ich so etwas Ähnliches wie mein eigenes Zimmer hatte. In meinen ersten Jahren war diese kleine Kiste unter ihrem Bett, auf dem sie lag und sich von einem Klienten nach dem anderen vögeln ließ, mein Leben. Mehr kannte ich nicht. Mir kam es damals nicht seltsam vor, aber wir hatten natürlich Fernsehen. Ich wusste, dass andere Leute ein besseres Leben führten, und ich begann, diese Leute zu hassen. Dann kam der Tag, an dem ein Klient meiner Mutter die Kehle durchschnitt und siebenundvierzigmal auf sie einstach. Ich war unter ihnen in meinem Verschlag. Mir kam es damals so vor, als wäre ihr gesamtes Blut zu mir geflohen. Es regnete auf mich herab. Ich hörte, was geschah, und wartete, vor Angst gelähmt und in der Hoffnung, dass das, was ich zu glauben gehört hatte, nicht wahr wäre. Aber schließlich bedeckte mich der Blutregen, der aus ihren vielen Wunden lief, von Kopf bis Fuß, und in der Dunkelheit dort unten erfuhr ich, was ich später *die Bluttaufe* nennen würde. In jenem Moment aber betete ich zu jeder dunklen Macht, die mir zuhören wollte, um die Kraft, meine Mutter zu rächen. Und als ich in einem Teich aus ihrem Blut dalag, suchte mich eine Macht auf, die keinen Namen trägt, die ich aber als den Dunklen Mann kenne.«

Nun gehörte ihm Dylans volle Aufmerksamkeit. Der Junge stand da, die Axt locker in einer Hand, die Augen aufgerissen, und lauschte jedem Wort. Demon fuhr fort: »Seitdem hat mich der Dunkle Mann geführt. Er entscheidet, wer sterben muss. Er entscheidet, wer leben darf. Deine Existenz hängt jetzt von seinem Wohlwollen und seiner Gnade ab, aber ich weiß mittlerweile, dass der Dunkle Mann nicht nur für mich da ist. Er ist für jeden da, und mich würde es nicht überraschen, Kind, wenn morgen, nach deiner Bluttaufe, der Dunkle Mann auch dich auserwählt.«

Dylan hatte offenbar etwas gelernt, denn klugerweise hielt er den Mund. Dieses Mal hatte der Junge keinen klugscheißerischen Kommentar anzubringen.

»Es ist dein Leben, Dylan, und du hast die Wahl, was du werden willst. Du kannst dich entscheiden, dich wie ich ihren Systemen und Hierarchien zu verweigern. Du kannst dich entscheiden, diese Fassade abzulehnen, diese Illusion der Moralität, in die das Vieh dieser Welt sich hüllt. Die Religion des Viehs will dich glauben machen, dass Ressourcen unendlich wären, dass die Schwachen beschützt werden sollten und dass alle gleich sind, aber ich weise alle diese Vorstellungen zurück. Ressourcen sind nicht unendlich, und die Starken müssen ihre Stellung erkennen und dementsprechend handeln. Du musst wählen, ob du an Märchen glauben willst, die darauf ausgelegt sind, dich auf Linie zu halten, damit du ein guter Bürger bist, oder ob du die harten Realitäten dieser Welt erkennen möchtest. Denn wenn du diese Realitäten akzeptieren, ihre Systeme gegen sie ausspielen und die Schwäche des Viehs zu deinem Vorteil nutzen kannst, nun, dann, mein Junge, steigst du von jemandem, der sich an die Schlachtbank führen lässt, zu einem König auf.«

Dylan wandte kurz den Blick ab, sah Demon wieder an und sagte: »Ich werde niemals willentlich so werden, wie Sie wollen. Ich bin nicht perfekt, aber ich werde niemals willentlich das Böse dem Guten vorziehen.«

Demon lachte. »Schon die Vorstellung von Gut gegen Böse ist nur ein Teil deiner Programmierung. Sie gehört zu dem, was sie dir eingeflößt, was sie dir zu glauben beigebracht haben. Aber sorge dich nicht, ich werde dich von diesen Vorstellungen deprogrammieren. Ich werde dir die wahre Struktur unserer Realität zeigen.«

Mit festem Blick fragte Dylan: »Und wenn ich gar nicht sehen möchte, was Sie mir zeigen wollen?«

Demon packte den Jungen bei den Schultern und schaute zu ihm herunter wie ein stolzer Vater auf sein Kind. »Nun, dann kannst du leiden und sterben wie jeder andere, der dir je etwas bedeutet hat. Ich werde deinen Vater brechen, ich werde deinen Onkel brechen, und wenn ich das getan habe, werde ich sie beide töten. Du bekommst dann die Wahl, ihnen in den Tod zu folgen oder dich mir in einem neuen Leben anzuschließen.«

41

Francis Ackerman jr. war für seine Immunität gegen die Furcht und seine Sucht nach Schmerzen berühmt. Für Furcht unempfindlich zu sein bedeutete, dass er auch die hässlichen Stiefkinder der Angst nicht kannte, namentlich Beklommenheit und Sorge. Er konnte jedoch bezüglich seiner Hoffnung, wie eine Situation sich entwickelte, eine gewisse Unruhe aufrufen. Wenn er kämpfte oder seine Arbeit tat, handelte er normalerweise aus dem Augenblick heraus oder hielt sich an seinen Plan. Stets versuchte er, Herr seiner Umgebung zu sein, und wenn er die Situation nicht in der Hand hatte, manipulierte er sie, bis er sie kontrollierte. Seit er jedoch seine Familie entdeckt hatte, wusste er, dass auf der Welt so viel Gefahr lauerte, vor der er sie nicht schützen konnte. So viele Variablen existierten, die ihm unbekannt waren. Obwohl er weder Beklommenheit noch Sorge zu empfinden vermochte wie ein normaler Mensch, machte er sich durchaus Gedanken um seinen Neffen und das, was mit ihm geschah. Solche Gedanken waren Ablenkungen, die in seinem Gehirn feststeckten wie Dornen.

Er dachte auch an das physische und psychologische Wohlergehen seines Bruders. Außerdem erwartete er, dass Marcus einen Groll auf ihn hegte, denn Ackerman hatte sich dagegen entschieden, ihn über Demons Flucht zu informieren.

Gegen vier Uhr morgens kam die Schwester und sagte ihm, sein Bruder sei nun wach und frage nach ihm. Carter war ins Hotel zurückgekehrt, um etwas Schlaf zu finden. Das Gespräch mit der Schwester hatte Nadia nicht geweckt, und Ackerman entschied, sie schlafen zu lassen. Seinem Bruder musste er sowieso allein gegenübertreten.

Die Schwester führte ihn zur Intensivstation, wo Marcus in einem erhöhten Bett lag, umgeben von allerlei Apparaten und Monitoren, die mit seinem geschundenen Leib verbunden waren.

Die Schwester ließ sie allein, und Ackerman zog sich einen Stuhl ans Bett. Marcus' Augen waren auf die Decke gerichtet, die er weiterhin fixierte, als er fragte: »Ich bin also ein Irrer, der sich genauso wenig von seinem Ziel abbringen lässt wie eine Tomahawk-Rakete? Und du glaubst, du kannst mich anlügen?«

Ackerman atmete tief durch, um Haltung und einen gleichmütigen Ton zu wahren. Er wollte seinen Bruder nicht noch mehr aufregen. »Ich wollte dich nicht hineinziehen«, sagte er. »Ich dachte, ich könnte ihn fassen, bevor er zum Problem wird.«

Marcus sah ihn an, und in den Augen seines Bruders erkannte Ackerman keine Wut, sondern Verzweiflung und tiefe Traurigkeit. Tränen glänzten in den Augenwinkeln. »Kommt es dir so vor, als wäre ich hineingezogen worden? Glaubst du, Dylan wurde hineingezogen?«

Ackerman schwieg. Es gab nichts, was er sagen konnte. Seinetwegen lag sein Bruder in diesem Bett. Seinetwegen musste sein Neffe nach der Pfeife eines Wahnsinnigen tanzen.

Marcus starrte ihn noch einen Moment lang an, nickte und kniff die Augen zusammen. »Ich bin mir nicht so sicher, ob es so einfach ist, wie du tust, Frank. Vergiss nicht, ich kenne dich besser als sonst jemand. Ich habe gegen dich gekämpft, ich habe an deiner Seite gekämpft, und ich weiß, wie du denkst. Ich könnte mir absolut vorstellen, dass du dir überlegst: *Was, wenn ich meinen Bruder als Köder benutze?* Du wusstest, dass ich die Ranch zu einer Festung ausgebaut hatte, also hast du dir vielleicht gedacht, es gibt keinen besseren Weg, um Demon zu fassen oder wenigstens eine neue Spur zu bekommen, als ein paar von Demons Männern auf mich zu hetzen.«

Ackerman knirschte mit den Zähnen und schloss die Augen. Er hatte gehofft, dass Marcus nicht zu diesem Schluss gelangen würde, denn so ungern er es zugab, sein Bruder lag richtig. Definitiv war ihm der Gedanke gekommen, dass Marcus auf die Abwehr eines Überfalls eingerichtet und einer der ebenbürtigsten Gegner war, mit denen er es in all seinen Jahren zu tun bekommen hatte. Wie von Marcus festgestellt worden war: Sie hatten gegeneinander und Seite an Seite gekämpft. Genauso, wie Marcus ihn kannte, kannte er Marcus, und er war zuversichtlich gewesen, dass Demon, sollte er entscheiden, seinen Bruder zu überfallen, einen gewaltigen Fehler beging.

Natürlich hatte die Möglichkeit bestanden, dass Demon einen Heckenschützen schickte. Marcus wäre dann tot gewesen, ohne zu wissen, was ihn traf, aber das war einfach nicht Demons Stil. Ackerman wusste genau, Demon würde Marcus ins Gesicht sehen wollen, bevor er ihn tötete oder ernsthaft gegen ihn vorging. Demon würde ein Team schicken, und Ackerman hatte angenommen, es wäre vollkommen unvorbereitet auf die Abwehreinrichtungen, mit denen sein Bruder die südtexanische Ranch überhäuft hatte. Danach wäre der Fall entweder abgeschlossen gewesen, oder es hätten sich neue Spuren ergeben, denen die Ermittlungen folgen konnten.

Seine Prognosen hatten sich jedoch als unzutreffend erwiesen. Demon war mehr als vorbereitet gewesen. Um genau zu sein, hatte Demon sämtliche von Marcus installierten Abwehranlagen gekannt, und er hatte gewusst, wie man sie umging.

Ackerman spürte, wie sich Tränen in seinen Augenwinkeln sammelten. »Es tut mir leid, Bruder. Ich habe einen Fehler begangen. Ich habe unseren Gegner unterschätzt, und du und der Junge, ihr leidet deswegen.«

Marcus streckte einen Arm aus. »Gib mir deine Hand.«

Als Ackerman gehorchte, zog Marcus ihn näher und sah ihm mit einer Intensität in die Augen, die er dort zuletzt gesehen hatte, als sie noch auf entgegengesetzten Seiten des Gesetzes gestanden hatten. »Nichts von dieser Scheiße ist jetzt noch wichtig. Wichtig ist allein, Dylan zu befreien. Du und ich sind bereits, was wir sein werden, Frank, im Guten wie im Bösen. Aber Dylan kann ein besserer Mensch werden als wir. Er hat noch eine Chance, es sei denn, irgendein schottisches Arschloch nimmt sie ihm weg. Versprich es mir, Frank. Versprich mir, dass du ihn da rausholst. Was immer dazu nötig ist. Um jeden Preis.«

»Dir ist klar, was du von mir verlangst?«, fragte Ackerman. »Um ihn zu finden, muss ich die Finsternis beschwören.«

Marcus zog ihn näher zu sich. »Was immer dazu nötig ist, Frank. Du holst meinen Sohn da raus.«

Ackerman nickte und legte einen Schwur vor Marcus ab. »Was immer dazu nötig ist, Bruder. Um jeden Preis.«

42

Ackerman weckte Nadia nicht, bevor er ging. Eindeutig hatte die aufreibende Arbeit in Medford bewirkt, dass seine Partnerin nun schlief wie eine Tote. Oder die Schlaftablette, die Ackerman ihr vor einigen Stunden heimlich ins Getränk geschmuggelt hatte; schon da hatte er gewusst, dass er um einen Soloabgang nicht herumkam.

Er fühlte sich schlecht, sie ohne Abschied zurückzulassen. Zwar glaubte er fest an ihr Wiedersehen, aber Garantien gab es auf dem Weg, den er nun einschlug, keine. Demon konnte durchaus sein Tod sein, und sollte es dazu kommen, war Ackerman bereit für das nächste große Abenteuer. Gefürchtet hatte er den Tod noch nie, aber nun lebte er in einer eigenartigen Verfassung, in der er den Tod nicht mehr begrüßte. Ackerman genoss seine Arbeit und die Gesellschaft der Menschen, mit denen er sie ausführte. In gewisser Hinsicht war er jedoch auch sehr gespannt zu sehen, wohin er auf der nächsten Ebene der Existenz gelangen würde. Wenn diese Welt, wie er glaubte, wirklich nur eine Probe war, eine Lernerfahrung, die uns auf das vorbereiten sollte, was als Nächstes kam, dann fragte er sich, wofür Gott ihn mit dem Leben, das er geführt, und den Prüfungen, die er durchlitten hatte, wohl wappnen wollte. Manche Leute fürchteten sich, solchen Gedanken bis zum Ende zu folgen, aber für ihn war die Vorstellung, eine glorreiche Schlacht in einem Reich zu führen, das weit jenseits alles Irdischen existierte, unglaublich aufregend.

Allerdings lag es im Rahmen des Möglichen, dass er wegen all der Schrecklichkeiten, die er in seinem Leben begangen hatte, einfach als Hausmeister des Himmels endete, aber das war insgesamt noch besser, als er es verdiente. Beides wäre ihm recht.

Doch wenn seine Zeit gekommen war und er Nadia nicht zwischen dem Jetzt und dem Ende wiedersah, wäre sein letzter Gedanke Bedauern, sich in diesem Augenblick für einen Aufbruch entschieden zu haben, den man für feige halten konnte. Statt ihr zu erklären, was er tun musste, hatte er entschieden, ohne ein Wort in die Nacht davonzuschleichen. Das, was er zu tun ansetzte, würde Nadia für immer beeinträchtigen, diese Tatsache blieb bestehen. Hätte er sie in seine Pläne eingeweiht, wäre sie nicht davon abzubringen gewesen, ihn zu begleiten, und das hätte zwangsläufig das Ende ihrer FBI-Laufbahn bedeutet. Es war besser, wenn sie unverdorben blieb.

Mit einer Fifty-fifty-Chance würde die Chefetage des Bureaus seine Flucht als Vertragsbruch ansehen und sich entscheiden, ihm jemanden hinterherzuschicken, der ihn eliminieren sollte. Wenn Carter aber die Dinge unter Verschluss hielt und vielleicht sogar die Suche nach ihm persönlich leitete, konnte diese Entwicklung womöglich – zumindest vorerst – abgewendet werden, und Ackerman rechnete nicht damit, dass er lange abtrünnig bleiben würde. Vielmehr erwartete er, dass in wenigen Tagen entweder er oder Demon den Tod gefunden hätten.

Früher einmal hatte das FBI einen Peilsender mit einer fernzündbaren Sprengladung in Ackermans Rückgrat implantiert, aber durch die Mikrowellenbestrahlung, die er bei ihrem Fall in Roswell, New Mexico, erlitten hatte, funktionierte der Chip nicht mehr. Deputy Director Carter hatte eine weitere Operation untersagt, weil er fand, dass Ackerman etwas Besseres verdiente, als an der kurzen Leine gehalten zu werden.

Auf dem Weg zum Krankenhaus hatte Ackerman einen Gebrauchtwagenhändler in fußläufiger Entfernung bemerkt, und auf dem Gelände war ihm auch ein Auto aufgefallen, das sich ideal für seine Zwecke eignete. Das Fahrzeug war ein 1991er Chevy Lumina. Ackerman hatte bei etlichen Gelegenheiten die Erfahrung gesammelt, dass man mit diesem speziellen Fabrikat andere Fahrzeuge, Bauwerke oder Personen rammen konnte; seiner Ansicht nach war der Lumina ein Panzer, der sich in die Haut einer Limousine gehüllt hatte. Und einen Panzer zu besitzen war in Ackermans Augen nur in ganz wenigen Situationen nicht von Vorteil.

Innerhalb von fünf Minuten nach Verlassen des Krankenhauses hatte Ackerman den Lumina kurzgeschlossen und war unterwegs. Er hatte zudem entdeckt, dass das Schicksal gütig auf ihn herablächelte, denn der frühere Eigentümer hatte ein Navigationsgerät mit Touchscreen ins Armaturenbrett einbauen lassen. Ein besonders glücklicher Zufall war es deshalb, weil er sein Mobiltelefon und alle anderen elektronischen Geräte zurückgelassen hatte.

Er hatte vor, sich mehrere billige Wegwerfhandys zu beschaffen, und er besaß nur eine begrenzte Summe Bargeld. Sich kein Navi kaufen zu müssen, half ihm, seine Ressourcen zu schonen.

Sein Fahrtziel ergab sich aus den Akten, die Deputy Director Carter ihm gegeben hatte. Ackerman hatte überlegt, was er an Ciprianis Stelle tun würde, der möglicherweise mehrere frühere Geschäftspartner verraten, dann aber beschlossen hatte, den Deal mit der Staatsanwaltschaft nicht zu Ende zu bringen und sich aus der Haft befreien zu lassen. Cipriani waren daher nicht nur Bundesbehörden auf den Fersen, sondern auch einige ehemalige Geschäftspartner, die ganz egal, ob er sie verraten hatte oder jemand anderen, auf jeden Fall sicherstellen wollten, dass er über sie nichts mehr aussagen konnte.

Aus Erfahrung wusste Ackerman, dass man in dieser Situation als Allererstes sein Gesicht wechselte. Auch er sah nicht mehr so aus wie der berüchtigte Serienmörder Francis Ackerman jr., den die ganze Welt kannte. Sein Gesicht war leicht verändert worden, bis es keine augenfällige Ähnlichkeit zu seinem früheren Äußeren mehr zeigte. Wenn Cipriani schlau war, entschied er sich für den gleichen Weg und lebte nun unter einer falschen Identität mit einem Gesicht, das vermutlich ein wenig jünger und ein wenig besser aussah.

Die Akten offenbarten jedoch, dass Cipriani, wo er nun auch war, seine Geschäfte noch immer leitete. Ackerman überlegte, wie er das machte. Elektronische Kommunikation war zu riskant. Von seinem Unterschlupf aus könnte er mit einem der Geräte, die er nun benutzte, niemals auch nur eine E-Mail senden, ohne dass sie zu ihm zurückverfolgt wurde; er musste damit rechnen, dass die eine oder andere Regierungsbehörde sämtliche Kommunikation seiner ehemaligen Geschäftspartner überwachte.

Da er kaum Brieftauben einsetzen würde, nahm Ackerman an, dass Cipriani sich über unbekannte Boten und Abgesandte verständigte, die mündlich mit früheren Geschäftspartnern sprachen, oder nur mit dem Stellvertreter eines früheren Geschäftspartners.

Dieser Gedankengang führte Ackerman zu seinem nächsten Bestimmungsort: New Jersey. Fast alle von Ciprianis Untergebenen waren in eine bestimmte Gegend von New Jersey gezogen, von wo man leicht nach New York City gelangte. Cipriani selbst würde dort nicht leben, aber Ackerman wusste, dass er dort die Witterung aufnehmen und die drei obersten Chargen in Ciprianis Organisation finden konnte. Er glaubte, dass einer dieser Männer ihn zu dem Boten führen würde, den Cipriani benutzte, um mit seinem Imperium zu kommunizieren. Von diesem Punkt an konnte er sich nur nach oben vorarbeiten. Ob es unterwegs zu Gewalttätigkeit kam oder nicht, würde großenteils davon abhängen, wie schnell die Dinge in Bewegung gerieten und eskalierten. Er hatte nicht vor, bei der Suche nach seinem Neffen auch nur einen Augenblick zu verschwenden. Er plante, den Schwur, den er seinem Bruder geleistet hatte, zu erfüllen. Er würde Dylan aus den Händen ihres Gegners befreien, und zwar auf möglichst direktem Weg. Für ihn spielte es keine Rolle, wenn er dazu einige von Ciprianis Gefolgsleuten oder andere Helfershelfer Demons überwinden musste. Wenn möglich, würde er Gewalt vermeiden, aber wenn es nicht anders ging, würde er tun, was er versprochen hatte, und jeden Preis entrichten. Tun, was immer erforderlich war.

Bevor er Texas verließ, schloss sich Ackerman im Waschraum einer Tankstelle ein und führte mehrere kleine Gegenstände aus Metall gleich unter seine Haut ein. Für Fälle wie diesen, wenn die Gefahr bestand, dass er sich in Fesseln wiederfinden könnte, führte er stets kleine Stahlspäne von der gleichen Dicke und Länge wie Haarklammern in seinem Wunderrucksack mit sich. Ackerman schob zwei davon in jedes Handgelenk, wo das Narbengewebe sie beinahe unaufspürbar machte, dazu einen kleineren Stahlsplitter in die Haut zwischen Daumen und Zeigefinger der linken Hand und einen weiteren gleich über dem Zahnfleisch in die Innenseite der rechten Wange. Ein normaler Mensch hätte die Fremdkörper als schmerzhaft und lästig empfunden, doch Ackerman genoss die kühlenden Tentakel des Schmerzes, den das Metall verursachte. Und sie waren von unschätzbarem Wert, wenn man sich aus prekären Situationen befreien wollte.

Während er im Lumina den Weg nach New Jersey einschlug, sprach Ackerman laut ein Gebet. »Herr, in der Bibel steht, dass deine Kraft sich in unserer Schwachheit erweist. Gerade fühle ich mich sehr schwach und gebrochen. Ich weiß, du hast mich so geschaffen, dass ich mich vor nichts fürchte, aber mir graut vor den Tagen, die bevorstehen. Bitte schenke mir die Kraft, die Finsternis zu beschwören, ohne dass sie mich verzehrt.«

43

Um 6.15 Uhr war Deputy Director Samuel Carter auf den Beinen und bereitete sich auf den Tag vor. Er war versessen darauf, den Fall zu beginnen, bei dem er mehr Präsenz zu zeigen gedachte, als er in fünfundneunzig Prozent seiner

Fälle an den Tag zu legen pflegte, zumal Videokonferenzen so allgegenwärtig geworden waren. Er wusste, dass Ackerman sich verantwortlich fühlte für das, was Dylan Cassidy und Marcus Williams zugestoßen war, aber letzten Endes hing dabei nichts von dessen Gutdünken ab. Die Entscheidungen darüber, ob Williams informiert wurde und ob Schutzhaft verhängt wurde oder nicht, lag allein bei Carter. Er hatte sich entschieden, dem Verlangen seines Agenten nachzugeben, das war richtig, aber ob Ackerman es nun zugeben wollte oder nicht, er unterstand dem Befehl von Samuel Carter.

So viele begabte Personen unter seiner Befehlsgewalt zu haben, verlieh ihm dennoch keineswegs ein Gefühl, besonders zu sein; vielmehr verursachte es ständige Anspannung. Er sorgte sich, nicht die richtigen Entscheidungen zu treffen, nicht die richtige Anleitung zu geben. Oft hingen Menschenleben von seinem Urteil ab. Wie immer gelangte er zu dem Schluss, dass er nur das Beste aus dem machen konnte, was ihm zur Verfügung stand, und solange er das tat, solange er nicht nachlässig wurde, wäre es genug. Sein Gott war jemand, der die hässlichste Situation nahm und daraus etwas Schönes entstehen ließ. Carter musste fest daran glauben, dass sie Dylan rechtzeitig retteten und dabei einen der gefährlichsten Verbrecher fassten, mit dem sie es in letzter Zeit zu tun gehabt hatten. Zweifel waren nicht zielführend.

Während er sich rasierte, wie er es im vergangenen halben Jahrhundert jeden Morgen getan hatte, dachte Carter an seine erste Begegnung mit Dylan Cassidy. Am gleichen Tag hatte er auch Dylans Vater kennengelernt, Marcus Williams, und nur eine Woche vorher war er zum ersten Mal einem der beeindruckendsten Männer begegnet, mit denen er je zusammengearbeitet hatte: Francis Ackerman jr.

Carter hatte maßgeblich den Deal zwischen Ackerman

und dem Federal Bureau of Investigation bestimmt, der dem Serienmörder und seinem Bruder Marcus eine Amnestie für alle früheren Gesetzesbrüche gewährte, wenn Marcus Williams ein Jahr Hausarrest auf sich nahm und nicht mehr für Bundes- oder lokale Polizeibehörden arbeitete, während Ackerman als eine Art Schuldsklave in den Dienst des FBI trat.

An jenem Tag hatte Carter auf dem Korridor gewartet, während Ackerman ins Krankenzimmer seines Bruders ging, der sich von den Verletzungen erholte, die er bei ihrem letzten gemeinsamen Fall erlitten hatte.

Marcus und Ackerman hatten einen Serienmörder zur Strecke gebracht, der als der Taker bekannt war, und dazu ein Rauschgiftnetzwerk. Am Ende der Ermittlungen hatten sie allerdings in der Navajo Nation, die ein souveräner Staat innerhalb der US-Grenzen war, Privatbesitz im Wert von mehreren Millionen Dollar vernichtet. Unterm Strich bedeutete dies, dass sie – als Repräsentanten der US-Regierung – einem anderen Land den Krieg erklärt hatten.

Alles in allem hatten Williams und Ackerman also einen traumhaften Deal bekommen.

Carter rief sich die Gedanken und Emotionen an jenem Morgen ins Gedächtnis. Auf dem Gang vor Marcus' Zimmer hatte er sich einen Stuhl genommen, der von einem entsetzlichen Purpurrot war. Er setzte sich und las einige Akten, obwohl er sich eigentlich kaum auf die Papiere konzentrieren konnte. Er dachte darüber nach, wie er jemanden wie Ackerman steuern sollte. Er betete um Kraft und um Anleitung, hoffte, dass er richtig entschieden hatte, als er glaubte, dass sogar jemand wie Francis Ackerman jr. sich zum Besseren wandeln könnte.

All diese Gedanken lasteten auf ihm, als er ein Kind hörte, das ein Schniefen unterdrückte. Er drehte sich um und entdeckte einen Jungen, der Marcus Williams sehr ähnelte, nur dass sein Haar heller war und er blaue Augen hatte. Aus seinen Akten wusste Carter, dass es sich um Dylan Cassidy handelte, Marcus Williams' Sohn. Neben dem Jungen saß ein älterer Mann, der in seiner Baseballkappe mit dem Logo von Case IH, einer Traktorfirma, und dem karierten Button-down-Hemd wie ein Farmer aussah. Vermutlich war es Dylans Großvater, der sich um den Jungen kümmerte, wenn sein Vater dienstlich unterwegs war.

Der Großvater drückte dem Enkel die Schulter. »Alles kommt in Ordnung, Sohn. Alles wird genau so, wie es sein soll.« Der ältere Mann schwieg kurz. »Ich hol mir eine Tasse Kaffee. Gleich bin ich wieder da.«

Kaum war der Großvater außer Sicht, sackte der Junge in sich zusammen und schluchzte in seine Hände.

Carter hatte getan, als läse er seine Akten und bekäme nicht mit, was vor sich ging, aber jetzt fühlte er sich gedrängt, etwas zu sagen. Er erinnerte sich, dass er begann mit: »Hey, Junge.«

Worauf der Junge antwortete: »Meinen Sie mich?«

Carter lächelte. »Ja, dich. Weißt du, es ist immer in Ordnung zu weinen. Dass einem so nahegeht, was man empfindet, ist kein Zeichen von Schwäche. Es ist ein Zeichen, dass man ein lebendes Wesen ist. Hab niemals Angst zu weinen, wenn dir nach Weinen ist, Junge.«

»Sie haben ja keine Ahnung, wie die Kids in meinem Alter heutzutage sind. Die sind wie Haie. Wenn sie Blut im Wasser wittern, dann stürzen sie sich auf einen und reißen einen in Stücke.«

Während Dylan Cassidy sprach, wischte er sich die Tränen von den Augen und starrte Carter eiskalt an.

Carter erinnerte sich noch, wie er dachte: *Toll. Jetzt haben wir das auch noch in klein.*

Er erinnerte sich, wie er überlegte, was er auf den durchdringenden Blick des Jungen antworten konnte, und so hatte er getan, was ihm in seinem ganzen Leben und seiner ganzen Karriere am meisten gedient hatte. Er hatte, so gut er konnte, die Wahrheit gesagt.

»Ich habe mir oft den Kopf darüber zerbrochen, was andere Menschen von mir halten«, sagte er. »Ich habe mich von ihren Urteilen und ihren Worten berühren lassen, aber gut bekommen ist mir das nicht. Mein Leben wurde nicht besser, bis ich aufhörte, mich verrückt zu machen mit dem, was andere denken könnten, und mich mehr dafür interessierte, was Gott von mir hielt. Gottes Wahrheit ist alles, was wirklich zählt, und er wird dich auf schönere Wege führen, als du es dir vorstellen kannst. Aber um die Gaben zu erlangen, die er dir geben will, musst du die Dinge auf seine Art tun. Wenn du also auf der Reise deines Lebens bist, sollte es dir egal sein, wohin die anderen dich bringen wollen. Bleib dem Weg treu, den Gott dir zugewiesen hat, und den Stärken und Talenten, die er dir schenkte. Lass dich nicht davon beeindrucken, was dein Nächster über etwas sagt. Denke daran, dass dieser Mensch genauso verloren ist wie du. Wenn du den Menschen folgst anstatt Gottes Wahrheit, kommst du von deinem Weg ab.«

Nachdem er die Worte zu dem Jungen gesprochen hatte, fühlte er sich ein bisschen idiotisch und nahm an, dass er gerade einem Kind gepredigt hatte, das keine Idee hatte, wovon er überhaupt redete, aber Dylan erwiderte: »Mein Onkel Frank sagt die ganze Zeit so was zu mir. Ich wünschte, ich könnte mehr so sein wie er. Ich wünschte, ich könnte genauso wie er vor nichts Angst haben.«

»Dein Onkel Frank ist ein besonderer Mensch. Weißt du, er erlaubt keine tiefgehende Untersuchung seines Gehirns, aber aus den wenigen Tests, die wir in den Akten haben und die von Neurologen ausgewertet worden sind, geht hervor, dass nur eine Chance von eins zu einer Million bestand, dass die Hirnoperationen, die dein Großvater an deinem Onkel Frank vorgenommen hat, diese Wirkung zeigten, ohne sein Gehirn noch auf andere Weise zu schädigen. Die CIA wollte sogar, dass er für sie arbeitet, und vor allem wollten sie einen Scan seines Gehirns, um herauszufinden, wie genau dieser Eingriff bei deinem Onkel das Furchtempfinden vollkommen beseitigt hat. Sie wissen, dass dabei ein Teil des Gehirns wichtig ist, der Amygdala heißt, der Mandelkern. Sie kennen die exakten Details nicht, aber sie könnten vielleicht den Eingriff nachstellen, wenn sie das Gehirn deines Onkels in die Hände bekämen. Worauf ich hinauswill: Nur weil die CIA dein Gehirn nicht untersuchen will, heißt das noch lange nicht, dass du keine eigenen wundervollen gottgegebenen Talente hast. Lass dir von niemandem weismachen, dass du nicht gut genug bist, um zu singen oder zu tanzen oder zu tun, was immer du tun willst. Habe niemals Angst, sie sehen zu lassen, wie du weinst. Sei ehrlich und verletzlich und dir selbst treu, und du wirst ein Leben haben, um das dich andere beneiden.«

Carter erinnerte sich, dass der Großvater zurückkehrte und das Gespräch endete, aber er hatte eine seltsame Verbindung zu dem Jungen. Ihm war, als wären die Worte, die er an dem Tag gesprochen hatte, nicht seine eigenen, sondern von einem übernatürlichen Ort gekommen. Ihm fiel es nicht leicht, diese Momente seines natürlichen Lebens zu vergessen, in denen er sich vom Übernatürlichen berührt fühlte, und obwohl während seiner Begegnung mit Dylan Cassidy nichts wirklich Erstaunliches geschehen war, hatte er gespürt, dass dieser Tag einen Zweck erfüllte. Er würde ihn nie vergessen, genauso wenig wie den Jungen, mit dem er gesprochen hatte.

Und nun war dieser Junge von einem Geisteskranken entführt worden, der ihn vermutlich als Schachfigur gegen Ackerman und Marcus einsetzen würde. Carter sprach ein Schutzgebet für den Jungen.

Keine zehn Sekunden nachdem er fertig war, machte sein Handy *Ping*. Als er aufs Display schaute, fand er eine Textmitteilung von Nadia Shirazi.

Notfall! Rufen Sie mich an. Frank ist weg!

44

Am Morgen war Dylan Cassidy enttäuscht aufgewacht. Er hatte gehofft und gebetet, dass sein Onkel Frank ihn in der Nacht rettete und er, wenn er die Augen aufschlug, eine andere Welt erblickte als in dem Albtraum, mit dem er eingeschlafen war. Stattdessen fand er sich neben dem Feuer wieder, das er mit dem Mann, der Demon genannt wurde, am Abend zuvor entzündet hatte. Demon war jedoch fort, und wachgerüttelt hatte ihn Oban Nassar, der Mann aus Ägypten, der unangefochtene Stellvertreter.

»Steh auf, Junge«, sagte Nassar. »Zeit loszufahren.«

Dylan gehorchte und war froh, nach der langen ruhelosen Nacht in der Kälte in den geheizten Suburban steigen zu können. Er wusste nicht, wo Demon steckte, aber ihm fiel auf, dass einer der SUVs fehlte.

Den Großteil des Tages verbrachten sie auf der Straße, bis sie eine Ortschaft in Pennsylvania erreichten, die Allentown hieß. Dylan betrachtete das Ortszentrum, wie es an ihnen vorbeizog. Elegant und modern erschien es, das Städtchen schien zu gedeihen. Er sah viele Baustellen, sowohl Neubauten als auch Renovierungen, und viele Geschäfte. Der SUV fuhr weiter in die bewaldeten Hügel, bis sie zu einer Einmündung kamen, die so groß war, dass mehrere Fahrzeuge neben der Fahrbahn halten konnten. Die SUV-Kolonne stoppte. Dylan hatte keine Ahnung, worauf sie hier warteten, und er fürchtete sich zu fragen. Nachdem er eine Weile schweigend in einem SUV voller schwitzender Söldner in voller kugelfester Schutzkleidung und dem ebenso abstoßenden Oban Nassar gleich neben sich gesessen hatte, hielt Dylan es nicht mehr aus. Ein Bein zuckte unkontrollierbar, und er hatte das Gefühl, platzen zu müssen, wenn er nicht das Schweigen brach. Darum fragte er: »Können wir Musik anmachen oder so was?«

Nassar sah ihn finster an. »Nein.«

Frustriert über die sture Zurückweisung einer einfachen Bitte fragte Dylan: »Worauf warten wir denn?«

»Abendessen.« Nassar blickte Dylan bei seiner Antwort nicht einmal an.

Dylan biss sich auf die Zunge, um einen spöttischen Kommentar zu unterdrücken, aber ganz konnte er sich nicht beherrschen und versuchte daher, eine Frage zu stellen, die nicht allzu giftig klang. »Wo gehen wir denn essen?« Vielleicht bekam er wenigstens das aus Nassar von der steinernen Miene heraus. Der Kerl erinnerte Dylan an einen der geheimnisvollen Riesenköpfe auf der Osterinsel.

Nassar sah widerwillig auf ihn herab. »Wir sind hier, um eine Gruppe zu besuchen, die den Rauschgifthandel rings um Allentown betreibt. Die Dealer und Zwischenhändler sind Gangs und anderes Gesindel, aber die Versorgungskette wird von einer Gruppe kontrolliert, einer Familie sogar, den Hostetlers. Vor vielen Jahren waren sie Farmer, aber nachdem der Familienpatriarch gestorben war, kamen seine Verwandten nicht zurecht, und die Matriarchin ... Weißt du überhaupt, was diese Wörter bedeuten?«

Dylan antwortete mit seiner eigenen monolithischen Miene.

»Nachdem die Familie nicht zurechtkam«, fuhr Nassar fort, »entschied die Mutter, dass sie diversifizieren mussten. Wir – oder wenigstens einer unserer Subunternehmer – haben beschlossen, dass Allentown ein ausreichend lukrativer Markt ist, um den Drogenhandel zu übernehmen. Das ist natürlich nur eines von Mr. Demons vielen Geschäften, aber ich denke, für dich wird es sehr erhellend sein, ihn auf dieser Expedition zu begleiten. Auch ich bin von Mr. Demon dem unterzogen worden, was er eine Bluttaufe nennt, und sie hat mich für immer verändert.«

»Kann ich nicht lieber im Auto warten?«

Nassar sah Dylan noch finsterer an. »Mr. Demon ist ein brillanter Prophet, und du wärst gut beraten, wenn du aus seinen Lehren etwas lernen würdest, Junge. Mr. Demon leidet unter etwas, das eure Psychologen als Schizophrenie bezeichnen. Er halluziniert, sieht Dinge auf Existenzebenen, die parallel zu unserer, aber von ihr getrennt sind. Das bedeutet, dass er manchmal nicht unterscheiden kann, was hier geschieht und was in einem anderen Reich. Während er auf dieser Ebene existiert, erhält Mr. Demon Einblick in viele Dinge. Ein Wesen aus den Schattenreichen hat sich entschieden, Mr. Demon Wahrheiten zu offenbaren. Er nennt es den Dunklen Mann. Er stellt sogar ein großes Werk zusammen, das er *Das Wort des Dunklen Mannes* nennt.«

Dylan gluckste. »Klingt wie ein Comicheft.«

Nassars Miene schlug von frustrierter Halsstarrigkeit in Zorn um. Er zog die Brauen zusammen, und sein Blick engte sich auf Dylan ein. »Das ist unsere *Bibel*, Junge.«

Dylan rang um Beherrschung, aber am Ende scheiterte er. Er ließ ein Auflachen entkommen und sprach das Erste aus, was ihm in den Sinn kam. »Ernsthaft? Ich meine, was muss man denn für ein Egomane sein, damit man beschließt, sich seine eigene Bibel zu schreiben?«

Nassar sah weg und schloss die Augen. Er atmete tief durch, öffnete sie wieder, und es war, als schmölze sein Zorn dahin. Er schaute Dylan erneut an. »Mr. Demon hat mir befohlen, dein Verhalten zu dulden – wegen der nicht diagnostizierten Befindlichkeitsstörungen, wie eure psychologische Gemeinde es nennen würde, unter denen du leidest.«

Dylan war entsetzt. »Ich hab keine Befindlichkeitsstörungen.«

»Natürlich nicht. Wir betrachten solche Dinge nicht so wie der Rest der Welt. Mr. Demons sogenannte ›Befindlichkeitsstörung‹ ist keine Schizophrenie, sondern eine Gabe, die wir nicht verstehen. Ganz wie deine Diagnose, die, wie ich annehme, vermutlich auf Asperger-Syndrom oder eine Autismusspektrumstörung mit oppositionellem Trotzverhalten hinauslaufen wird. Ich weiß es aber nicht genau. Ich bin kein Experte, nur jemand, der aufmerksam zuhört, wenn andere, klügere Menschen von solchen Dingen sprechen.«

Dylan empfand jedes einzelne Wort wie eine Ohrfeige. »Ich hab keine Befindlichkeitsstörungen«, wiederholte er.

»Natürlich nicht, Junge. Worauf ich mit alldem hinauswill, ist ja, dass Mr. Demon seine Realität jederzeit unter Kontrolle hat und zu unterscheiden vermag, was auf dieser Ebene passiert und was auf anderen. Das verleiht ihm eine einzigartige Perspektive, die kein anderer von uns einnehmen kann. Sie gestattet ihm, die Welt durch eine andere Linse zu betrachten, und schenkt ihm die Fähigkeit, Situationen und Menschen auf eine Art und Weise zu manipulieren, die ich einfach erstaunlich finde. Er ist der rücksichtsloseste und verschlagenste Mensch, dem ich je begegnet bin. Er ist ein strahlendes Feuer, und du hast die Wahl, dich entweder von ihm reinigen und veredeln zu lassen oder von seinen Flammen verzehrt zu werden.«

Dylan senkte den Blick und schwieg.

Noch immer spürte er Nassars Blick auf sich, und nach einer Weile fuhr dieser fort: »Du hast gesehen, wie dein Onkel und dein Vater sich unverfroren gegenüber den Leuten benahmen, denen sie begegneten.« Er packte Dylan beim Kinn und zog sein Gesicht näher zu sich heran. Mit monotoner Stimme fuhr er fort: »Du solltest zuhören, Kind, du solltest die Ohren spitzen. Du solltest lernen, dich in Gegenwart von Menschen, die dir überlegen sind, zu beherrschen. Vergleiche dich nicht mit deinem Vater und deinem Onkel. Sie mögen Männern wie mir und Mr. Demon gegenüber frech werden, aber sie haben dafür auch eine Grundlage. Du nicht. Unter Wölfen, Junge, benimmst du dich besser nicht wie ein Schaf, sonst wirst du gefressen. Du solltest dich aber auch nicht so verhalten, als wolltest du den Leitwolf herausfordern. Du gibst dich wie ein Wolfsjunges, gefällig und lernwillig. Eines Tages wirst du dann in der Lage sein, ein Werk wie *Das Wort des Dunklen Mannes* zu lesen.«

Dylan verstand, aus seinen Erlebnissen zu lernen, und benahm sich genau so, wie Nassar es ihm gerade empfohlen hatte. Er nickte und sagte: »Jawohl, Sir.«

Nassar kniff die Augen zusammen. »An deiner Stelle würde ich darüber nachdenken, Junge. Denn wenn es Abendessen gibt, wirst du aus einem Becher Blut trinken, und du wirst Dinge sehen, die dich für immer verändern werden.«

Dylan hielt den Kopf gesenkt und blickte aus dem Fenster, ohne noch ein Wort mit Nassar zu sprechen. Er gehorchte, aber nicht, weil er dem Kerl Folge leistete, sondern weil seine Natur es verlangte. Seine Natur verlangte, dass er das Gespräch immer wieder analysierte, bis er jeden Fehler deutlich sah, den er begangen, jede Stelle erkannte, an der er sich falsch verhalten hatte, und zu einer Vorstellung gelangt war, wie er anders hätte reagieren können. Statt das Erste auszusprechen, was ihm in den Sinn kam, hätte er vielleicht etwas sagen sollen, mit dem er sich Nassar geneigt machte, statt ihn vor den Kopf zu stoßen. Nicht, weil er Nassar zum Freund wollte, sondern aus taktischen Gründen.

Und während er über das Gespräch mit Nassar nachdachte, kehrte die Hoffnung zurück, die er gehegt hatte, bevor er sich schlafen legte und am Morgen aufwachte: der Glaube, dass Onkel Frank zu ihm unterwegs war.

45

Nadia Shirazi kannte weder Marcus Williams noch Ackermans Neffen Dylan. Ihr war es immer so vorgekommen, als wollte Ackerman beide von jedem Aspekt seines neuen Lebens beim FBI isolieren. Sie hatte es ihm nicht übelgenommen und konnte seinen Gedankengang in gewisser Weise durchaus verstehen. Aber jetzt war sie aus einer ganzen Reihe von Gründen sehr wütend auf ihn. Warum also sollte sie nicht auch aufgebracht sein, weil sie seinen Bruder kennenlernte, indem sie einen Rollstuhl an sein Bett schob und sagen musste: »Nur um es festzuhalten, ich bin nicht einverstanden, dass Sie dem Notfallteam angehören, das Carter zusammenstellt. Das ist nichts Persönliches, aber mit

Ihren Verletzungen und den Operationen, die Sie gerade hinter sich haben, an einem Fall zu arbeiten, in dem es um Ihr Kind und Ihren Bruder geht … Na ja, ich mache mir Sorgen, dass Sie emotional zu stark beteiligt und, ganz ehrlich, den Anforderungen körperlich nicht gewachsen sind.«

Während er zuhörte, zog Williams eine Hose über, die ihm zu groß war, aber die nötige Weite besaß, um über die Gipsverbände zu gehen, die beide Beine von der Wade abwärts umschlossen. »Es geht nach New York, richtig? So ziemlich die ganze Stadt ist barrierefrei. Also keine Sorge. Der Scheiß ist ein Klacks für mich. Ich schaff das wie Professor X.«

Unbeholfen ließ er sich in den Rollstuhl sinken. Das Gefährt wackelte, und eine Sekunde lang befürchtete Nadia, es würde in sich zusammenklappen. Sie streckte die Hand vor, um zu helfen, aber der Rollstuhl beruhigte sich und nahm wieder Form an, bevor sie den Griff erreichte.

»An mich muss man sich gewöhnen«, sagte Marcus, »aber keine Sorge, ich habe schon viel Schlimmeres durchgestanden.«

Nadia hob die Hände. »Okay, aber es geht nicht nur um das Körperliche. Sie sollten wissen, dass Sie hierbei nicht vor Ort sein *müssen*. Ich würde Sie über jeden unserer Schritte auf dem Laufenden halten. Sie können hierbleiben und sich ausruhen, und ich halte Sie informiert.«

Marcus sah zu ihr hoch und schenkte ihr ein Lächeln, unter dem zu seinen besten Zeiten sicher etliche Herzen dahingeschmolzen waren. »Was hat Frank Ihnen über mich erzählt? Ich weiß nicht, weshalb er so tut, als wäre ich so eine Art wandelndes Pulverfass. Als wir Partner waren, habe ich die meiste Zeit damit verbracht, *ihn* unter Kontrolle zu halten.«

Nadia war sich nicht sicher, was sie darauf erwidern

sollte, daher sprach sie das Einzige aus, was ihr in den Sinn kam: Ackermans Bemerkungen über seinen Bruder. »Er hat Sie als den Gefährlicheren von Ihnen beiden bezeichnet. Er genieße den Vorteil der Furchtlosigkeit, sagte er, aber Sie hätten einen tiefverwurzelten inneren Antrieb, auf Teufel komm raus zu handeln, und zwar auch dann, wenn Sie sich zurückhalten sollten.«

Marcus zuckte mit den Schultern. »Da hat er vermutlich recht, und es macht mich fertig, dass mein Sohn in Gefahr schwebt. Aber ich verspreche Ihnen, dass ich mindestens genauso objektiv sein werde wie bei jedem anderen Fall, den wir bearbeitet haben. Damals, als ich Ihren Job machte, war mir jeder Beteiligte genauso wichtig wie meine eigene Familie. Jeder, den wir verloren, und jeder, den wir retteten – sie haben alle zu mir gehört.«

Nadia war sich unsicher, was sie sagen sollte, daher schwieg sie. Vermutlich spielte es auch keine Rolle. Carter wollte Marcus involvieren, also wurde Marcus involviert. Sie setzte an zu sprechen, aber er kam ihr zuvor.

»Ich bin dafür verantwortlich, dass Ackerman das Weite gesucht hat. Als er heute Nacht bei mir war, nahm ich ihm das Versprechen ab, Dylan zurückzuholen, koste es, was es wolle. Ich ließ ihn versprechen, alles zu tun, was nötig ist, selbst wenn der Preis für ihn wäre, in seine alten Verhaltensweisen zurückzufallen. Ich hätte nur nicht gedacht, dass er auf eigene Faust loszieht. Ehrlich, ich bin mir nicht ganz sicher, was ich ihm eigentlich sagen wollte. Frank ist genauso gestrickt wie ich. Er behandelt jeden Fall mit dem gleichen Maß an Emotion, er versenkt sich völlig darin. Ich würde sagen, der Unterschied zwischen uns ist, dass er von dieser Intensität profitiert, während sie mich fast umgebracht hätte.«

»Sie sollten sich keine Vorwürfe machen.«

»Ich verschwende keine Zeit, indem ich meine Entscheidungen hinterfrage oder mich im Selbstmitleid suhle. Dafür ist Zeit, wenn der Staub sich gelegt hat. Im Augenblick habe ich nur eins im Kopf: meinen Sohn zu mir zurückzuholen, wohin er gehört. Mir ist vollkommen klar: Falls ich meine Gefühle nicht unter Kontrolle bringe, damit ich klar denken kann, bringe ich ihn damit in Lebensgefahr. Bei diesen Worten bricht mir das Herz, aber daran darf ich nicht denken. Ich muss mich auf die Aufgabe konzentrieren, die ich zu erledigen habe. Sehen Sie, Nadia, das ist nicht mein erstes Rodeo. Ich habe so etwas schon gemacht. Ich habe diese Gefühle schon empfunden. Damals habe ich mich davon übermannen lassen, aber das passiert mir nicht noch einmal. Ich habe aus meinen Fehlern gelernt. Also … Ich war schon in solch einer Lage, ich habe die Aufgabe erledigt, und ich habe Fehler begangen; diesmal werde ich einen besseren Job machen. In dieser Sache können wir entweder zusammen oder gegeneinander arbeiten.«

Nadia lächelte. »Willkommen im Team, und nur dass Sie es wissen, Ihre Ansprache war leicht anders, aber unterm Strich kam es mir doch sehr vor, als würde da Ihr Bruder sprechen.«

»Arbeiten Sie gern mit ihm zusammen?«

Sie bemerkte den Anflug eines Lächelns, aber dieses Gefühl erlag rasch der Erinnerung an die jüngsten Ereignisse. »Ich dachte, Frank und ich wären Partner. Im Lauf unserer Zusammenarbeit habe ich großes Vertrauen zu ihm gefasst, und ich dachte, dass er es erwidert. Aber jetzt muss ich wohl einsehen, dass ich mich getäuscht habe. Vielleicht habe ich zu viel von ihm erwartet. Etwas gesehen, das gar nicht da war. Er ist vergangene Nacht verschwunden, ohne sich auch nur zu verabschieden.«

Marcus schüttelte den Kopf. »So wütend ich im Moment

auch auf meinen Bruder bin, eines sollten Sie unbedingt wissen: Allein die Tatsache, dass er Sie so lange in seiner Nähe geduldet und wie eine Partnerin und nicht als Last behandelt hat, müsste Ihnen schon zeigen, was er für Sie empfindet. Hat er Ihnen je von diesem einen Ihrer Vorgänger erzählt, den er dazu brachte, mit einer Banane zu sprechen?«

Nadia merkte, wie sie die Augen aufriss, und sie unterdrückte ein Lachen. »Nein! Wieso denn eine Banane?«

Marcus grinste. »Mein Bruder hat mir die Geschichte erzählt, weil er sie für besonders lustig hielt. Einen der Agents, der vor Ihnen mit ihm zusammenarbeiten sollte, fand er außerordentlich langweilig. Der Bursche redete mit einer so monotonen Stimme, dass Frank davon schläfrig wurde. Frank sagte, der Kerl sei ein Wiegenlied auf zwei Beinen, das ihn jedes Mal, wenn sie etwas besprachen, einnicken ließ. Um ihre Interaktion etwas zu beleben, wenn sie unter sich einen Fall beredeten, brachte Ackerman ihn dazu, sich eine Banane ans Ohr zu halten und hineinzusprechen, als wäre sie ein Telefonhörer. Anders hielt es Frank mit ihm nicht aus. Mein Bruder fand die ganze Sache zum Schießen komisch.«

Nadia schüttelte den Kopf. »Das klingt wirklich ganz nach Frank.«

»Es ist gut, dass Sie einschätzen können, was er tun würde, denn wenn wir meinen Sohn finden und meinen Bruder davon abhalten wollen, etwas Dummes zu tun, von dem er nicht zurückkommt, müssen wir jetzt herausfinden, was er vorhat. Wir müssen wissen, wohin genau Ackerman unterwegs ist und was er als Nächstes tut.«

Nadia seufzte. »Tja, Frank sagt immer: *Im Zweifelsfall spreng etwas in die Luft.* Also wollen wir hoffen, dass seine Pläne nicht mit irgendwelchen Explosivstoffen zu tun haben.«

46

Ackerman musterte über eine wellige Wiese hinweg das unauffällige, von einem Klingendrahtzaun umgebene Sandsteingebäude und wünschte sich, er hätte ein wenig C-4 mitgebracht.

Dass er etwas in die Luft gesprengt hatte, war schon eine Weile her, und er brannte darauf, es wieder zu tun. Er mochte das Feuer. Er hatte sich ihm immer verwandt gefühlt, als wäre er selbst ein wenig ein menschlicher Waldbrand. Waldbrände waren unverzichtbar. Manchmal musste die Erde versengt werden, damit etwas Schönes heranwachsen konnte. Feuer war eine vernichtende Kraft, und dennoch, aus dieser Vernichtung entstanden Leben und Hoffnung. Er hielt es für eine gute Analogie zu den Irrungen und Wirrungen, die sein Weg genommen hatte.

Die Firma, die Ackerman aus dem gestohlenen Chevy Lumina beobachtete, hieß Jersey Devil Security Consultants. Den Namen kannte er aus den FBI-Akten. Den Begriff Jersey Devil brachte er mit zwei Geschöpfen in Zusammenhang. Eine war eine moderne Legende, bei der es sich um eine Kreuzung aus Känguru und Fledermaus handelte, die angeblich die Pine Barrens von South Jersey bewohnte. Wichtiger aber, *Teufel von Jersey* war auch Carlo Cipriani genannt worden, und der Gangsterboss hatte den Namen mit Begeisterung angenommen.

Die Firma war eine legale Fassade für etliche von Ciprianis illegalen Aktivitäten. Ackerman war jedoch nicht wegen der Dinge hier, die er in den Akten gefunden hatte. Er hatte vielmehr seine drei Hauptzielpersonen jeweils drei Stunden lang beschattet, um herauszufinden, wen er intensiver beobachten sollte. Dabei hatte er entdeckt, dass mehrmals eine Überschneidung aufgetreten war, als alle drei Hauptzielpersonen das Gebäude besuchten, das er nun anstarrte, und beträchtliche Zeit darin verbrachten – den Sitz von Jersey Devil Security Consultants.

Ackerman hatte nicht erwartet, dass ihm das Glück schon so bald hold sein würde. Besser geworden wäre der Moment der Erkenntnis allenfalls, wenn er ein bisschen C-4 dabeigehabt hätte. In dem Fall wäre die Frage, wie er weiter verfahren sollte, sehr schnell entschieden gewesen.

Da ein Sprengstoffangriff, wie er ihn bevorzugt hätte, nicht praktikabel war, hatte er sich mehrere alternative Vorgehensweisen einfallen lassen. Den Zaun konnte er überklettern. Der Klingendraht ließ sich seiner Erfahrung nach leicht mit einer Feuerlöschdecke oder gar einer Lederjacke überwinden, wie er sie jetzt gegen die beißende Januarkälte trug.

Oder er konnte mit seinem gestohlenen Wagen durch den Zaun preschen, sich einen Weg ins Gebäude freischießen und jeden ausschalten, der sich zwischen ihn und seine Ziele stellte.

Er blickte auf den Beifahrersitz, wo der Rucksack lag, den er mit sich führte, wann immer es möglich war. Er nannte ihn den Wunderrucksack oder auch seine Wundertüte, und darin fand sich alles von seinen Taurus-Judge-Revolvern und Blendgranaten bis zu einer Vielzahl anderer Werkzeuge, die sich im Lauf der Jahre in diversen Situationen als nützlich erwiesen hatten. Dazu kam natürlich sein Standardrepertoire an Waffen: das Bowiemesser mit dem Knochengriff, die T-förmigen Faustmesser, die er in seinem Gürtelschloss versteckte, die Springmesser, die in seine Knöpfstiefel eingesetzt waren, der Würgedraht an der Krone seiner Armbanduhr, den er nicht annähernd oft genug nutzte und für den er eine andere Anwendung als die Strangulation suchte.

Von außen betrachtet mochten seine Ausrüstungsgegenstände wie Vernichtungswaffen wirken, aber er selbst sah sie als Instrumente der Außer-Gefecht-Setzung und Deeskalation. Er zog die Klingen den Kugeln vor, weil er mit einem Messer erheblich präziser arbeiten konnte als mit einer Schusswaffe. Mit einem Messer konnte er sicherstellen, dass die Verletzungen, die er zufügte, seine Gegner kampfunfähig machten, ohne sie zu töten. Die einzigen Schusswaffen, die er in letzter Zeit noch benutzte, waren die Taurus-Judge-Revolver, die .410er Schrotpatronen mit Gummigeschossen feuerten. Er hatte zwei Schnelllader für beide Waffen, aber nach seiner Erfahrung kam man auch mit den fünf Ladungen in jeder Revolvertrommel eine ganze Weile aus.

Sich den Weg freizuschießen war damit durchaus eine Option, bei der er niemandem das Leben nahm oder permanent und lebensverändernd verletzte.

Oder er nahm einen anderen Weg. Er konnte einfach vorfahren und anklopfen. Ein wenig Manipulation und Täuschung waren vielleicht die einzigen Werkzeuge, die er brauchte. Trotzdem mochte er es, wenn er all seine kleinen Freunde funktionsbereit in Griffweite hatte; nur für alle Fälle.

Nachdem er die Entscheidung getroffen hatte, legte Ackerman den Gang ein und lenkte den Lumina an die Einfahrt des Komplexes, wo ein bewachtes Tor die Welt des Jersey Devil vom Rest der Menschheit trennte. Der Wachmann, der ein Sturmgewehr vor die Brust geschnallt trug und in einem Häuschen aus Stahl und kugelfestem Glas stand, redete ihn über eine Gegensprechanlage an. »Kann ich Ihnen helfen, Sir?«

Ackerman wandte sich dem Wächter zu und ließ sein strahlendes Lächeln aufblitzen. »Ich glaube schon. Ich hätte gern, dass Sie Arthur Torrio, von dem ich weiß, dass er im Gebäude ist, darüber informieren, dass ich ihn sprechen muss. Die Angelegenheit ist recht wichtig, sehen Sie – wenn Sie bitte gut achtgeben würden, Junge, ich möchte mich nicht wiederholen müssen. Ich bin Investigativreporter und auf den Aufenthaltsort eines berüchtigten flüchtigen Verbrechers namens Carlo Cipriani gestoßen. Ich habe Fotos von Mr. Cipriani und seinem neuen Gesicht. Nun könnte ich diese Informationen an den Höchstbietenden verkaufen, oder ich verkaufe sie an Sie. Das muss Ihr Boss entscheiden, aber bitte lassen Sie ihn wissen, egal was hier passiert, die Informationen sind vorbereitet, um an alle möglichen Nachrichtenagenturen, Bundesbehörden und zwielichtigen Gestalten weitergeleitet zu werden.«

Ackerman merkte dem Wächter eine militärische Ausbildung an. Völlige Überforderung allerdings auch. Der Wächter sah erst ihn an, dann das Telefon in seinem Häuschen und wieder Ackerman, als versuchte er zu entscheiden, ob man ihm einen Streich spielte.

Ackerman kniff sich in den Nasenrücken und seufzte. »Und könnten Sie sich beeilen, Junge? Ich habe heute noch mehr zu erledigen.«

47

Dylan war überrascht, als sämtliche Söldner und Oban Nassar gleichzeitig den SUV verließen. Er sah auf die Uhr am Armaturenbrett. 18.30 Uhr. Oban Nassar stieg wieder ein und nahm auf dem Fahrersitz Platz, und wenige Sekunden später näherte sich der fehlende SUV. Demon kletterte aus dem neu eingetroffenen Fahrzeug und setzte sich neben Nassar auf den Beifahrersitz. Mit einem Blick auf Dylan, der noch auf der Rückbank saß, sagte er: »Die guten Zeiten, die ich erwähnte, stehen unmittelbar bevor.«

Diesmal hielt Dylan den Mund. Nassar legte den Gang ein und fuhr sie tiefer in die Hügel von Pennsylvania. Sie passierten große Waldgebiete, gesprenkelt mit Häusern, Weiden und landwirtschaftlichen Gebäuden.

»Hat Oban dir gesagt, wohin wir fahren?«, fragte Demon.

»Nur dass wir uns mit einem Ihrer Konkurrenten treffen.«

»Das ist etwas vereinfacht, aber durchaus zutreffend. Bevor es losgeht, solltest du dir vor Augen halten, dass ich den Leuten eine Chance gegeben habe. Ich wollte nur, dass du das weißt.«

Dylan sah zurück auf die Straße, die sie gekommen waren. »Wenn Sie sie überfallen wollen, warum haben Sie dann all Ihre Männer zurückgelassen?«

Demon lachte und trommelte mit den Fingern auf das Armaturenbrett. »Nun, mein Junge, wenn etwas schiefgeht, müssen du, ich und der alte Oban uns eben den Weg freikämpfen.«

Nassar sagte nichts, sein Gesicht war wie versteinert. Er steuerte den Wagen mit roboterhaften Bewegungen, ganz auf die Straße konzentriert, und achtete nicht auf das Gespräch.

»Keine Sorge, Junge«, fügte Demon hinzu. »Solange du bei mir bist, stehst du unter meinem Schutz. Niemand wird dich verletzen, es sei denn, ich befehle es.«

Nassar fuhr sie um einen Hügel und eine Steigung hoch, wo mit schöner Aussicht auf Bäume und Hügelland ein großes, zweistöckiges Farmhaus stand, das durch die umlaufenden Veranden auf beiden Etagen die Anmutung eines palastartigen Herrensitzes erhielt.

Dylan bemerkte sofort, dass auf den Veranden Männer mit Sturmgewehren postiert waren. »Haben wir einen Termin?«, fragte er.

Demon musterte ebenfalls Farmhaus und Verteidiger. »Ich mache nie Termine, aber sie wissen, dass wir kommen.«

Zwei Männer, die zwar Sturmgewehre trugen, aber schlampig und ungepflegt gekleidet waren, traten auf den Suburban zu. Demon und Nassar stiegen aus, und Dylan folgte ihnen. Wortlos wiesen die beiden Männer auf das Haus. Demon ging voran, näherte sich den Verandastufen und stieg sie hinauf. Die beiden Männer mit den Sturmgewehren, die nach Marihuana stanken, bildeten den Schluss. Im Haus wurden sie von weiteren, ähnlich gammeligen Männern empfangen, die sie durch ein großes Marmorfoyer zu einer geschwungenen offenen Treppe führten, auf der sie in den ersten Stock gelangten und schließlich das Esszimmer erreichten. Darin stand ein langer Tisch mit fünfzehn bis zwanzig Personen verschiedenen Alters und Geschlechts. Am Kopf des Tisches saß eine ältere großmütterliche Frau. Der Ehrenplatz am anderen Ende war leer.

»Sie überfallen uns beim Abendessen, Mr. Demon. Nehmen Sie doch im Foyer Platz, und wir kümmern uns in Kürze um Sie.«

Demon lächelte, trat an den Tisch, zog den freien Stuhl am Tischende zurück und setzte sich. »Oder wir essen mit Ihnen.«

Die Großmutter kniff die Augen zusammen. »Mit Leuten wie Ihnen brechen wir nicht das Brot, Mr. Demon.«

Demon tat, als wäre er beleidigt. »Das tut weh. Verweigern Sie mir die Gastfreundschaft, weil ich Schotte bin? Das hätte ich nicht von Ihnen gedacht, Mrs. Hostetler.«

Sie lächelte gezwungen. »Ach wie süß, und Sie können mich Mama H nennen wie alle anderen auch, aber Sie wissen ganz genau, wovon ich spreche. Wir haben bestimmte Maßstäbe und unsere eigene Art, Dinge zu tun, Mr. Demon, und von Ihren Methoden halten wir nichts.«

Nassar hatte sich links hinter Demon gestellt, und Dylan nahm instinktiv den Platz rechts hinter ihm ein. Er musste allerdings gegen den Drang ankämpfen, lauthals zu verkünden, dass er gar nicht zu ihnen gehörte.

Demon zuckte mit den Schultern. »Auf beiden Seiten sind Leute gestorben, aber ich bin bereit, unsere vergangenen Differenzen zu übersehen. Ich schwenke die weiße Fahne. Wir übernehmen, und Sie bekommen von uns Anweisungen, aber Sie operieren weitgehend genauso wie vorher. Nun, Ihre Gewinnspanne ändert sich vielleicht ein wenig, aber ich finde das Angebot sehr anständig. Sollten Sie sich entscheiden, es abzulehnen – was Ihr gutes Recht ist –, ersetzen wir Sie durch jemanden, der bereit ist, mit uns zusammenzuarbeiten bei … auf Ihren Geschäftsfeldern. Was immer das ist. Oban, was für ein Geschäft war das noch gleich? Ich habe es vergessen.«

Nassar antwortete in seiner akzentuiert-monotonen Sprechweise: »Sie sind die bedeutendsten Großhändler für Heroin, Methamphetamin und Kokain in der Region.«

»Ach, die unheilige Dreifaltigkeit des Rauschgifthandels. Ich erinnere mich. Also, sitzen Sie nicht hier und halten mir eine Predigt, *Mama H*, wie rechtschaffen Sie sind und wie hoch Sie über mir stehen, wenn Sie in Wahrheit jeden Tag den Tod an Jugendliche verkaufen und von dem Profit aus dem Leiden anderer schöne Häuser für sich und Ihre Kinder bauen. Sie sind genauso ein Raubtier wie ich. Kommen Sie bloß runter von Ihrem hohen Ross.«

»Täuschen Sie sich nicht. Wir sind uns in keiner Weise

ähnlich. Wir profitieren vielleicht auch von den schlechten Entscheidungen anderer Leute, aber wir haben Standards, wie wir unser Geschäft führen und mit wem. Meiner Meinung nach sind Sie der Abschaum der Erde, Mr. *Demon*, oder was auch immer Ihr gottgegebener Name sein mag. Und ich finde, es wäre angebracht, dass *Sie* sich erinnern, in wessen Haus Sie sitzen. Wo Sie herkommen, sind Sie vielleicht jemand Besonderes, aber hier in meinem Reich sind Sie der König von nichts und der Herrscher von einem Scheiß.«

Mama Hs Argument wurde von sechs Bewaffneten unterstrichen, die in den Raum kamen und sich ringsum aufstellten. Sämtliche jungen Männer und Frauen am Tisch aßen weiter ihr Abendbrot mit einer Überlegenheit, die ihnen allen ins Gesicht geschrieben stand. Ausnahmslos trugen sie teure Kleidung und funkelnden Schmuck. Sie alle genossen es eindeutig, die Platzhirsche zu sein.

»Ich denke, ich weiß«, fuhr Mama H fort, »warum Sie einen Jungen mit in solch eine Lage bringen. Ich töte keine Kinder. Einer der Standards, von denen ich eben sprach. Aber seine Gegenwart bedeutet keinen Schutz für Sie, falls das Ihre Absicht war.«

Demon heuchelte Überraschung. »Moment mal. War das etwa eine Drohung, Mama H? Wollen Sie sagen, dass Sie beabsichtigen, mir Schaden zuzufügen? Denn ich sehe Ihre kleinen Ratten hier herumhuschen, aber ich glaube nicht, dass Sie den Riesen begriffen haben, der Ihnen gegenübersteht. Sie erwähnten Gott, und wenn ich auch keine Gottheit im althergebrachten Sinn bin, bin ich ganz gewiss Herr jedes Reiches, in das ich meinen verdammten Fuß setze. Täuschen Sie sich da nur nicht. Wohin immer ich gehe, ich bin derjenige, der entscheidet, wer lebt und wer stirbt. Ich habe Macht und Geld genug, um überall alles zu kontrollieren, und ich besitze die skrupellose Entschlossenheit, dafür zu sorgen, dass mein Wille geschieht. Deshalb erhalten Sie noch eine letzte Gelegenheit, sich mein großzügiges Angebot durch den Kopf gehen zu lassen. Allerdings, wenn ich ehrlich bin, hoffe ich aufrichtig, dass Sie sich weiterhin gegen mich auflehnen, denn das wird mir eine Gelegenheit schenken, Sie und Ihre erbärmliche kleine Familie als abschreckendes Beispiel für jeden zu nutzen, der mit dem Gedanken an einen ähnlichen Konfrontationskurs spielt.«

Mama H schüttelte den Kopf. »Ich glaube, Sie sind ein Maulheld, Mr. Demon, aber vermutlich werden Sie genauso bluten und sterben wie jeder andere Mann, der je versucht hat, mich zu etwas zu zwingen, das ich nicht will.«

Demon seufzte. »Okay, das nehme ich als ein Nein.«

Er sah Oban Nassar an und nickte knapp.

Nassar starrte vor sich hin und sagte nur laut ein Wort: »Jetzt.«

Dylan war sich nicht sicher, was er erwarten sollte, aber auf jeden Fall hatte er nicht damit gerechnet, dass das ganze Haus ringsum explodieren würde. Doch genau das war es, was geschah.

48

Ackerman konnte nicht bestreiten, dass er sich in den letzten Jahren verändert hatte. Die Unterschiede zeigten sich darin, was er empfand, als er den gestohlenen Chevy Lumina auf der Rückseite von Jersey Devil Security Consultants zu einem Parkplatz neben den Laderampen fuhr. Früher wäre er aufgekratzt gewesen aus Vorfreude auf das, was er bald tun würde, heute jedoch waren die Maßnahmen, die er ergriff, nur ein Mittel zu einem ganz bestimmten Zweck. Er freute sich nicht darauf, diese Männer auszutricksen oder niederzukämpfen. Ihm juckte es nicht in den Fingern, zu zeigen, dass er noch immer die Fähigkeiten besaß, die man brauchte, um Spitzenprädator zu sein und in der Nahrungskette ganz oben zu stehen. Solche Gedanken gehörten gerade überhaupt nicht zu seinem mentalen Gobelin. Im Augenblick dachte er nur an seinen Neffen und sein Ziel, ihn so rasch wie möglich zu finden.

Bevor er den Wagen verließ, legte Ackerman seine Taurus-Judge-Revolver und sein Bowiemesser samt Unterbringung ab. Ohne sie kam er sich ein wenig nackt vor, aber ihm war klar, dass sie andernfalls konfisziert würden. Deshalb verstaute er sie ordentlich in seinem Wunderrucksack, schloss den Reißverschluss und ließ ihn im Fahrzeug zurück. Er stemmte sich hinaus in den Januarwind, der über die gedrungenen Sandsteingebäude peitschte und sich auf seiner Haut boshaft anfühlte. Ackerman hatte natürlich keine Schwierigkeiten, mit der Kälte fertigzuwerden, legte es aber auch nicht darauf an, unnötig zu leiden, und in Zeiten wie diesen schätzte er die lederne Motorradjacke, die er von seinem Bruder bekommen hatte, sehr.

Kaum trat er von dem Lumina zurück, umstellten ihn drei Männer mit schwarzen Polohemden und Khakihosen, die HK UMP hielten, Universelle Maschinenpistolen von Heckler & Koch. Ackerman hob die Arme, als die Männer näher traten, und gestattete, dass sie ihn abtasteten. »Prima, eine Eskorte«, sagte er. »Ich verlauf mich immer so leicht.«

Die Männer fanden natürlich weder den Würgedraht in seiner Armbanduhr noch die Faustmesser in seinem Gürtelschloss oder die Springmesser, die aus den Spitzen seiner Kampfstiefel hervorschnellen konnten.

Ackerman folgte den drei Wachleuten in Polohemden in den Bauch von Jersey Devil Security Consultants, das wie ein ganz normales Bürogebäude erschien. Die Wände waren in Weiß und Hellbraun gehalten, es roch nach Kaffee und Fotokopierern. Sie durchquerten ein Foyer, einen Empfangsbereich und mehrere Großraumbüros, bis sie ein weiteres, kleines Foyer erreichten, hinter dem sich die Räume befanden, in denen wohl die eigentliche Arbeit stattfand. Der Anführer der Wachleute zeigte mit seiner HK UMP auf den Raum ganz links. »Mr. Torrio erwartet Sie in dem Konferenzzimmer da.«

»Ausgezeichnet«, sagte Ackerman.

Als er auf die Tür des Konferenzraums zuging, ergriff er die Krone seiner Armbanduhr und zog rasch den Würgedraht zu einer Länge von einem Meter aus. Er wandte sich zu den Poloshirt-Gorillas um und zuckte mit dem Handgelenk nach dem Anführer. Die Garotte ringelte sich um die rechte Hand des Mannes, in der er die Maschinenpistole hielt.

Mit einem Ruck zog er den Wachmann zu sich, und mit einem Handballenhieb gegen dessen Hals schaltete er den ersten seiner Gegner aus.

Kaum traf sein Handballen den Adamsapfel des Anführers, packte Ackerman seine Maschinenpistole. Er zog sie zu sich und weg von ihrem Besitzer, drückte ab und stanzte eine Linie aus Kugeln in die Khakihose des zweiten Wachmanns, der vor Schmerz aufschrie und die eigene Waffe in die Decke entlud.

Ohne Zeit zu verlieren, fuhr Ackerman zu dem dritten Wachmann herum und wiederholte, was er getan hatte: Ein schneller Feuerstoß schlug dem Gorilla in Knie und Oberschenkel.

Er schritt vor und trat die Tür des Konferenzraums ein, zu dem er geschickt worden war. Das Türblatt flog in den Angeln nach innen. Er trat ein, indem er den Leitgorilla, der noch immer nach Atem keuchte und sich mit beiden Händen die Kehle hielt, als menschlichen Schutzschild benutzte.

Drinnen fand er eine Gruppe von fünf Männern vor, die sich um einen Konferenztisch in der Mitte des Raumes geschart hatten. Sie alle hatten die Waffen gezogen und versuchten die magere Deckung auszunutzen, die das Zimmer bot.

»Nicht schießen!«, verkündete Ackerman. »Ich möchte nur reden.«

Er rammte den Hinterkopf seiner Geisel mit dem rechten Ellbogen und stieß sie zur Seite. Dann legte er die HK UMP auf den Tisch und setzte sich ans Ende.

Die fünf italienisch wirkenden Männer am anderen Ende der Tafel sahen ihn reglos an. Ackerman lächelte und rief: »Gentlemen, ich freue mich, Ihre Bekanntschaft zu machen. Ich möchte mich entschuldigen, dass ich Ihre Leute angegriffen habe, aber ich ziehe es vor, auf Augenhöhe zu reden, ohne dass mir jemand eine Waffe an den Kopf hält.«

Der rotgesichtige Mann am Kopf der Tafel fletschte die Zähne. »Wie können Sie es wagen, hier hereinzukommen und so eine Scheiße abzuziehen? Sie sind ein toter Mann!«

Ackerman lachte leise, und obwohl er die Worte schon so oft ausgesprochen hatte, schienen sie weder an Bedeutungsschwere noch an Ernst je einzubüßen. Er entgegnete: »Das haben schon viele versucht, und alle sind gescheitert.« Nachdem er dem Satz Zeit gelassen hatte, um zu wirken, fügte er hinzu: »Da ich sehe, dass Sie in Spiellaune sind, Gentlemen, könnten wir sechs doch ein kleines Spielchen beginnen.«

49

Unmittelbar bevor Oban Nassar den Mordbefehl erteilte, schloss Demon die Augen, denn die Mündungsfeuer- und Explosionsblitze überall im Raum hätten sein Befinden nur verschlimmert. Kam es in der Jedermann-Realität zu einem größeren gewalttätigen Vorfall, trieb es seine Visionen in den Schnellgang. Kaum war das anfängliche Durcheinander vorbei, hatte er jedoch keine andere Wahl, als die Augen wieder zu öffnen, also hob er langsam die Lider und eruierte, wie die umgebende Welt sich aufgrund seines Befehls verändert hatte.

Die Welt, die er vorfand, war eine andere als zuvor. Die meisten Veränderungen ließen sich vermutlich auf sein Befinden zurückführen und entsprachen nicht dem Bild, das die übrigen Anwesenden wahrnahmen. Manchmal fragte er sich, ob seine Sicht der Realität der Wirklichkeit sogar näher sein konnte, doch dann sagte er sich, dass es keine Rolle spielte, wenn er der Einzige war, der sie sehen konnte.

Die Feuerstöße, von denen das Haus der Hostetlers durchsiebt worden war, hatten fliegenden Staub aller Art aufgewirbelt. Winzige Partikel verschiedener Baustoffe trieben durch den Dunst. Die Scharfschützenkugeln vom Kaliber .50 hatten den Speiseraum in einen Schweizer Käse verwandelt.

Für Demon allerdings erschienen die treibenden Staubflocken wie winzige Menschenleiber, die nach dem Himmel krallten, als wären es Tausende verlorener Seelen, die für immer in die Ewigkeit stürzten. Ihre Schreie blieben stumm. Ihre Stimmen sollten nie wieder vernommen werden.

Die Welt hatte einen bläulichen Farbton angenommen. Das Licht aus der Außenwelt, das die Schale des Hauses durchbrach, erschien als rote Streifen. Die Reste des Raumes schwollen an, zogen sich zusammen und wogten in dem blauen Licht, als wären sie ein lebendiges Wesen. Die Wirklichkeit verschob sich um Demon, aber er drückte sich auf den Stuhl, auf dem er saß, und das Möbelstück verankerte ihn in der richtigen Realität, sodass sein Körper sich nicht dem Wogen seines Geistes anschloss.

Das Essen auf dem Tisch war zu Haufen aus sich windenden Egeln mit zahnbesetzten Mäulern geworden, die hungrig an der Luft saugten. Kleine schattenhafte Gestalten tanzten im Raum umher; rot glühten ihre Augen. Aber nicht nur der Raum hatte sich verändert, auch die Leute darin waren gewandelt. Alle, die am Tisch gesessen hatten, sahen nun aus wie Leichen. Man schien sie für ihre Leichenschau vorbereitet zu haben, dann aber öffneten sie die Augen und setzten sich auf, bereit für das Abendessen. Ihre Gesichter waren eingefallen, die Augen hohl und abgesunken, die Haut passte zum bläulichen Purpur von Verwesung und Zerfall.

Mama H, an ihrem königlichen Platz am anderen Ende des Tischs, hatte sich ebenfalls verändert. Die kleine Großmutter erschien nun größer als vorher. Ihre Augen waren rot. Sie trug eine Dornenkrone, die in die Haut auf ihrem Kopf stach und Blut über ihre Stirn laufen ließ. Aber oberhalb der Krone ragten zwei lange schwarze Hörner heraus.

Manchmal erkannte Demon eine Bedeutung in den Visionen, die ihn verfolgten, und manchmal glaubte er, sie wären nur Manifestationen seines Unterbewusstseins, die in seine Sicht der Welt einsickerten. In jedem Fall wusste er, dass die Menschen vor ihm weder Leichen noch fremdartige Kreaturen waren. Sie waren seine menschlichen Widersacher, und sie standen erst am Beginn ihrer Erkenntnis, dass er derjenige war, der mehr war als ein Mensch.

Demon wartete noch einen Augenblick, bevor er zu sprechen begann, denn weitere Söldner kamen herein und stellten sich hinter den Personen am Tisch auf, als wären sie ihre Leibdiener; das Verhältnis seiner Männer zu den Überlebenden des Hostetler-Haushalts betrug eins zu eins.

Merkwürdig war, dass seine Männer von diesem halluzinatorischen Anblick unverändert wirkten. Sie sahen aus wie schwarz gekleidete Sturmtruppen mit einheitlicher Panzerung und einheitlichen Sturmgewehren, ganz so, wie sie wohl immer aussahen, wie er annahm, denn dies war stets das Bild, das er von ihnen hatte.

Demon setzte einen Finger an die Lippen, blickte auf die Teller voller Speisen und wünschte, er könnte noch immer das Steak sehen, von dem er wusste, dass der Mann neben ihm es gegessen hatte, und nicht die Egel, die seine Visionen ihm nun offenbarten. Er war hungrig gewesen und hatte das Steak essen wollen, während er sprach. Nun war ihm der Appetit vergangen.

»Ist es nicht erstaunlich«, sagte Demon, »wozu ein Scharfschützengewehr Kaliber .50 mit einem modernen Wärmebildzielsystem imstande ist? Ich meine, ich gehe davon aus, dass wir hier nur durch Holz und Trockenmauer geschossen haben, vielleicht durch ein wenig Aluminiumblech. Aber mit der richtigen Munition durchschlagen diese Knarren sogar Beton und treffen ihr Ziel. Ich liebe solche Waffen, weil sie mich an mich selbst erinnern. Sehen Sie, solche Waffen sind eine Trumpfkarte. Und wenn ich involviert bin, bin ich der beste Trumpf. Wo ich mich einmische, ist der Kampf vorüber. Sie sind bereits besiegt. Sie waren in dem Augenblick besiegt, in dem ich entschied, hierherzukommen und mich persönlich mit Ihnen zu befassen. Sie glaubten, Sie hätten die Lage unter Kontrolle, aber selbst in Ihrem eigenen Haus war diese Kontrolle nur Illusion. Wie gesagt, ich bin zwar keine Gottheit im herkömmlichen Sinn, aber ich habe genug Macht, Geld und Einfluss, um alles zu tun, wonach mir verdammt noch mal ist, und das habe ich heute hier bewiesen.«

Mama H hatte die Zähne zusammengebissen, und ihre Hände krallten sich in die Armlehnen, dass die Knöchel weiß hervortraten. Sie zitterte leicht und wirkte zwanzig Jahre älter als bei Demons Ankunft. Ihm war bereits aufgefallen, dass er manchmal diese Wirkung auf Menschen hatte.

»Okay«, sagte sie, »wir haben verstanden. Sie sind der Boss. Das haben Sie klargemacht. Wir können zusammenarbeiten, und Sie sagen, wo es langgeht.«

Demon verzog gequält das Gesicht. Er schüttelte den Kopf. »Es tut mir leid, aber ich fürchte, dieses Angebot ist vom Tisch. In Anbetracht der aktuellen Umstände möchte ich Ihnen jedoch ein anderes Angebot machen. Mit Ausnahme Ihrer Person werde ich jeden töten, der an diesem Tisch sitzt. Danach wird mein Mitarbeiter, er heißt Oban, Sie begleiten. Sie werden ihm die Schlüssel zu Ihrem Königreich übergeben. Jeden Kontakt. Jedes bisschen Information in Zusammenhang mit dem kleinen Imperium, das Sie errichtet haben. Das geben Sie uns alles. Danach gewähre ich Ihnen die Gnade eines raschen Todes. Das sind meine Bedingungen.«

Mama H hielt den Blick auf den Tisch gerichtet, aber ihre Augen hatte sie zu Schlitzen zusammengekniffen. »Wenn Sie planen, meine ganze Familie zu ermorden, welchen Grund hätte ich, Ihnen zu helfen?«

Demon lachte nachsichtig. »Ich glaube nicht, dass Ihre *ganze* Familie hier sitzt. Das sind nur Ihre erwachsenen

Kinder, die an Ihren illegalen Aktivitäten teilnehmen. Ich weiß, dass Sie mehrere Enkelkinder haben, die nicht hier sind, und das Gleiche gilt für Ihren jüngsten Sohn. Mein Angebot ist also, dass ich zwar alle töte, die hier sind, aber wenn Sie uns die Schlüssel zum Königreich übergeben, lösche ich nicht Ihre komplette Familie aus. Ehrlich, es ist eine meiner Regeln und auch meine natürliche Neigung, Sie alle auszulöschen, um sicherzustellen, dass mir niemand nachstellt, um Vergeltung zu üben. Nicht dass mir die Vergeltung wirklich Sorgen macht, aber so etwas ist oft einfach lästig.«

Schweigen senkte sich über den Raum, und Demon kämpfte, um sich gerade zu halten, während Mama Hs Kopf zusammenschrumpfte und dann auf abnormale Größe anschwoll.

»Sie sollten wissen«, fügte er hinzu, »dass ich über eine weite Vielfalt an Verbindungen verfüge, bei denen es sich um Serienmörder und Vergewaltiger handelt. Ich werde solche Männer auf jedes ihrer Enkelkinder hetzen und sie ermuntern, an ihren Nachkommen ihre tiefsten, dunkelsten Begierden auszukosten. Nachdem Ihnen also all das bekannt ist, kann ich nun auf Ihre Kooperation zählen?«

Die alte Frau schloss die Augen. Einer der älteren Söhne, der neben ihr saß, wollte etwas sagen, aber sie brachte ihn zum Schweigen, indem sie die Hand hob. Als sie die Augen öffnete, waren sie voller Tränen. »Ich stimme Ihren Bedingungen zu«, sagte sie.

Demon lächelte. »Schaffen Sie sie hier heraus. Ich gewähre ihr die Gnade, nicht mitansehen zu müssen, was hier gleich geschieht.«

Das schluchzende Vieh am Tisch beschwerte sich und erhob Einwände, als zwei seiner Söldner Mama H hinausführten. Demon schnippte mit den Fingern, und die Sturmtruppen hinter den Leuten am Tisch drückten die Mündung ihrer Schnellfeuergewehre in das weiche Fleisch am Nacken der Sitzenden.

»Reiht sie an der Wand auf«, sagte Demon.

Er wandte sich seinem neuesten Schüler zu, der ihn mit seiner Standhaftigkeit immer wieder überraschte. Er sagte zu Dylan Cassidy: »Habe ich dir nicht versprochen, dass wir Spaß haben werden? Aber es geht gerade erst los.«

50

Der Mann auf der anderen Seite des Tischs musterte Ackerman einen Augenblick lang, dann legte er seine Pistole neben sich auf die Tafel und brachte die Fingerspitzen aneinander. Er war ein großer Mann, muskulös, mit einem dicken Schopf aus lockigen Haaren, eine Frisur, die beinahe wie ein Afro aussah, und trug einen Fu-Manchu-Schnurrbart. Seine Haarpflege mochte einer anderen Ära entstammen, aber sein Anzug war modern und vom Designer. Ackerman erkannte den Mann als Arthur Torrio, einen Chefvollstrecker Carlo Ciprianis. Unter den anderen Gesichtern am Tisch bemerkte er auch den Finanzchef der Firma, den Operationschef, dazu Ciprianis Cousin und ehemaligen Sicherheitschef, aber wie es schien, sprach Torrio in Abwesenheit des Königs für sie alle.

»Ich weiß nicht, für wen zur Hölle Sie sich halten, aber ich spiele keine Spielchen, Arschloch. Sie haben am Tor gesagt, Sie haben Informationen über Carlo Ciprianis Aufenthaltsort, aber an Ihren Kapriolen hier merke ich, dass Sie andere Absichten verfolgen. Vielleicht arbeiten Sie sogar für ein gewisses schottisches Narbengesicht.«

Ackerman lächelte, den Finger noch immer am Abzug der Maschinenpistole auf dem Tisch. »Ich arbeite für niemanden. Ich erkenne keines Menschen Autorität an. Ich verantworte mich vor Gott und Gott allein.«

Der haarige Italiener erwiderte: »Hier, Mister, bin *ich* Gott. Also können Sie vor mir auf die Knie gehen.«

Ackerman zuckte mit den Schultern. »Ich komme in der Annahme, diese Anlage gehört einem Mann namens Carlo Cipriani, der Sie alle in Schuldknechtschaft hält.«

Am anderen Ende des Konferenztischs blieb Torrio ungerührt. »Hier ist niemand namens Carlo Cipriani, noch steht irgendjemand, der so heißt, mit diesem Geschäft in Zusammenhang.«

Ackerman lächelte. »Ich bin doch nicht die US-Regierung, Mr. Torrio, und ich bin kein Gericht. Sie brauchen keine Erklärungen abzulassen, die unter dem strengen Auge einer dieser Körperschaften wasserdicht sein sollen. Ich bin hier, um Carlo Cipriani zu finden und mit ihm über ein gewisses schottisches Narbengesicht zu sprechen, das Sie bereits erwähnten, jemanden, von dem ich glaube, dass er ein gemeinsamer Feind sein könnte.«

Torrio sah verwirrt aus. »Also, wer hat Sie geschickt?«

»Ich habe mich selbst geschickt. Der einzige Herr, dem ich gehorche, ist Gott im Himmel. Er ist die einzige Autorität, die ich außer mir anerkenne, Mr. Torrio.«

Torrio strich sich das Fu-Manchu-Bärtchen. »Ich weiß trotzdem nicht, von wem Sie reden. Aber eines kann ich Ihnen sagen, Freundchen: Wenn Sie denken, Sie können hier hereinkommen, tun, was Sie getan haben, und wieder davongehen, dann sind Sie ein Fall für die Klapsmühle.«

Ackerman hatte die Tür geschlossen, die er aufgetreten

hatte, aber er hörte trotzdem die Männer, die sich auf dem Korridor davor zusammenscharten. »Glauben Sie etwa, ich hätte Angst vor Ihnen, Mr. Torrio, oder irgendjemandem von Ihrem Personal? Denn das ist nicht der Fall. Ich möchte das gleich klarstellen. Ich fürchte mich vor keinem der Leute, die Sie in diesem Gebäude haben, oder vor dem, was jemand von Ihnen mir antun könnte. Stattdessen überlege ich, was ich *Ihnen* zufügen könnte. Sie sind für mich wie summende Fliegen, Mr. Torrio, ganz wie ich es demonstriert habe. Daher können wir entweder zu einem wie immer gearteten Arrangement kommen, das uns beiden nützt, oder Sie können den Pfad zur Vernichtung auswählen.«

Torrio schien zu den Menschen zu gehören, die ihre Optionen abwogen, bevor sie den Abzug drückten. Er hielt weiter die Hände aneinandergelegt und blickte zur Decke. »Nehmen wir einfach zum Spaß einmal an, wir würden einen Mann namens Carlo Cipriani kennen. Warum würde jemand wie Sie mit ihm sprechen wollen, und was hoffen Sie damit zu erreichen? Denn ich kann Ihnen gleich sagen, Mister, dass ein Mann mit einem Namen wie Cipriani nicht besonders erfreut wäre, wenn man ihn bedroht. Leuten, die so etwas tun, würde er nicht mal die Uhrzeit verraten, sondern mir befehlen, dass ich so jemanden beseitigen und ganz aus dem Spiel nehmen soll. Die Frage ist also: Besitzen Sie wirklich die Informationen, mit denen Sie beim Mann am Tor geprahlt haben? Wissen Sie, wo Carlo Cipriani zu finden ist? Und drohen Sie ihm und uns damit, diese Informationen zu verbreiten?«

Ackerman schürzte die Lippen. »Ich kann Mr. Cipriani in vielerlei Hinsicht wehtun, aber das ist gar nicht meine Absicht. Ich suche Ihren Arbeitgeber, weil wir einen gemeinsamen Feind haben, den narbengesichtigen Schotten, den Sie bereits erwähnt haben.«

»Also arbeiten Sie nicht für Demon?«

»Ganz im Gegenteil, ich versuche ihn zu finden, damit ich seinen Lebensfunktionen ein Ende bereiten kann. Er hält außerdem das Leben meines Neffen in den Händen. Ich bin nicht hergekommen, um Mr. Cipriani zu bedrohen, sondern um ihn um Hilfe zu bitten. Wenn er Informationen hat, die mir helfen, Demon zu finden, kann ich vielleicht unser beider Leben von einer großen Last und Komplikation befreien.«

Torrio zuckte mit den Schultern. »Leider kenne ich diesen Carlo Cipriani nicht, und ich kann Ihnen keinerlei Hinweise anbieten, wo Sie ihn finden können.«

»Ich glaube Ihnen nicht«, erwiderte Ackerman.

»Mir ist egal, was Sie glauben, Sie verrücktes Stück Scheiße. Sie kommen hier rein und wollen mich und meine Männer anpissen, aber Ihnen ist nicht klar, dass da, wo sie herkamen, noch hundert andere sind. Sie kommen hier nicht lebend raus, aber ich sehe, dass Sie geistig hochgradig verwirrt sind, und deshalb will ich Ihnen etwas anbieten, das ich nicht vielen Männern anbiete. Ich gebe Ihnen eine zweite Chance. Machen Sie, dass Sie verschwinden, und kommen sie niemals wieder, dann lassen wir Sie leben. Andernfalls stürmt ein Trupp von unseren Männern durch die Tür und beendet diesen ganzen Unsinn.«

Ackerman lachte. »Ich sehe, dass Sie versuchen, mit Einschüchterungstaktiken auf mich einzuwirken, Mr. Torrio, aber ich bin ein intimer Bettgenosse der Furcht und kenne sie gut genug, um zu wissen, dass sie eine Illusion ist. *Wir haben nichts zu fürchten als die Furcht an sich.* Furcht ist eine Vorstellung, die ganze Generationen lähmt, während sie versuchen, sich der Richtung und des Zwecks ihres Lebens zu vergewissern. Doch Furcht ist nichts anderes als Argwohn und Unglaube in einer anderen Haut. Ich glaube, dass alles zu einem Zweck geschieht, Mr. Torrio. Ich glaube, dass ich heute aus einem bestimmten Grund hier bin und mit Ihnen aus einem ganz konkreten Anlass spreche. Vielleicht besteht der Zweck meines Hierseins darin, Ihnen die Augen zu öffnen, oder vielleicht, Ihnen eine letzte Chance auf Läuterung zu geben, bevor Sie sterben. Wie dem auch sei, Ihr Ende ist angebrochen. Aber ich schwanke noch zwischen zwei möglichen Entwicklungen. In der einen überwinde ich jeden Widerstand, den Sie mir entgegensetzen, und foltere sodann die Informationen, die ich benötige, aus Ihnen heraus. In der anderen lege ich die Waffen ab und hoffe, dass Sie die Notwendigkeit und die Vorzüge erkennen, mich mit Ihrem Arbeitgeber sprechen zu lassen. Ich muss erfahren, wo Demon ist, und mir ist es gleich, ob Cipriani es mir per Videochat oder SMS oder auf eine andere Art offenbart, bei der er nicht persönlich in Erscheinung treten muss. Ich brauche die Information, und ich weiß, dass Ihr Arbeitgeber Sie besitzt. Ich werde heute mit allem davongehen, was Sie und Ihre Organisation über Demon wissen. Die einzige Frage ist, ob Sie versuchen, sich mir zu widersetzen, oder ob Sie sich klug verhalten und mir Ihr Wissen aus freien Stücken zur Verfügung stellen.«

Torrio runzelte die Stirn. »Ich sehe, was los ist. Sie sind einer von diesen Irren, die sich dadurch lebendig fühlen wollen, dass sie ausprobieren, wie weit sie es treiben können, ohne zu sterben. Ich habe Typen wie Sie schon oft erlebt. Jagen immer dem nächsten Nervenkitzel hinterher. Immer auf der Jagd nach dem nächsten Hochgefühl.«

Ackerman lachte leise. »Erst wenn man aufhört, Gefühlen hinterherzujagen, wird man wirklich etwas empfinden. Mit anderen Worten, Ihr Leben wird nur befriedigend sein, wenn Sie aufhören, für die Selbstbelohnung zu leben. Ich weiß das alles, Mr. Torrio, und dennoch kann ich nicht umhin zu spüren, dass Sie meinem Ersuchen stur und beschränkt gegenüberstehen werden. Ich möchte Ihnen Schmerzen zufügen, Mr. Torrio. Ich möchte Sie foltern, täuschen Sie sich nicht, aber ich weiß, dass es falsch ist. Ich weiß, dass ich mich nicht danach sehnen sollte, Ihnen zu zeigen, was Qual und Furcht wirklich bedeuten, und dennoch beherrscht mich dieser Wunsch. Die Wahl aber liegt bei Ihnen.«

»Sagt der große Kerl, der eine Maschinenpistole auf mich richtet.«

Ackerman ließ die Waffe los, zog die Hand zurück und ließ die UMP auf dem Tisch zwischen ihnen liegen. Er griff in eine Tasche, nahm einen Vierteldollar heraus und warf Torrio die Münze zu. Der Mobster fing den Quarter mit einer großen, narbigen Hand auf.

»Mein Wille ist das Einzige, was ich benötige, um Sie zu besiegen, Mr. Torrio. Waffen sind nur ein Mittel zu diesem Zweck. Aber mich langweilt unser Gespräch allmählich. Ich sage Ihnen etwas: Beginnen wir ein Spiel. Wir nennen es *Wie die Münze fällt*. Sie werfen sie hoch und schlagen sie auf den Tisch. Bei Zahl ergebe ich mich vorerst, und Sie können mit mir tun, was Sie wünschen. Bei Kopf hingegen geben Sie mir die Informationen, die *ich* wünsche. Was sagen Sie dazu? Sind Sie bereit, das Risiko einzugehen?«

Torrio schüttelte ungläubig den Kopf. Er konnte hören, wie sich die Männer auf der anderen Seite der Tür scharten. Torrio glaubte, er hätte die Oberhand. Ackerman wusste, dass die Oberhand in jeder Situation vollständig von den Zielen und dem Blickpunkt der jeweiligen Beteiligten abhing.

»Also, kennen Sie Carlo Ciprianis Aufenthaltsort?«, fragte Torrio. »Und sind Sie bereit, das an Nachrichtenagenturen zu verraten? Oder haben Sie die ganze Zeit Scheiße gelabert?«

»Ich fürchte, dass ich Ihr Wachpersonal belogen habe«, sagte Ackerman. »Ich weiß nicht, wo Mr. Cipriani sich befindet, und ich möchte es auch gar nicht wissen. Ich muss aber mit ihm sprechen, damit ich den Aufenthalt eines gewissen narbengesichtigen Herrn erfahre, der ein Feind von uns beiden ist. Für Sie besteht überhaupt kein Grund, mich *nicht* über Demon ins Bild zu setzen, es sei denn schiere Hybris und Selbstüberhöhung. Aber täuschen Sie sich nicht: Sollte Ihr Stolz verhindern, dass Sie mir Ihr Wissen offenbaren, werde ich auf andere Taktiken zurückgreifen.«

Arthur Torrio schüttelte den Kopf. »Wissen Sie, ich habe im Lauf der Zeit schon viele irre Bastarde kennengelernt, aber Sie sind der König der Klapse. Sie schießen meine Männer nieder und bedrohen mich und unsere gesamte Organisation. Und dann erwarten Sie, dass ich Ihnen helfe. Im Grunde ist das ziemlich erbärmlich.«

»Ich sage Ihnen etwas. Ich mache die Sache für Sie und mich ganz einfach. Wenn Sie mit der Münze Zahl bekommen, dann ergebe ich mich vorerst, und Sie können mit mir machen, was Sie wollen. Wenn aber Kopf oben ist, dann spielen wir die Sache hier und jetzt aus.«

Torrio spielte noch immer auf Zeit, und immer mehr seiner Männer kamen herbei. »Na gut«, sagte er. »Werfen wir das Scheißding und schauen, was das Schicksal sagt.« Er schnippte die Münze hoch, fing sie in der Faust auf und knallte sie mit der flachen Hand auf den Tisch. Als er die Hand hob, zeigte die Münze ihr Urteil: Zahl.

Ackerman hatte verloren. Doch davon war er nicht im Geringsten entmutigt. Er zog es vor, wenn ihm Entscheidungen abgenommen wurden. Ackerman hob die Hände und sagte: »Gut. Ich ergebe mich. Bringen Sie mich zu Ihrem Anführer.«

51

Alpha hatte fast den ganzen Tag damit verbracht, die Anlage zu erkunden, während ihn von allen Seiten Leute beglückwünschten und ihn behandelten, als wäre er die Wiederkunft des Herrn. Sie lebten in einer Reihe fensterloser Kästen und Gänge aus Beton. Die Korridore waren von nackten LED-Streifen erhellt, die krumm und schief an der Decke befestigt waren. Das Ganze wirkte wie ein Neubau, wie ein Atombunker.

Omega, die schöne Frau, die er beim Aufwachen als Erste gesehen hatte, führte ihn durch die Gänge von einer Betonkammer zur anderen. In jeder davon befanden sich bescheidene Wohnquartiere von Personen, die anscheinend nichts miteinander zu tun hatten und willkürlich zusammengelegt worden waren wie junge Leute in einem Collegewohnheim. Einige beherbergten auch Familien. Sie alle scharten sich um ihn, wenn er eintrat, und lobhudelten ihm, als wäre er irgendeine wohlwollende Gottheit. Überschwänglich dankten sie ihm. Sie küssten ihm die Hände. Sie umarmten ihn, und einige weinten dabei sogar. Voll Bewunderung sahen sie ihn an, aber manchmal fielen ihm auch widersprüchliche Empfindungen auf, sogar Gleichgültigkeit, als wäre die Verehrung eine Pflichtübung oder sogar erzwungen.

Alpha konnte sich des Gefühls nicht erwehren, dass er sich in einer Art Traum befand. Er war hier ohne Erinnerung erwacht, und doch wusste er instinktiv und intuitiv viele Dinge. Allein die Tatsache, dass er umherging und mit diesen Menschen sprach, konnte nur bedeuten, dass sein

Gedächtnis nicht vollständig verloren war, sondern nur aus irgendeinem Grund für ihn unzugänglich.

Alpha meinte auch einige Gesichter wiederzuerkennen. Da war ein junger Mann mit brauner Haut und dunklen Haaren, der in ausgezeichneter körperlicher Verfassung zu sein schien, und da war ein Koloss von einem Weißen, der vor einer Tür Wache stand. Dieser Mann gab nicht nur *nicht* vor, die Gefühle der anderen zu teilen, Alpha merkte dem riesigen, kahlköpfigen Mann mehr als Gleichgültigkeit an: In seinen Augen entdeckte er Hass und vielleicht sogar Eifersucht.

Als sie allein waren, wandte sich Alpha der Frau mit den kastanienbraunen Haaren zu und fragte: »Weshalb verehren sie mich so sehr? Was habe ich für sie getan?«

Mit engelhaftem Lächeln antwortete Omega: »Ach, mein Lieber, es ist nicht nur das, was du für sie getan hast, sondern was du tun wirst. Lass mich dich in unser Zimmer führen, dort kann ich es dir näher erklären. Aber ich weiß wirklich zu schätzen, dass du dich heute von mir herumführen lässt, um die Leute zu motivieren. Sie hatten es dringend nötig.«

»Wozu motivieren?«

»Das zeige ich dir wohl besser.«

52

Während sie ihn fesselten und ihm einen Sack über den Kopf zogen, empfand Ackerman Erleichterung, dass Nadia nicht bei ihm war. Sie hätte das Ganze als furchteinflößend und traumatisch erlebt, wohingegen er es nur als Mittel zum Zweck betrachtete.

Gefesselt und mit dem Sack über dem Kopf schafften sie ihn dorthin, wo sie ihn töten wollten. Die meisten Menschen wären nun vor Angst außer sich gewesen. Ackerman jedoch war nicht wie die meisten Menschen. Er war zu solchen Emotionen nicht nur unfähig, er hatte zudem seine Gegner dort, wo er sie haben wollte. In Torrios Blick hatte er gelesen, dass der Mann sehr genau wusste, wo Carlo Cipriani zu finden war, egal, was er behauptete.

Ackerman gestattete den Wächtern, ihn abzuführen. Durch den schwarzen Stoff über seinem Kopf konnte er nur wenig sehen, aber es reichte, um zu erkennen, dass sie tiefer ins Gebäude gingen und einigen Gängen mit Leuchtstoffröhren unter der Decke folgten. Er hörte die Schritte der anderen Männer, die ihnen folgten, ein synkopischer Rhythmus wie die Bewegungen eines großen Hundertfüßers, allerdings minus etwa neunzig Beine, denn er zählte fünf Männer – Arthur Torrio eingeschlossen. Ackerman roch das Aftershave jedes Mannes, das sich mit dem Moschus ihres Schweißes mischte. Indem er seinen Geruchssinn anstrengte, entdeckte er außerdem das Aroma von Waffenöl, das auf ihn stets ein wenig wie ein Aphrodisiakum wirkte. Der Geruch schaltete seine inneren Motoren in den Schnellgang. Ackerman spürte das altbekannte Hochgefühl, in einer gefährlichen Situation der gefährlichste aller Beteiligten zu sein. Er beschwor sich wiederholt, nicht zu genießen, was nun bevorstand, aber als er die tiefe Anspannung ringsum spürte, traten vergessene Sehnsüchte ins Gedächtnis und wurden neu entfacht.

Wie Fahrradfahren, dachte er. Was sein Vater ihm tatsächlich nie beigebracht hatte. Er hatte das Fahrradfahren erst erlernt, als er schon über zwanzig war, und die Lernanstrengung nur auf sich genommen, weil er fand, dass er stets Herr jeder Situation sein sollte. Darum hatte er Bücher über das Fahrradfahren gelesen, ganz wie er Bücher über das Steuern von Flugzeugen und Hubschraubern las. Er hatte sogar einmal das Handbuch des Spaceshuttles in die Hände bekommen, und wenn die Gelegenheit sich jemals bot, war er bereit, Astronaut zu werden.

Während die Vorfreude in ihm anwuchs, zwang er sich, gelassen zu bleiben und nichts zu überstürzen. Er wusste, dass man ihn nicht auf dem Gelände der Niederlassung töten würde, wenn es sich irgendwie vermeiden ließ. Nach einer Tat wie dieser blieben alle möglichen Spuren zurück, die später gegen Torrio und seine Leute verwendet werden konnten. Indem man Blutspritzer mit Bleichlauge oder einer anderen Reinigungslösung wegschrubbte, überlistete man heutzutage kein hochmodernes Analyseverfahren mehr. Ihn zu töten hatten sie definitiv vor, aber sie würden es nicht hier tun. Es war ohnehin immer besser, das Opfer den Ort seines Dahinscheidens aus eigener Kraft erreichen zu lassen. Ihn hätte es nicht überrascht, wenn sein neuer Freund Arthur ihn irgendwo in den Wald zu bringen gedachte, wo Ackerman sich sein eigenes Grab schaufeln sollte. So lange wollte er nicht warten. Ackerman beabsichtigte, in Aktion zu treten, während sie noch an ihren Zielort unterwegs waren. Sobald alle Gorillas eliminiert oder kampfunfähig waren, würde er sich lange und nett mit Arthur unterhalten, und wie er seinem Bruder versprochen hatte, würde er alles tun, was nötig war, um die Sache zu Ende zu bringen.

Die Männer führten ihn in einen großen weiten Raum, in dem es nach Öl und Auspuffgasen roch. Vermutlich war er nun in der Garage der Niederlassung. Er hörte, wie die Seitentür eines Kastenwagens aufgeschoben wurde, dann stieß man ihn grob in den Van. Einen Sitzplatz erhielt er nicht. Die Gorillas setzten sich hörbar auf eine Bank an der

Seitenwand dem Einstieg gegenüber. Ackerman ließen sie auf dem Boden liegen.

Wie es im Moment stand, sah Ackerman keine Notwendigkeit, einen Kampf zu beginnen. Er gestattete Torrio und seinen Leuten, ihn ihrem Willen zu unterwerfen, wie ein Grashalm sich dem Wind beugt. Genauso wie der Grashalm hatte er nicht die Absicht, sich brechen zu lassen. Und dass er sich den Forderungen dieser Leute fügte, würde schon sehr bald enden.

Er hörte, wie eine automatische Garagentür sich hob, während der Motor des Vans ansprang. Ackerman wartete und lauschte, studierte nacheinander den Atem und die Herzfrequenz jedes einzelnen Mannes und wartete auf den geeigneten Moment, um zuzuschlagen, der höchstwahrscheinlich kommen würde, sobald sie auf der Straße waren und Tempo aufgenommen hatten. Von vorn kam ein Tappen, gefolgt von einer Stimme, die in mechanischem Singsang sagte: »Route wird berechnet. Sie erreichen Ihr Ziel in siebenundfünfzig Minuten.«

Auf die mechanische Stimme hin ergriff der Fahrer das Wort und sprach leise zu jemandem auf dem Beifahrersitz. »Was machst du da? Das kann nicht die richtige Adresse sein.«

Ein tiefer Bariton, bei dem ein unintelligenter Unterton mitschwang, antwortete: »Ich dachte, wir bringen ihn zum Boss.«

»Nein, du Idiot«, erwiderte der Fahrer. »Wir bringen ihn hinaus in die Pine Barrens, zur üblichen Stelle.«

Darauf antwortete der andere Mann mit der tiefen Stimme: »Oh, tut mir leid. Ich bringe es in Ordnung.« Wieder meldete die mechanische Stimme: »Neue Route wird berechnet. Sie erreichen Ihr Ziel in dreiundzwanzig Minuten.«

Unter dem schwarzen Sack über dem Kopf grinste

Ackerman und schüttelte ganz leicht den Kopf. Das Schicksal lächelte heute wahrhaft auf ihn herab, denn er wusste nun, dass er weder Arthur Torrio noch irgendeinen seiner Männer benötigte. Dank der Dusseligkeit des Gorillas auf dem Beifahrersitz brauchte er Ciprianis Aufenthaltsort aus niemandem herauszuholen. Die Adresse von Carlo Ciprianis Versteck befand sich im Speicher des Navigationsgeräts.

Nun brauchte er nur noch die fünf Männer im Van auszuschalten, ohne dass einer davon ihn tötete oder einen Schuss abgab, der das Navi zerstörte und mit ihm die darin enthaltene Information.

Ackerman betastete sein linkes Handgelenk, bis er einen der Metallspäne fand, die er unter seine Haut getrieben hatte. Mit den Fingerspitzen übte er Druck aus und schob den langen Splitter heraus. Kaum hatte er ihn zwischen den Fingern, schob er ihn in die Zahnung der Plastikhandschellen, mit denen er gefesselt war. Innerhalb von Sekunden hatte er sich befreit. Dennoch behielt er die Illusion aufrecht, dass er gebunden und bewegungsunfähig wäre.

Er zog sich in eine sitzende Haltung hoch und rief durch den Sack über seinem Kopf: »Arthur, sind Sie hier? Wir haben etwas Wichtiges zu besprechen.«

»Raus mit der Sprache«, war die Antwort.

»Könnten Sie bitte den Sack von meinem Kopf nehmen? Hier gibt es doch wohl nichts, was ich nicht mehr sehen darf.«

Ein paar Sekunden später wurde der Sack weggerissen. Ackerman lächelte zu den Männern hoch, die vor ihm auf der Bank saßen, die an der Fahrerseite des Laderaums angebracht war. Er zeigte ihnen ein Grinsen extremen Wahnsinns, und er musste zugeben, dass ihm ein wenig schwindelte von der Vorfreude auf das, was gleich geschehen würde. Aber dann überfiel ihn ein Schuldgefühl. Auch wenn die bevorstehende Gewalt unvermeidlich war, genießen sollte er sie nicht.

»Arthur«, fragte Ackerman, »haben Sie schon einmal das Gefühl gehabt, dass in der nächsten Sekunde ein Amoklauf losgeht?«

53

Erst einige Minuten waren vergangen, seit Dylan gezwungen gewesen war, Demons Bluttaufe zu erdulden, aber er wusste bereits, dass sie sehr lange im Zentrum seiner Gedanken und Empfindungen stehen würde. Nun duschte er in einem Badezimmer im Obergeschoss des Hostetler-Hauses. Demon hatte vorausgedacht und für seinen Schüler Kleidung zum Wechseln mitgebracht, denn Dylans Sachen waren völlig blutdurchtränkt gewesen. Er trat aus der Dusche, während sie noch lief, und erbrach sich trocken in die Toilette. Er hatte allerdings für die Porzellanschüssel nichts im Magen außer Galle, denn er hatte sich schon mehrmals entleert. Als er fertig war, trat er wieder unter die Dusche, versuchte noch immer, die Furchtbarkeiten abzuwaschen, die er erlebt und gesehen hatte, aber das Blut schien nicht abgehen zu wollen.

Demon hatte seinen Helfershelfern befohlen, Dylans Augen offen zu halten, während sie ihm mit dem Jungen folgten. Er ging die Linie der Hostetlers und ihrer Angetrauten entlang, schnitt jedem die Kehle durch und sorgte dafür, dass Dylan mit dem Herzblut bespritzt wurde, das aus den Wunden an ihren Hälsen sprühte. Die Söldner hatten Dylan nicht erlaubt, die Augen zu schließen, damit er von Nahem sah, wie aus jedem von Demons Opfern das Leben wich.

Dylan hatte geglaubt, sich von der Situation distanzieren zu können, und versucht, woandershin zu gehen, so zu tun, als würden solche Abscheulichkeiten nicht gleich vor seiner Nase stattfinden, aber etwas hatte ihm gesagt, dass er zusehen sollte, dass er sich an all diese Menschen erinnern und die Leben im Gedächtnis behalten sollte, die hier genommen wurden.

Während der ganzen Quälerei hatte Demon ständig noch mehr Unsinn abgesondert, aber das meiste davon konnte Dylan abblocken oder gleich wieder vergessen.

Gesagt hatte er Sachen wie: »Ich leiste nur meinen Teil, um den Weltenbrand zu entfachen«, und: »Ich befürworte Guerillataktiken, mein Junge, ähnlich denen, die Amerikaner im Bürgerkrieg und die Vietnamesen im gleichnamigen Konflikt eingesetzt haben. Es ist nicht so, dass wir diese Welt niederbrennen und rebellieren müssten, bis der prätentiöse Gottdiktator, der dieses Reich beherrscht, die Flucht ergreift. Solch ein mächtiges Wesen könnten wir nie vertreiben, aber der Teufel lehrt uns, dass wir uns widersetzen müssen. Wir müssen die Herrschaft so kostspielig und sein Reich so dunkel machen, dass welcher Gott auch immer es beherrscht, diese Welt verlässt und uns unseren eigenen Weg gehen lässt. Das ist das Wort des Dunklen Mannes.«

Dylan versuchte all diese Gedanken und Erinnerungen in dem warmen Wasser zu ertränken, das aus dem Duschkopf auf ihn herabregnete. Er dachte an seinen Onkel Frank und hoffte, er könnte sich wie Frank über all das erheben, was er gesehen und getan hatte.

Ein Pochen an der Tür riss Dylan aus seiner Versunkenheit. Er fuhr zusammen und ließ die Seife fallen, die er in der Hand hielt. Aus dem Rauschen der Dusche rief er: »Was?«

Die Stimme antwortete: »Du hast noch fünf Minuten. Wir müssen uns auf den Weg machen.«

Er gab keine Antwort. Er würde so lange duschen, wie es ihm gefiel, und wenn es ihnen nicht passte, sollten sie hereinkommen und ihn herauszerren.

Eine leise Stimme in Dylan flüsterte ihm zu, dass dies das sei, was er wolle. Er habe doch so wie sein Onkel Frank sein wollen. Schon, aber er wollte sich gegen die Finsternis stellen und eine Macht des Guten sein. In diesem Augenblick musste er jedoch gestehen, dass er es auch leicht hatte haben wollen und nicht begreifen konnte, wieso der Kampf auf der Seite der Rechtschaffenheit so unablässig mühsam sein musste.

Wieder wurde an die Tür geklopft, und er brüllte: »Okay!« Er beendete seine Waschung und trat aus der Duschwanne. Er trocknete sich ab, kleidete sich an und hoffte dabei, dass Demon ihn vergessen und entschieden hatte, sich anderen Aufgaben zuzuwenden. Seine Hoffnung wurde jedoch zerschmettert, als er aus dem Bad trat und Demon vorfand, der auf ihn wartete.

Der narbengesichtige Irre grinste. »Ich hoffe, du hast da drin die Offenbarungen dessen überdacht, was ich dir gezeigt habe, Junge. Aber wie dem auch sei, wir müssen aufbrechen. Du hast noch vieles zu lernen.«

54

Im Vergleich zu den Räumen der anderen Gruppenmitglieder erschien die Betonkammer, in die Alpha von Omega geführt wurde, geradezu luxuriös. Angeblich war er der Anführer, und die Nummer eins zu sein hatte offenbar seine Vorzüge. Der Raum enthielt eine Küche und einen Tisch und erinnerte mehr an ein Studioapartment als an eine Unterkunft in einem Flüchtlingslager. Während er mit seinem Gehirn um die Erinnerung kämpfte, was das war, fiel ihm etwas auf: Als Omega beschloss, ihn hierherzubringen, hatte sie gesagt, sie wollte es ausführlich in *unserem* Zimmer erklären. Nicht *meinem* Zimmer, nicht *deinem* Zimmer, sondern *unserem* Zimmer.

Der Gedanke, der in Alphas schwindligem und verwirrtem Gehirn verblieb, ließ Schmetterlinge in seinem Bauch flattern, die aufstoben, als Omega sich aufs Bett senkte, auf die Stelle neben ihr klopfte und sagte: »Komm, setz dich.«

Sie beugte sich vor und nahm einen Tabletcomputer von dem kleinen Beistelltisch aus Stahlrohr. Sie wiederholte ihre Bitte. »Setz dich. Ich beiße auch nicht zu sehr.« Sie zog die Brauen hoch, sah ihn verführerisch an und fügte hinzu: »Wenigstens durchdringe ich nie die Haut, oder?«

Die Situation wurde immer seltsamer. Er fand, dass sie ihm doch auf irgendeine Weise bekannt vorkommen müsste, wenn sie seine Frau wäre. Er müsste eine emotionale Verbundenheit spüren. Ein gewisses Erkennen hatte stattgefunden, als er Omega zum ersten Mal sah, und in flüchtigen Augenblicken seitdem, wenn sie den Kopf auf eine bestimmte Weise drehte oder lächelte. Vage erinnerte er sich von irgendwo an sie, aber es war Dunst in einem Hurrikan, nichts von Substanz, das er greifen konnte.

Widerstrebend und mit dem Gefühl, als triebe er durch einen Traum, setzte sich Alpha neben Omega aufs Bett.

Omega aktivierte das Tablet und tippte auf den Bildschirm, aber dann hielt sie ihn sich vor die Brust, sodass er nichts sehen konnte. »Ich möchte dich warnen, Liebling, dass diese Bilder Erinnerungen hervorholen könnten, sogar schmerzhafte oder verstörende Erinnerungen. Wir wissen nicht, wann dein Gedächtnis zurückkommt, ja nicht einmal, ob es überhaupt je geschieht, aber ich werde dabei sein und es zusammen mit dir durchstehen. Wenn du irgendwann unterbrechen und Dinge verarbeiten musst, oder wenn du irgendwelche Fragen hast, dann sag es einfach. Ich werde dich mit einem Haufen Infos überschütten. Bist du bereit?«

Während sie sprach, hatte Alpha ihr Gesicht und ihre Mimik beobachtet. Er wusste nicht, was diese Frau an sich hatte, aber sie verstand es, seine Aufmerksamkeit auf das zu lenken, was sie sagte, und ihn gefangen zu nehmen. Als sie nun verstummte, erkannte er, dass es an ihren Augen lag. Sie besaß die ausdrucksstärksten Augen, die er je gesehen hatte. Sie änderten sich, leuchteten auf oder dunkelten sich ab, je nachdem, was sie sagte. Eine Stimme in ihm – eine alte zynische Stimme – sagte, dass sie vielleicht ein wenig *zu* ausdrucksstark sei, als wäre ein Großteil der Emotion in ihren Worten kunstvoll fabriziert.

»Ich möchte wissen, wer ich bin«, sagte er.

Omega nickte und senkte den Bildschirm. »Dein richtiger Name ist Elliott Cole, und in deinem früheren Leben warst du ein Sergeant beim New York Police Department.« Das Bild auf dem Display zeigte ihn in der blauen Uniform des NYPD.

Zum ersten Mal seit seinem Erwachen kam ihm etwas real und solide vor. Er hieß nicht Alpha – das hatte nie echt geklungen. Er war Elliott Cole.

55

Während der Kastenwagen mit gut siebzig Meilen pro Stunde, wie Ackerman schätzte, die Interstate entlangfuhr, antwortete Arthur Torrio auf seine Bemerkung, ein Amoklauf stehe kurz bevor: »Ob es dazu kommt, weiß ich nicht, aber ich plane definitiv, heute jemanden umzubringen. Wir haben eine hübsche Baustelle in den Pine Barrens, wo wir schwere Maschinen benutzen können, um Sie in einem nicht allzu flachen Grab zu beerdigen.«

Ackerman verzog gequält das Gesicht und schüttelte den Kopf. »Das klingt nach einem idealen Plätzchen, aber ich fürchte, wir werden unser Ziel nicht erreichen.«

Torrio kniff die Augen zusammen. »Wirklich? Ist da etwas, das ich nicht weiß?«

»So würde ich das nicht sagen. Sie wissen, dass ich direkt vor Ihnen sitze. Ich habe keinen Hinterhalt geplant, und es kommt auch keine Verstärkung, aber wenn ich merke, wie der gute alte Amoksaft zu fließen beginnt, ist es schwer, ihn zu stoppen. Aber das ist es ja gar nicht, was ich will. Ich hatte gehofft, wir könnten zu einer Vereinbarung kommen und jedes unnötige Blutvergießen vermeiden.«

Torrie lachte kopfschüttelnd. »Entweder haben Sie Eier wie Basketbälle, oder Sie sind völlig durchgeknallt. Ich glaube eher das Letztere.«

Ackerman hob die Schultern. »Ich bin schon geisteskrank genannt worden, aber geistige Gesundheit ist Ansichtssache, und die Definition kann fließend sein.«

»Jeder, der Carlo Cipriani bedroht, muss geisteskrank sein.«

»Vielleicht. Aus meiner Sicht könnte ich sagen, dass jeder, der mich herausfordert oder es wagt, sich mir in den Weg zu stellen, sämtliche klassischen Merkmale geistiger Inkontinenz zeigt. Mit anderen Worten, Sie stehen kurz davor, ins metaphorische Bett zu scheißen, Mr. Torrio. Sie stehen einem Mann gegenüber, der mehr Leben genommen hat als Sie alle zusammen. Das sage ich nicht aus Überheblichkeit. Ich bin darauf weder stolz, noch möchte ich damit prahlen. Es ist schlichtweg eine Tatsache. Sie wissen nicht, wer ich wirklich bin, deshalb lasse ich es durchgehen, aber aus meiner Perspektive steht allen hier ein sehr schlechter Tag bevor.«

Torrio schüttelte den Kopf. »Ein Typ in Ihrer Position, dem bewaffnete Profikiller gegenübersitzen und der trotzdem behauptet, die Lage im Griff zu haben, hat meiner Meinung nach nicht mehr alle Tassen im Schrank.«

»Oder Sie sind einfach nur nicht im Besitz sämtlicher Informationen, weil Sie nicht wissen, wer ich bin.«

»Und wer sind Sie?«

»In einem früheren Leben war ich der Engel des Todes. Ich war die Gestalt gewordene Finsternis, und ich ging einen Weg von Tod und Vernichtung, der mir von unsichtbaren Geistermächten aus den dunkelsten und abartigsten Ebenen der Existenz bestimmt wurde.«

»Wenn Sie es sagen, Freundchen. Ich weiß nur eins: Sie kommen schon ganz bald wohin, wo es richtig dunkel ist.«

Ackerman seufzte. »Ich gehe davon aus, dass jeder Mann in diesem Fahrzeug Leben genommen hat und an seinen Händen unschuldiges Blut klebt. Trotzdem fühle ich mich gedrängt, Ihnen und den fünf Angehörigen Ihrer Crew eine Chance zu bieten, dem zu entgehen, was Ihnen bevorsteht. Ich will Sie in ein kleines Geheimnis einweihen: So wird es sich abspielen. Zuerst werde ich Sie tödlich verletzen. Sie werden nicht sofort sterben. Sie werden miterleben, was mit Ihren Männern geschieht, aber der erste Schlag wird am Ende zu Ihrem Tod führen. Danach, nehme ich an, wird es den Mann rechts von Ihnen treffen, dann den auf dem Beifahrersitz, danach den Mann zu Ihrer Linken, und so weiter und so fort. Den Fahrer spare ich mir bis zum Schluss auf. Je nach seinem Verhalten verschone ich ihn vielleicht – nicht aus Wohlwollen, sondern nur, um die Unbill eines Verkehrsunfalls zu umgehen.«

Torrio lachte leise, zeigte auf Ackerman und sah den Mann rechts von ihm an, der eindeutig genauso erheitert war von dem Gedanken, ihr Gefangener lebe in seiner eigenen wahnhaften Welt. »Sie scheinen es sich ja ganz genau überlegt zu haben, und Sie sind reichlich von sich selbst überzeugt.«

»Nein«, entgegnete Ackerman. »Ich habe mir nicht alles genau überlegt, und mit Sicherheit verkünden kann ich stets nur sehr wenig. Was meine Anschauungen angeht, haben sie sich oft genug als falsch erwiesen, sodass ich drei Dinge weiß: Ich bin mir nicht einmal bewusst, was ich alles nicht weiß, ich bin nicht Gott und habe keine echte Kontrolle über irgendetwas, und es erfordert nur eine kleine Veränderung in einem Gedanken oder einer Annahme, um die gesamte Perspektive eines Menschen und den Verlauf seines gesamten Lebens zu verändern.«

»Also versuchen Sie, mich zu ändern?«

»Ich stelle lediglich die Tatsachen fest und lasse Sie wissen, was als Nächstes geschieht. Gentlemen, dies ist die letzte Warnung. Sollten Sie auf Fortsetzung Ihrer bisherigen Handlungsweise bestehen, bleibt mir keine andere Wahl, als mich Ihrer unter Anwendung extremer Härte zu entledigen. Das ist für jeden von Ihnen die letzte Chance. Wenn Sie nicht von der Druckwelle meines Zorns erfasst werden wollen, sollten Sie auf der Stelle Ihre Waffen ablegen und klarstellen, dass Sie die Überlegenheit Ihres Gegners erkannt haben, und dementsprechend reagieren. Fügen Sie sich diesen Forderungen nicht, sehe ich mich gezwungen, jeden Einzelnen von ihnen aus der Gleichung zu streichen.«

Kopfschüttelnd und beinahe mit Tränen der Heiterkeit in den Augen breitete Torrio die Arme aus, als wollte er sie seinen Leuten um die Schultern schlingen. »Also, Jungs, ihr habt ihn gehört. Will hier jemand seine Waffen ablegen und sich diesem *überlegenen* Herrn ergeben?«

Die übrigen Gorillas fielen höhnisch in Torrios Gelächter ein.

Ackerman zuckte mit den Schultern. »Ich würde mich ja auch nicht ernst nehmen, aber ich fand es anständig, Sie vorzuwarnen und Ihnen eine zweite Gelegenheit zu bieten, der Straße in die Vernichtung, auf der Sie sich nun befinden, den Rücken zu kehren.«

Torrio wischte sich mit den kleinen Fingern die Lachtränen aus den Augenwinkeln. »Sie sind ein echter Komiker, mein Freund, aber ich glaube, das Risiko gehen w…«

Ackerman gestattete Torrio nicht, den Satz zu vollenden, sondern wählte diesen Moment aus, um zuzuschlagen. Mit dem großen Zeh ließ er die Springmesserklinge aus der Stiefelspitze hervorschnellen, kreiselte sein Gewicht auf die linke Schulter und schwang das rechte Bein zu Arthur Torrios Hals. Die Klinge versenkte sich in Torrios Fleisch, schnitt dem Mobster das Wort ab und ersetzte es durch ein feuchtes Gurgeln.

Ein Ausdruck von Verwirrung und Unglaube erschien in Arthur Torrios Gesicht, aber Ackerman fehlte die Zeit, darin zu schwelgen, dass er ihm gezeigt hatte, wie sehr er sich irrte. Für ihn war es Zeit, sich an die Arbeit zu machen.

56

Elliott Cole oder Alpha, was wohl ein Codename sein sollte, ging weitere Bilder durch, während Omega ihm die Geschichte erklärte, die ihn bis an diesen Punkt gebracht hatte. Sie zeigte ihm ein Foto eines kleinen italienisch wirkenden Mannes mit grau melierten schwarzen Haaren und buschigen Augenbrauen über einem strengen Gesicht. Das Haar sah stark nach einem Toupet aus. »Dieser Mann ist Randolph Hayley, der Bürgermeister des Distrikts New York der Vereinigten Staaten. Erinnerst du dich an ihn, Alpha?«

»So nennst du mich? Alpha? Nicht Elliott?«

Erneut hob sie den Blick, und ihre Augen blitzten verführerisch auf. »Ich nenne dich alles Mögliche, je nach Situation. Was ziehst du vor? Alpha und Omega sind Codenamen, die wir als Teil der Bewegung angenommen haben. Mein richtiger Name ist Lauren. Wenn wir in der Gruppe sind, ist es wohl am besten, dass ich dich mit Alpha anrede, aber sobald wir allein sind, nenne ich dich, wie immer du es willst, Baby.«

Die Art, wie sie den letzten Satz aussprach, erinnerte Elliott an etwas, das vielleicht zu seinem früheren Leben als Polizeibeamter gehörte. Etwas über Frauen, die zu viel Make-up trugen, aber die Gedanken blieben matt und folgenlos. Er blickte stattdessen das Bild des mittelalten, befehlsgewohnt wirkenden Mannes an. »Ich glaube, ich erinnere mich an ihn. So als hätte ich ihn vielleicht im Fernsehen oder in der Zeitung gesehen. Aber ich weiß es nicht. Alles ist so undeutlich. Ich weiß nicht, wie ich es beschreiben soll. Als hätte ich einen Haufen Fotoalben vor mir und könnte

zwar die Schildchen auf den Alben lesen, aber nicht hinein-
sehen. Vermutlich ergibt das gar keinen Sinn.«

»Nur keine Sorge, Schatz. Vielleicht ist es sogar besser,
wenn du dich an ein paar von diesen Dingen gar nicht erinnerst. Eventuell sollten wir mit dem allen aufhören und
eine bessere Weise finden, um die Zeit zu verbringen, die
uns noch bleibt.«

Elliott wusste nicht, wie sie das meinte, aber es klang
beunruhigend. Oder war es nur eine Redensart? »Nein, ich
möchte es wissen. Was hat es mit diesem Hayley auf sich,
das du mir verschweigen willst?«

Sie seufzte, aber dann nickte sie. »Du hast es verdient,
davon zu wissen. Ich bin nicht sicher, ob du dich erinnerst,
aber die Vereinigten Staaten sind eine Diktatur. Wir sind in
Distrikte aufgeteilt, die von Bürgermeistern beherrscht werden. Sie haben die umfassende Gewalt über die Menschen
in ihrem Herrschaftsgebiet. Randolph Hayley regiert seinen
Distrikt mit eiserner Faust. Du warst hier Polizist, und zwar
ein guter. Unser Leben verbringen wir meist unbehelligt von
Hayley und seinen Gestapo-Methoden, aber gelegentlich
geraten gewöhnliche Bürger dem Fortschritt in den Weg.
In diesem Fall entschied Hayley, einige Viertel in New York
City müssten ›neu belebt‹ werden.«

Sie begann durch Bilder von Nachrichtenartikeln zu
blättern, die ihre Geschichte bekräftigten.

Elliott konnte nicht entscheiden, ob irgendetwas von
dem, was sie sagte, der Wirklichkeit entsprach. Aber es
klang zumindest nach der Wahrheit. Er empfand etwas
beim Namen Hayley, und als sie *Vereinigte Staaten* sagte,
New York City und *Polizeibeamter*, hatte er ein merkwürdiges
Gefühl in sich verspürt. Diese Dinge passten mit Sicherheit
zusammen, und er hatte keinen Grund, an dem zu zweifeln,
was sie ihm berichtete.

Sie fuhr fort: »Die betreffenden Viertel wurden vor allem von Minderheiten und, wie Hayley sie nannte, ›unproduktiven Mitgliedern der Gesellschaft‹ bewohnt. Die Viertel wurden gewaltsam geräumt, um Platz für die Bauarbeiter zu schaffen, die die alten Gebäude niederrissen und an ihrer Stelle neue Wolkenkratzer errichteten. Die Leute, die dort wohnten, wollten aber nicht ausziehen, und viele von ihnen konnten auch nirgendwo sonst hin. Natürlich waren sie sowieso nicht von der Sorte Leute, die einen Platz in der neuen Welt haben sollen, welche Hayley errichtet, und dadurch landeten die meisten von uns auf der Straße. Damals wurden die Jünger des Feuers gegründet.«

Elliott konnte nachvollziehen, was sie erzählte, aber es war keineswegs so, dass mit einem Mal alte Erinnerungen auf ihn eingestürmt wären. »Also habe ich die Jünger des Feuers gegründet, damit wir uns gegen Hayley wehren können.«

Omega sah zu Boden und schloss kurz die Augen. »Jetzt kommt der Teil, der für dich am schwersten ist, Elliott.«

Sie wischte ein paar weitere Bilder fort, bis sie zu zwei Gesichtern kam, die Wellen des Wiedererkennens wie Blitze durch sein Gehirn zucken ließen. Das Foto zeigte eine hübsche Schwarze mit dunklen, lockigen Haaren und ein kleines Mädchen mit denselben Haaren und ähnlichen Gesichtszügen.

»Weißt du, wer das ist?«, fragte Omega.

»Ich glaube schon.«

»Das ist ein Foto deiner Frau und deiner Tochter. Ich sage es dir nur ungern, weil ich dich damit alles noch einmal durchleben lasse, während du davon erfährst, aber du warst einer der Polizisten, die für Hayley die Entfernung der Einwohner aus den betreffenden Vierteln leiteten. Du hast jedoch den Befehl verweigert und die Stimme gegen Hayley erhoben. Es gibt keine einfache Möglichkeit, es dir zu sagen, daher spreche ich es unverblümt aus. Dieser Mann, Randolph, hat deine Frau und deine Tochter auf offener Straße hinrichten lassen.«

Sie blätterte durch mehr Nachrichtenartikel, und die Bilder und Worte machten ihn schwindlig. Von den Hinrichtungen von Dissidenten im Distrikt New York war darin die Rede. Einer der Artikel erwähnte ihn und seine Familie sogar mit Namen.

Elliott hatte das Gefühl, den Boden unter den Füßen zu verlieren. Innerhalb weniger Augenblicke hatte er erfahren, dass er eine Frau und eine Tochter hatte, und gleich darauf waren sie ihm weggenommen worden. Er fühlte sich wie auf einer Achterbahn, die niemals anhielt, und er war sich nicht sicher, wie viel von alldem sein Bauch und seine Seele noch ertragen konnten. Tränen traten ihm in die Augen und liefen ihm die Wangen hinunter. Konnte es wahr sein? War seine Familie wirklich ermordet worden? Er kämpfte um Erinnerungen an sie, aber sie blieben außer Reichweite. Alles erschien vage, und die einzigen Gefühle und Gedanken, die er festnageln konnte, waren Trauer und Wut über seinen Verlust. Seine Familie, sein Verstand, jede Verbindung zu dieser Welt, seine schiere Existenz – alles war ihm genommen worden. Ihm war, als triebe er auf einem Meer der tausend Sorgen.

Omega legte die Arme um ihn. Sie zog ihn an sich und flüsterte ihm ins Ohr: »Ich weiß, es ist hart, aber es ist vor einiger Zeit passiert. Danach fanden wir einander. Das ist jetzt alles Vergangenheit. Warum nutzen wir die Zeit nicht für etwas Produktiveres? Etwas, das deine Stimmung verbessert, statt sie zu verdüstern?«

Omega sah ihn an mit ihrem schönen tränenförmigen Gesicht, den perfekten Zügen eines Models und ihren übermäßig ausdrucksvollen Augen, in denen die sexuelle Begierde brannte. »Denn, Baby«, fügte sie hinzu, »ich bin Expertin darin, die Stimmung eines Mannes zu heben.«

57

Obwohl er dafür keine greifbaren Beweise besaß, hatte Ackerman von jeher das Gefühl gehabt, seine Fähigkeit, aus so gut wie jedem physischen Zusammenstoß als Sieger hervorzugehen, sei auf seinen Mangel an Furcht zurückzuführen. Er postulierte, dass aufgrund seines Unvermögens, Furcht zu empfinden, sein Bewusstsein und sein Unterbewusstsein weniger zu verarbeiten hatten, wenn er um sein Leben kämpfte. Während andere in etwas verstrickt waren, das er eine Matrix der Furcht vor Handlung und Konsequenz nannte, war Ackerman imstande, in freier Form zu reagieren, ohne einen Irrtum oder eine Fehleinschätzung fürchten zu müssen.

Nun setzte er an, diese Fähigkeit zu nutzen, um den Männern, die ihn töten wollten, vor Augen zu führen, welch schweren Fehler sie begangen hatten.

Torrio verblutete an der Halswunde, die Ackerman ihm beigebracht hatte, doch rasch war die Stiefelklinge wieder frei, und Ackerman richtete sein Augenmerk auf den Gorilla, der rechts von Torrio auf der Bank saß.

Unter normalen Umständen hätte er dazu geneigt, hinten anzufangen und sich nach vorn vorzuarbeiten; er mochte keine Angreifer von vorn und von hinten. In diesem Fall jedoch war der Mann hinten mit einem Schrotgewehr bewaffnet, das er nicht abfeuern konnte, ohne den Fahrer und alle seine Freunde zu treffen, weshalb er die Flinte eher als Keule einsetzen würde, während der Mann neben dem Fahrer nur eine Pistole mit sich führte.

Er benötigte diese Waffe, um die gefährlichste Bedrohung zu entfernen, seiner Ansicht nach der Mann auf dem Beifahrersitz. Zu dieser Einschätzung gelangte er aufgrund des Umstands, dass dieser Mann einfach die Pistole ziehen und wild in den Laderaum des Hecks feuern könnte. So etwas war besonders dann problematisch, wenn es sich um einen unerfahrenen Mann handelte – was er bereits unter Beweis gestellt hatte – oder wenn er einen nervösen Abzugsfinger besaß.

Ackerman hatte die Hände frei, lag aber noch immer flach auf dem Rücken. Er vollführte eine rasche Bewegung aus der Leibesmitte, um sich aufzurichten, und stürzte sich auf den nächsten Gegner. Mit der Handfläche schlug er seinem ersten Ziel gegen den Adamsapfel; der Mann keuchte und rang nach Luft. Ackerman hatte sich jedoch gezügelt, damit der Treffer nicht tödlich wurde. Der Mann hatte nur Atemnot, ohne zu ersticken, doch es genügte, um ihn für eine Minute kampfunfähig zu machen. Mehr Zeit benötigte Ackerman nicht, um sich an ihm herumzuwerfen und eine Entwaffnungstechnik für Experten anzuwenden, die er schon Hunderte Male benutzt hatte: Durch seinen Schwung riss er dem Gorilla die Pistole aus der Hand. Augenblicklich fuhr er zum Beifahrersitz herum und feuerte dreimal. Durch die Rückenlehne hindurch traf er sein Ziel mit allen drei Geschossen. Er hatte sich entschieden, auf einen tödlichen Treffer durch Kopfschuss zu verzichten.

Torrio hielt sich noch den Hals und fuchtelte mit den Händen herum, fast als könnte ihm noch jemand helfen. Ackerman entschied sich, die Pistole nicht gegen den

Mann im Heck einzusetzen, da er befürchten musste, dass eine Kugel die Außenwand durchschlug, ein nachfolgendes Fahrzeug traf und einen unschuldigen Unbeteiligten tötete. Stattdessen packte Ackerman also Arthur Torrio bei seinem Lockenschopf und trieb ihn wie eine Ramme gegen den Mann ganz hinten im Kastenwagen.

Eine Handvoll von Arthurs Haaren fest in der Faust, riss Ackerman dessen Schulter zurück und stieß sie wieder nach vorn wie einen Antriebskolben, sodass Torrios Kopf immer wieder gegen den Kopf des Heckgorillas knallte.

Sechs Stöße waren erforderlich, aber danach hatte Torrio das Leben und der Heckgorilla das Bewusstsein verloren. Ackerman verschwendete keine Zeit, packte die Flinte des Mannes und schwenkte zum Fahrer herum. Er hielt dem Mann die Mündung an den Kopf und sagte: »Nehmen Sie die nächste Ausfahrt, und versuchen Sie keine Dummheiten.«

Der Fahrer wirkte unerfahren und noch nicht vom Feuer der Schlacht gehärtet. Er weinte, und Rotz lief ihm das Gesicht hinunter. »Bitte bringen Sie mich nicht um, Mann«, sagte er. »Ich habe doch Familie.«

Ackerman schüttelte den Kopf. »Sie und jeder andere auch. Rinder haben Familie, aber wie Sie aussehen, haben Sie schon viele Cheeseburger verdrückt. Tun Sie einfach, was ich Ihnen sage, und Sie kommen heil aus allem heraus.«

Der Fahrer wies auf den Beifahrer, der noch lebte, aber offensichtlich schwer verletzt war. Der Mann hielt sich die Wunden in seinem Unterleib und spuckte Blut.

»Wir müssen meinen Freund ins Krankenhaus bringen«, sagte der Fahrer.

Ackerman knurrte tief in der Kehle. »Ich glaube, Sie alle hier haben geplant, mich hinaus in die Pine Barrens zu schaffen und in einem ›nicht allzu flachen Grab‹ zu bestatten, wie Ihr Chef es ausdrückte. Ich würde sagen, dass mir das ein Recht verleiht, Sie alle zu töten. Dennoch stehe ich hier, nur einer von Ihnen ist bislang dahingeschieden, und nur ein weiterer macht sich zurzeit auf den gleichen Weg. Aber wenn Sie mich reizen, habe ich kein Problem damit, daraus drei von fünf zu machen.«

»Mister, bitte!«, rief der Fahrer. »Er ist mein kleiner Bruder. Ich kann nicht einfach zusehen, wie er so stirbt.«

Mit einem noch tieferen Knurren warf Ackerman vier Schrotpatronen aus der Flinte aus. Mit einem der Faustmesser aus seinem Gürtelschloss trennte er die Geschosse vom Schießpulver. Danach drückte er den Beifahrer nach vorn gegen das Armaturenbrett. Ackerman schüttete dem Mann in jede Wunde Schießpulver aus drei Schrotpatronen. Die vierte Patrone diente nur als Reserve, sollte etwas danebengehen. Nachdem die Ein- und Austrittswunden voller Pulver waren, fragte er den Fahrer: »Haben Sie mal Feuer?«

Der Mann suchte in seiner Hosentasche und hielt ein Feuerzeug hoch. »Was zum Teufel haben Sie denn damit ...?«

Ackerman riss es ihm aus den Fingern, und bevor der Fahrer seine Frage beendet hatte, hatte er das Feuerzeug entzündet und hielt die Flamme an das Schießpulver in den Wunden des jungen Verbrechers.

Das Schießpulver entzündete sich mit einem Aufstrahlen von hellem Licht, das den Innenraum des Kastenwagens beschien. Ackerman wiederholte die Prozedur bei den anderen Wunden und wandte sich an den Fahrer. »Das ist das Äußerste, was ich im Moment für ihn tun kann. Es scheinen glatte Durchschüsse zu sein, und von ihrer Anordnung würde ich sagen, das größte Risiko bestand im Blutverlust. Ich habe die Wunden jetzt partiell verödet, was hoffentlich den Blutfluss eindämmt. Gern geschehen.«

Ackerman streckte die Hand vor und nahm das Navi vom Armaturenbrett. »Und herzlichen Dank an Ihren Bruder, dass er mir die Adresse Ihres Bosses ins Navi eingegeben hat. Das macht mir meine Arbeit wirklich um einiges leichter.«

Die Lider des Fahrers flackerten. Rasch blickte er hin und her, als suchte er nach einer Antwort, die den Fehler seines Bruders vertuschte. »Aber da ist Mr. Cipriani gar nicht. Er hat nur versucht, uns ...«

Ackerman tätschelte dem Mann die Schulter. »Schon okay. Fühlen Sie sich nicht schlecht deswegen. Ich bin immer schlauer als alle anderen. Nehmen Sie es nicht allzu persönlich.«

58

Als Ackerman die Kontrolle über den Kastenwagen an sich gebracht hatte, waren sie bereits den halben Weg zu ihrem Ziel in den Pine Barrens gefahren, und Waldland umgab sie. Er fand eine abgeschiedene Stelle und ließ seinen Gefangenen zwischen die Bäume zurücksetzen, wo er die anderen Gorillas zusammen mit Arthur Torrios Leiche auslud. Er fesselte die Männer mit ihren eigenen Plastikhandschellen und nahm ihnen alle Waffen ab, die er finden konnte. Er würde sie verwenden, denn sein Wunderrucksack lag noch in dem gestohlenen Lumina vor der Niederlassung von Jersey Devil Security Consultants.

Der Fahrer hatte sich anfangs geweigert, seine Freunde in der Kälte zurückzulassen, doch Ackerman entgegnete, es sei nur ein weiterer Anreiz für ihn, zu kooperieren und sich zu beeilen, damit er zu ihnen zurückkehren konnte, bevor sie erfroren. Mit einer Reihe von Plastikhandschellen befestigte Ackerman sodann die Mündung seines erbeuteten Schrotgewehrs an der Schulter des Fahrers, denn er beabsichtigte, ihn auf seine Suche nach dem lange verschwundenen Carlo Cipriani mitzunehmen.

Als sie wieder auf der Straße waren, sagte Ackerman zu ihm: »Ich habe diesen Schulterharnisch geschaffen, damit Ihnen klar ist, dass es keinen Sinn hat zu versuchen, sich auf die Seite zu werfen oder das Lenkrad zu verreißen, um aus der Schusslinie zu kommen. So wie ich Sie verarztet habe, befindet sich die Mündung genau dort, wo die Schrotkugeln einen tödlichen Treffer verursachen, und ich brauche nicht einmal zu zielen. Ich brauche nur abzudrücken.«

Der Fahrer war ein untersetzter Mann unverkennbar italienischer Herkunft. Er trug einen blau-violetten Trainingsanzug, als ginge er an einem kalten Tag joggen. Der Hass in seiner Stimme war nicht zu überhören. »Dann haben Sie das wohl alles durchdacht. Sie wissen, wo Cipriani ist, wozu also brauchen Sie mich?«

Ackerman zuckte mit den Schultern. »Das ist eine gute Frage. Ich hätte Sie und alle Ihre Freunde töten und zwischen den Kiefern liegen lassen können, aber stattdessen biete ich Ihnen eine Chance zu überleben. Diese Gelegenheit hängt davon ab, ob Sie mir alles sagen, was ich über Ciprianis Zuflucht wissen muss.«

»Ich weiß überhaupt nichts. Mein Bruder und ich kennen die Adresse nur, weil wir ein paar Möbel dahin geliefert haben, bevor der Boss einzog.«

»Das ist Ihre Stellung in dieser Organisation?«, fragte Ackerman. »Ein Botenjunge?«

»Ganz genau. Ich erledige Fahrten und so was. Bringe die Leute von A nach B. Ich bin ein kleiner Fisch.«

»Und wie stehen Sie zu Carlo Cipriani?«

Der Mann wirkte verwirrt. »Ich bin sein Angestellter, würde ich sagen.«

»Verzeihen Sie. Das habe ich falsch formuliert. Ich meine, in welcher familiären Beziehung stehen Sie zu ihm? Wie sind Sie mit Carlo Cipriani *verwandt?*«

»Gar nicht. Ich arbeite nur für ihn. Nur weil wir Italiener sind, müssen wir noch lange nicht alle miteinander verwandt sein.«

Ackerman sah den Mann finster an. »Mir gefällt die Andeutung nicht, ich würde ethnische Vorurteile pflegen, aber noch mehr verärgert mich mein Wissen, dass Sie in Wirklichkeit Carlo Ciprianis Cousin sind und eine Weile als Sicherheitschef für ihn gearbeitet haben. Dass er einen adipösen Haufen Exkrement wie Sie für solch eine Stellung aussucht, wirft ein deutliches Licht auf seine Führungseigenschaften. Allerdings bleibt die Tatsache bestehen: Wenn es jemanden gibt, der weiß, mit welchen Sicherheitsmaßnahmen ich an unserer Zieladresse zu rechnen habe, dann sind das Sie. Lassen Sie mich daran erinnern, dass Ihr kleiner Bruder dort im Wald große Schmerzen leidet und eine medizinische Behandlung sehr gut brauchen könnte. Je schneller Sie mir sagen, was ich wissen will, desto eher können Sie zu ihm zurück, und desto größer sind seine Überlebenschancen. Und nur um es klarzustellen, falls Sie meine Fragen nicht beantworten: Ich bin in Stimmung, ein paar Knochen zu brechen. Ich weiß nicht, ob Sie das Vergnügen schon einmal hatten, aber es ist unglaublich befriedigend, einem Menschen die kleinen Knöchelchen in den Fingern umzuknicken. Das ist ungefähr so, wie Sie Normale den Verzehr von Kartoffelchips beschreiben: Wenn man einmal angefangen hat, will man gar nicht mehr aufhören.«

Der Fahrer schwieg eine Weile, während er den Anweisungen zu der Adresse folgte, an der Ackerman, wie er wusste, Cipriani treffen würde. Ackerman gestattete ihm, eine Minute seine Optionen zu überdenken und zu dem unausweichlichen Schluss zu gelangen, dass ihm nichts anderes übrigblieb, als das zu tun, was Ackerman verlangte.

Am Ende fragte er: »Was wollen Sie wissen?«

»Wie viele Männer?«

»Der Boss versteckt sich in einer bewachten Wohnanlage. Keine Villen, aber hübsche Einfamilienhäuser mit großen Grundstücken. Das Tor ist bewacht. Wir haben der alten Wachfirma gekündigt und die Aufgabe selbst übernommen. Der Typ am Tor ist also einer von uns, und es gibt drei andere auf Abruf in der Nähe für den Fall, dass der Posten Ärger kommen sieht, aber letzten Endes soll er sich wie ein normaler Wächter benehmen. Die besten sind mit Cipriani im Haus. Im Schlafzimmerfenster im Obergeschoss ist ein Scharfschütze, der jeden sieht, der sich auf der Straße nähert, und dann gibt es noch fünf andere im Haus – gewöhnlich drei vorn als Barriere aus Fleisch, und zwei sind weiter hinten bei Cipriani.«

»Und der Fluchtweg?«, fragte Ackerman.

»Welcher Fluchtweg? Sie haben so viel Feuerkraft, wenn jemand es auf sie abgesehen hat, mähen sie ihn nieder, und dann schaffen sie Cipriani fort.«

»Das glaube ich kaum. Erstens habe ich bereits erlebt, wie Sie mich belügen, und ich kenne alle Ihre Anzeichen. Die nächste Lüge, die Sie sich mir gegenüber erlauben, führt dazu, dass ich Ihnen einen Knochen breche. Dass Sie lügen, weiß ich aber auch deswegen, weil Cipriani sich nicht nur wegen eines Überfalls von Möchtegernmeuchlern Sorgen machen muss, sondern auch wegen einer Razzia der Bundesbehörden. Wenn das FBI oder eine andere Organisation sein Haus umstellt und verlangt, dass er sich ergibt, braucht Cipriani einen Fluchtplan samt Ablenkung und ei-

nem geheimen Fluchtweg. Also … Worin besteht Ciprianis
Fluchtplan? Und lügen Sie mich nicht wieder an. Oder nein,
tun Sie es. Mir ist wirklich nach Fingerbrechen zumute.«

59

Auf der Fahrt versuchte Dylan, so viel zu schlafen, wie er
konnte, oder wenigstens die Augen zu schließen und mit
den Gedanken weit wegzukommen von dem Albtraum, in
dem er sich wiedergefunden hatte. Er wachte auf, als der
Wagen ruckte und langsamer wurde. Gerade noch konnte
er durch das Fenster ein Schild sehen, auf dem *Bay Ridge
Parkway* stand.

Oban Nassar saß auf dem Platz neben ihm.

»Wo sind wir?«, fragte Dylan.

»Brooklyn, einer der fünf Bezirke von New York. Das
hier nennt man Doctor's Row.«

Dylan sah zu, wie der große schwarze Suburban auf einer
Straße stehen blieb, auf der sich wenigstens fünfzig Häuser
mit Kalksteinfassaden reihten. Nassar befahl Dylan auszusteigen. Demon wartete bereits auf der Treppe eines dreige-
schossigen Gebäudes auf ihn. Nassars SUV und ein anderer
Suburban fuhren dann weiter und ließen ihn, Demon und
drei Söldner zurück.

»Komm, Junge«, sagte Demon. »Ich möchte dir jemanden vorstellen, eine kleine Atempause, die vielleicht deine
Stimmung hebt.«

Während sie die Stufen hochgingen, bemerkte Dylan ein

Schild über der Tür, auf dem *Li Jing Song, MD* stand, darunter *Neurochirurgin*.

Innen sah das Haus mehr wie ein Wohnhaus der Jahrhundertwende aus denn wie eine Arztpraxis. Wenn man allerdings zur Haustür hineinging, kam man in einen kleinen Warteraum mit einem runden Tisch, auf dem die üblichen Zeitschriften lagen. Dylan konnte sehen, dass sich dahinter ein weiterer Raum befand, der allerdings mehr wie ein normales Esszimmer mit Küchenzeile aussah.

Rechts vom Warteraum war eine Treppe, die eine hochgewachsene Asiatin nun herunterstieg. Sie trug Jeans und einen beigefarbenen Rollkragenpullover. Sorgenfalten zerfurchten ihr Gesicht, und sie wirkte erschöpft. Dennoch gelang es ihr, die Entkräftung einen Moment lang aus ihren Augen zu vertreiben und Demon mit schierem Hass anzublicken. »Ich hatte Sie nicht erwartet, Mr. Demon.«

Sie sprach perfektes Englisch, aber ihre Worte trugen einen leichten Akzent, der darauf hindeutete, dass es nicht ihre Muttersprache war.

Demon breitete die Arme aus und lachte stillvergnügt in sich hinein. »Meine Liebe, wir wissen beide, dass ich gehe, wohin ich will, und tue, was ich will. Sollte es möglich sein, dass ich Ihnen das ein weiteres Mal unter Beweis stellen muss?«

Die große Frau neigte demütig den Kopf. »Nein, natürlich nicht. Ich nehme an, Sie sind hier, um die Fortschritte des Patienten zu besprechen. Sollen wir in meinem Büro fortfahren?«

Demon senkte dankend den Kopf, entgegnete aber: »Zu gegebener Zeit. Wo ist Ihre Tochter, Dr. Song?«

Der Hass kehrte zurück. Die Frau biss die Zähne aufeinander. »Das geht Sie nichts an.«

Demon rollte mit den Augen. »Nur keine Aufregung.

Ich dachte nur, dass mein junger Gefährte hier ein wenig Abwechslung brauchen könnte und sich vielleicht über die Gelegenheit freut, eine junge Dame in seinem Alter kennenzulernen.«

Das Gesicht der Ärztin wurde ernst. Abschätzig musterte sie Dylan von oben bis unten. Er wusste nicht, wie er sich verhalten sollte, und stand nur starr wie eine Statue da, während ihr sezierender Blick über ihn glitt wie der Strahl eines außerirdischen Scanners. Dann aber verblasste die Wut und wandelte sich in eine unwillige Akzeptanz; sie schien zu wissen, dass es keinen Sinn hatte, sich Demon oder seinen Forderungen zu widersetzen.

Dr. Song seufzte. »Bringen Sie ihn hierherauf.«

Als sie das obere Ende der Treppe erreichten, führte die Ärztin sie einen Gang entlang, an einem Badezimmer vorbei zu einer geschlossenen Tür. »Meine Tochter ist hier drin. Es ist das Spielzimmer. Ihr beide könnt dort abhängen, während dein …« Sie ließ den Satz unbeendet, als wartete sie darauf, dass ihr jemand die Beziehung zwischen Demon und seinem jungen Begleiter erläuterte.

»Er ist nicht mein Sohn, falls das Ihre Frage ist«, sagte Demon. »Auch kein Neffe, überhaupt kein Verwandter. Ich habe ihn vielmehr aus seiner Familie entführt, nachdem ich seinen Vater gefoltert hatte. Haben Sie noch mehr Fragen, bevor wir anfangen, Doc?«

Seine Worte hatte er mit boshaftem Hohn gesprochen, und in seiner letzten Frage lag eine Herausforderung.

Die Ärztin sah den Jungen an, als sympathisierte sie mit ihm und wüsste genau, wie es ihm ging, doch dann fiel ihr Blick auf den Fußboden. »Keine Fragen«, sagte sie. »Hier entlang.«

Als sie Demon zu einem Büro, wie es schien, am anderen Ende des Korridors führte, wies Demon auf die verschlossene Tür und zwinkerte Dylan zu. »Mach dir eine neue Freundin, aber komm nicht auf dumme Gedanken. Das ganze Haus ist verwanzt, und wenn du einen Plan ausbrüten solltest, versuch nicht, die Tochter der Ärztin zu rekrutieren. Sonst bleibt mir nichts anderes übrig, als rasche Vergeltung zu üben und es dich bereuen zu lassen. Dir werde ich nur ein bisschen wehtun, aber dafür füge ich den beiden Damen für deinen Verrat umso mehr zu. Hast du verstanden, Dylan?«

Dylan sah zu Boden, aber er nickte.

»Gut«, sagte sein Peiniger. »Dann viel Spaß.«

Dylan wandte sich um und wollte gerade die Tür öffnen, als ihm durch den Kopf schoss, dass er einem Mädchen gegenübertreten würde. Statt das »Spielzimmer« zu betreten, huschte er ins Bad, leerte seine Blase und vergewisserte sich im Spiegel, dass er nicht aussah wie ein Volltrottel – nicht, dass in dieser Situation irgendeine Aussicht auf eine Romanze bestanden hätte, aber ein Mann musste immer vorbereitet sein.

Nachdem er dafür gesorgt hatte, dass er so gut aussah wie unter den gegebenen Umständen möglich, ging Dylan zur Tür und wollte gerade anklopfen, als sie vor ihm nach innen schwang.

Offenbar hatte er so viel Kraft in das Klopfen gelegt, dass er das Gleichgewicht verlor. Er stolperte nach vorn und prallte gegen ein asiatisches Mädchen mit rundem Gesicht.

Das Mädchen schrie auf und trieb ihm das Knie zwischen die Beine. Der Schmerz warf ihn fast zu Boden, und augenblicklich war ihm schlecht. Er kippte gegen die Wand und streckte die Hand aus, um eine weitere Attacke abzuwehren. Sie hielt inne und riss die Augen auf, als sie sah, dass er ein Junge in ihrem Alter war.

Sie stotterte, es tue ihr leid, aber bei Dylan war der Schaden schon angerichtet. In denkbar peinlichster Weise beugte er sich vor und übergab sich auf ihre Schuhe.

60

Ackerman und sein neuer italoamerikanischer Freund hatten keine Probleme am Kontrollposten der kleinen bewachten Wohnanlage, die von einem Schild als *Rolling Meadows* bezeichnet wurde, wenngleich Ackerman vermutete, dass er darin keine Wiesen finden würde, ob hügelig oder nicht. Der Van stand aus Sicht des Wachtpostens erhöht, und Ackerman hielt sich geduckt, den Lauf der Flinte auf die Stelle unterhalb des rechten Schulterblatts seines Fahrers gerichtet. Der Wächter würde die anderen Mitglieder der Wachmannschaft am Cipriani-Haus verständigen, aber Ackerman störte es nicht, wenn sie aufmerksam waren. Im Gegenteil, er wollte, dass sie in Panik gerieten.

Ackerman befahl dem Fahrer, einen Block vom Ziel entfernt zu halten, und zerschnitt ihm mit einem Springmesser, das er einem anderen Gorilla abgenommen hatte, die Plastikhandschellen. »Ich würde Ihnen vorschlagen, sich an einem dieser Häuser ein Auto zu stehlen und Ihre Freunde persönlich einzusammeln. Das wäre am schnellsten, schneller, als die Behörden zu verständigen, es sei denn, Sie hätten andere Freunde, die näher sind. Ich überlasse Ihnen diese Details, aber fühlen Sie sich frei, Ihren Boss zu warnen. Bevor Sie Gelegenheit erhalten, irgendetwas zu tun, wird alles vorbei sein. Wäre ich an Ihrer Stelle, würde ich mich um den

Bruder sorgen, der draußen im Wald verblutet, und keinen Gedanken an mich und Carlo Cipriani verschwenden.«

Kaum war der Fahrer ausgestiegen, traf Ackerman seine Vorbereitungen. Aus der Beschreibung des Fahrers wusste er, welches Haus er überfallen musste. Er setzte sich auf den Beifahrersitz und betätigte das Gaspedal mit dem Kolben des Schrotgewehrs, während er mit der rechten Hand das Lenkrad hielt. Bevor er losfuhr, öffnete er die Beifahrertür und ließ sie einen Spalt breit offen, um das, was kommen würde, ein wenig zu vereinfachen. Und er stopfte einen brennenden Lumpen in den Tankstutzen, begeistert, endlich etwas in die Luft jagen zu dürfen.

Mit dem Gewehrkolben drückte er aufs Gaspedal, und der Kastenwagen schoss vor. Ackerman lenkte den Van um die Ecke und zur Mitte des Blocks, in dem das Zielhaus stand. Blau und weiß war es, von modernem Design mit vielen großen Fenstern – nicht annähernd so extravagant, wie Carlo Cipriani es gewohnt war, aber dennoch ein hübscher Unterschlupf für einen Mann auf der Flucht. Ackerman fuhr den Van auf die lange Zufahrt des Hauses, wohl bewusst, dass der Scharfschütze im Obergeschoss ihn im Auge behielt.

Er drückte das Gaspedal durch und lenkte den Van auf die Garage des Hauses zu.

Als der Moment kam, ließ Ackerman das Schrotgewehr los und stieß sich von der Konsole zwischen Fahrer- und Beifahrersitz ab. Er prallte gegen die Tür und warf sich aus dem Fahrzeug, unmittelbar bevor es die Garagentür rammte. Er hielt die Schultern zusammengezogen und rollte sich beim Aufprall ab, dann war er auf den Beinen und floh.

Das war nur die Ablenkung. Sein eigentliches Ziel war das Nachbarhaus.

Von Ciprianis ehemaligem Sicherheitschef hatte Ackerman erfahren, dass der Boss genauso paranoid war wie Marcus Williams und tatsächlich zwei Häuser im gleichen Block gekauft hatte: eins, in dem er wohnte, und eins, das ein geheimer unterirdischer Gang mit seinem Wohnhaus verband. Wenn das FBI sein Haus umstellte oder Konkurrenten ihn überfielen, konnte er sich durch den Gang zurückziehen und im zweiten Haus unbehelligt entkommen.

Als Ackerman das hörte, hatte er beschlossen, sich einiges von Demon abzuschauen. Er würde Cipriani mehr oder weniger genauso aufstören, wie es Demon bei Marcus gelungen war. Die Taktik war eigentlich simpel. Man finde den Fluchtplan des Gegners heraus, zwinge ihn, ihn zu benutzen, und dann nutze man sein Wissen aus, um die Zielperson zu ergreifen.

Ackerman versuchte sich auszumalen, was in Ciprianis Haus vorging. Der Van war in die Garage vorgedrungen und wohl entweder mit der Rückwand oder einem geparkten Fahrzeug kollidiert. Ackerman wollte jedoch sicherstellen, dass die Räumung des Hauses unumgänglich wurde, daher hatte er den lodernden Lumpen in den Tankstutzen des Vans gestopft, bevor er auf die Straße einbog. Nicht lange nachdem er losgerannt war, hatte er das Tosen der Explosion gehört.

Ackerman konnte sich vorstellen, dass Cipriani jetzt von seinen Leuten in aller Eile zu dem Fluchttunnel geführt wurde, während die Flammen an ihrem Versteck hochloderten.

Er setzte über einen Zaun und durchquerte einen Garten, um zu dem Haus zu gelangen, das Ciprianis Sicherheitchef als das Fluchthaus bezeichnet hatte. Was er darin vorfinden würde, konnte er nicht mit Sicherheit sagen. Er nahm an, dass dort ein Fahrzeug auf Cipriani wartete. Er hoffte, dass dem so war und dass es nicht mehrere Wagen gab, denn die größte Chance, sein Ziel zu überwältigen, bestand für ihn im beengten Innern eines Wagens, wo Ackerman im Kofferraum lauerte wie ein Ameisenlöwe, der sich bereit machte zuzuschlagen. Fand er mehrere Fahrzeuge vor oder gab es andere unvorhergesehene Umstände, wäre er gezwungen, alle fünf von Ciprianis Wächtern auszuschalten, um Zugriff auf den Verbrecherboss zu erhalten. Ackerman verfolgte die Absicht, mit allen notwendigen Mitteln aus Cipriani auch das kleinste bisschen herauszuholen, das er über Demon wusste. Er wollte jedes Detail über die Geschäfte des Mannes erfahren. Er konnte nicht wissen, welche Information sich in Zukunft als wesentlich erweisen würde.

Das Fluchthaus war bescheidener, ein schlichtes Ranch-Style-Gebäude. Ackerman eilte zur Garage und blickte durch das Fensterchen in der Seitentür. Zu seiner Freude sah er eine hellbraune Volvo-Limousine, dazu drei Geländemotorräder. Ackerman nahm an, Letztere dienten als Ablenkung – Ciprianis Leibwächter könnten darauf Verfolger in die falsche Richtung locken. Weshalb man sich für einen Volvo entschieden hatte, lag auf der Hand. Der Wagen verschmolz ideal mit der Umgebung, und das Haus war abgelegen genug, dass man damit aus der Gegend entkommen konnte, bevor irgendwelche Angreifer ihn bemerkten.

Mit dem Griff einer erbeuteten Pistole – einer SIG Sauer – schlug Ackerman die Fensterscheibe ein und öffnete die Tür. Er durchsuchte die Garage kurz und entdeckte einen Feuerlöscher an der Wand. Danach öffnete er den Kofferraum des Volvos, vergewisserte sich, dass die Rückbank des Wagens sich von dort aus nach vorn klappen ließ, kletterte hinein und schloss den Deckel über sich. Nun brauchte er nur noch zu warten, bis Cipriani ihm in die Falle ging.

61

Das gesamte Debakel war ohnehin schon die peinlichste Begegnung in Dylans gesamtem Leben, und es wurde nicht besser, als Demon, der den Schrei und das Würgen gehört hatte und aus dem Büro der Ärztin zurückkehrte, laut auflachte, Dylan auf die Schulter schlug und rief: »Tja, harter Bursche, dein Kryptonit sind wohl Mädchen. Ich kann es gar nicht erwarten, Oban davon zu erzählen!«

Demon wies einen seiner Männer an, die Sauerei zu beseitigen, und befahl Dr. Song, ihre Tochter möge Dylan woandershin mitnehmen. Die Tochter beantwortete die Anweisung ihrer Mutter in einer asiatischen Sprache, von der Dylan kein Wort verstand. Die beiden motzten einander gegenseitig an, bis die Tochter schließlich die Zähne fletschte und die Augen verdrehte, ihn aber bei der Hand nahm und zu einer anderen Treppe führte. Sie stiegen sie hoch und gelangten zu einem weiteren Korridor, an dem ihr Zimmer lag, wie es aussah. Mehrere Poster von Musikgruppen und Künstlern, die er nur vage kannte, hingen an den Wänden. Er verabscheute Popmusik zum größten Teil, aber eine ganze Wand ihres Zimmers wurde von gut gefüllten Bücherregalen eingenommen – alles von populären Jugendromanserien bis hin zu klassischer Literatur, Ratgebern und Biografien historischer Persönlichkeiten. Im Zimmer roch es, als wäre darin ein Blumenstrauß explodiert.

Das Mädchen ging zu einem Schreibtisch, der neben den Bücherregalen an die Wand montiert war und auf dem ein iMac-Computer stand. Sie fing an zu klicken und gab ihr Passwort ein.

»Tut mir leid, dass ich dir auf die Schuhe gekotzt habe«, sagte Dylan.

Das Mädchen rollte mit den Augen. »Tut mir leid, dass ich dir in die Eier getreten habe. Meine Mutter sagt, der haarige alte Drecksack hat dich entführt. Tut mir leid, dass ich dir nicht helfen kann, aber wir sind hier echt im Lockdown.«

»Ich habe deinen Namen nicht verstanden.«

»Ich heiße Nuying.«

Dylan wiederholte den Namen laut. »Nuying Song. Das ist sehr schön.«

»Danke, Kotzboy«, sagte sie.

»Ich heiße Dylan.«

»Aber trotzdem wirst du für mich immer Kotzboy sein.«

Er nickte. »Das ist schon okay. Klingt wenigstens so ähnlich wie ein Superheld, vielleicht wie ein ekliger Superheld, der fliegen kann, weil er den Rückstoß von seiner Superkotzfähigkeit ausnutzt.«

Sie nickte, während sie auf dem Computer tippte und klickte. »Ja, oder vielleicht kannst du auch Säure auf die Leute kotzen, aber deine Schwäche ist, dass du deine Superkräfte nur aktivieren kannst, wenn dir jemand in die Eier tritt.«

»Toll«, sagte er. »Das schreibt sich fast von selbst, was? Vielleicht können wir unseren eigenen Comic machen.«

Geistesabwesend antwortete Nuying: »Vielleicht, aber bevor wir das machen, möchtest du vielleicht hören, was dein schottischer Freund und meine Mom besprechen?«

Dylan sah sie überrascht an. »Das kannst du?«

»Meine Mom hatte eine billige Überwachungskamera im Hof. Ich habe sie in ihrem Büro eingebaut. Sie hat es nie bemerkt. Ich habe sie hoch oben auf ihr Regal gesetzt, damit wir sehen und hören können, was sie vorhaben.«

Dylan sah sich im Zimmer um. »Kann er uns hier hören? Demon sagt, er hat euer ganzes Haus verwanzt.«

Nuying nickte. »Das war es auch, aber ich habe die Wanze in meinem Zimmer gefunden und unbrauchbar gemacht.«

»Und sie haben deswegen nichts unternommen?«

»Der alte schottische Drecksack hat mich zur Rede gestellt, und ich habe ihm gesagt, dass ich nicht will, dass er belauscht, was in meinem Schlafzimmer und meinem persönlichen Bad passiert. Ich habe ihm gesagt, dass ich keine Angst vor ihm hätte. Ich glaube, er hat mich dafür respektiert, dass ich den Mut hatte, mich ihm zu widersetzen, und deshalb ließ er es durchgehen, aber er hat mir auch gesagt, dass meine Mutter und ich besser nie gleichzeitig in meinem Zimmer sein sollten und Gespräche führen, die er und seine Leute nicht mitbekommen können.«

»Nett«, sagte Dylan. »Also seid ihr hier Gefangene? Hast du je versucht, dem FBI oder der Polizei eine Nachricht ...«

»Brauchst gar nicht weiterzureden«, sagte sie. »Ich habe es einmal versucht. Ich dachte, ich hätte einen todsicheren Plan, aber er hat die Nachricht abgefangen, und meine Mom wurde dafür bestraft. Außerdem, selbst wenn meine Mom und ich oder wir drei uns aus dem Haus schleichen könnten, er hat meinen großen Bruder als Geisel genommen, sodass wir trotzdem nie zur Polizei gehen könnten. Meine Mom darf ihn hin und wieder mal sehen, aber sie weiß nur, dass sie ihn irgendwo unter der Erde in ihrer Anlage gefangen halten. Sie ist in der Stadt, aber mehr weiß sie nicht. Wenn du also mit deinen Fragen fertig bist, Kotzboy, dann lass uns rausfinden, was da drin los ist.«

Diesmal nickte er nur, und sie rief die Bild-und-Ton-Übertragung der kleinen Heimüberwachungskamera auf. Nuying tippte auf die Taste, die die Lautstärke erhöhte, und der Klang von Demons Stimme drang aus den Lautsprechern.

»Was zum Teufel meinen Sie, er könnte der Programmierung widerstehen?«, fragte er. »Ich dachte, Sie hätten Ihre Techniken perfektioniert. Ihr Eingriff zur Gedächtnisblockade sollte dafür sorgen, dass der Mann auf seine Erinnerungen nicht zugreifen kann, aber noch immer seine Fähigkeiten und Instinkte besitzt.«

Dr. Song hielt einen Stapel Papiere hoch, die sie schüttelte. »Was Sie verlangen, ist *unmöglich*. Wenn ich ihn vollständig von seinen Erinnerungen abschneide oder diese Bereiche des Gehirns so beschädige, dass er nicht mehr fähig ist, auf sie zuzugreifen, dann fängt er wieder bei null an. Wie eine leere Schiefertafel.«

»Ja, ganz wie wir es in der Vergangenheit getan haben, unter bestimmten Umständen.«

»Aber jetzt ist es anders. Wie erwarten Sie denn, soll Ihre neue Schöpfung die Fähigkeiten und die Ausbildung eines Polizisten behalten und zugleich keinen Verdacht schöpfen? Genau die Eigenschaften, die er behalten soll, führen ja gerade dazu, dass er die Programmierung nicht akzeptiert!«

»Was hat er denn getan, was Sie zu der Vermutung bringt, er könnte alles abweisen?«

Die Ärztin knallte die Akten, die sie gehalten hatte, auf den Tisch. »Ihr Mädchen, Lauren, ist mit ihm bei all den Darstellern vorbeimarschiert, aber er kauft ihr einfach nicht ab, dass das die Wirklichkeit sein soll. Man merkt es an seinem Gesichtsausdruck.«

Demon lächelte. »Ich glaube, Sie unterschätzen, wie überzeugend Lauren sein kann, meine Liebe. Sie wissen, wie ich sie gefunden habe, Dr. Song?«

Nuyings Mutter schüttelte den Kopf. »Das ist mir völlig egal.«

»Sie war ein Webcamgirl, das sich im Internet ausgezogen und verführerisch mit Männern gesprochen hat. Sehen Sie, sie hat öffentlich zugängliches Zeug gemacht, und dann kamen die Perversen und zahlten das große Geld, damit sie mit ihnen über ihre privaten Fetische sprach. Dabei konnte sie meistens sogar die Kleider anbehalten! Sie hat einfach nur schmutzig mit ihnen gesprochen oder sie gedemütigt und hat damit ein Irrsinnsgeld verdient. Ich habe sie über eine Geschäftsübernahme kennengelernt und etwas in ihr entdeckt, das Sie niemals verstehen werden, Dr. Song. Ich sah Leidenschaft und Feuer. Das ist etwas, an dem es Ihrer Arbeit mangelt, fürchte ich.«

Die Ärztin schüttelte den Kopf und fuhr sich frustriert durch das grau melierte Haar. Sie wandte sich dem Fenster zu und sagte: »Ich habe mein Bestes getan, aber wie gesagt, was Sie verlangen, ist unmöglich.«

Demon nahm ein Foto von Nuying und ihrem älteren Bruder vom Tisch der Ärztin. »Sie wissen, was Ihnen und Ihren Kindern zustößt, wenn Sie mich enttäuschen, Dr. Song. Ich habe Ihnen bereits den Kopf mit expliziten Bildern von dem gefüllt, was ich ihnen antun könnte. Das sollte Sie eigentlich für unsere Ziele befeuern. Ich weiß, dass Sie meine ideologischen Vorstellungen nicht teilen. Ihnen liegt nichts daran, die Welt niederzubrennen, aber betrachten Sie es doch so: Wir entwickeln hier ein Produkt. Mithilfe dieser Demonstration werde ich in der Lage sein, die Jünger des Feuers auf dem schwarzen Markt zu verkaufen. Überlegen Sie nur, was Staaten und Terrororganisationen für die Möglichkeit zahlen würden, einen Agenten der Gegenseite zu nehmen und ihn so umzuprogrammieren, dass er glaubt, er hätte die ganze Zeit für Sie gearbeitet. Ein Staat könnte damit im wahrsten Sinne des Wortes eine Armee aus Soldaten aufbauen, die der Feind ausgebildet hat, die aber so umprogrammiert worden sind, dass ihr Denken völlig verändert ist, während sie zugleich die Ausbildung und die Fähigkeiten behalten, die der Feind ihnen gegeben hat. Überlegen Sie, was solch ein Produkt wert wäre, Dr. Song. Nun hängt natürlich alles davon ab, dass *Sie die Scheiße in Gang bringen!*«

»Genau das versuche ich Ihnen klarzumachen«, entgegnete sie. »Ich bezweifle, dass die Zeit ausgereicht hat, um Sergeant Cole zu überzeugen, trotz aller manipulierten Fotos und der erfundenen Geschichte von seiner toten Familie. Ich habe versucht, es so zu modellieren, dass es gerade genügend Wahrheit enthielt, um einen Funken zu schlagen, einen Funken der Erinnerung, damit er es glaubt, aber ich denke, es reicht nicht aus, um ihn zu überzeugen, dass er Mayor Hayley töten muss. Vielleicht mit mehr Zeit und größerem Nachdruck, aber Sie haben uns nur ein paar Tage gewährt.«

»Ich habe Ihnen gesagt, dass Ihr Termin vorverlegt werden musste, weil ich in den nächsten Tagen die größte Mordmaschine in die Hände bekomme, die die Welt je gesehen hat, und ich ihn zu *meiner* Mordmaschine machen will. Ich will alles, was wunderschön an ihm ist, erhalten und all den Unsinn entfernen, den sein Bruder und die Welt ihm eingepflanzt haben. Und wenn Sie das nicht zuwege bringen, Dr. Song, dann werde ich Ihrer Tochter bei lebendigem Leib die Haut abziehen, während Sie zusehen. Habe ich mich deutlich ausgedrückt?«

Dr. Song begann zu weinen. »Bitte, ich tue doch mein Bestes«, sagte sie.

»Das ist nicht gut genug!«, schrie er. »Werden Sie besser! Arbeiten Sie härter. Finden Sie heraus, wie man es hinbekommt, Doktor. Hoffen Sie, dass Sie bei Sergeant Cole Ihre beste Arbeit getan haben, denn die Augen der Welt werden bei der morgigen Ansprache auf uns gerichtet sein, und ich erwarte, dass Hayleys Amtszeit explosiv zu Ende geht.«

»Ich finde, Sie sollten den Test verschieben«, sagte sie. »Erklären Sie Ihren Kunden, dass die Umstände sich verändert haben. Wir können es später tun.«

»Nein, das können wir nicht.« Demon schüttelte angewidert den Kopf, brach den Bilderrahmen mit dem Familienfoto entzwei, zerriss das Foto in kleine Stückchen und schleuderte alles zu Boden. »Vielleicht ist es so, wie ich von Anfang an vermutet habe. Vielleicht schaffen wir es nicht ohne Ackerman. Ich glaube, der Grund, weshalb Ihre Testpersonen die Veränderung ihrer Kernglaubensgrundsätze ablehnen, ist die Furcht, die ihnen die Gesellschaft ihr ganzes Leben lang eintrichtert. Diese Furcht hindert sie daran, die neue Programmierung zu akzeptieren, aber wenn Sie Ackermans Gehirn untersuchen und herausfinden, was ihn zu dem macht, was er ist, und ihm jede Furcht nimmt, können wir es mit Ihrer Gedächtnisblockade kombinieren, und vielleicht ist das das letzte Puzzleteil, das wir finden müssen.«

»Nur ein Grund mehr, Sergeant Cole am Leben zu lassen. Er ist bereits einem Eingriff unterzogen worden. Am einfachsten wäre es, bei ihm als Erstem zu versuchen, sowohl die Gedächtnisblockade zu benutzen als auch die Schädigung der Amygdala anzuwenden, die Mr. Ackerman erlitten hat.«

Demon sah finster auf sie hinunter, und einen Augenblick lang fürchtete Dylan, er würde die Ärztin schlagen, doch dann sagte er: »Die Demonstration findet wie geplant statt, aber ich werde Maßnahmen treffen, die sicherstellen, dass Cole keine kalten Füße bekommt. Auf die eine oder andere Weise stirbt Hayley morgen, und wir heimsen das Verdienst ein. Wenn Sie die Möglichkeit eines Fehlschlags sehen, müssen Sie eben besser schummeln. Das Entscheidende ist, dass es so *aussieht*, als hätte Sergeant Cole funktioniert wie angepriesen. Die Lücken können wir später stopfen. An Testobjekten fehlt es uns wahrlich nicht. Vielleicht ist der nächste Proband Ihr Sohn.«

»Sie haben versprochen, ihm kein Haar …«

»Ich bin ein Lügner«, unterbrach Demon sie. »Ich würde keinem Wort trauen, das ich sage. Es könnte sehr wohl passieren, dass ich von Ihnen gelangweilt bin und Sie alle drei hinrichten lasse. Begehen Sie nur nicht den Fehler anzunehmen, Ihre fortgesetzte Anwesenheit auf diesem Planeten hinge nicht von Ihrer Nützlichkeit für mich ab. Machen Sie sich also nützlicher und nicht anstrengender, Dr. Song. Denken Sie an Ihre Kinder.«

62

Ackerman hatte das Gefühl, irgendetwas würde schrecklich schiefgehen, ohne dass er vorhersehen konnte, welche Variable genau ihn zu Fall brachte. Genau das war das Problem. Wenn er mögliche Fallgruben sah, konnte er den Schaden begrenzen. Murphys Gesetz besagte, dass alles, was schiefgehen konnte, auch schiefgehen würde, und schiefgehen konnte immer etwas. Bisher hatte nichts seinen Plan zur Ergreifung Ciprianis zum Scheitern gebracht, und das bereitete ihm Kopfzerbrechen. Irgendetwas Unerwünschtes geschah immer, und dass es noch nicht eingetreten war, konnte nur bedeuten, dass es bald passieren musste. Die Frage war nur: wann?

Er hatte sich einen Feuerlöscher aus der Garage gegriffen und mit in den Kofferraum genommen. Wenn Cipriani oder einer seiner Leibwächter aus irgendeinem Grund den

Kofferraum öffnete, würde er ihn mit dem Feuerlöscher ansprühen und sich an die Arbeit machen, aber vermutlich war diese Vorsichtsmaßnahme unnötig. Vermutlich würden sie nicht mit Koffern bepackt durch einen Fluchttunnel hetzen.

Ackerman wartete in der Finsternis des Kofferraums, eine Hand am Feuerlöscher, in der anderen die SIG Sauer, die er den Jungs von Jersey Devil Security Consultants abgenommen hatte.

Nach einer Weile hörte er näher kommende Kampfstiefel. Männerstimmen riefen Anweisungen. Die schwarzen Geländemotorräder brüllten auf, und das Garagentor wurde hochgefahren. Ackerman war sprungbereit für den Fall, dass jemand den Kofferraum öffnete, und er spürte die Erschütterungen, als Leute einstiegen. Er hörte, wie beide Vordertüren geöffnet wurden, aber nur eine Hintertür – die rechte –, daher positionierte er sich so, dass er auf der Fahrerseite aus dem Kofferraum hervorschnellen würde.

Ackerman wartete mit seiner Aktion, bis sie auf der Straße waren. Er zog an dem Riemen, der die halbe Rückenlehne löste, drückte vorsichtig dagegen, um sicherzugehen, dass es kein Hindernis gab, und warf sich nach vorn, den Oberkörper zuerst. In einer fließenden Bewegung drückte er dem Mann, der im Fond des Fahrzeugs saß, die Mündung der SIG Sauer an den Hals.

Er setzte an: »Sagen Sie Ihren Männern, sie …« Aber dann begriff er, dass das Gesicht des Mannes, den er mit der Pistole bedrohte, nicht Carlo Cipriani gehörte.

Offenbar war ihm eine Fehleinschätzung unterlaufen. Vielleicht versuchten sie sich vor Scharfschützen oder anderen Gefahren zu schützen, aber aus irgendeinem Grund saß Cipriani nicht dort, wo Ackerman ihn erwartet hatte. Er passte sich sofort der Situation an, sagte zu dem Bodyguard mit den aufgerissenen Augen »Entschuldigung« und versetzte ihm mit der Pistole einen Schlag auf die Nase. Aus dem Gesicht des Mannes hörte Ackerman ein zufriedenstellendes Knacken, und der Kopf seines Opfers flog zurück.

Ackerman schwang sein Gewicht nach vorn, traf den Mann mit dem Ellbogen am Kiefer und nutzte den Schwung aus, um nach vorn zu schnellen. Fast landete er auf dem Schoß des Mannes. Mit der linken Hand packte er den Sicherheitsgurt des Beifahrers, wer immer es war, riss ihn nach hinten, sodass der sich kaum noch bewegen konnte, und drückte ihm die Pistole in den Nacken.

Als er diesem größeren Mann über die Schulter blickte, stellte er fest, dass er mit seiner zweiten Schlussfolgerung, wo Carlo Cipriani sich befand, richtiglag. Er hatte nicht erwartet, dass der füllige Verbrecherboss auf einem der Geländemotorräder fliehen würde, und angenommen, dass Cipriani gar nicht weit von der Stelle entfernt sein würde, wo er ihn zuerst vermutet hatte.

»Ich will nur reden«, sagte Ackerman, »also, sagen Sie Ihren Männern, sie sollen ein abgeschiedenes Plätzchen suchen. Nachdem wir uns unterhalten haben, können Sie alle Ihrer Wege gehen.«

»Sie glauben, Sie können hier reinkommen und mich derart behandeln?«, höhnte Cipriani. »Sie gehen nie wieder Ihrer Wege. Nennen Sie mir einen guten Grund, weshalb ich meinen Fahrer den Wagen nicht in den Gegenverkehr lenken lassen sollte – und das würde er tun. So sehr lieben mich meine Jungs.«

»Ich fürchte den Tod nicht, Mr. Cipriani«, flüsterte Ackerman. »Heute, morgen, mir ist das gleichgültig. Was ist mit Ihnen? Würden Sie gern das Spiel von Schmerz und Tod spielen? Das ist mir nämlich am liebsten.«

»Sie müssen einer der Schläger dieses irren schottischen Bastards sein.«

»Ganz im Gegenteil, ich versuche Demon zu finden, damit ich ihn unter die Erde bringen kann.«

Cipriani schwieg einen Augenblick. »Das hätten Sie gleich sagen sollen.« Er sah den Fahrer an. »Kenny, such eine abgelegene Stelle. Hören wir uns an, was er zu sagen hat.«

63

Der Fahrer des Volvo bog auf eine Nebenstraße mit Schotterdecke, die auf der einen Seite von Bäumen gesäumt wurde und mit der anderen an ein Bahngleis grenzte. »Wunderbar«, sagte Ackerman. Der Fahrer hielt den Wagen am Straßenrand, und Ackerman befahl allen auszusteigen. Der Ablenkungsgorilla vom Rücksitz, den Ackerman ausgeschaltet hatte, war wieder bei Bewusstsein, aber er stolperte von dem Wagen weg, als könnte er jeden Moment wieder die Besinnung verlieren. Ackerman nahm an, dass er bei dem Aufprall seines Hinterkopfs auf die Heckscheibe eine Gehirnerschütterung erlitten hatte.

Ackerman hielt die Waffe auf Cipriani gerichtet, der jünger und hübscher aussah als auf seinem Fahndungsfoto, aber das gleiche Schwelen in den Augen zeigte. Er trug einen grauen Rollkragenpullover unter dem schwarzen Jackett, und auf seinem Kopf saß eine Ballonmütze. Der Gangsterboss hatte genauso die Hände gehoben wie seine beiden Gorillas.

»Sagen Sie ihnen, sie sollen auf die Knie gehen«, befahl Ackerman.

»Meine Männer knien nur vor mir.«

»Ich will ja auch nicht, dass sie mich anbeten, ich will nur ihren Gehorsam. Ich werde ihnen die Hände mit Plastikhandschellen auf den Rücken fesseln. Danach halten wir unseren kleinen Plausch, und Sie können Ihrer Wege ziehen.«

Ackerman hörte Motorengebrüll und drehte den Kopf. Die drei Geländebikes näherten sich auf der Nebenstraße, der sie gefolgt waren.

»Jetzt sehen Sie nicht mehr so hart aus«, sagte Cipriani. »Sie können mich meinetwegen erschießen, aber hier kommen Sie nicht mehr weg.«

Ackerman zog eine Braue hoch. »Sicher nicht. Ich werde eines der Fahrzeuge benutzen. Ihre drei Neuankömmlinge liefern mir weitere Transportoptionen, aber ich glaube, ich nehme trotzdem den Volvo. Motorräder lassen sich leichter unbrauchbar machen.«

»Sie tragen ganz schön dick auf, wenn Sie jemand anderem Ihre Knarre unter die Nase halten, aber ich habe das Gefühl, ohne Ihr Pistölchen sind Sie gar nichts.«

Ackerman lachte stillvergnügt, drehte die Pistole um, sodass der Griff auf Cipriani zeigte, hielt ihm die Waffe hin und sagte: »Finden wir es doch heraus.«

Cipriani sah die Waffe an, nahm sie aber nicht.

»Sie ist leer«, sagte er.

Ackerman drehte die SIG wieder um und schoss ein Stück von ihnen entfernt in den Boden, dann drehte er sie erneut, damit Cipriani sie nehmen konnte. »Sie können sie auf mich richten, während wir reden, falls Ihnen damit wohler zumute ist. Mir ist nur wichtig, dass ich viel über den Mann namens Demon oder auch Damon Walker erfahre – oder unter welchem Namen Sie ihn auch immer kennen.«

Cipriani sah aus zusammengekniffenen Augen auf die

Pistole. »Wir nennen ihn meist den Schotten. Vielleicht ist es meine katholische Erziehung, aber mir kam es immer falsch vor, ihn als Dämon zu bezeichnen.«

Cipriani griff nach der Waffe.

Jede seiner Bewegungen wurde natürlich von einem Zucken des Auges und dem Anspannen bestimmter Muskeln angekündigt, Vorboten, die Ackerman schon vor langer Zeit zu erkennen gelernt hatte. Menschen verrieten fast immer kaum merklich ihre Absichten, bevor sie sie ausführten. Er hätte die Hand zurückziehen und Cipriani daran hindern können, ihm die Waffe abzunehmen, doch er ließ Cipriani die Pistole ergreifen.

Cipriani entschied sich für den Kopfschuss.

In allerletzter Sekunde erlaubte Ackerman, dass die Schwerkraft ihn aus der Schussbahn zog, und er schlitterte über Erde und Straßenschotter. Direkt neben Cipriani richtete er sich wieder auf, packte mit der Linken das Handgelenk des Gangsterbosses, während er ihm die rechte Faust gegen die Schläfe knallte. An dem Handgelenk, das er mit der Linken festhielt, schleuderte er Cipriani mit einem Schulterwurf auf die Schotterfahrbahn. Gleichzeitig entwand er ihm die Pistole wieder.

Ackerman richtete die Waffe auf den blutenden Gangsterboss. »Genauer betrachtet ist mir Ihr Abzugsfinger ein bisschen zu nervös. Vielleicht sollte doch ich die Waffe behalten und dadurch dafür sorgen, dass das Gespräch zwischen uns höflicher Natur bleibt.«

Cipriani richtete sich in eine kniende Haltung auf und spuckte Blut. Seine Männer kamen näher, um ihm aufzuhelfen, aber er winkte ab. Alles war so schnell gegangen, dass der Fahrer nicht einmal Zeit gefunden hatte, sich zu bewegen, bevor Cipriani sich im Schmutz der Straße wiederfand. Der Gangsterboss zog die buschigen Augenbrauen zusammen wie zwei wütende Raupen, während er Ackerman finster anstierte und sich selbst zu voller Größe aufrichtete.

»Erzählen Sie mir von dem Schotten«, forderte Ackerman ihn auf. »Vor allem interessiert mich, wie ich ihn finden kann.«

Cipriani setzte zu einer Antwort an, doch er und Ackerman drehten sich um, als sie einen weiteren Motor hörten, der sich auf der Nebenstraße brüllend aus der Richtung näherte, aus der auch sie gekommen waren. Das Fahrzeug war groß, ein schwerer SUV oder dergleichen, und er bremste nicht ab.

Aus der Richtung, in die sie gefahren waren, strahlte Licht auf, begleitet von einem weiteren dröhnenden Motor.

Der SUV, der sich von der Hauptstraße näherte, verlangsamte nicht und pflügte in die drei Biker, die zu Ciprianis Schutz gekommen waren. Der SUV aus der anderen Richtung hatte die Scheinwerfer abgeschaltet gelassen, bis er dicht bei ihnen war, denn jetzt trennten ihn nur noch zweihundert Yards von ihnen, und er raste mit Vollgas auf sie zu.

Ackerman packte Cipriani beim Bizeps und zerrte ihn zu den Schienen, kurz bevor der SUV ohne abzubremsen in den Volvo und Ciprianis verbliebene Gorillas krachte, die versucht hatten, zwischen die Bäume zu fliehen.

Ackerman zog Cipriani mit sich das Gleisbett hoch; er war nun nicht mehr Angreifer, sondern Beschützer.

Der Volvo war aus dem Weg, und die großen schwarzen SUVs – mit eingedellten Schnauzen, aus denen der Dampf zischte – öffneten die Türen. Als bräche der Eisack einer Spinne auf, quollen Männer in schwarzer Ganzkörperschutzkleidung mit Sturmgewehren in den Händen aus beiden Fahrzeugen.

Ackerman hob die Pistole, um auf ihre Verfolger zu feuern, aber bevor er abdrücken konnte, blendeten ihn Taschenlampenstrahlen aus der Richtung, in die sie unterwegs waren. Von der anderen Seite der Gleise näherten sich offenbar ebenfalls Männer. Als Ackerman wieder sehen konnte, entdeckte er wenigstens vier gepanzerte Söldner, die ihre Waffen auf ihn richteten. Alle brüllten sie ihn an, die Waffe fallen zu lassen, und einen kurzen Augenblick überlegte Ackerman, ob es das wohl gewesen sei. Er konnte mit Glanz und Gloria untergehen. Hier und jetzt. Er konnte versuchen, so viele von ihnen mitzunehmen, wie er vermochte, aber damit würde er Dylan nicht aus seiner Gefangenschaft befreien.

Mit den Gedanken bei seinem Neffen ließ Ackerman die SIG Sauer fallen und hob die Hände. Cipriani machte das Gleiche.

Ackerman wusste, dass es nur eine Gruppierung gab, die ihn auf diese Weise in die Falle gelockt haben konnte – eine Vermutung, die bestätigt wurde, als er Oban Nassar sah, der von der anderen Seite der Gleise her auf ihn zukam.

64

Ackerman und der Mann, der gerade eben noch sein Gefangener gewesen war, Carlo Cipriani, standen mitten auf den Eisenbahngleisen, die Hände erhoben, während die schwarz gepanzerten Söldner sie umstellten. Eine Unzahl Laserzielpunkte kroch über ihre Körper wie Rotwürmer.

Mit einer leichten Verbeugung und einem Lächeln breitete Oban Nassar die Hände aus. »Haben wir diesmal genug Männer mitgebracht, Mr. Ackerman?«

Ackerman ließ den Blick über den starken Trupp

Schwerbewaffneter schweifen. »Auf jeden Fall geht das in die richtige Richtung. Wenn ich natürlich meinen Wunderrucksack dabeihätte, würden die Dinge eventuell etwas anders laufen.«

»Ach ja, Ihr Bowiemesser und die anderen Nettigkeiten. Ich habe Sie für Sie mitgebracht. Mr. Demon hat mich ausdrücklich ersucht, dass ich sie an Mr. Ciprianis Sicherheitsfirma abhole, wo Sie sie zurückgelassen haben. Er sagte, und ich zitiere, dass Sie sie brauchen werden, wenn er Sie in altem Ruhm wiederauferstehen lässt.«

Nassars Handy klingelte. »Aber das brauche ich gar nicht zu erklären. Er wird es Ihnen selbst sagen.« Nassar tippte mehrmals auf das Display und drehte das Smartphone um. Ackerman konnte nun Demons Gesicht auf dem Gerät erkennen, und er vermutete, dass Demon ihn und Cipriani mit erhobenen Händen sah.

Die Theatralik weckte in Ackerman den Drang, irgendetwas vor Demons Augen zu tun, was diesem nicht gefiel, aber ihm fiel nichts ein, was er unternehmen konnte, während derart zahlreiche Waffenmündungen auf ebenso zahlreiche Teile seines Körpers zielten. Er konnte so viele Schussbahnen und -winkel vorherberechnen, wie er wollte, es bestand nicht die geringste Aussicht, dass er sämtlichen Kugeln ausweichen könnte.

Aus dem Display des Geräts sagte Demon: »Na, schau einer an, wen haben wir denn hier? Zwei alte Freunde, mit denen ich schon lange wieder Kontakt aufnehmen wollte.«

Ackerman trat einen Schritt näher. Er wollte sich Demons Gesicht genauer ansehen.

Sämtliche Söldner zuckten, aber keiner von ihnen drückte ab. Ackerman sah auf das Gesicht im Display und bemerkte die subtilen Unterschiede zu dem Mann, den sie in ADX Florence in Gewahrsam gehalten hatten. Er wollte sich vom echten Demon so viel einprägen wie möglich, nur für den Fall, dass der Mann jemals wieder versuchen sollte, ihn auszutricksen. Ackerman war lieber derjenige, der jemand anderen hinters Licht führte, und nicht der, dem etwas vorgemacht wurde.

Ackerman fragte: »Wie haben Sie mich gefunden?«

Demon lachte. »Wir haben Sie nie verloren, mein Freund. Wir sind Ihnen von San Antonio bis hierher gefolgt.«

Ackerman kniff die Augen zusammen. »Ich hätte bemerkt, wenn jemand mir folgt.«

Demon schüttelte den Kopf. »Nicht bei der Technik, die uns zur Verfügung steht, mein Freund. Wir haben vor allem Satelliten und Drohnen benutzt, um Sie im Auge zu behalten, und damit meine ich nicht die kleinen Dinger, die Sie im Hobbygeschäft kaufen können. Ich meine die Sorte, die Raketen abfeuert und Amerikas Feinde vom Angesicht der Erde tilgt. Sie wissen wirklich nicht, wie es läuft, was? Sie haben die ganze Zeit für mich gearbeitet. Wie einen kleinen Roboter zum Aufziehen habe ich Sie losgeschickt und Cipriani für mich finden lassen.«

»Unsinn«, erwiderte Ackerman.

»Also wirklich«, sagte Demon. »Erinnern Sie sich nicht an die beiden Männer, die Sie in meinem Namen überfallen haben? Diese beiden arbeiteten für Cipriani. Das hat Sie überhaupt erst hierhergeführt. Nun, wieso sollte ich diese beiden bestimmten Männer anheuern, wo ich so viele andere hätte schicken können? Wenn ich es wirklich auf Sie abgesehen hätte, würde ich ein Team schicken wie dieses hier. Ich würde mit voller Gewalt zuschlagen, sodass selbst Sie hilflos wären. Solange Sie allein sind.«

Ackerman biss die Zähne zusammen, als die Puzzlestücke sich ins Bild fügten.

»Ich habe Ihren Weg vorgezeichnet«, fuhr Demon fort,

»und ich habe die Umstände herbeigeführt, unter denen Ihnen nur die Möglichkeit blieb, Cipriani auf eigene Faust zu finden. Ein Mann mit Ihren Möglichkeiten, der so etwas in der Vergangenheit schon oft getan hat, würde sich für einen Alleingang entscheiden; zumindest kam es mir so vor. Statt Sie also zu entführen, was mir nur Schwierigkeiten mit der US-Regierung eingebracht hätte, verleitete ich Sie, abtrünnig zu werden. Aus diesem Grund sucht die US-Regierung Sie als Flüchtigen und nicht als Entführungsopfer. Es tut mir nur leid, dass ich nicht bei Ihnen bin und Ihre Reaktion nicht mit eigenen Augen sehen kann.« Demon räusperte sich. »Wo wir gerade von jemandem sprechen, den ich gern persönlich sehen möchte … Oban, würden Sie die Kamera auf Carlo richten?«

Nachdem Nassar seinem Ersuchen nachgekommen war, sagte Demon: »Ach, Carlo, ich hasse Nagetiere jeder Größe. Musste mit ihnen um mein Essen kämpfen, als ich aufwuchs. Besonders hasse ich große haarige *Ratten*. Oban, würden Sie bitte dieses Ungeziefer für mich ausrotten?«

Nassar hob die schallgedämpfte Pistole und schoss Carlo Cipriani zwischen die Augen. Dabei achtete er darauf, die Handykamera auf ihn gerichtet zu halten, damit Demon alles mit ansehen konnte. Er führte das Smartphone sogar nach, als Ciprianis lebloser Körper zu Boden sackte.

»Idealer Ablageort«, sagte Demon. »Lassen Sie ihn einfach auf den Schienen liegen, dann holt sich ihn ein Zug.«

Der Blick aus dem elektronischen Auge des Smartphones kehrte zu Ackerman zurück. »Danke sehr, dass Sie Carlo für mich gefunden haben. Ich hasse Unerledigtes. Zuerst hatte ich Sorge, dass Sie sich statt Ciprianis zunächst Hayleyville zuwenden würden, dem kleinen Obdachlosenlager unter New York, da die Jünger des Feuers als Feind von Bürgermeister Randolph Hayley auftreten.«

»Was mir nicht einleuchtet«, entgegnete Ackerman. »Sie scheinen mir nicht der Typ, der sich für soziale Konflikte oder für Politik interessiert.«

Demon grinste. »Oh, Hayley ist nur ein Mittel zum Zweck, dient lediglich der Demonstration des Potenzials dessen, was ich aufbaue. Er oder eine Gruppe wütender, aus ihrem Obdach vertriebener Mieter niedrigen Standes könnten mir nicht gleichgültiger sein.«

»Ich schlage Ihnen einen Deal vor: Sie lassen den Jungen frei und behelligen weder den Rest meines Teams noch meinen Bruder jemals wieder, dafür komme ich freiwillig mit.«

Demon lachte leise. »So amüsant ich Ihre vorhersehbare kleine Märtyrerroutine finde, so sehr bezweifle ich, dass Sie noch Chips übrig haben, die Sie setzen könnten – aber das soll keine Aufforderung sein, mithilfe meiner Söldner Selbstmord zu begehen. Ich will Sie lebend. Sie und alle Ihre Freunde. Sehen Sie, dazu sind Geld und Macht gut … sie verschaffen einem alles, was man will.«

Ackerman dachte einen Moment lang darüber nach. »Sie sollten wissen, dass es Ihr eigenes Tun ist, was letzten Endes zum Erlöschen Ihrer Existenz auf diesem Planeten führen wird. Man sagt, das Gehirn lebe noch sieben Minuten weiter, nachdem das Herz zu schlagen aufgehört hat. Ich hoffe für Sie, dass Sie innerhalb dieser Frist Erlösung finden, und falls das so sein sollte, werde ich Sie im Leben nach dem Tode freudig in die Arme schließen. Aber denken Sie an meine Worte: Mein Gesicht wird das Letzte sein, was Sie jemals sehen werden. Im Moment Ihres Todes werde ich Ihnen tief in die Augen blicken, und Sie werden endlich begreifen, dass alles Geld und alle Macht der Welt Sie niemals vor mir schützen konnten.«

Demons Lächeln wurde noch breiter. »Und Sie sollen wissen, dass ich schon sehr bald einen Ihrer Freunde töten werde. Ich habe mich nur noch nicht entschieden, welchen. Ich weiß, wie sehr Sie Spiele auf Leben und Tod schätzen, also gönnen wir uns doch ein wenig Vergnügen. Schauen wir, ob Mumm und Verstand wirklich unbegrenzter Macht und Einfluss das Wasser reichen können. Ich werde es genießen, Sie zu brechen, Mr. Ackerman, und sobald ich Sie gebrochen habe, werde ich Sie mir wie einen wilden Stier zu eigen machen.«

VIERTER
TEIL

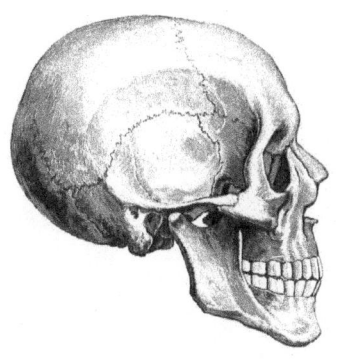

65

Der Jet, den Carter ihnen besorgt hatte, war nicht gerade Oberklasse, sondern ein älteres Modell mit einer älteren Crew, wie ein mittlerer Manager bei einem internationalen Konzern ihn benutzen würde. Eine Stewardess gab es nicht, niemand servierte ihnen Sekt. Marcus nahm an, dass er die Regierung trotzdem eine hübsche Stange Geld kostete. Während er aus dem Fenster auf die dunklen Wolken stierte, die unter ihnen hinwegzogen, fragte er sich, ob Deputy Director Carter wirklich das Geld wert war, das es kostete, wenn er im Land herumflog, um Brände zu löschen. Marcus war dem hohen Tier vom FBI nur ein paarmal begegnet. Frank schien ihm zwar zu vertrauen, aber auf das Urteil seines Bruders vertraute Marcus nicht immer.

Er merkte, dass sein Herz raste, und schüttelte eine Welle ab, die aus höchstwahrscheinlich unangebrachter Paranoia und Aggressivität bestand. Er brauchte ein Ziel. Er musste einen Weg finden, seinen Sohn zurückzubekommen. Er fühlte sich so schwach wie ein Kind. Seine ganze Kraft hatte er verbraucht, um Haltung zu bewahren und seinen Rollstuhl selbst zum Flugzeug zu bewegen. Er konnte nicht tun, was Frank gerade dort draußen tat, so viel stand fest. Im Moment konnte er sein Talent zur körperlichen Einschüchterung nicht einsetzen, weil ihm körperlich die Fähigkeit fehlte, irgendwen zu bedrohen, und das bedeutete zu seinem Pech, dass er den Verstand benutzen musste, um seinen Sohn zurückzubekommen. Genauso wie sein Bruder bevorzugte er Holzhammermethoden, solange sie sich einsetzen ließen, auch wenn Ackerman bei jeder Konfrontation auf ein Endspiel hinarbeitete, bei dem er die Dinge auf den Kopf stellte. Den Verstand zu benutzen war immer schwieriger, führte aber gewöhnlich zu besseren Ergebnissen und weniger Nachwirkungen. Um die Nachwirkungen machte sich Marcus allerdings keine Gedanken. Er konnte nur daran denken, was das Monster seinem Sohn zufügen könnte, dann wallte unausweichlich sein Zorn auf, und er malte sich in schaurigen Farben aus, was er dem Monster zufügen würde, sobald er es gestellt hatte.

Erneut schüttelte er den Gedanken ab. Wenn er Demon schlagen wollte, musste es ihm mit dem Verstand gelingen, und das bedeutete, dass er ruhig bleiben und sich konzentrieren musste.

Carter schlief auf der anderen Seite des Mittelgangs in einem lederbezogenen Sessel, den Kopf auf einem Kissen an der Außenwand des Flugzeugs.

Nadia saß ihm in der Nische gegenüber. Ein kleiner Tisch trennte sie von Marcus. Sie hatte ihren Laptop aufgebaut und tippte und klickte. Das bläuliche Leuchten des Bildschirms war die einzige Lichtquelle in der Kabine.

»Wollen Sie was trinken?«, fragte er.

Sie sah hoch, rutschte dann aber aus der Nische. »Ich hole Ihnen etwas«, sagte sie. »Ruhen Sie sich aus. Sie sollten eigentlich noch immer im Krankenhaus sein.«

Marcus erhob keinen Einwand. Er hatte gewiss kein Problem damit, wenn Nadia Shirazi sich als seine Krankenschwester betätigte. Er bat um Wodka. Sie kam mit einer Flasche Wasser zurück. Er beschwerte sich nicht.

Nadia kehrte auf ihren Platz zurück und tippte weiter.

»*Sie* sollten sich ausruhen«, sagte Marcus. »Schlafen, wenn Sie können, denn sobald was passiert – und darauf hoffen wir ja –, kann es sein, dass wir in den nächsten Tagen lauter Nachtschichten schieben.«

Nadia sah ihn wieder an. Ihre grünen Augen schienen zu glühen, aber sie spiegelten nur das Licht ihres Displays. »Das klingt genau wie ein Ratschlag Ihres Bruders. Er kann binnen Sekunden einnicken, kurz schlafen und vollkommen erfrischt wieder aufwachen, aber ich kann das nicht. Ich bin es vielmehr gewohnt, ohne viel Schlaf auszukommen. Was ist mit Ihnen? Finden Sie nicht, Sie sollten sich ausruhen?«

»Ich nehme ja an, Sie wissen es aus meiner Akte, aber ich habe schon immer unter Schlaflosigkeit gelitten. Normalerweise sehe ich zu, dass ich die Zeit gut nutze, in der andere pennen.«

»Und wozu nutzen Sie diese Zeit jetzt?«

»Ich versuche mir darüber klar zu werden, was das nächste Ziel meines Bruders ist.«

Nadia sah kurz aus dem Fenster und schien etwas zu überlegen. Als sich ihre Blicke wieder trafen, fragte sie: »Also, was ist Ihre ehrliche Meinung? Wohin ist er unterwegs? Und dann die unausweichliche zweite Frage: Versuchen wir, ihn auf dem gleichen Weg einzuholen, oder versuchen wir es auf einer Route, der er nicht folgt?« Während sie sprach, sah sie Director Carter an, der auf der anderen Seite des Mittelgangs schlief.

Marcus musterte Carter ebenfalls. Die Autoritätsfigur des Teams schien definitiv ausgezählt zu sein. Möglich, dass er sich nur schlafend stellte, aber Marcus glaubte es nicht.

Er wandte sich ihr wieder zu, wollte den Mund öffnen, um etwas zu sagen, zögerte aber, noch unsicher, ob er Nadia trauen sollte. Frank tat es, aber Marcus kannte sie nicht aus eigener Anschauung. Nach allem, was er wusste, konnte sie mehr darauf aus sein, Frank zu fassen, als Demon zu finden und Dylan zu retten. Er musste vorsichtig überlegen, was er ihr offenbarte, zumal er seinen Bruder besser kannte als irgendjemand sonst und *genau* wusste, welches Ziel Frank hatte.

»Ich weiß nicht. Was denken Sie?«

Sie kniff die Augen zusammen, schien sein Misstrauen zu spüren und antwortete: »Ich glaube, Frank ist Cipriani auf den Fersen. Das ist der direkte Weg. Die einzige andere Spur ist dieses Hayleyville, wo die Leute, die aus ihren Häusern vertrieben wurden, Unterschlupf gefunden haben. Aber selbst wenn wir das finden, gibt es keine Garantie, dass er auf eine Verbindung zwischen den Jüngern des Feuers und Demon stößt. Cipriani besitzt vermutlich brauchbare Informationen über einen Gegner, von dem wir so gut wie gar nichts wissen, und nur Ackerman wird in der Lage sein, zu ihm vorzudringen.«

Marcus hatte in ähnlichen Bahnen gedacht. »Was also schlagen Sie vor?«

»So sauer ich auf ihn bin, ich halte es für das Beste, wenn wir ihm aus dem Weg gehen. Wir suchen nach Hayleyville und schauen, ob uns das irgendwohin führt. Ich habe mir allerdings noch etwas anderes angesehen.«

Sie drehte den Laptop zu ihm. »Ein Freund von mir bei Cybercrimes hilft uns und ruft ein paar Experten für Hirn- und Neurochirurgie an. Ich habe mir gesagt, wenn Demon in der Lage ist, das Gedächtnis eines Menschen zwar zu löschen, ihn aber dabei so intakt zu lassen, dass er programmiert werden kann, dann kommt er nicht ohne ein paar geschickte Hirnspezialisten aus.«

Marcus beugte sich ein wenig vor, »Okay, das klingt wie eine fundierte Überlegung. Was hat Ihr Freund herausgefunden?«

»Seinen Quellen zufolge gibt es im Land nur ein Dutzend Personen, die auf diesem Gebiet forschen oder zu solchen Eingriffen fähig wären. Demon könnte natürlich einen normalen Chirurgen beschäftigen und von ihm oder ihr verlangen, die Verfahren zu lernen und die Forschung der

Spezialisten zu verfolgen, aber er kommt mir mehr wie ein Mann vor, der die Besten der Besten will.«

»Okay, und wo befinden sich diese ganzen Experten?«

Nadia lächelte. »Vier von ihnen sind in New York. Falls er Gehirnexperimente an diesen Jüngern des Feuers durchführen lässt, dann sind die Ärzte, die er benutzt, vielleicht auch nicht weit.«

Marcus nickte. »Gute Arbeit.« Er sah ihr in die Augen. »Ich verstehe, weshalb Frank so viel von Ihnen hält.«

Sie merkte ihm noch immer ein gewisses Maß an Misstrauen an. »Sie sind anders, als er Sie beschrieben hat.«

»Da bin ich sicher.«

»Er benutzt gern Wörter wie *Vorschlaghammer* und *Lenkrakete*, wenn er von Ihnen spricht.«

Marcus zuckte mit den Schultern und zeigte auf den Rollstuhl. »Wenn man einem Mann die Beine nimmt, wird er langsamer, aber ganz ehrlich, Frank hat recht. Es gab mal eine Zeit, da versuchte ich mich bei allem, was ich tat, mit tausend Meilen in der Stunde zu bewegen. Die Leute mochten das nicht. Ich habe viele schlechte Entscheidungen getroffen, viele Leute angepisst. Dann versuchte ich es mit hundert Meilen in der Stunde. Das hat auch nicht besonders gut funktioniert. Jetzt versuche ich, nie schneller zu sein als fünfunddreißig Meilen in der Stunde, egal in welcher Situation, ein hübsches, gemütliches Tempo. Damit scheint alles erheblich besser zu gehen. Ich fahre nur noch gemächlich die Straße des Lebens runter und signalisiere allen: Achtet nicht auf mich.«

Marcus hoffte, dass sie seinen Worten weder innere Anspannung noch Wut anmerkte, denn vorhanden war beides.

Nadia nickte. »Sie wirken jedenfalls erheblich ruhiger, als Ihr Bruder Sie beschrieben hat. Die Frage ist aber eigentlich nicht, wie schnell Sie nach außen sind, sondern wie schnell

Sie im Innern sind. Wenn Sie wirklich mit sich im Reinen sind, ist das innere Tempo nicht anders als das äußere.«

Er grinste. »Das innere Tempo ist viel schwieriger zu beherrschen.« Um das Ende des Gesprächs anzuzeigen, rollte er sich Richtung Waschraum, aber dann beugte er sich vor und sagte: »Und wenn Sie ein Profil von mir erstellen wollen, hätten Sie den Wodka mitbringen müssen.«

66

Der Mann, der ihn großgezogen hatte, war ein respektierter Detective gewesen, und Marcus Williams hatte selbst ein ganzes Jahrzehnt für das NYPD gearbeitet. Obwohl er unter zweifelhaften Umständen seinen Abschied genommen hatte, besaß er noch etliche Verbindungen zu der Behörde: Einige seiner besten Freunde trugen nach wie vor Blau. Als sie in der Stadt eintrafen, bat Carter ihn, einen seiner ehemaligen Kollegen um Hilfe anzugehen, und Marcus rief als Ersten Sergeant Elliott Cole an, den Marcus nicht erst von der Polizei kannte, sondern schon aus Brooklyn, wo sie beide aufgewachsen waren. Er war ein paar Jahre älter als Elliott und hatte ihn unter seine Fittiche genommen, zu den Brooklyn Pathfinders eingeladen, der Stadterkundungsgruppe, die von ihm gegründet worden war.

Als er jedoch mit dem NYPD sprach, erfuhr Marcus zu seiner Bestürzung, dass Elliott seit Wochen vermisst wurde. Die Umstände seines Verschwindens wirkten geheimnisvoll, und bisher waren keinerlei Hinweise aufgetaucht. Marcus fehlte zwar die Zeit, sich damit zu befassen, aber mit Sicherheit würde er sich um den Fall kümmern, sobald er Dylan wiederhatte. Die Akte hatte er bereits bei jemand anderem angefordert, einer Detective, mit der er zusammengearbeitet hatte, als sie beide noch Streifenbeamte in Lower Manhattan gewesen waren. Elaine Nakamura war nun bei Major Crimes, dem Dezernat für Schwerverbrechen. Sie war um die fünf Fuß groß und wog nicht mehr als hundert Pfund, und sie war eine mehr als tüchtige Beamtin, mit der nicht zu spaßen war.

Auf Deputy Director Carters Vorschlag kümmerten sich er und Nadia um die Neurochirurgen, während er Marcus gebeten hatte, mit Detective Nakamura der Hayleyville-Spur nachzugehen. Obwohl Marcus selbst nicht in die U-Bahn-Tunnel konnte, interviewte er den Reporter, der den Artikel geschrieben hatte und für den Aufschrei der Leute gesorgt hatte, die durch Hayleys Wohnungsprojekt ohne Obdach waren. Über die Frage hatte es einige Kontroversen gegeben, und viele behaupteten, dass eigens Stadtviertel herausgepickt worden seien, in denen vor allem Minderheiten lebten.

Kurz vor Mittag näherte sich die Sonne dem Scheitelpunkt ihrer Bahn, aber gegen die Januarkälte vermochte sie nicht viel auszurichten. In den letzten Jahren hatte Marcus das New Yorker Eiswetter ein wenig vermisst. Im Süden und im Westen der USA wurde es zwar kalt, aber einen echten Winter gab es nicht. Im Augenblick stand er auf dem Gehweg am Rande des City Hall Park. Bürgermeister Hayley hatte eine Pressekonferenz auf den Rathausstufen angesetzt, wo er sich den Vorwürfen stellen wollte, die vertriebene Bürger aus der Barackenstadt Hayleyville erhoben.

Marcus und Nakamura waren hier, weil damit gerechnet werden durfte, dass die Jünger des Feuers sich zeigten, was wiederum bedeuten konnte, dass auch Ackerman auftauchte; allerdings wusste Marcus, dass sein Bruder ein

Meister der Verkleidung war. Falls Frank dem heutigen Ereignis beiwohnte, rechnete Marcus nicht damit, seinen Bruder zu entdecken, es sei denn, Frank wollte entdeckt werden.

Im Park wimmelte es von Männern und Frauen in Anzügen und Kostümen, Touristen aller Arten und Straßenkünstlern. Detective Nakamura kehrte mit zwei Hotdogs zurück, Nathan's Famous, die sie von einem Imbisswagen in der Nähe geholt hatte. Marcus' Hotdog war genauso zubereitet, wie er ihn mochte: mit Chili-Käse-Sauce. Wäre sein Bruder dabei gewesen, hätte er sich einen Vortrag über die Schrecken der Hotdog-Herstellung anhören müssen. Aber obwohl er wusste, was drin war, aß Marcus sie trotzdem gern. Er nahm an, dass für ihn der Imbiss mit Erinnerungen an Yankee-Spiele verknüpft war, die er mit seinem Vater besucht hatte. Bei Ackerman hingegen wurde ihr leiblicher Vater ins Gedächtnis gerufen, wie er einen kalten Hotdog als Essensration durch einen metallenen Schlitz fallen ließ. Seinem Bruder konnte er wirklich nicht verübeln, dass er Hotdogs so sehr hasste.

Er biss in das Würstchen und fragte sich, wo Frank im Moment sein mochte. Marcus hatte nicht viel Zeit, um über ihn nachdenken, denn als er über den City Hall Park blickte, entdeckte er ein Gesicht, das er erkannte. Ein Gesicht, das nicht hier sein sollte.

Mit vollem Mund sagte Marcus: »Elaine, du hast doch gesagt, dass Elliott Cole vor zwei Wochen in den Tunneln verschwunden ist, oder?«

Ebenfalls mit vollem Mund, den sie geziert mit Hand und Papierserviette verdeckte, fragte Detective Nakamura zurück: »Ja, wieso?«

Marcus würgte die Chili-Käse-Zubereitung hinunter und wies quer durch den Park auf einen Mann in der Uniform eines Polizeisergeants. Mit einem Aktenkoffer in der

Hand hastete er an den Touristen und einer Gruppe von Straßenartisten vorbei, die ihre Rückwärtssaltos und gymnastischen Fähigkeiten zur Schau stellten.

»Weil Elliott da gerade aufs Rathaus zugeht.«

67

Elliott Cole hatte das Gefühl, sein Leben sei zu einem unheimlichen Karussell geworden, auf dem die auf und ab tanzenden Pferde durch Fremde ersetzt worden waren, die ihm sagten, was er empfinden und glauben sollte, aber er wusste nicht, was er glauben sollte. Er konnte nicht mehr sagen, was wirklich war.

In der Nacht hatte er von Tisha, seiner Frau, und seiner Tochter geträumt. Sie hatten auf einer Plattform mitten in einer Wildweststadt gestanden und sollten aufgehängt werden. Er kniete neben dem Schafott, am Boden gehalten von dem riesenhaften Mann, den er unter dem Namen Beta kannte. Bürgermeister Randolph Hayley war auch dort, gekleidet wie ein Westernsheriff, und leitete die Vorgänge. Sie stellten seine Frau und seine Tochter zurecht, legten ihnen Schlingen um den Hals, und Lauren, seine neue Geliebte, zog den Hebel, der die Falltür öffnete.

Elliott war sich nicht sicher, was sein Unterbewusstsein ihm damit zu sagen versuchte, wenn es sich nicht nur um einen ganz gewöhnlichen Traum handelte. Trotzdem waren seine Gedanken immer wieder zu der Szene zurückgekehrt.

Der Plan für heute war simpel. In seiner Polizeiuniform

hätte Elliott Zugang zu dem Bereich, in dem Mayor Hayley seine Ansprache hielt. Die Aktentasche, die Elliott bei sich trug, enthielt einen kleinen selbstklebenden Sprengsatz. Er brauchte nichts weiter zu tun, als die Folie von der Klebfläche abzuziehen und den Sprengsatz unter Hayleys Rednerpult zu befestigen. Mitten in der Ansprache würde die Bombe ferngezündet. Danach würde er ein Video aufnehmen, in dem er die Verantwortung für die Beseitigung des Tyrannen auf sich nahm.

Elliott hatte die Schlagzeilen mit eigenen Augen gesehen. Er hatte den Artikel gelesen, der berichtete, wie seine Frau und seine Tochter wegen seiner verräterischen Aktivitäten hingerichtet wurden, und trotzdem erschien es ihm nach wie vor nicht als wirklich. Er hatte alles getan, was er konnte, um in der heutigen Aktion seinen Teil nicht tun zu müssen, aber Lauren hatte sehr überzeugend auf ihn eingewirkt. Es sei ihm vor seinem Unfall sehr wichtig gewesen, derjenige zu sein, der den Sprengsatz anbrachte, durch den Hayley sterben sollte. Das sei er seiner Frau und seiner Tochter schuldig. Wenn sein Gedächtnis wiederkehrte, so Lauren, und er nicht getan hätte, was geplant war, würde er es für den Rest seines Lebens bereuen.

Er hatte außerdem erfahren, dass Brüder und Schwestern in der Sache dabei wären. Sie würden zuschauen und bereitstehen, um eine Ablenkung zu schaffen oder ihm zu helfen, wenn die Notwendigkeit eintrat. Er war sich auch ziemlich sicher, dass er den großen Mann, Beta, bereits entdeckt hatte, wie er sich vom Rathaus entfernte. Auch Beta hatte die blaue Uniform des NYPD getragen. Vielleicht war Beta auf einer getrennten Mission dort gewesen, aber wenn das zutraf, hätte Elliott darüber nicht informiert sein sollen? Er sollte doch immerhin der Anführer der Gruppe sein. Aber sie sagten ihm vieles nicht.

Er schwitzte heftig, und ihm kam es vor, als würde ihm übel. Er konnte es nicht durchziehen. Er konnte nicht tun, was sie von ihm verlangten, auch nicht, wenn sein altes Ich es geplant und herbeigesehnt hatte. Er wusste nicht mehr, wofür er stand oder was er glaubte, aber in der Tiefe seines Herzens wusste er, dass er kein Mörder war. Als Polizist musste er einen Eid geleistet haben, die Bürger der Stadt zu schützen und ihnen zu dienen. Und obwohl er Lauren zufolge der Stadt keinen größeren Dienst leisten könnte als diesen Sprengstoffanschlag, wusste er, dass er niemals imstande wäre, ihn auszuführen.

Er überlegte sich bereits, wo er den Sprengstoff loswerden könnte, ohne dass jemand verletzt würde, wenn man ihn zündete, als eine kleine Asiatin vor ihn trat und eine Hand hob. Von hinten fuhr ein Mann in einem Rollstuhl heran und fragte: »Elliott? Was machst du denn hier?«

Er sah auf den Mann im Rollstuhl nieder und empfand eine Welle von Vertrautheit und Zuneigung. Eindeutig, sie kannten einander. Unsicher, was er nun sagen sollte, entgegnete Elliott: »Hey, Mann, wie geht's?«

Der Kerl im Rollstuhl sah ihn mit zusammengekniffenen Augen an. »Mir ging's schon besser, Elliott. Was ist mit dir? Wo bist du gewesen?«

Der Mann wusste offenbar nicht, was mit Elliotts Frau und Tochter geschehen war und dass er sich auf der Flucht befand. Elliott war sich der tickenden Bombe in seiner Hand deutlich bewusst, als er antwortete: »Hier und da. Dasselbe wie immer. Hör mal, ich muss unbedingt weiter. Ich habe ein paar wichtige Dokumente zu übergeben.«

Er versuchte, um die Asiatin herumzugehen, aber sie streckte einen Arm aus, um ihn aufzuhalten.

»Es ist ein paar Jahre her, dass wir uns zuletzt gesehen haben, Elliott«, sagte der Mann im Rollstuhl, »aber ich hätte nicht gedacht, dass du mich so schnell vergisst. Du hast ja nicht mal gefragt, weshalb ich im Rollstuhl sitze.«

»Wieso sitzt du im Rollstuhl?«, murmelte Elliott nervös.

»Ich habe einige Zeit mit einem sehr üblen Menschen verbracht, aber das ist nicht wichtig. Deine Familie macht sich Sorgen um dich, Elliott. Wir haben uns alle Sorgen um dich gemacht.«

Die Bilder aus seinem Traum überwältigten ihn. Seine Frau und seine Tochter erstickten langsam, ihre Augen quollen aus den Höhlen, während sie mit den Beinen traten, um einen Halt zu finden, der ihnen das Leben rettete. Lebhaft stand ihm der Moment in dem Traum vor Augen, als das Leben sie verlassen hatte.

Tränen liefen ihm die Wangen hinunter. »Meine Familie ist tot.«

Der Mann im Rollstuhl sah zu ihm hoch. »Ich weiß nicht, was man dir erzählt hat, Elliott, aber nach allem, was ich weiß, ist deine Exfrau außer sich vor Sorge. Sie ruft dreimal am Tag im Revier an und fragt, ob deine Kollegen rausgefunden haben, weshalb du verschwunden bist. Deine Tochter vermisst dich sehr.«

Zum ersten Mal, seit er in diesem seltsamen, surrealen Traum aufgewacht war, sagte Elliott Cole etwas. »Sie leben?«, fragte er.

»Woran erinnerst du dich?«, fragte der Mann.

Elliott sah ihm in die Augen. »An nichts.«

Demon hatte Elliott Cole nicht zufällig als den NYPD-Officer ausgewählt, der sein Bombenattentäter mit der Gehirnwäsche werden sollte, so viel war Marcus klar. Zu ihrem Glück hatte ein Stück von Elliott den Prozess überlebt, und sein alter Freund hatte nur einen schwachen Schubs in die richtige Richtung gebraucht, bis er ihnen gestand, dass er eine Bombe in seinem Aktenkoffer mit sich trug. Detective Nakamura hatte Elliott in Gewahrsam genommen, und Marcus und sie hatten die Bombe auf eine offene Parkfläche geschafft. Mit der Hilfe anderer Beamter räumten sie den Bereich. Mayor Hayley blieb vorerst in seinem Büro. Angesichts der Bedrohung war die Pressekonferenz abgeblasen worden.

Marcus konnte nicht anders, er fühlte sich verantwortlich für das schreckliche Schicksal, das Elliott Cole getroffen hatte. Demon hatte geschworen, jeden zu vernichten, der Marcus je wichtig gewesen war. Als ein Polizist ausgesucht werden musste, dem das Gehirn gewaschen werden sollte, um als Sündenbock zu fungieren, hatte Demon natürlich entschieden, zwei Fliegen mit einer Klappe zu schlagen, und einen Mann ausgesucht, der für Marcus so etwas wie ein jüngerer Bruder gewesen war.

Umso mehr Grund für Marcus, Demon zu finden und ihm eine Kugel durch den Kopf zu jagen.

Er sah zu, wie der Entschärfungsdienst des NYPD sich bereitmachte, den Sprengsatz mit Hilfe einer Hohlladung sicher zu zünden. Da die Bombe angeblich funkgezündet würde, konnte sie von den Hintermännern des Anschlags jederzeit ausgelöst werden. Statt Personal oder einen teuren Bombenräumroboter zu gefährden, befestigten sie nur eine kleine Ladung am Sprengsatz und würden die Bombe kontrolliert zur Explosion bringen. Er vermutete, dass sie noch eine Art Schutzschild aus Stahl über die Bombe legen würden, aber er war sich nicht sicher. Sachen in die Luft zu jagen war nicht sein Gebiet. Der Experte dafür war sein Bruder.

Er wartete darauf, dass Elaine die Beweisaufnahme mit dem Entschärfungsdienst absprach, danach würden sie zu dem Revier fahren, zu dem Elliott gebracht worden war – er war die beste Spur seit Langem. Er konnte ihnen sagen, wo sich Demons Versteck befand, oder ihnen wenigstens Hinweise liefern, wo es zu finden war. In der kurzen Zeit, die sie geredet hatten, war deutlich geworden, dass außer Elliott noch andere verstrickt waren. Diese Entwicklung eröffnete ihnen völlig neue Ermittlungsrichtungen. Je schneller er zu Elliott gelangte und die Fäden entwirren konnte, desto eher würde er seinen Sohn zurückbekommen.

Nadia hatte richtiggelegen. Innerlich bewegte sich Marcus mit zehntausend Meilen in der Stunde. Ihm war, als würde er gleich explodieren, als würde ihm das Herz in der Brust platzen, als würde sein Blut den Siedepunkt erreichen und ihm aus der Haut sprühen. Er fühlte sich so hilflos und überwältigt. Sein eigenes Leben war ihm egal, aber wenn Dylan etwas zustieß … Er konnte nicht einmal daran denken. Er konnte sich eine Welt ohne seinen Sohn nicht vorstellen. Der Gedanke, in einer Welt ohne seinen Sohn zu leben, war, als wollte er in einer Welt ohne Sauerstoff existieren, an einem Ort, der für ihn unbewohnbar war.

Marcus wischte sich Tränen ab, als die Explosion erfolgte, aber der Feuerschein und die Vernichtung gingen nicht von dem Sprengsatz aus, der mitten auf dem Grashügel vor ihm lag. Die Explosion kam vom Rathaus.

Deputy Director Samuel Carter folgte den Anweisungen des Navis im FBI-eigenen Chevrolet Impala zu einer Zeile grauer Reihenhäuser. Das Display des Navigationsgeräts bezeichnete die Gegend als Doctor's Row. Er lenkte den Wagen in eine Parklücke vor einem der Häuser, an dem der Name von Dr. Li Jing Song stand. Sie war die dritte auf einer Liste von vier Neurochirurgen, die sie heute befragen wollten. Die ersten beiden Besuche waren ergebnislos geblieben, aber Carter hoffte sehr, dass aller guten Dinge drei wären.

Aus ihrer Akte wusste er, dass die Ärztin als junges Mädchen aus China in die USA immigriert war. Sie hatte sich zu einer renommierten Neurochirurgin in der Tri-State-Area hochgearbeitet, der Metropolregion um New York City, die Teile der Bundesstaaten New York, New Jersey, Connecticut und Pennsylvania umfasste. Dr. Song hatte zwei Kinder. Der Sohn war zweiundzwanzig und wohnte nicht in der Stadt; seine Akte war vage. Die junge Tochter im Teenageralter wohnte bei ihrer Mutter. Der Vater war vor vielen Jahren bei einem Raubüberfall ums Leben gekommen.

Carter hätte diese wesentlichen Informationen gern seiner Untergebenen vorgetragen, aber er entschied, Nadia einfach zuzutrauen, dass sie den Akten bereits alles Wichtige entnommen und sich eingeprägt hatte.

Sie waren ein wenig früh dran, aber Carter sagte sich, dass sie notfalls drinnen auf Dr. Song warten konnten. Er wollte gerade seine Tür öffnen, als Nadias Handy klingelte. »Das ist Marcus.« Sie nahm den Anruf entgegen. »Einen Moment.«

Carter verstand nur ihren Teil des Gesprächs, aber dem,

was er hörte, konnte er entnehmen, dass etwas gründlich schiefgegangen war.

Nadia legte auf. »Der Bürgermeister von New York City ist tot.«

Carter atmete tief durch und nickte, während er die Neuigkeit verdaute. »Wie?«, fragte er nur.

»Offenbar hatten die Jünger des Feuers geplant, während der heutigen Pressekonferenz einen Anschlag auf Hayley zu verüben, mit einer Bombe, die ein Polizeisergeant, Opfer einer Gehirnwäsche, unter dem Rednerpult anbringen sollte, aber das hat Marcus verhindert. Dummerweise hatten die Jünger einen Ersatzplan und wussten genau, wohin Hayley gebracht würde, sollte das Rathaus bedroht werden. Und dort befand sich ein zweiter Sprengsatz.«

Carter schüttelte den Kopf. »Ich begreife einfach nicht, weshalb Demon den Bürgermeister von New York City töten wollte. Warum mischt er sich in den Streit zwischen einer Gruppe Vertriebener und einem Politiker von fragwürdiger Moral ein? Geld verdienen lässt sich nicht damit, und das scheint das Einzige zu sein, was den Mann wirklich interessiert. Und er zieht damit jede Menge Ermittlungen auf sich.«

»Ich sorge mich um Marcus«, sagte Nadia. »Er klang so ruhig, als er es mir erzählte. Man sollte doch meinen, dass ein Mann in seiner Position emotional stärker beteiligt ist, wenn sich gerade eine Explosion ereignet hat und eine andere sich nicht weit von ihm hätte ereignen können, wären die Dinge nur ein bisschen anders gelaufen. Oder auch nur wegen der Tatsache, dass sie die erste Bombe abgefangen haben und er jetzt eine Spur zu seinem Sohn hat. Aber er war nur sehr ruhig und präzise.«

Carter lächelte. »Was Sie beschreiben, klingt gut. Er bewahrt einen kühlen, klaren Kopf, und das bereitet Ihnen Sorgen?«

»Weil er sich anders verhält, als sein Bruder ihn beschreibt.«

»Menschen ändern sich durch die Umstände, und Marcus Williams hat einige recht schwierige Fälle hinter sich, die ihn deutlich verändert haben. Während seines letzten offiziellen Falls als Bundesagent verlor er die Frau, die nicht nur seine Partnerin war, sondern auch seine Verlobte.«

Nadia setzte an: »Das ist mir bewusst, aber ...«

Carter unterbrach sie. »Sind Sie mit dem Konzept des falschen Tempogefühls vertraut?«

Nadia war eindeutig etwas verblüfft über die Frage, aber sie antwortete: »Ich glaube schon. Wenn man eine lange Zeit mit hoher Geschwindigkeit gefahren ist und dann eine Abfahrt nimmt oder auf eine Straße kommt, wo man in normalerem Tempo fahren muss, dann erscheint es einem, als würde man sich im Schneckentempo bewegen. Meinen Sie das?«

»Mehr oder weniger. Es geht alles auf die Relativität zurück«, sagte Carter. »Was das mit Marcus zu tun hat, worauf ich hinauswill ... Nun, Ackerman mag der Einzige von uns sein, der gegen Furcht immun ist, aber ich glaube, wir können alle gegen Furcht desensibilisiert werden. Wir können an einen Punkt gelangen, an dem wir genügend Situationen durchgemacht haben, in denen unser Leben und das Leben von anderen bedroht waren, und wir bauen eine Toleranz gegen Furcht, Tod und Schmerz auf. Fast ist es, als wüssten wir, dass wir solch eine Situation überleben und vielleicht sogar stärker aus ihr hervorgehen können. Deshalb sind wir zuversichtlich, dass wir, egal was die augenblickliche Lage ist, das Gleiche noch einmal schaffen können.«

»Klingt, als sprächen Sie aus Erfahrung.«

»Ich war vor vielen, vielen Jahren ein Army Ranger, und danach war ich lange FBI-Agent. Mein Leben ist bedroht worden, ich wurde angeschossen, niedergestochen, aus dem

Fenster geworfen, von Autos angefahren. Schließlich kam ich in eine Stellung, in der ich andere Leute diesen Gefahren aussetze. Man sollte denken, dass es einfacher wird, und dennoch, es hatte nur zur Folge, dass meine Ängste um jeden Agenten, den ich unter meinem Befehl im Einsatz hatte, sich vervielfachten. Es bedeutet nicht, dass es uns gleichgültig wäre oder dass wir keine Angst hätten, es bedeutet nur, dass wir es schon einmal durchgestanden haben und wissen, was getan werden muss.«

Einen Augenblick lang herrschte Schweigen im Wagen, und er fuhr fort: »Sie sind nicht anders, Nadia. Seit Sie unter meinem Befehl arbeiten, haben Sie sich deutlich verändert und sind gewachsen.«

»Vielen Dank, Sir. Diese Situation mit Mayor Hayley kompliziert die Dinge für Ackerman, nicht wahr?«

Der Gedanke war ihm sofort in den Sinn gekommen, als er die Neuigkeiten hörte. Eine Gruppe, die mit einem Mann zusammenhing, gegen den sie ermittelten, hatte soeben einen prominenten amerikanischen Politiker ermordet. Seine Vorgesetzten, die einzigen Personen innerhalb der Regierung, die von Ackermans Tätigkeit für das FBI wussten, würden Fragen stellen. Er musste eine Entscheidung treffen. Würde er ihnen sagen, dass Ackerman sich entschieden hatte, den Fall allein zu verfolgen? Sie würden es als einen Bruch der Abmachung betrachten, die sie mit dem reformierten Serienmörder getroffen hatten. Carter konnte sie auch belügen und behaupten, Ackerman arbeite verdeckt, um den Fall zum Abschluss zu bringen. Dann aber setzte er seine und Nadias Karriere aufs Spiel. Falls Ackerman zu weit ging und nicht zur Herde zurückkehrte, wenn sie ihn schließlich fanden, hätten sie eine Menge schwieriger Fragen zu beantworten.

»Diese Brücken brechen wir ab, wenn wir sie erreichen«, sagte er. »Jetzt widmen wir uns zunächst Dr. Song.«

70

Nadia folgte Dr. Song auf einer Wendeltreppe aus Eichenholz hinauf in den ersten Stock ihres Hauses. Die Neurochirurgin führte sie zur Straßenseite, betrat ihr Büro und nahm hinter ihrem Schreibtisch Platz. Der Schreibtisch war ganz aus Glas und poliertem Stahl und wirkte sehr modern, aber an den Wänden standen zueinanderpassende Registraturregale mit allen möglichen technischen Handbüchern und großen Notizkladden.

Nadia setzte sich auf einen Besucherstuhl vor dem Schreibtisch, aber Carter blieb stehen, durchquerte den Raum und sah sich die Bände in den Regalen und die Bilder an, die in Wechselrahmen vor den Büchern standen. Sie zeigten Fotos von Dr. Songs Familie und Zertifikate ihrer vielen Auszeichnungen und Abschlüsse. Der Deputy Director stellte zu einigen davon Fragen, um das Gespräch in Gang zu bringen. Nadia fand, dass der Director sogar so viel Small Talk machte, dass es schien, als wiche er dem Grund aus, weshalb sie eigentlich hier waren, und zöge lieber Erkundigungen über Dr. Song und ihre Familie ein.

Erst als die Ärztin fragte: »Darf ich erfahren, weshalb ein Deputy Director des FBI mich aufsucht?«, begriff Nadia: Statt sie ihr direkt zu stellen, wollte Carter, dass die Frage von Dr. Song kam.

Erst daraufhin berichtete er von dem Mann, der nach einer Gehirnwäsche als Platzhalter für Demon gedient hatte und nach wie vor in ADX Florence festgehalten wurde, weil niemand wusste, was man mit ihm anstellen sollte, und von dem Mordanschlag auf den Bürgermeister von New York

City, bei dem der Attentäter ebenfalls einem invasiven Eingriff ins Gehirn unterzogen worden war. »Ich würde also sagen«, fügte er am Ende hinzu, »dass wir hier sind, um Sie zu fragen, Dr. Song, wie jemand solche medizinischen Großtaten vollbringen konnte und welches Niveau man für seine oder ihre chirurgischen Fertigkeiten anzusetzen hätte.«

Dr. Song wirkte in keiner Weise besorgt. Ihre Miene zeigte bei keinem von Carters Worten die leiseste Regung. Sie behielt eine vollkommene Ausdruckslosigkeit bei. »Ich glaube, am besten erklären lassen sich sowohl meine eigene Forschung als auch das, was verursachen könnte, was Sie beschreiben, durch die Geschichte eines Mannes, der in der Medizin als HM bekannt ist. Anfang der Dreißigerjahre wurde ein Junge, besagter HM, von einem Radfahrer angefahren und brach sich dabei den Schädel. Als Folge erlitt er Anfälle, die an Intensität zunahmen. Der Wunsch, die Anfälle abzustellen, veranlasste HM, einen berühmten Draufgänger innerhalb der Ärzteschaft aufzusuchen, einen Dr. William Scoville. Das war Anfang der Fünfzigerjahre. Scoville ging gern Risiken ein und bevorzugte riskante Eingriffe. Schon früh war er auf den amerikanischen Lobotomie-Express aufgesprungen. Scoville gefielen allerdings die drastischen Persönlichkeitsveränderungen nicht, die auf die normalen Lobotomien folgten, und daher begann er mit Eingriffen zu experimentieren, die partielle Lobotomie genannt wurden und kurz gesagt weniger Gewebe zerstörten.«

Carter ging zum anderen Besucherstuhl und nahm Platz, während er sich die Geschichte der Ärztin anhörte.

Dr. Song warf einen Blick auf die geschlossene Tür ihres Büros und fuhr fort: »Scoville stocherte im Grunde im Gehirn der Leute herum, bis sich das Ergebnis einstellte, das er wünschte, und er erzielte es durch Schädigung des Hippocampus. Scoville klappte die Kopfhaut seiner Patienten zurück und entfernte mithilfe eines billigen Bohrers aus einer Eisenwarenhandlung Knochen über beiden Augen. Mit einem schuhlöffelähnlichen Werkzeug schob er Stirnlappen und Schläfenlappen beiseite und bohrte in HMs Hippocampus. Er entfernte sämtliches Hippocampus-Gewebe bis auf zwei kleine Höcker, und um sicherzugehen, entfernte er auch den Großteil von HMs Amygdala und andere Strukturen in der Umgebung.«

Nadia erstarrte, als die Amygdala erwähnt wurde, der Teil des Gehirns, der bei Ackerman geschädigt worden war.

»Und hörten die Anfälle auf?«, fragte Carter.

»Ja, sie hörten auf. Der Preis jedoch war eine irreparable Schädigung von HMs Gedächtnis. Er hatte nur noch vage Erinnerungen an früher und konnte keine neuen mehr bilden. Die Schädigung war so tiefgreifend, dass er sich an den Weg zum Bad so lange erinnern konnte, wie er brauchte, um dorthin zu kommen, aber bei seinem nächsten Bedürfnis musste er erneut danach fragen. Wir wissen heute, dass der Hippocampus entscheidend an der Gedächtniskonsolidierung beteiligt ist.«

Dr. Song sah erneut auf die geschlossene Tür und dann auf die Uhr, bevor sie hinzufügte: »Als HM später von Neurologen untersucht wurde, entdeckten sie, dass er zwar wohl keine neuen Erinnerungen mehr bilden konnte, dass er aber durch Trainingsstunden, bei denen er Fertigkeiten durch Muskelgedächtnis und Erfahrung erlangte, dennoch etwas lernen konnte. Trotz seines Defizits beim Anlegen neuer Erinnerungen wurden Muskelgedächtnis und Fertigkeiten, die HM durch Training erlangte, beibehalten. Wissenschaftler untersuchten weiterhin, wie HM prozedurales Gedächtnis bildete, und stellten fest, dass er den Zeitablauf anders erlebte als neurotypische Individuen. HM wurde zum vielleicht am ausführlichsten studierten Geist in der Geschichte; während seines Lebens untersuchten ihn mehr als einhundert Neurowissenschaftler.«

»Wie hängt der Fall HM mit der Gehirnwäsche zusammen?«, fragte Nadia.

»Nun«, antwortete Dr. Song, »im Fall von HM war der Mann, der ihn operierte, nicht gerade das, was ich einen kompetenten Chirurgen nennen würde, und dennoch gelang es ihm, das Gehirn eines Menschen nach seinen Vorstellungen zu verändern. Um Ihre Frage also zu beantworten, man braucht niemanden, der sich so gut mit dem Gehirn auskennt wie ich oder solch ein geschickter Chirurg ist wie ich, um so eine Operation durchzuführen, solange man nur weiß, welche Gehirnteile man wegschneiden muss. Aber genau darin liegt die Schwierigkeit. Das meiste, was wir über die Zusammenhänge von Gehirn und Gedächtnis wissen, stammt von Personen wie HM, an denen experimentiert wurde, als es in der Medizin noch barbarisch zuging, von Menschen, die bei Unfällen Kopfverletzungen erlitten und Gehirnschäden davongetragen haben.«

Carter beugte sich vor. »Trotzdem scheint es, als müsste man sehr viel über das Gehirn wissen, um die Ergebnisse zu erhalten, von denen wir sprechen – um die richtigen Gehirnteile wegzuschneiden. Dazu wären doch ziemlich viele Experimente nötig.«

Dr. Song zuckte mit den Schultern. »Dokumentierte Fälle gibt es sehr viele, und meine eigene Forschung ist so gut wie umfassend in der einen oder anderen Form für die Öffentlichkeit verfügbar. Es besteht kein Grund zu der Annahme, dass es meine Fähigkeiten oder die eines anderen prominenten Neurowissenschaftlers erfordert, um das von Ihnen beschriebene Ergebnis zu erzielen.«

Nadia lächelte die hochgewachsene Asiatin an. »Wir sind nicht hier, um Ihnen irgendetwas vorzuwerfen.«

»Das habe ich auch nicht behauptet. Ich beantworte lediglich Ihre Frage.«

Als sie ihren Satz beendet hatte, sah Dr. Song auf die geschlossene Tür ihres Büros, zum dritten Mal während dieses Gesprächs, wie Nadia auffiel.

Sie wollte Dr. Song gerade fragen, ob sie jemanden erwarte, doch bevor sie dazu kam, flog die Bürotür auf, und ein Schwarm Männer in schwarzer Schutzkleidung mit Schnellfeuergewehren stürmte herein wie Hornissen, die aus einem Loch in einem beschädigten Nest quellen.

71

Am Tag davor – nachdem er dem hübschesten Mädchen, dem er in anderthalb Jahren begegnet war, auf die Schuhe gekotzt und danach einiges über die finsteren Pläne seines Entführers erfahren hatte – war Dylan zu einem Day's Inn in New Jersey auf der anderen Seite des Flusses gebracht worden, wo er die Nacht verbringen sollte. Doch dann hatten ihn Söldner in Demons Diensten aus dem Schlaf gerissen und quer durch die Stadt zu einem Reihenhaus mit Ziegelfassade gebracht. Auf dem Weg bemerkte er ein Straßenschild, auf dem *Delancey* stand, und er hatte gewusst, dass sie in Lower Manhattan waren.

Als die SUVs eintrafen, wurde er ins Gebäude geschafft und eine Treppe hinunter in einen Keller geführt, wo sich ihm eine völlig andere Welt erschloss. Aus dem Keller gelangte man in ein Labyrinth aus Betontunneln, die in alle

Himmelsrichtungen verschwanden. Auf Treppen ging es immer tiefer hinunter. Ihm fielen mehrere von Demons Männern auf, die Kartons und Gerätschaften wegtrugen, als wären sie Helfer bei einem Umzug.

Dylan wurde in eine Art Kontrollraum geführt. Der Raum war nur ein großer Kasten aus Beton, aber eine ganze Wand nahmen Fernseher ein, die zusammengeschaltet waren und als riesiger Bildschirm fungieren konnten. Als er eintrat, zeigten sie am Außenrand allerdings kleinere Ansichten von diversen Kameras, während in der Mitte sechs große Displays gemeinsam ein Bild darstellten. Er sah nichts Weltbewegendes, nur ein paar leere Korridore, von denen einige neu zu sein schienen, andere alt und voller Schlamm und Müll.

Die beiden Männer, die ihn führten, sagten kein Wort, aber sie drückten ihn auf eine Rolltrage und schnallten ihn an Hand- und Fußgelenken fest. Dann kam die asiatische Ärztin, Nuyings Mutter, in den Raum und verband einen Tropf mit seinem Arm. Er flehte Dr. Song an, ihm zu helfen, aber sie benahm sich, als wäre sie eine Tierärztin und er nur ein Hund, der eine Lebensform, die seine Bitten nie verstehen würde, um Hilfe anwimmerte.

Was immer in der Tüte voller Flüssigkeit war, die mit seinem Arm verbunden wurde, sie musste ein Betäubungsmittel enthalten, denn es dauerte nicht lange, und Dylan konnte die Augen nicht mehr offen halten.

Seine Träume waren seltsam und beunruhigend. Er träumte, er wäre wieder zu Hause, aber in jedem Zimmer bedeckten Spinnen die Decken und hingen überall an Fäden herunter. Er hörte eine Stimme, dunkel und schrecklich, die seinen Namen flüsterte. Dann rannte er durch eine Vielzahl anderer Albtraumlandschaften, aber in dem einen Traum, der in ihm nachklang, als er wieder aufwachte, war sein Vater ein Wildwestsheriff. Demon und eine Anzahl echter Dämonen waren auf Büffeln mit roten Augen in die Stadt geritten, spuckten Feuer und rochen nach Schwefel. In dem Traum bot Demon Dylans Vater einen Handel an. Sein Vater hatte sich geweigert, und die Cowboyversion von Demon hatte der Cowboyversion von Marcus Williams ins Gesicht geschossen.

Dylan war davon aufgewacht. Er fühlte sich groggy, war aber wach genug, um festzustellen, dass er noch in dem gleichen Raum war, in dem man ihn eingeschläfert hatte, nur dass jetzt neben ihm eine zweite Rolltrage stand, an der sein Onkel Frank festgeschnallt war.

72

Das Erste, was er an seinem Onkel bemerkte, war der Umstand, dass seine Fesseln erheblich komplizierter wirkten als seine eigenen, und das war ja auch zu erwarten. Sein Onkel galt in bestimmten Kreisen als Schreckgespenst, war eine Sagengestalt, eine moderne Legende. Dylan war nur ein Junge, aber trotzdem merkte er, dass Demon seinen Onkel aufs Extremste gesichert hatte, und fühlte sich von seinen dürftigen Fesseln ein wenig beleidigt. Er selbst war an Hand- und Fußgelenken mit Plastikschellen fixiert, was schon etwas war, und mit Lederriemen, die über seinen Oberkörper liefen. Gesichert war er allerdings nur an einer Art medizinischer Rolltrage. Sein Onkel allerdings war an einen Tisch gebunden, der ganz aus Stahl bestand, dickem Stahl, und schwer wie die Hölle war. Sowohl Franks als auch Dylans kleinere Trage waren fast senkrecht gestellt worden, fast wie mit einer Sackkarre, und er hatte Blick auf die Bildschirmwand. An die Stahltrage waren Stahlschellen geschweißt, die sowohl um Onkel Franks Gliedmaßen geschlossen waren als auch um seinen Oberkörper. Als würde das nicht reichen, hatten sie mehrere Ketten um ihn geschlungen. Sogar der Kopf wurde von einem Metallband so festgehalten, dass er ihn zwar ein wenig nach links und rechts drehen, aber nicht sehr weit nach vorn bewegen konnte. Dass Frank jemanden biss oder ihm einen Kopfstoß verpasste, war dadurch recht unwahrscheinlich.

Als Demons Männer Dylan hereingebracht hatten, bevor sie ihn betäubten, hatte er sehen können, dass mehrere Leute Sachen aus dem Gebäude schafften. Es sah ganz danach aus, als verlegten sie ihr Versteck, aber vielleicht hatte die Aktivität auch der Vorbereitung auf die Ankunft seines Onkels gedient.

Dylan war froh, Onkel Frank zu sehen. Darum hatte er die ganze Zeit gebetet. Allerdings hatte er gehofft, dass sie bei ihrem Wiedersehen keine Ketten tragen würden.

Einer der schwarz gepanzerten Söldner kam herein und schälte sich aus dem Oberteil seiner Schutzkleidung. Darunter kam ein schweißgetränktes Unterhemd zum Vorschein. Er ging zu einem Kasten, der in der Ecke auf einem Stahltisch stand.

Die Bewegung zog Dylans noch benebelte Aufmerksamkeit in diese Richtung, und jetzt erst bemerkte er, dass Demon mit ihnen im Raum war. Der Größenwahnsinnige saß auf einem schwarz-grauen Metallstuhl, kein Bürosessel und nichts Ausgefallenes, nur ein schlichtes altes Möbelstück, das Demon auf die Hinterbeine gekippt hatte, während seine Füße auf dem stählernen Schreibtisch vor ihm ruhten. Auf der Tischplatte lagen drei verschiedene Tastaturen, dazu Mäuse und Trackpads.

Dylan ließ sich nicht anmerken, dass er wach war, und beobachtete Demon. Der wahnsinnige Schotte zeichnete gerade etwas auf einem Block auf seinen Knien.

Er musste seine Augen anstrengen, die noch immer unter den Nachwirkungen der Droge litten, die sie ihm verabreicht hatten, damit er scharf erkennen konnte, was Demon skizzierte. Augenblicklich erkannte er das Gesicht von Onkel Franks neuer Partnerin. Er war ihr nie begegnet, aber er hatte sie im Internet nachgeschlagen. Dylan benötigte einen Moment, bis er begriff, dass Demon immer wieder aufblickte, während er zeichnete. Er folgte dem Blick des narbigen Mannes zum mittleren Display in der Bildschirmwand. Die sechs zentralen Schirme zeigten Nadia Shirazis Gesicht im Schlaf. Sie lag in dem Schlamm und Dreck, die ihm schon aufgefallen waren.

Als Dylan wieder zu Demon blickte und weg von der schlafenden Nadia, fuhr er überrascht zusammen, als er Demons Blick auf sich bemerkte. Ihre Blicke trafen sich, und der selbstgefällige Triumph in den Augen seines Entführers sandte ein leichtes Beben durch Dylans Leib.

Demon blinzelte und fragte: »Hast du gut geschlafen, Junge?«

Dylan antwortete: »Ich bin erstaunt, dass Sie zeichnen. Ich hätte nicht gedacht, dass Ihnen dafür Zeit bleibt, bei Ihren vielen anderen Hobbys.«

Demon sah auf seine Skizze. »Menschen sind kompliziert.«

»Jetzt, wo Sie es sagen, mir fällt noch jemand wie Sie ein, der gern malte. Ein paar sogar. John Wayne Gacy war einer, aber der erste Psychokünstler war natürlich Hitler. Ich glaube, er hat gern gemalt.«

»Hitler malte Landschaften, Naturszenen, Stadtansichten, aber auf seinen Gemälden waren meist keine Menschen. Er mochte Menschen nicht besonders, wenn ich es richtig verstehe. Ich bin ihm persönlich nie begegnet. Aber im Gegensatz zu ihm genieße ich andere Menschen. Sie faszinieren mich. Menschen lassen sich genauso leicht manipulieren und auf eine Mission entsenden wie kleine Spielzeugsoldaten zum Aufziehen.«

»Sie sind echt irre«, sagte Dylan.

»Das ist ein schrecklicher und auch vager Vorwurf. Das kannst du ganz bestimmt besser. Was macht mich irre? Ich glaube, dass ich, wenn ich mir etwas nehmen kann, auch das Recht habe, es mir zu nehmen. Was ist daran nun so irre?«

Dylan empfand vielleicht ein wenig zu viel Zuversicht. Womöglich hatte das Betäubungsmittel seine Hemmungen auch verringert. Auf jeden Fall fiel es ihm schwer, nicht einfach draufloszuplappern. »Nun, bleiben wir doch mal dabei. Was ist mit der Tatsache, dass Sie Dinge sehen, die nicht real sind? Und dass eine von diesen Halluzinationen Sie dazu bringt, bestimmte Menschen umzubringen? Was ist denn damit?«

Demon schürzte die Lippen. Er schien die Frage zu überdenken. »Ich betrachte meine Visionen nicht als Halluzinationen. Ich finde eher, sie sind ein flüchtiger Einblick in eine andere, dunklere Wirklichkeit, die sich in unsere Realität drängt. Ich frage mich, ob der Dunkle Mann eine meiner Visionen ist oder ob ich die Visionen sehe, weil der Dunkle Mann in mir ist. Vielleicht ist dieser Geist mir wegen der Dinge, die ich gesehen und die ich getan habe, gefolgt und hat mir die Augen für die wahre Natur des Universums geöffnet. Und dennoch, manchmal, wenn es dem Dunklen Mann angebracht erscheint, darf jemand an einer Bluttaufe teilnehmen. Nicht von der Seite, die du erlebt hast, sondern von der anderen.«

Dylan verzog übertrieben gequält das Gesicht. »Sehen

Sie, für mich klingt das *ziemlich* irre. Können Sie ernsthaft so ein Zeug reden und nicht hören, wie bekloppt es klingt?«

Demon schüttelte den Kopf und wandte sich wieder seiner Zeichnung zu. »Still, Junge«, sagte er.

Dylan ließ sich nicht den Mund verbieten. »Was soll das alles? Wieso sind wir alle hier?« Beide Tragen waren so aufgestellt, dass man von ihnen aus sehen konnte, was auf den Bildschirmen vorging. Dylan wusste, dass irgendeine Show bevorstand, und je schneller er erfuhr, was es war – vielleicht sogar, bevor sein Onkel aufwachte –, desto schneller konnte er tun, was immer in seiner Macht stand, um zu helfen.

Demon gab keine Antwort.

»Warum haben Sie mir Drogen gegeben? Weshalb haben Sie mich hergebracht? Wieso ist Onkel Franks Partnerin auf dem Bildschirm?«

Demon beugte sich vor und fletschte die Zähne wie ein wildes Tier. »Halt den Mund, Junge. Von jetzt an ist es für dich am besten, wenn du nur gesehen, aber nicht gehört wirst. Deine Nützlichkeit für mich geht ihrem Ende entgegen.«

Dylan zermarterte sich das Hirn nach einer Entgegnung, die nicht konfrontativ und dennoch trotzig war. In dem Machtkampf zwischen ihm und seinem Entführer wollte er nicht noch mehr an Boden verlieren.

Er wollte gerade etwas sagen, aber eine weitere Stimme mischte sich ins Gespräch.

Flatternd öffneten sich Onkel Franks Lider, und Ackerman sagte: »Nur Familienmitglieder dürfen Dylan sagen, dass er den Mund halten soll.«

73

Das Gespräch zwischen Dylan und Demon hatte Ackerman geweckt, aber er hatte schon vor langer Zeit gelernt, dass es am besten war, zuerst den Geist erwachen zu lassen und dann den Körper. Die Fähigkeit dazu hatte er im Laufe der Jahre perfektioniert; jeden Morgen wachte er auf, ohne sich zu bewegen, ohne sich durch das geringste Zeichen anmerken zu lassen, dass er das Land des Traums verlassen hatte und wieder in dem Reich weilte, das Realität genannt wurde.

Nachdem Ackerman entschieden hatte, dass er lange genug zugehört hatte und im Kopf wieder auf allen Zylindern lief, schaltete er sich ins Gespräch ein. Darüber lächelte Demon, klappte den Skizzenblock zu und legte ihn vor sich auf den Stahltisch neben eine schwarze Tastatur. Dann erhob er sich und beugte sich zu Ackerman vor. Sein Atem stank nach Single Malt Scotch, als er sagte: »Freut mich, dass Sie wach sind. Wenn Sie nicht so bald aufgewacht wären, hätte ich das hier tun müssen.«

Er schlug Ackerman mit der flachen Hand kräftig ins Gesicht.

Ackerman steckte die Ohrfeige weg, ohne eine Miene zu verziehen, und schaute Demon an, als wollte er ihn fragen, ob dieser Hieb ihm wirklich hätte wehtun sollen.

Demon tätschelte ihm die Wange. »Ich weiß, wie sehr Sie Spielchen lieben, alter Freund, und ich bin ein wenig in Spiellaune.« Er wies auf die Bildschirmwand, die die schlafende Nadia Shirazi zeigte. »Wie Sie sehen können, haben wir mehrere Spieler für unser Spiel.«

»Sie erinnern sich, wie ich sagte, dass das Gehirn noch

sieben Minuten weiterlebt, nachdem das Herz zu schlagen aufgehört hat, und dass es sicher möglich ist, in dieser Zeit noch Erlösung zu finden?«, entgegnete Ackerman. »Ich möchte Sie wissen lassen, dass ich Sie langsam töten und dabei die übelsten Aspekte meiner Phantasie ausleben werde, falls sie Nadia auch nur ein Haar krümmen oder gekrümmt haben. Und sobald ich den letzten exquisiten Tropfen des Schmerzes aus Ihnen herausgeholt habe, nehme ich einen Vorschlaghammer und vergrabe ihn in Ihrem Gesicht. Nichts mit sieben Extraminuten, einfach Licht aus. Sie haben keinen Grund, ihr zu schaden. Sie gehörte nicht einmal dem Team an, das Ihre Pläne in Foxbury vereitelt hat.«

Demon zuckte mit den Schultern. »Ich fürchte, Sie haben ihre Anwesenheit zwingend erforderlich gemacht. Es liegt an Ihrer Beziehung, Ihren Gefühlen für sie, die sie in diese Angelegenheit mit hineingezogen haben.«

Ackerman sah erneut zu Demon und schob den Kopf vor, soweit es ihm das Stahlband um seine Stirn erlaubte. Es war, als blickte er durch ein Gesichtsloch in einem Sarkophag. »Ich möchte wirklich nicht zu meinen alten Verhaltensweisen zurückkehren, aber ich muss sagen, wenn ich die Finsternis annehme, werde ich sie genießen, und das wird für Sie nicht gut sein. Bevor Sie Ihr bisheriges Verhalten beibehalten, sollten Sie lange und anstrengt darüber nachdenken, welche Folgen es hat, was immer Sie planen.«

Demon lachte und schaute Dylan an. »Siehst du das? Siehst du den Ausdruck in seinem Gesicht? Er glaubt wirklich, was er sagt. Er hat nicht im Geringsten vor mir Angst, obwohl ich offensichtlich in einer überlegenen Position bin. Ich könnte euch alle jederzeit umbringen, und trotzdem macht er sich keine Sorgen. Genau das will ich, verstehst du. Ich werde diese Energie nehmen, die deinen Onkel erfüllt, und sie in Flaschen abfüllen.«

Er kreiste wie ein Hai und legte Ackerman eine Hand auf die linke Schulter, während er einen Bildschirmausschnitt heranzoomte, der den Tunnel mit dem schlammigen Boden zeigte, in dem Nadia zurzeit lag. Ackerman entdeckte auch Deputy Director Carter, der bewusstlos in der Nähe ruhte.

»Sie können ja sicher die Klebeelektroden spüren, die wir überall an Ihrem Kopf befestigt haben«, sagte Demon.

Ackerman wusste von ihnen, seit er aufgewacht war. Während des Gesprächs hatte er versucht, den Nacken ein wenig zu dehnen, um sie vielleicht abzuschütteln, aber es gelang ihm nicht. »Sicher, und ich werde Sie auch dafür bezahlen lassen, wenn meine Frisur ruiniert ist.«

»Diese Sensoren werden Ihr gesamtes Gehirn scannen. Ich habe die Ärztin bereits rufen lassen, die diese Abtastung übernimmt. Sie ist eine wirklich brillante Neurochirurgin und unterstützt meine Sache, nachdem ich ein wenig Überzeugungsarbeit geleistet habe. Unter dem Vorwand, Tiefgaragen bauen zu wollen, habe ich mehrere aufgegebene Areale der unterirdischen Infrastruktur der Stadt käuflich erworben. Sie haben gute Dienste geleistet für die Ausbildung, Unterbringung und Prüfung unserer Experimente. Wir haben alle möglichen Leute hierhergebracht. Angefangen haben wir mit Obdachlosen und uns diversifiziert, während wir unser Handwerk perfektionierten. Wir arbeiteten darauf hin, in der Lage zu sein, eine beliebige Person zu entführen und ihre Fähigkeiten zu behalten, während wir ihre Identität auslöschen. Die Ergebnisse waren vielversprechend, aber nicht so umwerfend wie erhofft. Ich glaube, dass noch mehr Experimente erforderlich sind. Zum Beispiel haben wir gerade erst einen Fehlschlag mit unserem neuesten Probanden erlitten, weil seine Einstellungen und Werte zu eng mit seinen prozeduralen Erinnerungen verknüpft waren. Er rebellierte gegen die neue Identität, die wir ihm zu geben versuchten. Aber jetzt, wo ich Sie habe, brauche ich ihn ohnehin nicht mehr.«

Ackerman hatte gehofft, dass es nie dazu kam, aber natürlich hätten gewisse Elemente sein Gehirn nur zu gern mit größter Genauigkeit unter die Lupe genommen. Schon seit Jahren wollte die CIA ihn scannen und sondieren, um herauszufinden, wie genau sein Vater bewerkstelligt hatte, dass Ackerman zwar das Furchtempfinden einbüßte, seine übrigen Funktionalitäten aber behielt.

»Auf die Beteuerungen meiner Ärztin hin, dass dieser Proband erfolgreich sein würde, habe ich eine Gruppe von Beobachtern zugelassen, die der Entwicklung in New York City zuschauten. Die Idee war, einen hochdekorierten Polizeisergeant zu nehmen und aus ihm einen Terroristen zu machen. Dieser spezielle Cop war außerdem ein enger Freund Ihres Bruders. Erinnern Sie sich, ich hatte geschworen, jeden zu töten, der ihm je wichtig gewesen ist. Obwohl ich nun wirklich nicht vorhatte, so weit zurückzugehen, dass ich seine Lehrerin aus der dritten Klasse umbringe, konnte diese perfekte Symmetrie der Zweckbestimmung nicht ignoriert werden. Daher wählte ich den Freund Ihres Bruders als meinen *Manchurian Kandidat*, falls Sie den Film kennen. Bestimmten Terrororganisationen würden sich neue Welten erschließen, könnten sie solch einen Mann nehmen und ihn benutzen, um etwas Furchtbares zu tun. Man könnte einen Nukleartechniker entführen und ihn allen möglichen Schabernack treiben lassen, genauso Militärführer oder Vorstandsmitglieder der Konkurrenz ... Aber da der Test fehlschlug, verkaufte ich ihnen stattdessen die Fähigkeit, furchtlose Soldaten zu haben, und wandelte die Ermordung von Mayor Hayley in eine Vorführung dieses Produkts um.«

»Also erzählen Sie den Leuten, Sie hätten das *Produkt* bereits erfolgreich geschaffen – übrigens eine seltsame Bezeichnung für mein Gehirn und meine Fähigkeiten? Sie verkaufen etwas, das Sie nicht besitzen. Ihre Käufer werden enttäuscht sein, wenn Sie ihnen die Formel für furchtlose Massenvernichtungswaffen nicht liefern können. Vergessen Sie nicht, dass ich außer dem, was mein Vater mit meinem Gehirn anstellte, auch ein jahrelanges Extremtraining in Schmerz und Leid hinter mir habe.«

Demon nickte. »Selbstverständlich. Ich sage nicht, dass ich jeden in solch eine perfekte Mordmaschine wie Sie verwandeln kann, aber es gibt genügend Terrororganisationen, die nur zu gern furchtlose Selbstmordattentäter hätten. Ich meine, erheblich mehr Leute kriegen es im letzten Augenblick mit der Angst, als Sie glauben würden, und das bringt uns zu dem Grund, weshalb wir heute hier sind. Ich muss Ihr Gehirn überwachen, während ich bestimmte Reaktionen hervorrufe, aber es wäre unproduktiv zu versuchen, Ihnen Angst einzujagen oder Ihnen Schmerzen zu bereiten. Daher möchte meine Freundin, die Ärztin, gern sehen, wie Sie auf den eventuellen Verlust Ihrer Liebsten reagieren. Handelt es sich dabei womöglich um eine andere Art von Furcht? Das wollen wir heute herausfinden. Zu diesem Zweck werden wir unsere Trainingseinrichtung nutzen, um Ihre wunderschöne Partnerin einigen tödlichen Bedrohungen auszusetzen.«

»Vergessen Sie nur nicht, was ich bereits darüber gesagt habe, Nadia auch nur ein Haar zu krümmen.«

»Sie sind vielleicht nicht zu Furcht fähig, mein Freund, aber ich bin es sehr wohl. Ich habe lange genug überlebt, um zu wissen, wann ich Drohungen ernst nehmen sollte, und selbstverständlich nehme ich jede Drohung Ihrerseits ernst. Ich respektiere Ihre Fähigkeiten, aber ich fürchte mich trotzdem weder vor Ihnen noch vor dem, was Sie mir antun können. Sie begreifen es wirklich nicht, oder?«

Ackerman gab keine Antwort.

»Ich habe Sie von Anfang an nach meiner Pfeife tanzen lassen. Kaum entdeckten Sie, dass ich an meine Stelle im Gefängnis einen kleinen Sündenbock gesetzt hatte, lösten Sie eine Ereigniskette aus, über die Sie keinerlei Kontrolle besaßen. Glauben Sie etwa, dass Sie die Information ganz allein aus Greta VelJohnson herausbekommen haben? Ich habe ihr gesagt, dass Sie kommen, und ich habe ihr ganz genau aufgetragen, was sie zu Ihnen sagen soll. Ich habe Sie mehrmals benutzt. Ich habe Sie benutzt, um meinen abtrünnigen Lehrling zu beseitigen, den Judas-Killer. Ich habe Sie benutzt, um mit Mr. King und seinem Bruder, dem Gladiator, Angehörige meiner Organisation auszuschalten, die ihr eigenes Spiel nach eigenen Regeln treiben wollten. Seit *Jahren* arbeiten Sie für mich. Sie haben es nur einfach nicht gewusst. Wenn ich also höre, wie Sie mich bedrohen und sich somit genau so verhalten, wie ich es erwarten würde, flößen Sie mir keine Angst ein. Im Gegenteil, Sie stimmen mich dadurch zuversichtlich, dass sich die Situation exakt so entwickelt wie von mir geplant – ganz wie alles andere, was ich in die Hand genommen habe.« Demon schlug ihm auf die Schulter. »Vielleicht sind Sie den *Schlafschafen*, die diesen Planeten bewohnen, immer zehn Schritte voraus, alter Freund, aber ich habe wiederum Ihnen gegenüber den gleichen Vorsprung.«

»Wozu brauchen Sie den Jungen? Wenn Sie ihn gehen lassen, bin ich kooperativer.«

»Ihre Kooperation habe ich gar nicht nötig«, entgegnete Demon, »und wir werden auch die Reaktionen des Jungen auf diese Szenarien analysieren müssen, denn er ist sozusagen prototypisch für Ihr Gehirn, wie es ausgesehen haben kann, bevor Ihr Vater darin herumpfuschte.«

Ackerman sah Dylan ganz ähnlich. Er hatte den Jungen als jemanden betrachtet, zu dem er hätte werden können, wäre sein Leben nur anders verlaufen.

»Vielleicht legen Sie nicht zum ersten Mal jemanden in Ketten«, sagte er, »aber es ist das erste Mal, dass Sie jemandem wie mir gegenüberstehen, und ich bin schon oft in ähnlichen Situationen gewesen. Die Leute, die mich festhielten, sind nun entweder tot oder sitzen selbst in einem Käfig. Sie glauben vielleicht, dass Sie alle Fäden in der Hand halten, aber seien wir mal ehrlich: Was wollte ich erreichen? Ich wollte erfahren, wo Sie sind, und Sie dazu bringen, mir Ihre boshaften Pläne und Ihre Netzwerke zu offenbaren. Wie es scheint, habe ich das geschafft. Sie mögen sich an Ihrem Sieg ergötzen, während Sie diese Situation betrachten, ich aber betrachte Sie und denke, dass ich Sie genau da habe, wo ich Sie haben will.«

Demon lächelte. »Siehst du das, Junge? So mächtig kann blinder, leichtsinniger Irrsinn sein. Wahn hin oder her, er ist mächtig. Ich werde diese Wucht auf eine Flasche ziehen und sie an den Höchstbietenden verkaufen. Und danach werde ich jeden hier in kleine Stücke schneiden und sie nach und nach deinem Vater zuschicken. Was hältst du davon, Junge?«

»Ich finde, Sie sollten sich zu Herzen nehmen, was mein Onkel Frank sagt«, antwortete Dylan. »Noch haben Sie Zeit, sich aus dem Staub zu machen.«

Demon lachte leise. »Ich kann es nicht abwarten, bis Dr. Song kommt. Das wird überaus faszinierend.«

74

Ein uniformierter Polizist ging an der Bank vorbei, auf der Detective Nakamura saß und neben der Marcus mit seinem Rollstuhl stand. Der Officer deutete mit dem Daumen. »Euer Mann ist in Nummer sechs.«

Detective Nakamura stand auf, und Marcus rollte neben sie. Während sie sich dem Vernehmungsraum näherten, sagte Nakamura: »Es wäre schön, wenn dein Kumpel, der Deputy Director, hier wäre und sich mit um die Sauerei kümmern würde.«

Marcus runzelte die Stirn. »Ich habe schon eine ganze Weile nichts von ihnen gehört, und Nadia geht nicht ans Handy. Vielleicht sollten wir jemanden zu dieser Dr. Song schicken, um nach dem Rechten zu sehen.«

Nakamura blieb mitten auf dem belebten Korridor stehen, zückte ihr Handy und schickte eine SMS. »Ich habe einen Freund in dem betreffenden Revier. Ich bitte ihn gerade, sich das mal anzusehen.«

»Danke. Ich weiß zu schätzen, was du alles für uns getan hast.«

»Das ist gut, denn mir machen sie gerade alle die Hölle heiß«, sagte Nakamura. »Im Moment sind im Konferenzraum des Reviers vermutlich fünf Bundesbehörden vertreten, die alle ein Stück von dem Fall wollen. Ich weiß, dass du Elliott nahegestanden hast, und mir gefällt es auch nicht, aber uns bleibt nichts anderes übrig, als Druck auf ihn auszuüben. Vielleicht nicht übertreiben, aber wir müssen etwas aus ihm herausbekommen. Wenn ich vor die Schlipsträger trete, muss ich ein paar Antworten mitbringen.«

Marcus sah sie an. »Vergiss nicht, dass am Ende des Regenbogens kein Goldschatz ist, sondern mein Sohn. Ich möchte auf jeden Fall, dass du Elliott Druck machst, aber wir dürfen auch nicht vergessen, dass er ebenfalls ein Opfer ist. Ich weiß nicht mal, ob er überhaupt in die Sache hineingeraten wäre, wenn er mich nicht kennen würde.«

Sie legte ihm eine Hand auf die Schulter. »Das spielt jetzt keine Rolle, Marcus, aber das würde ich ihm nicht sagen. Noch nicht jedenfalls. Es würde ihn nur noch stärker durcheinanderbringen.«

Er nickte, und sie hielt ihm die dicke Tür des Vernehmungsraums auf.

Elliott Cole saß auf einem Stahlstuhl, vor sich eine weitere gleiche Sitzgelegenheit. Kein Tisch stand zwischen ihnen, damit sie die ganze Körpersprache eines Verdächtigen beobachten konnten. An einer Wand war eine große Scheibe aus einseitig durchsichtigem Glas, durch die weitere Beamte die Vernehmung beobachten konnten. Detective Nakamura setzte sich auf den freien Stuhl, und Marcus rollte neben sie.

Nakamura öffnete die Akte und zeigte Elliott Cole Fotos von Demon und einigen seiner bekannten Mitarbeiter. Elliott sagte, er habe noch nie jemanden davon zu Gesicht bekommen.

Die Befragung setzte sich fort, schien aber nirgendwohin zu führen. Deshalb mischte Marcus sich ein. »Elliott, wir brauchen etwas, irgendeine kleine Information, die du vielleicht für unwichtig hältst. Aber diese Information kann uns auf eine Spur bringen, und vielleicht führt sie uns zu den Leuten, die dir das angetan haben, die Leute, von denen der Bürgermeister ermordet wurde. Ich weiß, dass du viel durchgemacht hast. Ich weiß, dass das alles mit tausend Meilen in der Stunde auf dich einstürmt, aber wir brauchen dich, Elliott. Wir brauchen deine Hilfe.«

»Wir waren Freunde, bevor …«, antwortete Elliott, »bevor das alles passiert ist.«

»Wir waren einmal wie Brüder«, sagte Marcus. »Die Umstände haben uns über die Jahre auseinandergeführt. Es ist eine Weile her, seit wir miteinander gesprochen haben, aber für mich gehörst du noch immer zur Familie. Mir wäre es lieb, wenn du hier nicht einfach mit irgendeinem Cop reden würdest, sondern eher deinem Bruder erzählst, was man dir angetan hat.«

»Wo soll ich anfangen?«, fragte Elliott.

»Am Anfang, und lass nichts aus.«

75

Ackerman fiel auf, dass Demon mit jedem verstreichenden Augenblick unruhiger und ungeduldiger wurde. Rhythmisch klopfte der Killer mit den Fingern auf den Stahltisch und sah immer wieder auf die Uhr. »Nun«, sagte Demon, »während wir warten, könnten wir uns doch einen Namen für unser Spiel einfallen lassen. Ich weiß, dass Sie in Ihren dunkleren Tagen gern die Spiele benannt haben, zu denen Sie Ihre Opfer zwangen. Wie also sollen wir dieses nennen?«

Ackerman antwortete unverzüglich. »Wie wäre es mit *Als Demon den Mund zu voll nahm und einen Vorschlaghammer in die Fresse bekam.*«

Demon verzog gequält das Gesicht. »Zu lang. Damit ist die Marketingabteilung nie und nimmer einverstanden.«

Ackerman schürzte die Lippen. »Gut, nehmen wir etwas

Einfacheres wie *Dämonendämmerung*. Ich glaube, das hat Potenzial. Er klingt toll, und die Alliteration gefällt mir.«

Demon lächelte breit. »Wenn ich ehrlich sein soll, dachte ich mehr an *Das Labyrinth* oder *Alice im Wunderland*.« Demon sah wieder auf die Uhr.

»Müssen Sie noch zu einem anderen Termin? Mir missfällt die Vorstellung, dass ich nicht die wichtigste Person in Ihrem heutigen Tagesplan sein könnte.«

»Oh, denken Sie nicht einmal daran, mein Lieber! Im Augenblick sind Sie für mich wahrlich der wichtigste Mensch auf der ganzen Welt, aber es ist nur eine Frage der Zeit, bevor Ihr Bruder uns hier findet. Er hat unser Testobjekt in Gewahrsam. Ich bezweifle, dass sie etwas aus ihm herausbekommen. Wir haben immerhin sein Gedächtnis gelöscht, und seitdem hat er nur wenige Dinge gesehen, von denen wir wollten, dass er sie sieht. Aber ich musste Ihre Partnerin und Ihren Boss in Dr. Songs Büro ergreifen lassen, und ich nehme an, dass das FBI wusste, wohin sie unterwegs sind. Also wird irgendwann jemand Dr. Song und ihren Aufenthaltsort und ihre Aktivitäten überprüfen. Aber keine Sorge, wir sollten genügend Zeit finden, unser kleines Spiel zu beenden, bevor Ihr Bruder eintrifft.«

»Ich dachte, Sie hätten alles durchgeplant.«

»Oh, das habe ich. Auf Ihren Bruder wartet eine nette Überraschung. Ich kenne nur nicht den genauen Zeitpunkt, an dem er unser Spiel unterbrechen wird, und daher brennt es mir unter den Nägeln, endlich anzufangen, damit wir die Daten sammeln können, die wir brauchen, um viele kleine Babyackermans zu erschaffen, wenn Sie so wollen.«

Demon sah wieder auf die Uhr und fluchte leise. »Entschuldigen Sie mich einen Augenblick. Ich werde schauen, was Dr. Song aufhält.«

Er verließ den Kontrollraum und schloss die Stahltür

hinter sich. Kaum war er fort, sagte Dylan: »Onkel Frank, ich bin so froh, dass du hier bist.« Unter Tränen fügte der Junge hinzu: »Du ahnst nicht, was ich gesehen hab. In den letzten paar Tagen dachte ich dauernd, ich würde sterben, Onkel Frank.«

»Fürchte nicht den Tod, Junge«, sagte Ackerman. »Fürchte, dein volles Potenzial nicht auszuleben.«

Dylan zuckte mit den Schultern. »Ich fürchte beides. Ich fürchte alles. Was ist dein Plan, Onkel Frank? Wie kommen wir hier wieder raus?«

Ackerman zuckte so weit mit den Schultern, wie die Stahlklammern und die Ketten zuließen. »Ich habe keine Ahnung, Dylan. Uns steht hier noch einiges bevor.«

»Solltest du mich jetzt nicht irgendwie beruhigen?«

»Ich bin kein beruhigender Mensch, Junge. Ich bin mehr von der Sorte, die es dir knallhart und ehrlich ins Gesicht sagt.«

»Du könntest es aber wenigstens ein bisschen schönreden.«

»Dafür haben wir keine Zeit. Hast du hier irgendetwas gesehen, das uns helfen könnte?«

»Ich habe ein Straßenschild gesehen, auf dem *Delancey* stand, und ich weiß, dass wir in Lower Manhattan sind. Die Ärztin, von der Demon spricht, hat eine Tochter in meinem Alter und einen Sohn Anfang zwanzig. Ich glaube, Demon hält den Sohn gefangen, und ich weiß, dass er Dr. Song und ihre Tochter ununterbrochen überwacht. Sie ist eine Gefangene in ihrem eigenen Haus und macht auf keinen Fall freiwillig bei dieser Sache mit. Ich habe gehört, wie er ihr gesagt hat, was er mit ihr macht, wenn sie ihn enttäuscht.«

»Gute Arbeit, Dylan. Sonst noch etwas?«

Dylan dachte kurz nach und schilderte rasch alles, was er über Demon und sein Leben erfahren hatte. Er erzählte

Ackerman, wie Demons Mutter ermordet wurde, die als Prostituierte in Glasgow-Possilpark arbeitete, und dass Demon in einem Kasten unter ihrem Bett gewohnt hatte. Er erzählte von Demons Schizophrenie und den Halluzinationen. Er berichtete, dass Demon eine wiederkehrende Vision hatte, die er für einen Geist aus einer anderen Dimension hielt und den Dunklen Mann nannte. Dass der Irre sogar seine eigenen Lehren in einem Buch namens *Das Wort des Dunklen Mannes* aufschrieb.

Der Junge redete wie ein Wasserfall. Als er fertig war, sagte Ackerman: »Beeindruckend. Du hörst niemals auf, mich zu erstaunen, mein Junge. Erinnerst du dich an unsere Gespräche über Erlösung und das nächste Leben?«

Dylan nickte. »Das weiß ich noch.«

»Und glaubst du weiterhin?«

»Ich möchte es, aber in den letzten paar Tagen war es schwer zu glauben, dass es eine höhere Macht gibt, die auf mich aufpasst. Ich habe furchtbare Dinge gesehen, Onkel Frank.«

Ackerman überdachte die Worte des Jungen kurz, überlegte, wie er antworten sollte, wie er Dylan Hoffnung schenken konnte und zugleich die Wahrheit.

»Ich habe diese Geschichte noch nie jemandem erzählt«, sagte er, »aber nachdem Maggie gestorben war – nachdem ich hilflos, ohne irgendetwas tun zu können, zugesehen hatte, wie das Leben sie verließ –, habe ich so etwas wie eine Glaubenskrise durchlebt. Ich zog in Betracht, dass Marcus und ich im Gegensatz zu allem, was ich immer gedacht hatte, vielleicht gar nicht zu Großem bestimmt wären. Vielleicht gab es gar keinen tieferen Grund, weshalb wir alles durchlitten hatten, und dass mein Gebrochensein nur dazu führte, dass andere gebrochen wurden. Dass ich nur ein Werkzeug der Vernichtung wäre und nie etwas anderes sein könnte. Ich überlegte, wegzulaufen und mich vor dem Problem zu verstecken. Ich spielte sogar mit dem Gedanken, meine eigene Existenz zu beenden. Nicht allzu ernsthaft, aber immerhin so weit, dass ich kurz überlegte, wie ich es tun würde. Das überlegte ich, und mir kam der Gedanke, dass ich menschliche Einöde sei und dass auf solch beflecktem Boden niemals wieder etwas wachsen könnte.«

»Sehr aufmunternd ist das auch nicht gerade«, sagte Dylan.

»Moment, ich komme gleich dazu, warte ab. All das geschah spät in der Nacht. Vermutlich war es gegen halb zwei morgens an der Ostküste und halb fünf an der Westküste, als mir der Gedanke mit der Einöde kam, und auf einmal pingte mein Handy; eine SMS war eingegangen. Ein Bekannter, den mein Bruder und ich während einem unserer Fälle kennengelernt hatten, hatte mir geschrieben. Die Nachricht kam von einem Mann namens Baxter Kincaid, der zu einer Art spirituellem Berater für mich geworden war. Die Nachricht lautete: ›Mir kommt es so vor, als wollte Gott, dass ich Ihnen rate, Jesaja 43:19 zu lesen. Er wird Ihnen einen Weg zeigen, wo Sie keinen erkennen können.‹«

»Was steht in dem Vers?«, fragte Dylan.

»Jesaja 43:19 besagt: ›Denn siehe, ich will ein Neues schaffen, jetzt wächst es auf, erkennt ihr's denn nicht? Ich mache einen Weg in der Wüste und Wasserströme in der Einöde.‹ Seit diesem Moment, Dylan, schaffe ich die Wege nicht mehr selbst und versuche stattdessen zu erkennen, was schon vor mir angelegt wurde, denn ich weiß aus dieser Nachricht, dass Baxter Kincaid entweder ein Medium ist und entschieden hat, mitten in der Nacht meine Gedanken zu lesen, oder dass eine höhere Macht mit meiner Existenz durchaus einen Zweck verfolgt. Seitdem habe ich immer irgendwann doch einen Weg gesehen, wo ich zuerst glaubte, dass es keinen gibt.«

»Also lautet dein Plan: abwarten und mal gucken?«

Ackerman zuckte mit den Schultern. »Es könnte sein, dass wir heute sterben sollen. Früher oder später wird es geschehen. Tatsächlich besteht eine mehr als durchschnittliche Chance, dass wir gefoltert, getötet oder zumindest auf entsetzliche Weise verstümmelt werden.«

Dylan schüttelte den Kopf. »Und gerade noch hast du dich richtig gut geschlagen, Onkel Frank.«

Ackerman lächelte und zwinkerte dem Jungen zu. »Keine Sorge, Junge. Ein Weg wird sich zeigen. Und du hast Demon gehört. Dein Dad wird bald hierher unterwegs sein.«

76

Marcus Williams überflog das Whiteboard im Konferenzraum des Polizeireviers und stellte fest: »Wir haben noch nicht mal einen *Scheiß*.«

Detective Nakamura, die mit einem Marker in der Hand an dem Whiteboard stand, schenkte Marcus in seinem Rollstuhl einen finsteren Blick.

»Stimmt das, Detective? Die Ermittlungen laufen ins Leere?«, fragte jemand aus der Stadtverwaltung – eventuell der Kerl, der bald auf Hayleys Job nachrücken würde; Marcus war sich nicht sicher, wie die Nachfolge bei Bürgermeistern funktionierte.

Nakamura hob beruhigend die Hände. »Wir haben im Augenblick eine ganze Reihe von Eisen im Feuer und ermitteln in alle Richtungen. Mein Kollege, der sich ein bisschen vorschnell geäußert hat«, sie unterstrich ihre Worte mit einem weiteren Blick auf Marcus, »wollte nur feststellen, dass wir bei der Vernehmung von Sergeant Cole nicht besonders viel erfahren haben.«

Die Schlipsträger und andere Polizeibeamte stellten weitere Fragen, aber Marcus nahm die Augen nicht von dem Whiteboard, auf das Nakamura die wenigen Informationsbrocken geschrieben hatte, die sie besaßen, um zu sehen, ob irgendetwas davon bei den anderen Ermittlern im Raum ein Glöckchen anschlug. Hauptsächlich waren es Informationen über Omega oder Lauren oder wie immer ihr richtiger Name lautete, und die Dinge, die sie Elliott gesagt hatte, die Methoden, die sie benutzt hatte, um ihn zu manipulieren. Immerhin hatten sie auch ein wenig über den Ort zusammenbringen können, wo er festgehalten worden war. Dass Elliott Verkehr und Züge hören konnte, und zwar aus geringer Entfernung, und aus der Tatsache, dass die Temperatur in den Betontunneln immer gleich geblieben war, hatte er gefolgert, dass sie irgendwo unter der Erde waren.

Das grenzte die Sache nicht sonderlich ein. In Tri-State gab es genügend große Kellergeschosse oder Stellen, wo unterirdische Bunker gebaut werden konnten, ganz zu schweigen von Hunderten Meilen bereits existierender Stollen unterhalb von New York City, von denen viele verlassen waren. Elliott hatte die Gänge als Mischung aus Altbestand und Neubau beschrieben. Er sagte, die meisten Tunnel seien von Schmutz und Schutt gereinigt gewesen, aber es gab auch noch einige, wo Schlamm den Boden bedeckte, und er war sogar einmal darin ausgerutscht und hatte sich den Fuß umgeknickt. Das Labor untersuchte seine Kleidung und den Aktenkoffer, der nie explodiert war, auf Spuren, aber es würde noch ein wenig dauern, bis die Analysebefunde vorlagen.

Aber mehr als eine vage Vorstellung, dass er unter der Erde gewesen war, in einer Mischung aus Alt- und Neubau, konnte er nicht äußern. Elliott war ein Sack über den Kopf gezogen worden, bevor er die Anlage verließ, und der Sack wurde erst am Rathaus entfernt. Als man ihn fragte, wie lange er gefahren worden sei, konnte Elliott keine konkrete Antwort geben. Er sagte, ihm sei es wie eine Ewigkeit vorgekommen.

Und selbst wenn sie herausfanden, wo Elliott festgehalten worden war und wo die Jünger des Feuers versucht hatten, ihn mit ihren Zielen zu indoktrinieren, stand noch lange nicht fest, dass sie dort auch Demon oder Dylan finden würden. Marcus versuchte trotzdem, positiv zu denken und sich auf die Aufgabe zu konzentrieren. Selbst wenn sie sie nicht fanden, gab es vielleicht irgendeinen Hinweis auf ihren Aufenthaltsort. Er hoffte, dass es Frank besser erging als ihm. Im Moment konnte er sich nur auf Elliotts Geschichte konzentrieren und versuchen, ihr eine Spur zu entnehmen, aber als seine Augen über die Worte auf dem Whiteboard strichen, entdeckte Marcus nichts. Er konnte keinen Weg erkennen, auf dem sie durchdringen konnten, was vor ihnen lag.

77

Demon kehrte schließlich mit einer hochgewachsenen Asiatin zurück, von der Ackerman annahm, dass es sich um die erwähnte Neurochirurgin handelte. Die Ärztin hatte eine gerötete Wange, und ihren Augen war anzusehen, dass sie geweint hatte. Offenbar war es Demon aus irgendeinem Grund geraten erschienen, sie zu disziplinieren. Ackerman merkte sich, dass die Frau eine potenzielle Verbündete sein konnte; sie mussten ihr nur die Angst nehmen.

Aber die Ärztin war nicht allein. Aus dem Augenwinkel sah Ackerman auch ein junges Mädchen. Die Ärztin hatte der Teenagerin die Hände auf die Schultern gelegt und schob sie vor.

»Hier drin wird einiges passieren, was Ihre Tochter besser nicht sehen sollte, Dr. Song«, sagte Demon.

»Sie kann die Augen schließen«, erwiderte die Ärztin. »Das ist besser, als sie bei Ihren Schweinen zu lassen, die ihre Hände nicht bei sich behalten können.«

Demon zuckte mit den Schultern. »Das ist Ihr Vorrecht. Ich kann von einer Gruppe degenerierter Verbrecher aber nicht verlangen, dass sie sich die ganze Zeit wie perfekte Gentlemen benehmen.«

Ackerman hörte, wie die Ärztin sich hinter ihm an einen Computer setzte. Dem Scharren auf dem Boden nach zog sie einen Stuhl für ihre Tochter heran.

Ackerman rief: »Der Junge hat ein paar Puzzleteile ins Bild eingefügt.«

»Ach ja, und wie?«

»Ganz bestimmt haben Sie unser Gespräch überwacht, während Sie nicht im Raum waren. Vermutlich konnten Sie sich die Überwachungsvideos auf Ihr Handy rufen. Die heutige Technik ist wirklich erstaunlich. Der Fortschritt hat es so viel leichter gemacht, Menschen zu manipulieren und zu ermorden. Natürlich kann das Gleiche auch von Techniken behauptet werden, die die Strafverfolgungsbehörden einsetzen. Eskalation, wohin man sieht. Aber ich schweife vom Thema ab. Wie Sie sicher gehört haben, hat Dylan mich über Ihr Leiden und Ihre Halluzinationen informiert.«

»Ich habe kein ›Leiden‹. Mein Verstand arbeitet genau so, wie er soll.«

»Auch ich empfinde den Schaden an meinem Gehirn als eine Gabe und nicht als Fluch. Was mir aber auffällt, ist der Umstand, dass wir einen gemeinsamen Bekannten haben. Der Junge erzählte mir von Ihren Visionen eines Wesens, das Sie den Dunklen Mann nennen. Ich finde das besonders interessant, weil ich mein ganzes Leben schon wiederkehrende Träume von einem dunklen Mann habe. Wenn ich ihn beschreibe, denken die meisten Leute an Luzifer – einen Mann von scheinbarer Schönheit, aber mit einem Gesicht, dem die Schatten zu folgen scheinen. Ein Mann, der im Licht geht, ohne dass ihn das Licht jemals zu berühren scheint. Eine Zeit lang habe ich geglaubt, es handle sich um Satan persönlich oder auch eine Vision meines Vaters. Dann hatte ich den Eindruck, der dunkle Mann sei das, wozu ich mich entwickelte. Ich glaubte, er wäre ich. Ein Mann mit Ihrer Macht und Ihrem Einfluss muss auch Zugriff auf meine Krankenakten haben, in denen sich diverse Bezüge auf die Träume finden, die ich im Laufe der Jahre meinen Seelenklempnern und Wärtern gegenüber erwähnt habe. Ich frage mich nun, ob es dieser Umstand war, der Sie zu mir hingezogen hat. Nach unserer Begegnung in der Justizvollzugsanstalt Foxbury, wo Sie meine Akte studiert haben, haben Sie vielleicht zum ersten Mal wirklich geglaubt, Ihr Dunkler Mann könnte mehr sein als nur ein Gebilde Ihrer Phantasie.«

Zum ersten Mal sah Ackerman einen Riss in Demons Selbstbeherrschung: Sein Gegner knirschte mit den Zähnen, sagte aber nichts.

»Wie«, fuhr Ackerman fort, »reagiert Ihr dunkler Freund denn gewöhnlich auf meine Gegenwart?«

Demon verzog kaum merklich die Lippe, eine Mikroexpression des Widerwillens, welche Ackerman bestätigte, dass er auf dem richtigen Gleis fuhr.

»Folgt er mir?«, fuhr er fort. »Beobachtet er mich? Ist

er von mir fasziniert? Entzückt sogar? Ist das der Grund, warum Sie solches Interesse für mich entwickelt haben und wollten, dass ich mich Ihnen anschließe? Weil Ihr dunkler Mann Sie zu mir geführt hat?«

»Der Dunkle Mann wusste, dass Sie ein Mittel zum Zweck sind. Das ist alles. Ihr Gehirn zu enträtseln ist Teil meiner glorreichen Bestimmung. Sobald ich Ihre Geheimnisse kenne, habe ich keine Verwendung mehr für Sie, und der Dunkle Mann auch nicht.«

»Haben Sie sich denn bei Ihrem dunklen Geist dessen vergewissert? Ich kann mir nicht vorstellen, dass er mich von dieser Welt nehmen will. Mir kommt es eher so vor, als befehlte er Ihnen, sich *mir* anzuschließen.«

»Der Dunkle Mann leitet mich an, er herrscht nicht über mich.«

»Also ergreift er auch in Momenten des Zorns niemals die Kontrolle? Er sucht Ihnen niemals aus, wen Sie töten sollen?«

»Wir sprechen hier nicht über mich. Der Dunkle Mann hat vielleicht einmal einen Bund zwischen Ihnen und mir gewünscht, aber dieses Angebot haben Sie abgelehnt.«

»Ich bin mir nicht sicher, ob Sie mir jemals ein echtes Angebot gemacht haben. Nur so ein billiges Schließ-dich-mir-an-oder-stirb-Ultimatum. Auf Ultimaten reagiere ich nicht besonders gut. Gewiss würde Ihr Dunkler Mann mir zustimmen, dass Sie mir niemals ernsthaft die Hand zum Bündnis gereicht haben. Wenn Sie mir eine Vision mitgeteilt hätten, wie unsere strategische Partnerschaft aussehen könnte, hätte ich vielleicht anders reagiert. Aber es ist noch nicht zu spät, um solch einen Fehltritt zu korrigieren.«

»Ach, jetzt, wo Sie in meiner Gewalt sind, wollen Sie sich mir anschließen? Nun, dazu ist es zu spät. Das Schiff ist ausgelaufen, in Brand geraten und gesunken.«

»Haben Sie sich über diese Frage im Gebet mit Ihrer dunklen Gottheit verständigt?«

»Ich gehorche keinem Gott, keinem Menschen und keiner Bestie auf dieser Welt oder in einer anderen! Ich bin selbst der Herr meines Schicksals!«

»Und trotzdem stellen Sie ein Buch zusammen, das auf den Lehren dieser Wesenheit beruht?«

»Als Werkzeug, um die Schwachen zu indoktrinieren. Außerdem weiß ich, dass Sie mir zu diesem Zeitpunkt alles weismachen würden, um die eigene Haut zu retten.«

»Ich gehorche ebenfalls niemandem außer Gott dem Herrn. Im Augenblick stimmen meine Interessen mit denen des FBI überein, aber solche Beziehungen sind immer im Fluss. Sollten Ihre und meine Interessen sich irgendwie überschneiden, könnten wir eine ähnliche Einigung erzielen. Beide wissen wir ein gutes Spiel zu schätzen. Vielleicht können wir erlernen, zusammenzuspielen.«

Demon setzte sich an seinen alten Platz vor den Überwachungsmonitoren. Er klickte etwas auf dem Computerbildschirm an. »Genug von diesem Unfug. Sind Sie bereit zu beginnen, Dr. Song?«

Die Ärztin bejahte knapp, und Demon sagte zu Ackerman: »Wir haben Ihre Freunde in das Labyrinth gesteckt, das ich mir aufgebaut habe. Nichts allzu Extravagantes, bloß ein paar Wege, die sich verzweigen, und die Möglichkeit, ein paar Betonwände hydraulisch zu bewegen. Ein simpler Irrgarten für die Ratten, mit denen wir experimentierten. Aber er dient einem Doppelzweck. Wir benutzen ihn, um die Fähigkeiten unserer Probanden festzustellen, und wir haben es auch als Teststrecke für einige frühere Experimente eingesetzt, aus denen ich wenig subtil menschliche Kampfhunde gemacht habe. Ihre Erinnerungen und Persönlichkeiten sind beinahe vollkommen ausgelöscht und durch den brennenden Wunsch ersetzt worden, meine Befehle auszuführen, worin auch immer sie bestehen mögen. Das Labyrinth dient somit als Test- und als Trainingsgelände. Wir haben es in letzter Zeit benutzt, um einen alten Freund Ihres Bruders zu bewerten, den ich in der jüngsten Demonstration einsetzte. Normalerweise lassen wir uns Zeit und setzen die Probanden extremem Stress und Druck aus. Immerhin kann es eine recht erschütternde Erfahrung sein, alle Erinnerungen zu verlieren. Die einzigen erfolgreichen Probanden wären jene, die dazu neigen, selbst dann auszuharren, wenn sie sich der Furcht stellen müssen, die den Verlust des Gedächtnisses begleitet. In diesem Fall jedoch sind nicht Ihre Freunde die Probanden, sondern Sie. Und deshalb werden wir die Dinge nun etwas beschleunigen. Nur um Ihnen einen Vorgeschmack zu geben – jetzt muss ich Spoileralarm verkünden –, werde ich als Erstes Ihren Boss, Deputy Director Carter, töten, und dann lasse ich Ihre Partnerin von einem meiner Mitarbeiter vergewaltigen.«

Ackerman wollte etwas sagen, doch Demon fiel ihm ins Wort. »*Nichts* werden Sie unternehmen. Sie können nichts tun. Mir ist klar, dass Sie nicht imstande sind, das zu verstehen. Sie sind unfähig, sich vor mir zu fürchten. Aber Sie werden lernen, meine Autorität zu respektieren, Mr. Ackerman. Von jetzt an bin ich der Gott in Ihrem Leben.«

»Ich diene nur einem Gott«, erwiderte Ackerman, »und das sind Sie nicht.«

»Das werden wir sehen. Ich weiß, dass Ihre Partnerin als Teenagerin vergewaltigt worden ist und seitdem keine echten Beziehungen geführt hat. Sie haben ihr geholfen, den Mann zu finden, der ihr das angetan hat. Ich frage mich, haben Sie ihr noch auf andere Weise geholfen, sich von ihrem Zustand zu erholen?«

Ackerman gab keine Antwort.

»Ich hoffe, Sie haben sich mal schön mit ihr im Heu ge-
wälzt, wie es sich gehört. Ich hoffe doch, dass ihre einzigen
sexuellen Erfahrungen nicht gewalttätiger Natur gewesen
sind. Das wäre überaus traurig.« Demon lachte auf.

Ackerman hörte, wie Dr. Song hinter ihm etwas vor sich
hin murmelte, etwas in einer anderen Sprache, das Ackerman für eine Art Fluch auf Demon hielt.

»Ihre Drohungen bewirken nur, dass ich wütend werde«,
sagte er. »Fürchten werde ich Sie niemals, und schon gar
nicht bringen Sie mich dazu, mich vor Ihnen zu verneigen.«

»Das werden wir sehen«, sagte Demon erneut. Er drückte
eine Taste. Aus den Computerlautsprechern drang ein Alarm-
ton. Bei dem Geräusch kam Leben in das Bild von Nadia, das
er vor sich sah. Sie richtete sich in eine sitzende Haltung auf
und rüttelte Deputy Director Carter ebenfalls wach.

Ackerman sah zu, wie beide die Situation besprachen,
ihre letzten Erinnerungen austauschten und ihre Taschen
durchsuchten. Nadia fand ein Feuerzeug, während Carter
eine Taschenlampe zutage förderte.

Auf dem Bildschirm sah die überlebensgroße Nadia den
Deputy Director an. »Sie müssen hinter mir bleiben, Sir.«

Carter lachte. »Ich war bei den Special Forces.«

»Das weiß ich, Sir, aber ich bin Einsatzagentin, und Sie
sind mein Vorgesetzter.«

»Die Zusammenarbeit mit Ackerman hat auf Sie abge-
färbt.«

»Er hat mir vieles beigebracht, Sir, unter anderem, selbst
auf mich aufzupassen. Wir haben intensiv an meiner Selbstverteidigung gearbeitet. Deshalb sage ich es noch einmal:
Bleiben Sie hinter mir. Wenn etwas geschieht, soll es mir
zuerst geschehen.«

Carter lachte. »Das klingt ganz nach Ihrem Partner. Gehen Sie voran, Agent Shirazi.«

Ackerman sah zu, wie die beiden sich aufmachten, um die Quelle des Alarmtons zu finden. Sie folgten einem langen Tunnel in einen größeren Raum, wo ein Tabletcomputer auf einem kleinen Stahltisch lag.

Nadia ging vor. Sie drückte auf das Display des Tablets, und eine digital verzerrte Stimme ertönte. »Ich fürchte, ich muss euch informieren, dass ihr die Welt der Sterblichen verlassen habt und in der Hölle erwacht seid. Aber sorgt euch nicht, junge Gäste. Schon bald werdet ihr die Ketten eures alten Lebens abschütteln und zu Jüngern des Feuers werden. Was ihr wart, gibt es nicht mehr. Was ihr sein werdet, erfahrt ihr in den Tunneln, die vor euch liegen.«

Demon bemerkte: »Das ist nur eine allgemeine Botschaft, die sie erschüttern und ihnen einen Vorgeschmack auf ihre bevorstehende Transformation liefern soll. Sie wissen schon, diese Raupe-wird-zu-Schmetterling-Metamorphose-Geschichte.« Demon klickte mit der Maus, und der Bildschirm zeigte ein anderes Areal. »Hierher werden sie kommen. Ich nenne diesen Teil den *Gassenlauf*. Sie werden durch diesen Tunnel dort eintreffen.«

Der Bildschirm schaltete auf einen schmalen Tunnel. Schlamm und Dreck bedeckten seine Wände und den Boden und tropften von der Decke. Der Gang war ein natürliches Nadelöhr, in dem Nadia und Carter sich ducken und den sie nacheinander durchqueren mussten.

»Ein paar von den Kampfhundprobanden lauern dort auf Ihre Freunde. Sie sind in die Wände eingebettet, in den Schlamm, und warten einfach. Und wenn Ihre Freunde durchkommen, werden sie hervorbrechen und Deputy Director Carter erstechen.«

»Wenn seine Zeit gekommen ist«, sagte Ackerman, »dann ist seine Zeit wohl gekommen. Was glauben Sie, was passiert mit uns beim Tod, Mr. Demon? Die Sterblichkeitsrate beträgt immerhin einhundert Prozent. Selbst wenn ich Sie nicht töte, selbst Ihr Geld und Ihre Macht werden Ihnen die Begegnung mit dem Sensenmann nicht ersparen.«

»Wieso fragen Sie?«, fragte Demon.

Ackerman zuckte so sehr mit den Achseln, wie er konnte. »Ich dachte nur, es ist etwas, worüber Sie sich jetzt sehr ernsthaft Gedanken machen sollten.«

Demon lachte erneut und klickte auf dem Bildschirm zurück zu Nadia und Carter. Unvermittelt rief er: »Was zum Teufel soll das?«

Auf dem Bildschirm hatte Nadia das Tablet an Carter weitergereicht und den Tisch, auf dem es gelegen hatte, umgedreht. Sie trat gegen die Beine und bog sie hin und her, bis sie sie von der Platte abgerissen hatte. Sie machte es mit allen vier, sodass sie vier lange Metallstäbe erhielt. Zwei davon reichte sie Carter, zwei behielt sie selbst. Aus den Lautsprechern kam ihre Stimme: »Immer besser, eine Waffe zu haben, egal was.«

»Guter Gedanke, Agent Shirazi«, sagte Carter.

Nadia bat um das Tablet und begann auf dem Bildschirm herumzutippen.

Sie drückte in einer bestimmten Reihenfolge auf Schaltflächen, und das System bootete neu. Demon neigte den Kopf zur Seite und beugte sich vor. »Sie sollte überhaupt nicht in der Lage sein …«

Carter fragte: »Was machen Sie?«

»Ich hacke mich in das Netzwerk dieser Schweine«, antwortete sie.

»Ach du Scheiße!« Demon sprang auf, eilte zur Tür und brüllte: »Morales, schaff deinen Arsch hier rein! Du musst diese Frau daran hindern, unsere Systeme zu hacken.«

Demon kehrte an den Computer zurück und blickte Ackerman, der von einem Ohr zum anderen grinste, warnend an. Demon kniff die Augen zusammen. »Wir werden sehen, ob Sie noch immer grinsen wie ein stolzer Papa, wenn mein Freund Bruce Ihre Partnerin auf den Rücken legt. Aber vorher müssen sie durch die Gasse, und Ihr neuer Mentor Samuel Carter wird sterben.«

78

Die Besprechung war vorbei, und die Ermittler und Krawatten hatten den Konferenzraum verlassen und waren davongeschlurft, um den Ermittlungsrichtungen nachzugehen, die ihnen angebracht erschienen. Marcus ließen sie im Geruch ihrer Körper und von kaltem Kaffee zurück. Er saß in seinem Rollstuhl an der gleichen Stelle, an der er während der ganzen Besprechung gestanden hatte, starrte die immer gleichen Wörter auf dem gleichen Whiteboard an und fragte sich, weshalb er nicht die entscheidende Spur erkannte, die sie in die richtige Richtung führte.

Von Elliott hatten sie nicht viel erfahren, und es konnte definitiv nichts schaden, wenn andere Ermittler sich auch noch einmal mit ihm auseinandersetzten, aber Marcus hatte das vage Gefühl, dass alle Puzzleteile schon an der Weißwandtafel zu sehen waren. Er musste nur noch herausfinden, wie sie sich zusammenfügten.

Detective Nakamura steckte den Kopf wieder in den Raum. »Die Ehefrau wartet in Raum drei. Bist du sicher, dass du das selbst tun willst?«

»Ich kenne sie seit Jahren. Verflucht, es war Dylans Mutter, die die beiden miteinander bekannt gemacht hat. Ihr erstes Date war mit uns beiden. Ich muss es tun.«

»Dir ist aber klar, dass du nicht für die Sache verantwortlich bist. Der Kerl hat es nicht auf dich abgesehen, weil du etwas falsch gemacht hättest, Marcus. Sondern weil du deine Arbeit erledigt hast, und das gut. Böse Typen mögen keine guten Typen, die sich auf ihren Job verstehen. So einfach ist das. Mach es nicht komplizierter, als es unbedingt sein muss.«

Er lächelte. »Das habe ich immer so an dir gemocht, Elaine. Du fasst die Dinge sehr schön zusammen, und darum konntest du auch immer besser Berichte schreiben als ich. Deshalb gefiel es mir damals immer so sehr, mich mit dir zusammenzutun.«

Sie schüttelte den Kopf. »Du warst schon immer ein Arschloch. Zwar schön zu sehen, dass sich nicht alles ändern muss, aber mir gefällst du besser, wenn du wie neuerdings zwar immer noch unglaublich konzentriert, aber auch unheimlich ruhig bist.«

Er grinste. »Na, dann vergiss bloß nicht, dass ich ziemlich viele Medikamente nehme, weil mir jemand die Beine gebrochen und die Haut abgezogen hat.«

Sie nickte. »Okay, aber du musst trotzdem nicht derjenige sein, der es seiner Frau erzählt. Es könnte auch jemand aus seinem Revier machen. Wir könnten seinen Captain hierherholen lassen.«

Marcus hob eine Hand. »Schon okay. Ich muss es machen. Wenn ich mir diese Tafel noch länger ansehe, fange ich an zu schielen.«

79

Nadia wusste, dass Demon und seine Leute sie beobachte-
ten, denn kaum hatte sie es geschafft, in das System vorzudringen, wurde dem iPad, das sie dazu benutzte, der Zugang ins Netzwerk vollständig entzogen. Sie blickte in die
Ecken des Raumes und versuchte, die Kameras zu entdecken. Schließlich ließ sie das Tablet neben die Überreste des
Tisches in den Schlamm fallen. Indem sie die beiden stählernen Tischbeine vor sich hielt, ging sie los. Carter hatte die
Taschenlampe in der Hand und beschien ihren Weg. Sie bewegten sich weiter bis zu einer Stelle, an der sich der Tunnel
erheblich verengte und so niedrig wurde, dass sie sich bü-
cken mussten. Dieser Teil des Tunnelsystems wirkte alt und
war voller Schlamm und Dreck. Nadia verzog gequält das
Gesicht, wenn sie die ekelhaften Wände und die tropfende,
schleimbedeckte Decke nur ansah.

Die Zeit mit Ackerman hatte zur Folge, dass seine
Stimme ihr nun geradezu in den Ohren klang. Als sie in den
Gang blickte, dem sie nacheinander folgen mussten, hörte
sie: *Das wäre eine ideale Stelle für einen Hinterhalt.*

Mit dem metallenen Tischbein in der rechten Hand stocherte sie in dem Schlamm an der Wand und stellte fest, dass
er mehrere Zoll dick war. Jemand konnte sich leicht an diesen Wänden verbergen, darauf warten, dass sie durchkamen.
Normalerweise wäre sie nicht derart misstrauisch gegenüber
jedem Aspekt ihrer Umgebung gewesen, aber in Anbetracht
des Umstands, dass sie sich auf Demons Spielplatz befanden, hielt sie es für das Beste, einfach vorauszusetzen, dass
alles, dem sie begegneten, darauf ausgelegt war, sie in der ei-

nen oder anderen Weise zu verletzen. Bei dem Tunnel durfte sie es nicht anders handhaben. Sie machte einen Schritt zu Carter zurück, der mit der Taschenlampe wartete.

»Was denken Sie?«, fragte er.

»Dass das Ganze künstlich angelegt aussieht. Ich glaube, es ist eine Falle.«

Carter hob eine Augenbraue. »Sie meinen, hier schießen Giftpfeile aus den Wänden, oder von der Decke fällt eine große Steinkugel? So eine Falle?«

»Ich denke an etwas, das nicht so sehr nach Indiana Jones klingt, aber wer zum Teufel weiß das schon.«

Carter schüttelte den Kopf. »Welchen Sinn hat das alles?«

Nadia zuckte mit den Schultern. »Den gleichen wie alles, was Demon tut: ihm das Gefühl schenken, er wäre mächtig und nicht so hilflos, wie er sich in der Tiefe seines Herzens ständig fühlt.«

Sie hoffte, dass er zusah und gehört hatte, was sie sagte, aber es spielte keine Rolle. Ohne den Blick von dem engen Gang zu nehmen, überlegte sie, wie sie vorgehen sollten.

Ackerman, so nahm sie an, würde sämtliches Licht löschen, hineingehen und irgendwie die Herzschläge seiner Gegner hören und in totaler Finsternis auf die Luftverdrängung ihrer Angriffe mit perfekt platzierten Gegenschlägen reagieren. Nadia vermochte jedoch nicht, ihre Feinde zu erschnüffeln wie ein alter Jagdhund, eine Leistung, zu der Ackerman anscheinend imstande war.

Er hatte ihr allerdings beigebracht, alle Werkzeuge, die ihr zur Verfügung standen, und die Umgebung zu ihrem Vorteil zu nutzen. Unzählige Male hatte er ihr eingeschärft, dass Menschen in einem Kampf oftmals die vielen Waffen vergaßen, die in ihrer Reichweite und in dem Raum waren, in dem sie sich befanden. Er betonte stets, dass es in einem Kampf den Unterschied zwischen Sieg und Niederlage ausmachen konnte, sich seine Umgebung zu eigen zu machen und sie anzuwenden.

Mit diesen Ratschlägen im Sinn zog Nadia ihr Jackett aus und riss es in zwei Hälften. Nachdem sie beide Hälften der Jacke um die metallenen Tischbeine gewickelt hatte, setzte sie beide mit dem Feuerzeug in Brand. Sie streckte sie wie Flammenschwerter vor sich, bückte sich und drang in den Tunnel vor. Jeden der lodernden Metallstäbe hielt sie gegen die rechte und die linke Wand des Tunnels. Wenn sich dort jemand versteckte, würde sie ihn ausbrennen.

Sie bewegte sich langsam und methodisch. Sie hatte den Tunnel halb hinter sich, als der Schlamm rechts von ihr aufschrie und zum Leben erwachte.

80

Marcus rollte sich in den Vernehmungsraum 3, während Detective Nakamura ihm die Tür aufhielt. Tisha, Elliott Coles Exfrau, saß auf einem ähnlichen Stuhl wie zuvor ihr Exmann. Sie war noch so schön wie in seiner Erinnerung und zeigte kaum Spuren des Alters. Die Haare trug sie heute kurz, und sie hatte zwanzig Pfund zugelegt, aber im Großen und Ganzen sah sie genauso aus wie früher. Er fragte sich, wie lange es her sein mochte, dass er sie zuletzt gesehen hatte, und kam auf wenigstens vier Jahre. Anderthalb Jahre, bevor sie sich von Elliott scheiden ließ, hatte er sie zum Abendessen in Washington, D.C. ausgeführt. Er war damals noch bei der Shepherd Organization, und sie waren aus New York angereist.

Tisha stand auf und fragte sofort: »Marcus, was ist passiert? Du bist ja in einem …«

»Schon gut«, sagte er. »Keine Sorge. Ist nur vorübergehend.«

Marcus rollte sich an seinen Platz, Tisha setzte sich wieder, und Nakamura ging mit den Worten zur Tür: »Ich lasse euch beide allein.«

»Wieso bist du hier?«, fragte Tisha. »Und weshalb haben sie mich hergerufen? Bist du wieder beim NYPD?«

»Nein. Ich arbeite in beratender Funktion für das FBI, aber ich möchte nicht über mich reden. Wir sind hier, um über Elliott zu sprechen.«

Sie schlug die Hand vor den Mund, und ein gequälter Ausdruck legte sich über ihr Gesicht. In ihren Augen sah er das Gefühl, das Tausende von Polizistenfrauen abends empfanden, wenn das Telefon klingelte und ihr erster Gedanke war, ihr Mann könnte bei der Ausübung seiner Pflicht getötet worden sein. Und jetzt saß Marcus vor ihr, um ihr eine in gewisser Weise ebenso grauenhafte Neuigkeit zu eröffnen.

Gleich zu Anfang sagte er, dass Elliott noch lebte, aber zu hören, was er ihr sagen musste, konnte auf keinen Fall leicht sein. Nüchtern legte er ihr dar, was sie über Demons Experimente wussten – den hirnchirurgischen Eingriff, der an Elliott vorgenommen worden war, und den Versuch, ihn zu indoktrinieren, damit er beim Anschlag auf den Bürgermeister mitwirkte. Marcus erklärte, dass die Ärzte noch viele Untersuchungen vornehmen müssten, aber dass in anderen, von den gleichen Tätern begangenen Fällen der Schaden unumkehrbar gewesen sei. Er sagte es ihr offen und fügte hinzu, er fürchte, dass man nur wenig tun konnte, um die Schädigung von Elliotts Gehirn rückgängig zu machen.

Am Ende seiner Darlegungen und Analysen war Tisha in Tränen aufgelöst.

Sie sah zu Boden, und er hörte, wie sie ganz leise fragte: »Was sage ich denn nur unserem kleinen Mädchen?«

»Du musst immer daran denken, dass er noch lebt.«

»Tut er das?«, fragte sie. »So, wie du es beschreibst, ist der Mann, den ich kannte, tot.«

»Das kann ich nicht sagen. Ich habe mit ihm gesprochen, und er kann sich zwar nicht erinnern, aber da ist noch etwas von dem Mann, der er gewesen ist. Sie haben ihn nicht völlig ausgelöscht, nur seine Erinnerungen. Du solltest daran denken, dass er zwar viele gute Erinnerungen verloren hat, aber auch alle schlechten. Soweit er weiß, seid ihr beide noch zusammen. Sie haben ihm Bilder von seiner Frau und seiner Tochter gezeigt und ihm gesagt, Mayor Hayley habe ihre Ermordung angeordnet. Daher glaubt er, dass du noch immer seine Frau bist. So schrecklich die Situation auch ist, du könntest sie als zweite Chance ansehen. Er braucht jemanden, der ihn liebt und ihm hilft, wieder auf die Beine zu kommen.«

Tisha wischte sich die Tränen ab und überraschte Marcus mit ihrer Frage. »Erinnerst du dich noch, wie du mit Elliott vor Jahren auf diese dämlichen Männerwochenenden gegangen bist?«

»Natürlich«, sagte er.

»Wenn ich meinen Freundinnen erzählte, dass Elliott auf ein Männerwochenende ging, dann sahen sie mich an, als würdet ihr beide zum Spielen nach Atlantic City fahren oder die Stripclubs abklappern oder so etwas. Ich glaube, keine von ihnen hat mir wirklich geglaubt, wenn ich sagte, nein, ihr würdet Stadterkundung betreiben und die Tunnel unter Manhattan kartieren. Einmal habe ich Elliott gefragt, wieso er so gern in diese gruseligen finsteren Stollen ging. Er sagte, es sei ein Abenteuer mit jemandem, der einem Bruder so ähnlich wäre, wie er es je erlebt hatte. Er hat dich liebgehabt, Marcus, und er wird alle Menschen, die ihm wichtig waren, brauchen, um so etwas zu überwinden, nicht nur mich. Wirst du da sein?«

Nun war es an ihm, Tränen wegzuwischen. »Ich werde für ihn alles tun, was ich kann. Er war … Er *ist* auch für mich wie ein Bruder. Die gleichen Leute, die ihm das angetan haben, brachten mich in diesen Stuhl und haben meinen Sohn entführt.«

»Marcus, es tut mir leid. Das habe ich nicht …«

Er winkte ab. »Spielt keine Rolle. Ich will nur sagen, ich tue alles, was ich kann, um die Verantwortlichen zu finden und sie vor Gericht zu bringen.«

Sie schien es zu akzeptieren, und als sie weitere Fragen zu Elliotts Zustand stellte und wann sie ihn sehen könnte, klang sie von Hoffnung erfüllt. Sie fragte, ob Elliott noch andere Verletzungen erlitten hatte wie Marcus, und er verneinte. »Er hinkte ein bisschen, als ich ihn sah, aber das war es auch.«

Die Tür öffnete sich, und Nakamura steckte den Kopf herein. »Marcus, ich muss dich bitte sprechen.«

»Klar«, sagte er und wandte sich an Tisha. »Ein Officer bringt dich so bald zu Elliott, wie es möglich ist, okay?«

Sie nickte, und Marcus rollte zur Tür. Während er sich voranschob, traten ihm die Bilder auf dem Whiteboard wieder vor Augen, und er hörte, wie er zu Tisha sagte, Elliott habe gehinkt. Die Anlage, in der man ihn festgehalten hatte, bestand hauptsächlich aus Betontunneln, einige Neubauten und einige alt, aber Elliott hatte auch unregelmäßige Oberflächen, die mit Schlamm bedeckt waren, in der Nähe der älteren Abschnitte beschrieben. Offenbar hatte er sich den Fuß verrenkt und sich gefragt, ob unter dem Schlamm irgendwelcher Schutt oder Steine verborgen lagen. Er hatte gesagt, es fühle sich an, als ginge man auf Kopfsteinpflaster.

Als er daran dachte, wie Elliott und er die Tunnel unter der Stadt erkundet hatten, fand Marcus in seinem eidetischen Gedächtnis einige Abschnitte, die einmal mit Kopfsteinen gepflastert gewesen waren. Er verließ den Raum, konnte kaum abwarten, Nakamura seine Erkenntnis mitzuteilen.

Sie wartete im Gang, aber bevor er etwas sagen konnte, beugte sie sich zu ihm. »Mein Freund in Brooklyn ist am Haus dieser Ärztin gewesen, die deine Kollegen besuchen wollten. Ihr Wagen steht noch da, und es gibt Spuren eines Kampfes – eine eingeschlagene Tür im ersten Stock, umgeworfene Stühle, so etwas. Ich sage es dir nur ungern, aber es klingt, als wären deine Kollegen in einen Hinterhalt geraten. Blut haben sie nicht gefunden, deshalb müssen wir davon ausgehen, dass sie gefangen genommen wurden.«

Marcus schloss die Augen und ließ die Nackenwirbel knacken; damit fand er sein Zentrum. Dann sagte er: »Kopfsteinpflaster.«

»Was?«

»Elliott beschrieb die Anlage, die sie benutzten. Er sprach von unebenen Böden, die mit Schlamm bedeckt waren. In den Tunnels gibt es einige Stellen, die früher mit Kopfsteinen gepflastert waren, vor allem alte unterirdische Straßenbahnstationen wie die große unterhalb von Delancey und Essex Street. Das ist ein riesiger aufgegebener Bereich, der sich über fünf oder zehn Häuserblocks erstreckt.«

»Was brauchst du von mir?«

»Ich glaube, es wird Zeit, das SWAT-Team einzuschalten.«

»Bist du dir sicher, dass es schon so weit ist, zum äußersten Mittel zu greifen? Vielleicht sollten wir erst einmal alles erkunden. Diese SWAT-Leute langweilen sich schnell, und ...«

Detective Nakamura verstummte und überlegte kurz. »Sagtest du *Delancey Street?* Die alte Straßenbahnstation dort?«

»Ganz recht.«

»Ich habe gerade einen Artikel gelesen, in dem stand, dass ein riesiger Teil des alten Tunnelsystems an eine Baufirma verkauft wurde, die es in eine Art coole Tiefgarage für die Gemeinde umwandeln soll. Die ganze Sache ist ziemlich geheimnisumwittert, und seit die Arbeiten losgingen, hat niemand einen Blick mehr hineingeworfen. Offenbar haben sie das ganze Areal mit Betonmauern von den U-Bahn-Tunneln abgetrennt.«

»Das ist es«, sagte Marcus. »Alles passt zusammen. Wir brauchen SWAT. Wir müssen hart und schnell zuschlagen, und zwar sofort.«

»Ich weiß nicht, Marcus. Wenn wir uns irren …«

»Du weißt genau, dass die Typen den Finger am Abzug haben. Der Bürgermeister von New York City wurde gerade ermordet, und da sitzt jede Menge Testosteron rum, das nichts zu tun hat, dem es aber in den Fingern juckt.«

Nakamura nickte. »Okay, ich rufe an.«

81

Die Albtraumgestalt brach aus der Wand hervor, als die Flammen über ihre Haut leckten. Unter dem Strahlen ihrer lodernden Waffe sah Nadia das Weiße in den Augen des Mannes und das Rot in seinem Mund. Er schrie erneut auf, und sie schlug mit dem flammenden Stab zu. Er taumelte zurück, und ein zweiter, kleinerer Mann, ähnlich von Kopf bis Fuß mit Schlamm bedeckt, schälte sich auf der anderen Seite aus der Wand. Sie entdeckte zwei weitere, die sich hinter ihnen materialisierten.

Sie waren zwei zu eins unterlegen. Jeder Angreifer führte mit jeder Hand ein Messer und hatte einen wilden, tierhaften Ausdruck in den Augen. In ihrem Kopf hörte sie eine Stimme, die ihr sagte, dass sie sich übernehme, doch dann erklang eine andere Stimme, die wie Ackerman klang, der eine seiner Trainingseinheiten wiederholte. Er hatte gesagt: *Gewalt hat einen Rhythmus und einen Fluss, sehr ähnlich wie Musik. Sie müssen lernen, zu ihrem Beat zu tanzen. Vergessen Sie aber nie, dass Sie im Ensemble die dominante Spielerin sein müssen, die Tänzerin, die ihren Partner führt.*

Nadia erinnerte sich, wie sie darauf fragte: *Was zum Teufel soll das heißen?*

Worauf Ackerman geantwortet hatte: *Angriff, meine Liebe. Sie müssen sich fließend an die Situation anpassen und geduldig sein, aber immer in der Offensive. Zu verteidigen ist viel schwieriger als anzugreifen. Stoßen Sie stets vor, seien Sie immer aktiv, und bleiben Sie in Bewegung.*

Nadia nahm sich Ackermans Ratschlag zu Herzen, stieß einen urtümlichen Schrei aus und stürmte los. Der Mann unmittelbar vor ihr riss die Augen auf und torkelte rückwärts gegen den Mann hinter sich. Sie rammte ihm eine lodernde Metallstange in die Brust und fuhr fort, ihn gegen seine Freunde zurückzutreiben. Es war mehr der Schwung, mit dem er stürzte, als ihre Kraft, die sie bewegte, bis sie aus dem Tunnel in eine größere Kammer gelangten. Nadia zog den noch immer brennenden Metallstab aus der Brust des ersten Angreifers und hielt beide Tischbeine verteidigend gegen die drei übrigen hoch.

Sie sah nun, dass es zwei Männer und eine Frau waren. Alle waren gut in Form und trugen nur ihre Unterwäsche und den Schlamm. Carter kam hinter ihr aus dem Tunnel. Beide standen sie da, die Metallstangen bereit zum Zuschlagen.

»Ich bleibe nicht hinter Ihnen, also wie handhaben wir das Ganze?«

Nadia kniff die Augen zusammen und schätzte ihre Ziele ein, genau wie Ackerman es ihr während des Trainings beigebracht hatte. »Sie nehmen den rechten«, sagte sie. »Ich nehme die beiden links.«

82

Ackerman musste grinsen, als ihm klar wurde, dass er selbst dann, wenn er imstande gewesen wäre, Furcht zu empfinden, keine Angst um Nadia und Carter gehabt hätte. Carter war ein tüchtiger Mann, aber Nadia hatte seine wildesten Erwartungen übertroffen. Als Schülerin war sie lernbegierig gewesen, und sie besaß eine gewisse natürliche Anmut und Athletik, die ihr dabei zugutekamen. Nun sah er, dass er richtiggelegen hatte, als er sich entschied, ihr den philippinischen Kampfsport Arnis beizubringen, der Stöcke, Klinge und improvisierte Angriffsmittel gegenüber dem unbewaffneten Kampf in den Mittelpunkt rückte.

Damals hatte er ihr gesagt, dass man oft einen guten Stock finden und solch einen Fund zum Chancenausgleich zwischen sich und größeren Gegnern führen könne. Während er zusah, wie Nadia die beiden Zombies ausschaltete, die Demon mit seinen geisteskranken Experimenten erschaffen hatte, fragte er sich, ob er ihr womöglich *zu viel* beigebracht habe. Ihr klarer Sieg über die Gegner in dieser Situation konnte Demon veranlassen, die Sache zu beschleunigen, und Ackerman vermochte bislang noch keine Gelegenheit zu erkennen, die es ihm erlaubte, das Blatt zu wenden.

Im Geiste ging er alle Möglichkeiten und Waffen durch, die ihm zur Verfügung standen. Viel war es nicht. Er war durchsucht worden, aber selbst wenn er bis an die Zähne bewaffnet gewesen wäre, er konnte keinen Finger rühren, um an seine Waffen zu kommen. Nach wie vor trug er seine Stiefel, aber er konnte die Beine nicht bewegen und somit auch niemanden mit den Klingen treffen, die vermutlich noch immer in den Sohlen steckten. An der linken Hand hatte er einen Metallsplitter unter der Haut, den er dort verstaut hatte. Er konnte ihn nun einhändig herausdrücken, aber wo sollte er ihn anwenden? Das Schloss der Kette konnte er nicht erreichen, und selbst wenn er sich von ihr zu befreien vermochte, war er noch durch die Stahlbänder fixiert. Hoch oben in der Wange saß ein langer Metallsplitter auf der Innenseite seines Zahnfleischs. Mit der Zunge konnte er ihn leicht hervorholen, aber er bezweifelte, dass er ihn zu Dylan hinüberspucken oder ihn auf andere Weise benutzen konnte. Höchstens konnte er jemanden damit stechen, aber zu diesem Zeitpunkt machte er Demon so nur wütend.

Unter den gegebenen Umständen und Variablen musste Ackerman einräumen, dass er von der Gnade seines Gegners abhängig war.

Demon saß noch immer am Überwachungstisch. »Ich kann verstehen, dass Sie sie behalten haben. Schönheit und Feuer, sie hat beides.«

Ackerman grinste noch immer breit. »Mir ist aufgefallen, dass Sie dazu neigen, Ihre Gegner zu unterschätzen.«

Demon wollte gerade etwas entgegnen, als sich die Tür öffnete und Oban Nassar eintrat. Der Ägypter mit der Falkennase streifte Ackerman mit einem abschätzigen Blick und sah Demon an. »Sir, zu meinem Bedauern muss ich Sie darüber informieren, dass sein Bruder irgendwie unseren Aufenthaltsort herausgefunden hat. Unser Informant innerhalb des NYPD meldet, dass ein SWAT-Team hierher unterwegs ist.«

Ackerman konnte sehen, wie Demon mit den Zähnen knirschte, doch der Schotte sagte: »Dann müssen wir wohl ein wenig Dampf machen. Dass es so kommt, damit haben wir aber gerechnet. Alles unverzichtbare Personal und alle Probanden sind aus dem Areal evakuiert? Mit Ausnahme von Ihnen natürlich.«

»Jawohl, Sir. Alles und jeder ist fort, und alle Vorbereitungen, die Sie verlangt haben, sind getroffen.«

Nassar griff in die Tasche und reichte Demon etwas. Von seiner Trage aus konnte Ackerman nicht erkennen, was genau es war, aber es musste so klein sein, dass es in eine Tasche passte. Fast sah es aus wie ein Fernzünder.

»Danke, mein Freund«, sagte Demon. »Und jetzt wird es auch für Sie Zeit zu gehen.«

Nassar schüttelte den Kopf. »Ich beabsichtige, bei Ihnen zu bleiben, Sir.«

Demon zwinkerte Nassar zu. »Keine Sorge um mich, alter Junge. Sie gehen zuerst. Ich bin gleich hinter Ihnen. Ich mache hier bald Schluss und sehe Sie am Treffpunkt wieder, wenn ich fertig bin.«

Nassar zögerte nur einen Augenblick, nickte pflichtgetreu und verließ den Raum. Die Stahltür zog er hinter sich zu.

Demon seufzte und ließ die Nackenwirbel knacken. Mit geschlossenen Augen bat er: »Dr. Song, bitte sagen Sie mir, dass Sie genügend Scans haben, um mit Ihrer Arbeit zu beginnen.«

Ackerman hörte, wie hinter ihm Dr. Song seufzte. »Nein, ich glaube kaum, dass ich genug habe.«

Ohne die Augen zu öffnen, fragte Demon: »Sie spielen doch nicht etwa auf Zeit, Dr. Song? Denn unter den gegebenen Umständen könnte mich das veranlassen, mich sehr unbesonnen zu verhalten.«

»Wenn ich nachvollziehen soll, was im Gehirn dieses Mannes vorgenommen wurde, und Sie ihn bald töten wollen, hätte ich gern so viele Daten wie möglich. Ich denke, Sie werden zustimmen, wenn Sie bedenken, wie viel Schwierigkeiten Sie auf sich genommen haben, um ihn in Ihre Gewalt zu bekommen.«

Demon sah Ackerman an und fing an zu lachen. »Nun, Dr. Song, herzlichen Dank, dass Sie die Überraschung verdorben haben. Ich wollte meinen Freunden noch gar nicht sagen, dass ich plane, sie alle sehr bald zu töten. Ich wollte sie einfach nur umbringen. Aber jetzt, Mr. Ackerman, da Dr. Song sich verplappert hat, kann ich Ihnen wohl sagen, dass ich plane, Ihren Bruder auf der Suche nach Ihnen hier hereinrollen zu lassen und dann ungefähr fünf Häuserblocks der Stadt zu sprengen. Ich werde Sie und Ihren Bruder, Ihren Neffen, Ihre Partnerin und Ihren neuen Mentor töten. Und sollte ich dann noch nicht zufrieden sein, werde ich andere Personen aufspüren, mit denen Sie zusammengearbeitet haben und die Ihnen vielleicht wichtig gewesen sind, nur um sie ebenfalls zu töten. Wie klingt das?«

Ackerman dachte nach. »In dem Fall wäre ich bereits tot, deshalb sehe ich keinen Sinn darin, meine alten Kollegen zu behelligen. Aber es ist ja nur eine Phantasie. Eine fiktionale Abfolge von Ereignissen, die niemals eintreten werden. Sie werden meine Freunde heute nicht verletzen. Ich werde es nicht zulassen. Und falls Ihr Freund, der Dunkle Mann, irgendeine Grundlage in der Wirklichkeit besitzt, wie Sie zu glauben scheinen, dann wird auch er es nicht zulassen.«

Demon kniff die Augen zusammen. »Herausforderung angenommen. Wir wollen doch mal sehen.« Er nahm ein Funksprechgerät von der Ladestation am Rand des Schreibtischs, schaltete das Mikrofon ein und sagte: »Bruce, komm mit einem Team hinunter ins Labyrinth und bring unsere beiden Gäste zu mir.«

Einen Augenblick später kam eine Rückfrage: »Ich soll sie in den Kontrollraum bringen? Ich dachte, ich soll ihnen im Labyrinth auflauern?«

»Planänderung, Bruce. Bring sie sofort hierher und verschwende keine Zeit mit Spielereien. Nimm ein komplettes Team mit und pass auf sie auf.«

Nach einem Augenblick des Zögerns fragte Bruce: »Was ist mit der Sache, die Sie mit mir besprochen haben?«

Demon lächelte. »Oh, das steht noch auf der Speisekarte, aber wir verlegen die Party hierher. Ich möchte, dass Mr. Ackerman seiner Partnerin in die Augen sieht, während du sie vergewaltigst.«

Ackerman empfand Hilflosigkeit und wusste, dass er auf keinen Fall gestatten konnte, dass so etwas jemals geschah. Die Wut wuchs in ihm heran, bis er das Gefühl bekam, er könnte seine Metallklammern abstreifen und seine Ketten zerreißen. Natürlich war er sich bewusst, dass es nur eine Phantasievorstellung war, aber trotzdem vertraute er darauf, dass er den Moment erkennen würde, in dem sich ihm ein Weg eröffnete und er zum Handeln inspiriert wäre. Vorerst versuchte er, nach außen die Tugend der Vernunft an den Tag zu legen, während er sich innerlich wie ein Vulkan fühlte, der jeden Moment ausbrechen konnte.

83

Demon beobachtete auf den Monitoren, wie zehn Mann in voller Schutzausrüstung Nadia und Deputy Director Carter ergriffen und auf seinen Befehl hin zum Kontrollraum führten. Demon versuchte, sich auf die Bildschirme zu konzentrieren, statt Ackerman anzublicken. Der Kerl flößte ihm mit seiner kalten, kalkulierenden Art unablässig Furcht ein. Ackerman betrachtete ihn stets, als suchte er nach Reglern, die er ein bisschen nachstellen konnte.

Aber durch seinen Zustand sah er nun jedes Mal, wenn er Ackerman anblickte, statt der normalen kalten, grauen berechnenden Augäpfel, die üblicherweise Ackermans Augenhöhlen füllten, Fernsehschirme voller Schnee, als wären sie auf keinen Sender eingestellt. Vielleicht zeigten sich die Augen so, weil er zuvor gedacht hatte, dass Ackerman ihn ansah wie ein alter Fernseher, dessen Bild etwas verschwommen war und scharfgestellt werden musste. Oder vielleicht zeigte ihm seine Vision auch nur, dass Ackermans Augen Fenster in den Abgrund waren.

Hinzu kam, dass der Dunkle Mann in Ackermans Nähe stets seltsam handelte, nie gewalttätig wurde und Demon nie nahelegte, Ackerman zu töten. Eher schien es genau umgekehrt zu sein. Der Dunkle Mann beschnüffelte Ackerman, liebkoste ihn geradezu, strich um ihn herum, als bewunderte er ihn aus der Ferne. Das Verhalten der Erscheinung, das sie nur ein paarmal gezeigt hatte, verfolgte ihn in jedem wachen Moment, war seltsam und entnervend.

Von diesen Vorgängen, in welche die anderen Personen im Raum nicht eingeweiht waren, abgesehen nahm er an, dass alles andere an Ort und Stelle war. Unter der Decke wimmelten natürlich massenweise Spinnen durcheinander, ließen sich hin und wieder an Fäden zum Boden herunter und huschten an den Wänden hinauf, um erneut in die Arachnidenorgie einzutauchen. Demon achtete allerdings überhaupt nicht auf die Spinnen. Er sah Visionen von ihnen und von übergroßen Insekten so oft, dass er sie, sollte er jemals wirklich auf solch eine ungewöhnliche Heimsuchung stoßen, als Trugbild seiner Phantasie völlig ignorieren würde.

Die FBI-Vertreter Shirazi und Carter wurden hereingeführt. Sie hielten die Arme erhoben wie zwei gehfähige Kakteen. Alle zehn gepanzerten Söldner folgten ihnen, und Demon begann sich eingeengt zu fühlen, klaustrophobisch. Er mochte es nicht, mit zu vielen Menschen in zu kleinen Räumen zu sein. Es wurde so mühevoll zu entscheiden, wer real war, wen er sich nur einbildete und wer eine Vision aus einem dunkleren Reich darstellte.

Er zeigte auf Bruce und drei andere und befahl ihnen zu bleiben. Den Mann hinten wies er an, Carter zu bewachen, dem der Söldner daraufhin in die Kniekehlen trat, sodass er auf die Knie sank. Der Söldner befahl ihm, die Hände oben zu lassen, sonst bekäme er eine Kugel ins Genick. Demon befahl den beiden anderen Söldnern, Nadia bei den Armen zu packen und sie vor Ackerman zu zerren, damit er sie sehen konnte. Sie stellten sie vor den Stahlschreibtisch, der die vordere Seite des Kontrollraums bildete. Bruce trat vor und betrachtete Nadia mit unglaublicher Gier.

Etwas an dem Ausdruck in Bruce' Augen weckte Demons Ärger. Er mochte Vergewaltiger nicht, auch wenn er im Laufe der Jahre mit etlichen davon zusammengearbeitet hatte. Er fand sie impulsiv und damit gefährlich.

Demon wandte sich an Ackerman. »Ich fand, es wäre

besser, wenn Sie es aus nächster Nähe beobachten. Ich weiß schließlich, dass Sie immer den engen Kontakt suchen. Sie sind nicht wie viele Leute heutzutage, die es vorziehen, dass ihr Leben auf einem Bildschirm abläuft.«

Ackerman sah ihn derart durchdringend an, dass Demon ganz kurz fürchtete, Ackerman könnte seine metallischen Fesseln allesamt zum Bersten bringen und ihm die Gurgel rausreißen. Die Furcht war natürlich irrational. Ackerman war so hilflos wie ein Neugeborenes.

»Offensichtlich ist Ihre Partnerin Ihnen sehr wichtig«, sagte Demon. »Sie haben sie bei sich behalten, während Sie andere FBI-Agenten ablegten wie ein Landstreicher die Lumpen. Und wenn ich mir Ihre Akte ansehen, zeigt sich ein Muster; Sie neigen exotischen Frauen zu. Also behalten Sie sie vielleicht aus anderen Gründen bei sich?«

»Endlich erkenne ich, was Sie wirklich sind«, sagte Ackerman.

»Ach ja? Und was?«

»Eine unbedeutende kleine Stubenfliege. Wenn Sie reden, werde ich an das lästige Summen erinnert, das diese Plagegeister begleitet.«

Demon hob eine Braue. »Das bin ich?«

»Ganz recht. Sehen Sie, es gibt im Leben zwei Sorten Menschen. Die Honigbienen, die nur in Frieden leben und die guten Dinge auf der Welt genießen wollen, und die kleinen Fliegen wie Sie, die herumsummen und uns anderen auf die Nerven gehen, während sie sich einreden, dass Scheiße süßer schmeckt als Honig. Aber eines Tages fahren sie nach unten, lernen den Herrn der Fliegen kennen und erhalten die herzhafte Dosis an Vernichtung, nach der sie ihr ganzes Leben lang gesucht haben.«

Demon reagierte, indem er sagte: »Bruce, fang an und zieh Miss Shirazi die Hose aus.«

Der grobschlächtige Söldner grinste frohlockend und trat vor. »Mit Vergnügen«, sagte er, packte die Säume ihrer schmutzstarrenden Kostümhose an beiden Seiten und zog die bis auf die Fußgelenke herunter. Ein schlichter schwarzer Slip kam zum Vorschein.

»Das Höschen auch?« Bruce griff bereits nach dem Stoff.

»Halt dich zurück, Bruce«, sagte Demon. »Ich glaube, Mr. Ackerman hat etwas zu sagen.«

Ackerman sah wieder so aus, als könnte er jeden Moment seine Fesseln sprengen: Die Kiefermuskeln traten hervor, die Adern waren geschwollen. »Ich weiß nicht, was Sie hier hoffen, unter Beweis zu stellen. Ich kann wütend werden über das, was geschieht, und ich kann hier rumhängen und meine Rache planen, aber ich werde weder um meine Partnerin fürchten noch mich vor dem ängstigen, was geschieht, weil ich dazu nicht imstande bin. Denn ganz gleich, wie sehr ich sie liebe, ich habe etwas an mir, was sich niemals ändern wird. Ich kann Ihnen aber sagen, was ich dem Menschen angetan habe, der zuletzt einer Frau wehgetan hat, die ich so liebte, wie ich Agent Shirazi liebe.«

Demon grinste. Das Gespräch erregte ihn immer mehr. Mit der Furcht, die er in Ackermans Gegenwart empfand, fühlte er sich stets so lebendig. Ein Mann zu sein, der jederzeit alles haben konnte, wonach ihm gelüstete, hatte das Leben langweilig gemacht. Er fürchtete sich nicht mehr vor vielem. Er hatte geglaubt, er wäre genauso wie Ackerman immun gegen Furcht geworden, aber in Ackermans Gegenwart wurde er stets daran erinnert, dass er noch immer Angst empfinden konnte.

»Was haben Sie diesem Menschen angetan?«, fragte er.

»Ich habe ihm Arme und Beine amputiert und die Zunge entfernt. Ich habe ihm die Augen ausgedrückt und sein Gehör mit heißen Schüreisen ausgebrannt. Dann habe ich ihn mit viel Geld in einem Pflegeheim untergebracht, damit sichergestellt ist, dass man sich für den Rest seines Lebens gut um ihn kümmert.«

Demon lachte. »Ich bin ja selber ein kalter Hund, aber das ist krass.«

»Warum musst du immer so furchtbare und brutale Geschichten aus deiner Vergangenheit erzählen, Onkel Frank?«, warf Dylan ein.

»Weil«, antwortete Ackerman, »ich nur solche Geschichten zu erzählen habe, mein Junge.«

84

Ackerman wusste, dass die Chancen gegen sie standen. Er war alle möglichen Entwicklungen im Kopf durchgegangen, und nach allem, was er sich ausmalen konnte, blieb ihm nur eine einzige Möglichkeit. Und das war keine gute.

Er war nur zu einer Aktion fähig, und das konnte nicht nur nicht die spielentscheidende, alles auf den Kopf stellende Aktion sein, die er bevorzugt hätte; mit ihr konnte er ihre Situation möglicherweise sogar verschlimmern.

Während er hilflos zusah, wie Demon die Menschen bedrohte, die Ackerman als seine Familie ansah, dachte er an seinen Freund Baxter Kincaid, der einmal zu ihm gesagt hatte: *Frank, du willst immer groß sein, mächtig wie ein Hurrikan. Du willst immer der Waldbrand sein, obwohl du manchmal nichts weiter zu sein brauchst als der Funke.*

Im Zusammenhang des Gesprächs, das sie damals geführt hatten, war es Ackerman erschienen, als ergäben Baxters Worte nicht sonderlich viel Sinn, aber vielleicht hatte es sich gar nicht um Worte für die damalige Situation gehandelt. Baxters Rat vor Augen, während er mit Demon über Nadia sprach, hatte Ackerman begonnen, das lange, flache Metallstück, das er zwischen oberem Zahnfleisch und Wange versteckt hatte, herauszuschieben. Zwischen den Blickduellen mit Demon versuchte er, es so nonchalant wie möglich zu befreien, aber es musste schon ein wenig Haut darübergewachsen sein, und der Metallsplitter war starrsinnig. Um ihn freizubekommen, musste er besonders hart schieben. Er ließ sich den Schmerz jedoch nicht anmerken, er genoss ihn wie ein lindes Lüftchen. Als er den Span aus Stahl endlich befreit hatte, ließ er ihn locker an der Wange haften, damit er unbeeinträchtigt sprechen konnte.

Die einzige Waffe, die er besaß, war nun bereit zum Einsatz.

Demon hatte eine ganze Weile über seine Geschichte von dem Mann nachgedacht, der zuletzt eine Frau verletzt hatte, die er liebte, und versuchte vermutlich zu ergründen, inwieweit sie der Wahrheit entsprach. Unter normalen Umständen hörte jemand in Demons Branche viele große Worte über viele Themen, aber die meisten Leute würden solchen Drohungen keine Taten folgen lassen. Die meisten Leute waren nicht imstande, solche Grausamkeiten zu begehen – nicht einmal Berufskiller –, aber Demon würde unweigerlich zu dem Schluss gelangen, dass sie Ackerman durchaus zuzutrauen waren.

Nach einer Weile sagte Demon: »Agent Shirazi soll ihre Hose wieder hochziehen. Ich finde Vergewaltigung nicht nur politisch unkorrekt, sondern auch auf eine Art und Weise abstoßend, die ich nicht genau definieren kann.«

»Aber, Boss«, sagte Bruce, »Sie haben mir doch …«

»Kein Wort mehr, Bruce. Du kannst deinen wie immer gearteten, abstoßenden Trieben in deiner Freizeit nachgehen. Vielleicht lasse ich Agent Shirazi von dir erwürgen, bevor wir aufbrechen, aber du wirst sie heute nicht vergewaltigen. Das war nur eine Drohung, um das Blut unseres Freundes zu Testzwecken ein bisschen brodeln zu lassen.«

»Ihnen macht es also nichts aus, Menschen zu foltern und zu ermorden, aber bei Vergewaltigung ziehen Sie eine Grenze?«, fragte Dylan.

Demon zuckte mit den Schultern. »Das ist richtig. Es erscheint nur nicht fair, oder? Wäre sie ein Mann, würden wir nicht einmal daran denken. Ich finde, das Schicksal, das ihr zufällt, sollte nichts mit Geschlecht oder Ethnie zu tun haben, aber Folter und Tötung sind manchmal notwendig. Und beides würde ich gleichermaßen jedem zufügen, unabhängig davon, welcher Gruppe sie angehören.« Er richtete seine Aufmerksamkeit auf Dr. Song. »Ein SWAT-Team rückt bereits an. Vermutlich ist es schon über uns. Dr. Song, haben Sie nun genug Scans?«

Die Ärztin schüttelte den Kopf. »Vielleicht, aber ich habe in den Daten etwas Beunruhigendes entdeckt.«

Demon ging zu ihr, und sie sprachen in gedämpftem Ton, ohne dass Ackerman es von seinem Platz aus hören konnte, wo er an die Stahlrolltrage gefesselt war.

Demon kehrte zu ihnen zurück und sah seine vier Gefangenen nacheinander an. »Nun, ich denke, wir haben so ziemlich alles, was wir brauchen.«

Er zückte ein Springmesser und ließ die Klinge herausschnellen. »Aber wegen einiger Ihrer unverschämten Kommentare empfinde ich das Bedürfnis, an Ihnen ein wenig Rache zu üben. Da Sie solch ein besonderes Wesen sind und ich bei Ihnen dieses Pfund Fleisch nicht herausschneiden kann, werde ich Ihrem Neffen ein Auge ausstechen und ihn zwingen, es zu essen. Sie werden zusehen und nicht das Geringste daran ändern können. Danach lasse ich Sie alle hier zurück, während er sich die Seele aus dem Leib schreit, bis das Ende kommt. Wenn es einen Trost darstellt: Sie werden alle zusammen sterben. Als große glückliche Familie.«

Er machte einen raschen Schritt auf Dylan zu und drückte dem Jungen die Messerklinge an die Wange. Dort ließ er sie ruhen, während er sagte: »Mir widerstrebt es zutiefst, ein schönes Geschöpf wie dich zu verschwenden, Junge, aber ich fürchte, du hast zu viel von der Halsstarrigkeit deines Vaters in dir. Du bist leider unbelehrbar.«

»Warten Sie, Demon«, sagte Ackerman. »Ich habe Ihnen noch etwas zu sagen. Wenn Sie jemals einen Hauch professionellen Respekts für mich als Kollegen empfunden haben, dann kommen Sie noch ein letztes Mal zu mir. Ich muss Ihnen etwas sagen, das weder der Junge noch sonst jemand hören soll. Etwas, das alles verändern wird.«

Offenkundig fasziniert, kam Demon näher und beugte sich zu Ackerman vor.

Obwohl der Bügel über seiner Stirn Ackerman an einem Kopfstoß hinderte, konnte er dennoch das Kinn vorstrecken – es sogar vorschnellen lassen. Er hoffte, es könnte ihm schnell genug und mit ausreichender Kraft gelingen, um zu erreichen, was er im Sinn hatte. Der Funke, von dem Baxter gesprochen hatte, würde gleich auf entflammbares Material treffen.

»Matthäus«, flüsterte Ackerman, »Kapitel sieben, Vers drei.«

Demon sah ihn fragend an, und Ackerman schlug zu. Mit der Zunge schob er den kleinen Stahlspan, mit dem er normalerweise ein Schloss knacken würde, nach vorn zwischen die Lippen. Als der Span hervorschaute, packte er ihn mit den Zähnen und zuckte mit dem Kinn vor, so schnell er konnte, mit so viel Kraft er konnte, so weit er vermochte.

Mit der Stirn prallte er so hart gegen den Stahlbügel, dass ihm einen Moment lang schwarz vor Augen wurde, aber Demons Schrei verriet Ackerman, dass ihm gelungen war, was er sich vorgenommen hatte.

Soeben hatte er Demon einen Stahldraht in den Augapfel gestoßen.

85

Dylan Cassidy war in der perfekten Position, um gebannt zuzusehen, wie sich ringsum die Ereignisse, die sein Onkel Frank lostrat, entfalteten.

Als Erstes ließ Onkel Frank den Kopf sehr rasch in Demons Gesicht vorschnellen. Dann schrie Demon auf, schlug die Hände vors Gesicht und bedeckte sein linkes Auge.

Als Zweites schwenkten alle vier von Demons Leuten im Raum die Waffen herum und fragten sich anscheinend, wie sie ihrem brüllenden Chef helfen konnten.

Aus dem Augenwinkel sah Dylan, wie Deputy Director Carter sich als Erster bewegte. In der Richtung ging eine Menge vor, und als Nächstes war irgendwie die Pistole des Söldners in Carters Hand, und er drückte die Mündung ins Genick des schwarz gekleideten Mannes. Dylan hatte gerade rechtzeitig hingesehen, um das Mündungsfeuer zu erkennen, und die gepanzerten Killer fielen um.

Er hörte einen tiefen blökenden Schmerzensschrei, und als er sich nach vorn umwandte, hatte Nadia Shirazi den Fuß tief zwischen Bruce' Beine getrieben. Er bückte sich vor Qualen vor und blickte drein, als müsste er brechen. Als Dylan es sah, fühlte er sich ein wenig besser, was sein eigenes ähnliches Erlebnis anging.

Nadia ließ dem großen Kerl keine Zeit, sich zu erholen. Sie packte ihn bei der Schulter und riss ihn nach vorn, indem sie seine eigene Masse gegen ihn verwendete. Der Schwung bewirkte, dass er mit dem Gesicht auf den Stahltisch knallte, und er stürzte bewusstlos zu Boden. Dabei brachte er den anderen Söldner aus dem Gleichgewicht. Nadia machte sich den Vorteil zunutze und stürzte sich auf den Mann, schlug ihn und versuchte ihm die Waffe abzunehmen. Carter kam um den Tisch, um zu helfen.

Erst da fiel Dylan auf, dass er Demon nicht mehr hörte. Er drehte sich um, suchte ihn und sah, dass die Tür zuschwang. Er bemerkte auch Nuying, die auf dem Boden lag und weinte, als wäre sie niedergeschlagen worden. Ihre Mutter war nirgendwo zu sehen.

Als er den Kopf wieder zu Nadia und Carter drehte, hatten die beiden gut ausgebildeten Bundesagenten die verbliebenen Feinde im Raum unschädlich gemacht. Sie begannen, Dylan loszumachen und an Ackermans Fesseln zu arbeiten.

Kaum war Dylan frei, eilte er zu Nuying und half ihr auf eine kleine Couch, die weiter hinten in einer Ecke stand. Unter Tränen sagte sie: »Er hat meine Mom mitgenommen.«

»Keine Sorge«, antwortete Dylan. »Mein Onkel Frank holt sie zurück.«

Er half ihr aufzustehen, und sie gingen zu den anderen. Sein Onkel Frank stieg gerade von der Trage, von den stählernen Fesseln befreit.

»Das ist Nuying, Dr. Songs Tochter«, stellte Dylan sie vor. »Sie sagt, Demon hat ihre Mutter gepackt und ist geflohen.«

»Richtig, er braucht sie, um sein Auge zu versorgen«, sagte Ackerman. »Und wie ich sehe, hat er auch ihren Laptop mitgenommen, der alle Messdaten enthält, die er durch sein kleines Experiment mit uns gewonnen hat. Er wird auch seinen verbliebenen Leuten auf der anderen Seite dieser Tür befohlen haben, uns zu töten, sollten wir herauskommen.«

Nadia trat neben ihn. »Was sollen wir ihretwegen unternehmen?«

Ackerman sah sie an. »Sie machen mir keine Sorgen. Aber was ist mit Ihnen? Sind Sie relativ unversehrt?«

Zur Antwort verdrehte sie die Augen, knurrte in der Kehle, ohrfeigte Onkel Frank links und rechts, und fast genauso schnell packte sie ihn und küsste ihn auf den Mund.

Als sie sich trennten, sagte Ackerman: »Das war vielleicht die effizienteste Kommunikation, die ich bei einem menschlichen Wesen je beobachten konnte.«

»Sie kommunizieren viel mit Nichtmenschen?«, fragte Nadia.

»Theodore, mein Hund, spricht Bände mit einem einzigen Blick.«

Sie hob eine Augenbraue. »Bei Ihnen geht nichts einfach, oder?«

Er zuckte mit den Schultern. »Das entspräche nicht meiner Natur.«

Deputy Director Carter war dabei, einem der Männer die Schutzpanzerung auszuziehen und sich selbst anzulegen. »Wie also kommen wir an den sechs Schwerbewaffneten im nächsten Raum vorbei?«

»Um die kümmere ich mich«, sagte Ackerman. »Folgendes wird geschehen. Ich gehe mit unserem großen Freund Bruce hinaus und begrüße seine Kameraden. Danach kehren Sie beide und die Kids an die Oberfläche zurück und treffen sich mit dem SWAT-Team. Aber führen Sie sie nicht hinunter. Räumen Sie den Bereich vollständig. Wir wissen, dass er das ganze Areal vermint hat, und wir haben nur so lange Zeit, wie er braucht, um sich in Sicherheit zu bringen, dann zündet er die Sprengladung.«

»Was ist mit Ihnen, Frank?«, fragte Nadia. »Was machen Sie, während wir von hier verschwinden?«

»Ich würde annehmen, dass das offensichtlich ist. Ich verfolge Demon.«

»Dann begleite ich Sie.«

»Nein, das tun Sie nicht. Diesen Weg muss ich allein gehen. Das weiß ich so sicher wie nur irgendetwas.«

Sie schüttelte den Kopf. »Lassen Sie sich bloß nicht umbringen. Nicht jetzt, okay?«

Er zwinkerte ihr zu und flüsterte: »Das haben schon viele versucht, und alle sind gescheitert.«

Nuying stützte sich auf Dylan. Sie sagte nichts, aber ihrem Gesichtsausdruck sah er an, dass sie den Mann vor sich für vollkommen durchgedreht hielt.

Onkel Frank ging zu dem bewusstlosen Bruce und hob ihn auf, als wäre seine beträchtliche Masse leicht wie eine Feder. Ackerman warf seinen menschlichen Schutzschild auf die Metalltrage, an die er noch vor Kurzem gefesselt gewesen war. Er umwickelte den Söldner mit Ketten, um ihn an Ort und Stelle zu halten, dann lenkte er die Rolltrage wie eine Sackkarre zur Tür.

Der Deputy Director reichte ihm eine Maschinenpistole. »Nehmen Sie wenigstens eine Waffe mit, Frank.«

Ackerman sah auf die MP5. »Ich sollte ihnen doch wenigstens eine Chance lassen, finden Sie nicht?«

Carter zog eine Braue hoch. »Tun Sie einem alten Mann doch den Gefallen.«

Ackerman nahm die Waffe, ging zur Stahltür, schob sie ein Stück weit auf und rief: »Folgendes wird geschehen.

Wer immer da zuhört, bereit, mich zu erschießen, ich und ein weiteres Mitglied unserer Gruppe kommen jetzt heraus. Danach folgen die übrigen von uns. Ohne auf Widerstand zu treffen, denn bis dahin sind Sie entweder tot oder so weit verkrüppelt, dass Sie nicht mehr kampffähig sind. Sollten Sie dieses Schicksal nicht erleiden wollen, schlage ich vor, dass Sie sich auf der Stelle aus der Situation entfernen. Mehr als diese Warnung werden Sie nicht erhalten.«

Er kehrte zu seinem Platz hinter der Stahltrage zurück. Nach einigen Sekunden Abwarten sagte er: »Nadia, wären Sie so freundlich, mir die Tür zu öffnen?«

Sie tat es, und mit einer Hand an der Trage und in der anderen eine Heckler & Koch MP5 preschte Onkel Frank durch die Tür.

Nadia schloss sie augenblicklich hinter ihm. Dylan, der noch immer Nuying stützte, starrte auf das stählerne Türblatt und lauschte auf das, was dahinter vorging.

Einen kurzen Moment lang hörte er gar nichts bis auf das Knarren der Trage, aber dann begannen die Schüsse. Er hörte Schreie und mehr Schüsse, dann viele rasche Schmatzlaute, die keine Schüsse waren, sondern mehr an Regen erinnerten, der in Schlamm fällt. Er hörte merkwürdiges Gurgeln, und ein Mann kreischte sehr schrill auf. Dann trat Ruhe ein.

Wenige Sekunden später öffnete sich die Tür.

Dylan wich instinktiv zurück, doch es war Onkel Frank, der in den Raum zurückkehrte. Sein Gesicht und seine Kleidung waren blutbespritzt, aber ganz offensichtlich stammte das Blut nicht von ihm.

»Der Weg an die Oberfläche ist frei«, sagte er. »Ich verfolge Demon.«

86

Als Demon spürte, wie ihm der Stahl ins Auge drang, kniff er beide Lider fest zu und schrie. Sobald dieser anfängliche Ausbruch erledigt war, hielt er die Augen zwar weiter geschlossen, hörte aber genug, um zu wissen, dass es Zeit für seinen Abgang war. Er hörte, wie Schläge ausgetauscht wurden, und den Abschuss einer Pistole im Raum. Kaum hatte er das rechte Auge geöffnet, wusste er, dass die Lage gekippt war. Augenblicklich packte er Dr. Song und ihren Computer und zerrte sie in den Vorraum, wo seine Verstärkung wartete. Als er alles hatte, was er brauchte, hatte er seinen Männern zugeschrien, jeden im Kontrollraum zu töten, der nicht zu ihnen gehörte. Er machte sich auf den Weg zu dem Tunnel, durch den er aus der unterirdischen Anlage entkommen würde.

Die Schmerzen in seinem Auge wurden überwältigend stark, daher hielt er einen Augenblick in einem dunklen Betonkorridor an und befahl Dr. Song, den Fremdkörper zu entfernen und das Auge mit einem Stoffstreifen zu verbinden, den er von seinem schwarzen Hemd abriss. Als die Bandage angebracht war, packte er Dr. Song bei der Hand und zog sie weiter.

»Wohin bringen Sie mich?«, rief sie. »Ich lasse meine Tochter nicht zurück!«

Demon baute sich vor der Frau auf und schrie ihr ins Gesicht: »Sie werden tun, was ich Ihnen sage! Vergessen Sie nicht, ich habe auch Ihren Sohn, und ich werde ihm entsetzliche Dinge antun. Jetzt Bewegung!« Der Speichel flog ihm dabei von den Lippen.

Widerstrebend gehorchte sie, und sie gingen tiefer in die Anlage. Demon nahm den Totmannschalter aus der Hosentasche und aktivierte ihn. Sie erreichten eine Stahlleiter und stiegen hinunter in eine Reihe unbenutzter Abwasserrohre. Die Rohre aus grünlich braunen Ziegeln waren groß genug, um mit einem Pkw hindurchzufahren. Darin roch es nach alter Erde, mehr nach einer Höhle als nach einem Tunnel von Menschenhand.

Das Auge pochte in Demons Schädel, während er Dr. Song voranschob, und was er sehen konnte, war durchzuckt von seltsamen Erscheinungen und Szenen, die nicht nur Varianten der gegenwärtigen Realität waren, sondern völlig andere Wirklichkeiten darstellten. Er fragte sich, ob er bald das Bewusstsein verlieren würde. Ihm war schwindlig und übel, aber er hielt den Totmannschalter in der Linken und die .45-Pistole in der Rechten fest.

Er kämpfte gegen die verschwommene Sicht seines rechten Auges an, und dabei schien der Tunnel selbst sich zu verändern und zu wogen, bis es schien, als gingen sie an der Innenseite eines gewaltigen Wurms. Die Wände lebten und bewegten sich. Ihm war es, als marschierte er einer Kreatur geradewegs in den Magen. Er hörte alles mögliche furchtbare Geflüster in seinen Ohren, aber er ignorierte es und versuchte, sich auf das zu konzentrieren, was er zu tun hatte. Er musste hinaus. Er musste *sofort* hinaus. Es wäre nur eine Frage der Zeit, bevor Ackerman sie einholte.

Demon erkannte, dass er einen Fehler begangen hatte, als er den Kontrollraum verließ. Er hätte den sechs Männern im Vorraum ausdrücklich befehlen sollen, den Kontrollraum zu stürmen. Stattdessen setzten sie wohl auf das sichere Pferd. Es gab nur einen Ein- und Ausgang, also warteten sie vor der Tür auf ihre Beute und würden sie einfach niederschießen. Einen Raum aufzurollen, in dem sich der Gegner verschanzt hatte, war weitaus schwieriger, aber Demon hätte es befehlen sollen. Denn sobald die anderen Ackerman von seinen Fesseln befreit hatten, schlug den sechs Männern, die er zurückgelassen hatte, die Stunde, und Ackerman wäre ihm auf den Fersen.

Er hatte den halben Weg zu der Zugangsluke zurückgelegt, durch die sie in das U-Bahn-Tunnel-System und letztlich in die Freiheit gelangen würden, als Demon hinter sich rasche Schritte hörte.

Er packte Dr. Song beim Hals und drehte sie herum. Er nutzte die große Asiatin als Deckung und setzte ihr die Mündung seiner Pistole an die Schläfe. Nun stand er Francis Ackerman jr. gegenüber, der ebenfalls eine Pistole von Heckler & Koch Kaliber .45 in der Hand hielt und schussbereit auf ihn richtete.

»Ich konnte so rasch keinen Vorschlaghammer finden«, sagte Ackerman, »aber ein paar Geschosse in Ihrem Hirnkasten sollten es auch tun. Ich bitte aber um Verzeihung, wenn ich mein Versprechen breche, Sie angemessen zu foltern.«

Demon hob den Sprengzünder, damit Ackerman ihn sehen konnte. »Töten Sie mich, und alle Ihre Freunde sterben mit mir.«

87

Ackerman hatte so etwas erwartet. Die gleiche Taktik hatte er bei einer Vielzahl von Gelegenheiten eingesetzt. Es war immer eine gute Idee, eine Bombe dabeizuhaben, wenn man zu einer Schießerei ging.

Falls er nahe genug herankam, konnte er vielleicht schießen und den Totmannschalter packen, bevor er herunterfiel, oder vielleicht konnte er Dr. Song dazu bringen, ihn aufzufangen. Aber wenn die Frau nicht mit ihrer ganzen Aufmerksamkeit bei der Sache war und auch nur eine Sekunde zögerte, wäre das Ergebnis ein Desaster.

Ackerman versuchte einen Schritt näher zu treten, aber Demon vollzog die Bewegung nach und wich zurück.

»Versuchen Sie es nicht«, sagte Demon. »Sie würden es niemals schaffen, aber ich biete Ihnen einen Deal an. Sie legen die Waffe weg und lassen mich zu meinem Ausgang gehen, und ich verspreche Ihnen, Ihre Lieben nicht in die Luft zu jagen. Ich würde sagen, das ist ein faires Geschäft.«

»Kein Deal«, entgegnete Ackerman. »Ich habe versprochen, Sie zu töten. Es wäre mir nicht recht, wenn jemand glauben könnte, ich würde nicht zu meinem Wort stehen.«

»Dass Sie geschworen haben, mich umzubringen, heißt ja nicht, dass Sie mich heute töten müssen. Ich muss zugeben, wir haben ein wenig von einem Mexican Standoff, aber ganz stimmt das vielleicht nicht, denn ich könnte ja einfach zurückweichen.«

Er machte einen Schritt von Ackerman weg, und Ackerman rückte einen Schritt nach.

»Ich könnte weiter weggehen, und wenn Sie versuchen,

mir zu folgen, könnte ich Dr. Song töten. Selbst wenn sie tot wäre, hätte ich noch immer den Sprengzünder und Ihre Freunde als Geiseln.«

»Sie könnten Ihre Anlage schon verlassen haben. Sie waren auf dem Weg an die Oberfläche, während ich Ihnen hierher folgte.«

»Wie konnten Sie mir überhaupt folgen?«

»Ihrem Gestank könnte ich überallhin folgen. Sie riechen wie in Schuhleder eingewickelte Exkremente.«

Demon lachte leise. »Da ich in der überlegenen Verhandlungsposition bin, werde ich einfach gehen. Sie werden hier zurückbleiben, und wenn Sie es nicht tun, werde ich die gute Doktorin töten. Übrigens, Sie hat in Ihren Testergebnissen etwas Beunruhigendes gefunden.« Er schüttelte sie. »Sagen Sie es ihm, Dr. Song.«

Unter Tränen und zwischen den Wörtern schluchzend sagte sie: »Wie es scheint, haben Sie eine Masse unweit der Stelle, an der Ihr Vater Ihre Amygdala geschädigt hat. Sie haben einen Hirntumor. Er könnte Ihnen Gedächtnisprobleme bereiten oder sogar Halluzinationen hervorrufen.«

Ackerman hatte so etwas seit einiger Zeit vermutet. Er hatte bemerkt, dass ihn sein Gedächtnis im Stich ließ. Während er dem eidetischen Gedächtnis seines Bruders nie auch nur nahegekommen war, hatte er sich Details stets gut merken können. Nun entzogen sich ihm manchmal kleine, aber entscheidende Einzelheiten, und die Halluzinationen wurden schon seit vielen Jahren stärker. Seine Anrufe bei einem katholischen Priester, der mit ihm am Telefon sprach, obwohl der Mann eines seiner vielen Opfer in den dunklen Jahren gewesen war. Die Stimme seines Vaters, des Serienmörders. Sie hatten als wiederholte Phrasen und Wörter begonnen, Erinnerungen an Dinge, die der Mann wirklich zu ihm gesagt hatte, und waren zu einer Stimme geworden, die aktuelle Situationen kommentierte. Danach hatte er Visionen von seinem Vater gehabt, die in den unpassendsten Momenten auftauchten, ihn ärgerten und von Gesprächen in der wirklichen Welt ablenkten.

»Diesen Verdacht habe ich schon eine Weile«, sagte Ackerman. »Für unsere gegenwärtige Situation ist er ohne Belang. Dr. Song, wird dieser Tumor mich innerhalb der nächsten fünf Minuten töten?«

Sie schüttelte den Kopf. »Wir müssten weitere Tests durchführen, um eine Prognose …«

Ackerman schnitt ihr das Wort ab. »Nun, dann brauchen wir uns deswegen jetzt keine Sorgen zu machen, nicht wahr? Im Augenblick müssen wir uns nur damit auseinandersetzen, dass Mr. Demon lebend hier herauszukommen wünscht und ich dagegen Einwände erhebe. Ich habe meine Lektion gelernt, alter Freund. Sie haben es mir gut gezeigt. Sie sind zu gefährlich, als dass man Ihnen erlauben dürfte zu leben.«

Lächelnd entgegnete Demon: »Das beruht auf Gegenseitigkeit.«

Ackerman überlegte, gleich hier zu feuern, ohne weitere Wortgefechte, aber Demon war zu weit entfernt. Er war nicht dicht genug an ihn herangekommen. Ackerman konnte ihn nicht erreichen, bevor er den Fernzünder losließ und die Anlage in die Luft sprengte.

»Meine Freunde haben das Gebäude vielleicht schon verlassen«, sagte er.

Demon schüttelte den Kopf. »Oh, ich habe mehrere Häuserblocks vermint. Das wird eine teuflische Show. Nadia, Ihr Boss, Ihr Neffe, Ihr Bruder – sie sind alle mittendrin. Ihr Bruder ist vermutlich bei dem SWAT-Team, das gerade alles umstellt. Er ist auf jeden Fall im Explosionsradius. Selbst wenn die anderen Familienmitglieder es ins Freie schaffen, sitzen sie vermutlich in einem Krankenwagen in der Nähe und warten darauf, mit Ihnen wiedervereint zu werden. Lassen Sie mich einfach gehen. Sie haben keine andere Wahl. Wenn Sie mich töten, nehme ich sie alle mit.«

Vor allem für Dr. Song, um ihr vielleicht aufzuzeigen, wie sie helfen konnte, sagte Ackerman: »Ich glaube, ich kann es schaffen. Ich glaube, ich kann zwei Schuss zwischen Ihre Augen setzen, Sie erreichen und diesen Totmannschalter gedrückt halten, bevor Sie ihn loslassen.«

Demon schüttelte den Kopf. »Das Gerät ist nach meinen Vorgaben konstruiert und unglaublich empfindlich. Sie würden es niemals schaffen. Sind Sie bereit, das Leben aller Menschen, die Ihnen etwas bedeuten, darauf zu verwetten, wie schnell Sie den Abstand zu mir überwinden können?«

Ackerman lächelte. »Sie haben vielleicht einen taktischen Fehler begangen, denn ich betrachte die Chancen zwar als nicht ideal, aber ich fürchte mich auch nicht davor, es auszuprobieren. Ich fürchte mich vor nichts, und ich sehe keinen anderen Weg aus der Sache heraus. Sie können hier nicht lebend davongehen, schon gar nicht mit meinen Gehirnscans. Ich will nicht, dass das, was mein Vater getan hat, benutzt wird, um eine Waffe zu erschaffen. Noch ein weiterer guter Grund, es zu versuchen.«

Demon schien darüber nachzudenken, und Ackerman erwog erneut, den Schuss zu probieren.

»Wie wäre es«, sagte Demon, »wenn wir die Dinge aus einem anderen Blickwinkel betrachten? Sie scheinen jemand zu sein, dem klar ist, dass sich die gesamte Betrachtungsweise eines Menschen innerhalb eines Sekundenbruchteils ändern kann.«

»Selbstverständlich. Wie ich bereits sagte, kann eine einzige kleine Idee, ein einziger neuer Gedanke die Perspektive eines Menschen vollkommen auf den Kopf stellen.«

»Nun, hier habe ich einen Gedanken für Sie. Was, wenn

jeder hier gewinnt? Jeder wird überleben. Ich lasse Ihre Lieben davonkommen und belästige sie in Zukunft nicht mehr.«

»Falls das einschließt, dass Sie weggehen und ich mich auf Ihr Wort verlassen muss, dann …«

»Lassen Sie mich zu Ende sprechen. Sie scheinen eine Quest auf sich genommen zu haben, die Verfehlungen Ihrer Vergangenheit zu sühnen, indem Sie andere geisteskranke Gesetzesbrecher wie sich selbst zur Strecke bringen. Wie wäre es, wenn ich Ihnen die Gelegenheit biete, einige der schlimmsten Mörder auf der ganzen Welt auszuschalten?«

»Sie bieten mir im Austausch gegen Ihre Freiheit Informationen über den Aufenthalt anderer Killer an?«, fragte Ackerman.

»Oh nein. Ich würde niemals zum Verräter werden. Ich sage nur, wenn Sie sich mir ergeben, lasse ich Ihre Freunde in Frieden leben. Selbst wenn sie sich wieder auf meine Spur begeben, werde ich nichts unternehmen, bevor sie vor meiner Haustür stehen. Sie werden die Rolle des selbstaufopfernden Dieners übernehmen und für sie zum Märtyrer werden.«

»Ich sterbe nicht so leicht, aber ich verstehe noch immer nicht. Wieso sollte ich mich ergeben?«

»Ich schlage vor, dass ich Sie an einen Ort bringe, wo ich den verkommensten Gestalten auf der Welt die Chance gebe, gegen Sie anzutreten, jemanden, den ich als die perfekte Mordmaschine anpreise, den größten Killer aller Zeiten. Ich mache jetzt natürlich nur ein Brainstorming, ganz spontan, aber ich könnte mir gut vorstellen, dass wir ein großes Spektakel daraus machen werden. Wir streamen es im Dark Web. Ich könnte damit einen Haufen Geld verdienen. Und wenn Sie so reich und mächtig sind wie ich, wird Ihnen genauso schnell langweilig. Das ist einer der Gründe, weshalb ich mich entschieden habe, mit Ihnen und Ihrer kleinen Brut zu spielen, statt sie einfach hinrichten zu lassen. Ich entschied mich, mir die Finger schmutzig zu machen, weil das Leben keinen Sinn hat, wenn man nicht jemandem die Finger um die Kehle schließen kann, das Blut spürt und zuschaut, wie ihn das Leben verlässt. Wenn Sie einwilligen, mich zu begleiten, Mr. Ackerman, werden wir eine großartige Zeit haben, und Sie erhalten die Chance, ein für alle Mal zu beweisen, dass Sie der größte Killer auf der ganzen Welt sind.«

»An Größe liegt mir nichts, und ich brauche nichts zu beweisen.«

»Aber Sie sind doch interessiert. Das merke ich. Und Sie hatten recht, was den Dunklen Mann angeht. Er hat mich zu Ihnen geführt, seit wir einander zum ersten Mal begegnet sind. Ich hätte nicht versuchen sollen, das zu ignorieren. Diese Kooperation ist, was uns von jeher bestimmt war. Das ist unser glorreicher Daseinszweck. Sie und ich gemeinsam. Legen Sie die Waffe hin, und Sie haben mein Wort.«

Ackerman suchte nach einer anderen Lösung, einem anderen Weg, die Sache hier und jetzt zu beenden, aber wie sein Vater ihn immer gelehrt hatte, solange man noch atmete, gab es noch einen anderen Tag für die Vergeltung. Wenn man den falschen Kampf führte und unterlag, gab es keine weitere Gelegenheit mehr, und die Tat bliebe ungesühnt.

Die asiatische Ärztin rückte von ihm ab. »Ich lasse meine Tochter nicht zurück!«

Ackerman traf eine Momententscheidung, von der er hoffte, dass sie sich als die richtige erweisen würde. »Ich akzeptiere Ihre Bedingungen mit ein paar Vorbehalten. Als Erstes geht Dr. Song den Weg zurück, den wir gekommen sind, und gesellt sich wieder zu ihrer Tochter. Dann deaktivieren Sie die Bombe, und bevor wir es tun, schließen wir einen Pakt. Wir geben uns gegenseitig das Ehrenwort als professionelle Übeltäter, dass ich Sie auf eigenen Wunsch begleite und dafür meine Familie am Leben bleibt und dass wir dieses große Spektakel veranstalten, von dem Sie gesprochen haben. Das irgendwie nach einem Käfigkampf für Serienmörder klingt.«

Demon schüttelte den Kopf. »Oh nein, Bruder. Ich glaube, da können wir schon ein wenig kreativer sein. Je mehr ich darüber nachdenke, desto schöner wird es. Für Sie könnte es die Chance sein, ein für alle Mal zu beweisen, dass Sie der Beste der Besten sind. Oder eher der Schlimmste der Schlimmen. Sie werden aussichtslosen Situationen gegenüberstehen, und es wird eine gute Chance bestehen, dass Sie im Kampf fallen. Aber wie es sich anhört, wächst in Ihrem Kopf sowieso ein Hirntumor, und ich weiß, dass Sie genauso wenig wie ich alt und grau werden und an etwas so Mittelmäßigem wie Krebs sterben wollen. Sie wollen im Kampf sterben. Sie wollen mit dem Geschmack von Blut auf der Zunge sterben, nachdem Sie den größten Kampf Ihres Lebens ausgefochten haben. Sie wollen den Tod eines Kriegers, und genau den biete ich Ihnen an. Sie können beweisen, dass Sie der König der Killer sind, und wenn Sie fallen, dann treten Sie so ab, wie Sie es sich immer gewünscht haben.«

»Also haben wir eine Abmachung?«, fragte Ackerman. »Dr. Song darf gehen.«

Zur Antwort ließ Demon die Ärztin los, doch den Laptop entriss er ihr. »Die Daten behalte ich aber.« Er schubste sie Richtung Ackerman.

Ackerman fing sie auf und bedeutete ihr, zum anderen Ende des Gangs weiterzugehen. »Los«, sagte er.

Ohne den Blick und die Waffe von Demon zu nehmen, trat Ackerman einen Schritt vor.

Den Laptop unter dem Arm, den Totmannschalter in der linken und die Pistole in der rechten Hand, machte sich Demon diesmal nicht die Mühe, einen Schritt zurückzuweichen. Stattdessen stellte er den Laptop auf dem Boden ab und schob sich die Pistole in den Gürtel. »Ich weiß, dass Sie zu Ihrem Wort stehen, aber trotzdem behalte ich den Zünder, bis wir hier heraus sind. Mir wäre es nicht recht, wenn Sie kalte Füße bekämen und den ganzen Spaß verderben, den wir zusammen haben werden.«

Ackerman trat noch einen Schritt auf ihn zu. Er hielt noch immer die Pistole in der Hand. Er war relativ zuversichtlich, dass er nun den Fernzünder erreichen konnte. Er konnte Demon in den Kopf schießen und den Totmannschalter packen, bevor er die Sprengladungen auslöste, aber er machte diesen Schritt nicht.

Zunächst einmal gab es zu viele Variablen. Wenn er ihn anschoss, konnte Demon zurückfallen oder den Arm so verdrehen, dass Ackerman nicht an den Totmannschalter herankam. Und falls er so empfindlich war, wie Demon behauptete, wäre es selbst aus ein paar Fuß Entfernung noch nahezu unmöglich. Es war ein riskantes Unterfangen, das jeden Menschen, der ihm wichtig war, das Leben kosten konnte.

Doch noch etwas anderes trieb ihn voran. So ungern er es sich eingestand, er musste zugeben, dass einiges für Demons Vorschlag sprach. Er eröffnete völlig neue Möglichkeiten und konnte ihm die Gelegenheit liefern, mehrere Gewaltverbrecher von der Straße zu nehmen oder bei dem Versuch zu sterben – was, wie er ebenfalls zugeben musste, immer sein Ziel gewesen war. Ganz wie Demon festgestellt hatte, wusste Ackerman, dass er nicht ewig leben konnte, und wenn er abtreten musste, sollte es im Kampf sein. Er überlegte erneut, den Deal zu brechen, Demon zu erschießen und ihm den Sprengzünder aus der Hand zu nehmen, aber stattdessen fragte Ackerman: »Nun, alter Freund, wohin bringen Sie mich?«

Demon lachte. »Oh, Ihnen steht ein echter Leckerbissen bevor. Sie werden mein Haus sehen, ein Gebäude mit einem ganz besonderen Namen. Ich gebe Ihnen einen Hinweis – über dem Eingang steht: *Lasst, die ihr eintretet, alle Hoffnung fahren.*«

Ackerman rollte mit den Augen. »Ich wusste, Sie haben einen Hang zu Verweisen auf die klassische Literatur, aber finden Sie das nicht ein bisschen dick aufgetragen? Ich meine, Sie sind der *Dämon* und zitieren ständig Dante und sein *Inferno*?«

Demon zuckte mit den Schultern. »Sein Werk spricht mich an. Ich glaube, Dante könnte ähnliche Visionen gehabt haben wie ich. Ich finde, es passt perfekt. Besonders jetzt, da Sie in gewisser Weise das bekommen, was Sie wirklich verdienen. Denn, Francis Ackerman jr., ich nehme Sie mit zu mir nach Hause. Ich zerre Sie hinunter in die *Hölle*, wo es Heulen und Zähneklappern gibt. In ein Land der Qual und der Verzweiflung. Dorthin, wo Dämonen tanzen.«